LES INGÉNIEURS DE L'ANNEAU-MONDE

LARRY NIVEN

L'Anneau-Monde	*J'ai lu* 3527/**5**
Les conquérants : contes de l'univers connu	
Les ingénieurs de l'Anneau-Monde	*J'ai lu* 3893/**6**
Le troisième bras	

LARRY NIVEN

LES INGÉNIEURS DE L'ANNEAU-MONDE

TRADUIT DE L'AMÉRICAIN
PAR BERNADETTE EMERICH

ÉDITIONS J'AI LU

Collection créée et dirigée
par Jacques Sadoul

Titre original :

THE RINGWORLD ENGINEERS
A Del Rey Book. Published by Ballantine Books

PREMIÈRE PARTIE

1

SUR LE SECTEUR

Louis Wu était branché quand deux hommes envahirent son intimité.

En position du lotus sur un riche tapis d'herbe d'intérieur jaune, il avait un sourire béat, rêveur. Son petit appartement se composait d'une unique et grande pièce. De sa place, Louis pouvait voir les deux portes. Mais, perdu dans l'extase que seul un camé aux Ampères connaît, il ne vit pas arriver les intrus. Soudain, ils furent là : deux jeunes, pâles, de plus de deux mètres, qui l'examinaient, un sourire méprisant aux lèvres. L'un d'eux renifla de dégoût et remit dans sa poche un objet qui ressemblait à une arme. Ils s'approchaient. Louis se mit debout.

Ce ne fut pas uniquement le sourire béat de Louis qui les trompa, mais aussi le distil en plastique noir de la grosseur d'un poing qui saillait tel un chancre du haut de son crâne. Un drogué au courant électrique. Ils savaient donc à quoi s'attendre. Depuis des années, ce type ne devait plus penser qu'à une seule chose : au fil qui distillait le courant dans le centre du plaisir de son cerveau. Une loque à deux doigts de mourir de faim par laisser-aller. Petit, il mesurait trente bons centimètres de moins qu'eux. Il...

A l'instant même où les deux envahisseurs se plantaient devant lui, Louis oscilla et balança un, deux, trois coups de pied. L'un des intrus se retrouva à terre, plié en deux par la douleur, le souffle coupé, avant que l'autre n'eût recouvré sa présence d'esprit pour reculer.

Louis marcha vers lui.

L'envahisseur brandit le paralyseur qu'il avait empoché. Trop tard. D'un coup de pied, Louis le lui arracha de la main. Il évita un coup de poing. Le sien fusa ; un coup de pied dans les rotules (le géant pâle s'immobilisa), dans l'aine, dans l'estomac (le géant se plia en deux en lâchant un sifflement), dans la mâchoire (le hurlement cessa net).

L'autre agresseur, à quatre pattes, respirait encore par saccades. Alors, Louis le frappa deux fois à la nuque du tranchant de la main.

Les deux envahisseurs gisaient maintenant sur l'herbe jaune et drue.

Louis Wu gagna sa porte pour la reverrouiller. Le même sourire béat était resté vissé sur ses lèvres pendant la bagarre et le resta quand il découvrit que sa porte était verrouillée et son système d'alarme en marche. Il alla vérifier la porte du balcon : idem.

Comment tanj ces deux-là étaient-ils entrés ?

Interloqué, Louis se remit en lotus et ne bougea plus pendant une heure.

La dépendance à l'égard du courant est le plus récent des vices de l'Humanité. A un moment donné de leur Histoire, presque toutes les cultures de l'Espace humain l'ont considérée comme un grave fléau : chute drastique du marché du travail et morts à la pelle par négligence. Mais les temps changent. Des générations plus tard, ces mêmes cultures considèrent cette dépendance comme une relative bénédiction. Les anciens vices — alcoolisme, toxicomanie, amour du jeu — perdent de leur attrait. Les candidats à la drogue trouvent un plus grand bonheur dans le courant. Ils mettent plus longtemps à mourir et n'ont guère d'enfants.

En outre, cela ne coûte presque rien. Certes, un trafiquant d'extase peut augmenter le prix de l'opération, mais à quoi bon ? On ne devient un branché qu'à partir du moment où le fil est implanté dans le centre du plaisir du cerveau. Ensuite, le trafiquant n'a plus aucune emprise sur l'usager, car celui-ci s'envoie en l'air en se branchant sur le secteur.

Et la félicité qui vous submerge est pure, parfaite et sans gueule de bois.

Ainsi, à l'époque de Louis Wu, ceux qui tombaient esclaves du distil se reproduisaient entre eux, en marge de la race humaine, depuis huit cents ans.

Aujourd'hui, il existe même un dispositif permettant d'exciter à distance le centre du plaisir d'une victime: le tasp. Illégal sur la majorité des mondes, de fabrication onéreuse, mais largement utilisé. (Un étranger à la mine sombre erre, la rage ou la détresse inscrites sur les plis amers de son visage. De derrière un arbre, vous lui faites sa fête. Plink! Son visage s'illumine. Pendant un moment, il n'éprouve plus aucun souci...) Le tasp n'est pas néfaste pour la santé. La plupart des gens le supportent.

Le chrono cliqueta et coupa le courant.

Louis s'effondra sur lui-même. Il porta la main à la naissance de sa longue tresse noire et retira le distil de sa fiche. Il le contempla un moment, le gardant dans sa paume. Puis, comme toujours, il le jeta dans un tiroir qu'il verrouilla. Le tiroir disparut. Le meuble qui avait l'air d'une pièce antique en bois massif était en fait en métal-coque fin comme du papier, muni d'un nombre infini de compartiments secrets.

Remettre le chrono à zéro était toujours une tentation. Louis y avait machinalement cédé pendant les premières années de sa dépendance. Par négligence, il était devenu une poupée de chiffon, squelettique, toujours sale. Finalement, il avait réuni ce qui lui restait de son ancienne volonté et fabriqué un chrono qu'il ne parvenait à régler qu'au bout de vingt minutes de tâtonnements et de concentration intenses. Son réglage actuel lui accordait quinze heures de courant et douze pour le sommeil et ce qu'il intitulait « la maintenance ».

Les cadavres étaient toujours là. Qu'en faire ? Louis n'en avait pas la moindre idée. S'il avait appelé tout de suite la police, il aurait attiré l'attention sur lui... Mais que dire une heure et demie plus tard ? Qu'il avait été assommé ? La police rechercherait au radar des fractures du crâne ! Mais Louis savait au moins une chose : au cours de la dépression noire qui succédait toujours au temps passé sur le secteur, il était incapable de prendre la moindre décision. Il exécutait sa routine de maintenance comme un robot. Même son dîner était préprogrammé.

Louis but un grand verre d'eau, mit la cuisine en marche, se rendit dans la salle de bains et effectua dix minutes d'exercices intensifs, combattant ainsi la dépression par l'épuisement. Pendant tout ce temps, il évita de regarder les deux macchabées de plus en plus roides. Le dîner était prêt quand il eut terminé. Il mangea sans plaisir... et se perdit dans ses souvenirs : jadis, il se nourrissait, faisait de la gym et se déplaçait avec le distil fiché en permanence dans le crâne — un dixième du courant normal constamment envoyé dans le centre du plaisir. Pendant un temps, il avait vécu avec une femme, une branchée elle aussi. Ils faisaient l'amour sur le courant... jouaient à des jeux de guerre et rivalisaient de calembours jusqu'au jour où elle s'était désintéressée de tout, hormis du distil. Alors, Louis avait recouvré assez de sa prudence innée pour s'enfuir de la Terre.

Il serait plus aisé de m'évader de ce monde que de me débarrasser de ces deux corps trop voyants, songeait-il. Mais suis-je déjà surveillé ?

Les deux morts, pourtant, n'avaient pas l'air d'agents du BRAS. Grands, peu musclés et d'une pâleur due à une lumière solaire plus orange que jaune. De l'espèce basse gravité, des Canyonites probablement. Et ils ne s'étaient pas battus à la manière du BRAS... Pourtant, ils avaient déjoué son système d'alarme. Des laquais de cette police, avec des amis qui attendaient au carrefour ?

Louis Wu déconnecta l'alarme de la porte de son balcon et sortit.

Canyon n'était pas régie par les règles communes aux autres planètes.

Guère plus grande que Mars, son atmosphère était juste assez dense, il y a à peine quelques siècles, pour permettre aux plantes qui utilisent la photosynthèse de croître. L'air contenait de l'oxygène, mais pas assez pour la vie humaine ou kzinti. La vie indigène n'avait pas dépassé le stade primitif des lichens. Aucun animal ne s'était développé.

Mais il y avait des monopôles magnétiques dans le halo cométaire entourant le soleil jaune-orange de Canyon, ainsi que de la radioactivité sur la planète elle-même. L'empire kzinti s'était jadis emparé de cette planète à l'époque où elle était inhabitée et l'avait truffée de dômes et de compresseurs. Il l'avait baptisée Torpille, en raison de sa proximité des mondes Pierin à conquérir.

Un millier d'années plus tard, l'empire kzinti en pleine expansion avait rencontré l'Espace humain.

Les guerres Hommes-Kzinti étaient depuis longtemps terminées lorsque naquit Louis Wu. Les Hommes avaient toujours remporté la victoire du fait de la tendance des Kzinti à attaquer avant d'être fin prêts. La civilisation sur Canyon était un legs de la Troisième Guerre Hommes-Kzinti, époque à laquelle l'un des mondes humains, Prodige, avait développé le goût des armes ésotériques.

Le Pacificateur créé par Prodige n'avait été utilisé qu'une seule fois. Une version gigantesque d'un banal outil de forage : un désintégrateur dont le faisceau annule la charge des électrons. Au contact du faisceau, la matière solide devient soudainement et fortement positive. Elle se pulvérise en un brouillard de particules monoatomiques.

Prodige avait fabriqué et transporté sur Torpille un autre désintégrateur colossal. Celui-ci projeta un faisceau en parallèle à celui du Pacificateur qui supprimait la charge des protons. Ces deux faisceaux avaient heurté la surface de la planète à quarante-cinq kilomètres de distance l'un de l'autre. La roche, les usines et les habitations kzinti avaient été réduites en poussière pendant qu'un rideau de lumière se déployait entre les deux points d'impact. L'arme avait creusé un canyon de vingt kilomètres de profondeur dans la planète, mettant à nu le magma sur une zone de la taille et de la forme de Baja California, sur la Terre, et orienté grosso modo d'est en ouest. Le complexe industriel kzinti avait été détruit. Les quelques dômes protégés par des champs de stase avaient été ensevelis sous le magma qui avait jailli au centre de l'immense faille avant que la roche ne se congelât.

Des falaises abruptes, hautes de plusieurs kilomètres, cernaient désormais une mer au centre de laquelle flottait une île étroite toute en longueur.

Les autres mondes humains doutaient encore aujourd'hui que le Pacificateur créé par Prodige eût mis fin à la guerre. Par contre, les Prodigieux en étaient fermement convaincus. Quant au Patriarcat kzinti, il n'était pas dans ses habitudes d'être terrifié par la grandeur à l'état pur.

Torpille avait été annexée après la Troisième Guerre Hommes-Kzinti et rebaptisée Canyon. Naturellement, la vie indigène avait souffert des gigatonnes de poussière qui étaient retombées sur la surface de la planète, ainsi que de la perte des flots d'eau qui s'étaient rués dans le canyon proprement dit et qui avaient formé une mer. Dans le canyon, la pression de l'air était confortable et, aujourd'hui, une civilisation de la taille d'un mouchoir de poche y prospérait.

L'appartement de Louis Wu était situé au treizième étage sur la face nord du canyon. Quand il sortit sur son balcon, la nuit jetait son ombre sur le sol du canyon, mais la face sud était encore illuminée par l'astre du jour. Des jardins suspendus de lichens indigènes cascadaient le long des parois. Des câbles en argent couraient sur plusieurs kilomètres le long de la roche taillée : les antiques ascenseurs, rendus obsolètes par les cabines de transfert. Mais les touristes les utilisaient encore pour admirer le panorama.

Son balcon surplombait la ceinture de parcs créée au centre de l'île. La végétation présentait l'aspect sauvage des terrains de chasse kzinti. Le rose et l'orange se mêlaient aux tons de la biosphère terrestre importée. La vie kzinti était largement répandue dans le canyon.

Les touristes kzinti étaient aussi nombreux que les touristes humains, là-bas, au fond. Les mâles kzinti ressemblaient à d'énormes chats orange marchant sur leurs pattes postérieures… Enfin, presque. Mais leurs oreilles se déployaient comme des ombrelles chinoises roses. Leurs queues étaient nues, et roses aussi. Leurs jambes droites et leurs grandes mains les désignaient comme des fabricants d'outils. Hauts de deux mètres cinquante, ils évitaient de heurter les Humains, mais laissaient jaillir leurs griffes, polies avec minutie, du bout de leurs doigts noirs si jamais un Homme passait trop près. Réflexe ? Peut-être.

Parfois, Louis se demandait quelle impulsion les avait ramenés sur un monde qui, jadis, leur avait appartenu. Certains avaient peut-être des ancêtres ici, encore en vie dans le temps figé des dômes enfouis sous la lave. Un jour, ils allaient devoir creuser…

Il y avait tellement de choses que Louis n'avait pas

faites sur Canyon à cause de l'appel constant du courant. Profitant de la basse gravité, Hommes et Kzinti escaladaient ses falaises vertigineuses pour le sport.

Bah ! Il lui restait une dernière chance de tenter cet exploit. C'était l'une de ses trois routes pour repartir de ce monde. La deuxième était les ascenseurs et la troisième, une cabine de transfert menant aux Jardins du Lichen. Il ne les avait jamais vus.

A la surface de Canyon, on trouvait des mines et une vaste réserve assez mal entretenue qui contenait les variétés survivantes de lichens canyonites. Toutefois, un paysage lunaire et stérile occupait presque toute la superficie. Un Homme prudent pouvait y faire atterrir un vaisseau spatial sans être détecté et pouvait le dissimuler dans un endroit où seule une recherche au radar en profondeur eût permis de le repérer. Un Homme prudent l'avait fait. Depuis dix-neuf années, le vaisseau de Louis Wu attendait, caché dans une grotte de la falaise nord d'une montagne dont le minerai recelait un métal de qualité inférieure : un trou plongé dans l'ombre permanente sur la surface sans air de Canyon.

Donc, cabines de transfert, ou ascenseurs, ou escalade, songeait Louis. Et une fois en haut, à moi la liberté !

Mais le BRAS risquait de surveiller ces trois issues. Ou se jouait-il une comédie paranoïaque ? Comment les forces de police de la Terre auraient-elles pu le retrouver ? Il avait changé de visage, de style de coiffure, de mode de vie. Les choses qu'il avait tant aimées étaient justement celles qu'il avait exprès abandonnées. Il utilisait un lit au lieu de plaques de couchage ; il évitait le fromage, comme si c'était du lait tourné, et son appartement était meublé d'escamotables fabriqués en série. Les seuls vêtements qu'il possédait étaient en fibre naturelle chère, sans aucun effet optique.

Il avait quitté la Terre avec l'allure typique d'un

branché : la peau tirée sur les os, l'œil rêveur. Depuis, il s'était imposé un régime rationnel, s'était infligé la torture d'exercices physiques et d'un cours hebdomadaire d'arts martiaux (plus ou moins illégal. N'importe ! S'il avait été pris par la police, il aurait été fiché sous un faux nom). Et à présent, il était le clone d'un Homme à la santé resplendissante, avec une musculature que le jeune Louis Wu ne s'était jamais donné la peine de développer. Comment le BRAS pourrait-il le reconnaître ?

Et ces deux-là, comment étaient-ils entrés ? Aucun voleur ordinaire n'aurait su déjouer son système d'alarme.

Bientôt, la climatisation ne chasserait plus l'odeur. Et maintenant, un peu tard, Louis éprouvait la honte du tueur d'Hommes. Seulement, ils avaient envahi son territoire, n'est-ce pas ? Et sur le courant, on ignore la culpabilité. Même la douleur est un piment qui agrémente la joie, et la joie — comme celle, instinctive chez l'Homme, de tuer un voleur pris la main dans le sac — devient alors immensément intense. Ces voleurs savaient qu'il était un camé aux Ampères. C'était à la fois pour Louis Wu un avertissement et un affront.

Les touristes humains et kzinti, ainsi que les indigènes qui grouillaient dans la rue en contrebas, avaient l'air innocent, et l'étaient probablement. Si jamais un agent du BRAS le surveillait en ce moment même, il utiliserait des jumelles, posté à l'une des fenêtres obscures d'un bâtiment alentour. Aucun touriste ne levait le nez… Mais soudain, les yeux de Louis Wu se fixèrent sur un Kzin.

Haut de deux mètres cinquante, large d'un mètre, une épaisse fourrure orange : il ressemblait aux dizaines de Kzinti qui déambulaient dans la rue. Ce qui avait attiré l'œil de Louis était la façon dont les poils de l'extraterrestre poussaient : par touffes hirsutes, blanchissant sur plus de la moitié du corps, comme si la chair était lardée de cicatrices. Des marques noires cerclaient les yeux. Des yeux qui n'admiraient pas le paysage, mais scrutaient la face des passants humains.

Louis le regardait bouche bée, les yeux écarquillés, et il dut s'arracher à cette contemplation. Il retourna dans son appartement sans hâte apparente, reverrouilla la porte de son balcon et remit le système d'alarme. Enfin, il sortit le distil de sa cachette. Ses mains tremblaient.

Parleur-aux-Animaux ! Il ne l'avait pas vu depuis vingt ans. Parleur-aux-Animaux, jadis ambassadeur auprès de l'Espace humain. Parleur avec qui Louis Wu, ainsi qu'un Marionnettiste de Pierson et une jeune femme humaine très étrange avaient exploré une minuscule portion de la gigantesque structure appelée l'Anneau-Monde. Parleur qui avait reçu en récompense du Patriarche de Kzin un nom pour le trésor qu'il en avait rapporté. Maintenant, on risquait d'être tué si on l'appelait par sa profession, mais quel était son nom, déjà ? Un truc qui commençait par un crachement, comme le *ch* allemand, ou le grognement menaçant d'un lion : *Chmeee*, voilà ! Mais que fabriquait-il ici ? Avec un vrai nom, un domaine et un sérail de Kzinti presque toutes enceintes, Chmeee n'avait jamais eu l'intention de repartir un jour de Kzin. L'idée qu'il jouât au touriste sur un monde annexé par les Humains était ridicule.

Savait-il que Louis Wu se trouvait dans le canyon ?

Louis devait partir tout de suite. Remonter à la surface et gagner le vaisseau.

Voilà pourquoi Louis Wu, les yeux plissés, bidulait, à l'aide de minuscules instruments, les minuscules réglages du chrono qu'il avait incorporé dans son distil. Le tremblement de ses mains était exaspérant... Maintenant qu'il allait quitter Canyon et ses jours de vingt-sept heures, il fallait de toute façon modifier le chrono. Il connaissait sa cible. Il existait un autre monde dans l'Espace humain, dont la surface était un paysage lunaire et stérile. Il pouvait poser un astronef sans être détecté dans la zone ouest de Jinx, dépourvue d'atmosphère... Et régler maintenant le chrono en conséquence... Et surtout, passer *maintenant* quelques heures sur le courant pour se donner du nerf. Tout cela se tenait parfaitement. Il s'accorda deux heures.

Presque deux heures s'écoulèrent avant l'arrivée du troisième envahisseur. Plongé qu'il était dans l'extase du courant, rien n'aurait su troubler Louis. Cette apparition lui fut comme un soulagement.

La créature se tenait solidement campée sur son unique patte postérieure et ses deux pattes antérieures très écartées. Entre ses épaules saillait une grosse bosse : la boîte crânienne recouverte d'une foisonnante chevelure d'or, bouclée en spirales et étincelante de bijoux. Deux longs cous flexibles pointaient de part et d'autre de la boîte crânienne et se prolongeaient par deux têtes de serpent. Un Marionnettiste. Les deux bouches aux lèvres mobiles et caoutchouteuses tenaient lieu de mains. L'une brandissait un paralyseur de fabrication humaine, sa longue langue fourchue enroulée autour de la détente.

Louis Wu n'avait pas vu de Marionnettiste depuis vingt-deux ans. Il le trouva charmant.

Le Marionnettiste avait surgi du néant. Cette fois, Louis Wu l'avait vu se matérialiser au milieu de son tapis d'herbe jaune. Il s'était donc angoissé pour rien. Le BRAS ne le cherchait pas. Le problème des voleurs canyonites était résolu.

— Des disques marcheurs ! s'écria Louis joyeusement.

Et il s'élança vers l'extraterrestre. Il serait facile de le vaincre. Les Marionnettistes étaient tous des poltrons...

Le paralyseur lança une étincelle orange. Louis Wu

s'écroula sur le tapis, les muscles flasques. Sa respiration se fit laborieuse. Des points noirs dansèrent devant ses yeux.

Le Marionnettiste contourna avec précaution les deux morts, considérant Louis de deux directions à la fois. Deux séries de dents carrées se plantèrent dans les poignets de Louis, mais sans lui faire mal. Enfin, l'intrus le traîna sur une portion du tapis.

L'appartement disparut.

Dire que Louis Wu était inquiet serait exagéré. Il n'éprouvait pas une sensation aussi désagréable. Froidement (car la joie uniforme accordée par le courant vous permet une abstraction de raisonnement dont les mortels sont d'ordinaire incapables), il réajustait son image du monde.

Il avait déjà vu des disques marcheurs sur le monde d'origine des Marionnettistes de Pierson. Ce système de télétransport ouvert était très supérieur aux cabines de transfert closes des mondes humains.

Apparemment, un Marionnettiste avait installé des disques marcheurs dans son appartement et avait envoyé deux Canyonites le chercher. Ceux-ci ayant échoué, il était venu en personne. Les Marionnettistes le voulaient donc à tout prix.

C'était doublement rassurant. Primo, le BRAS n'avait rien à voir avec cette affaire. Secundo, la philosophie de la couardise éclairée des Marionnettistes remontait à un million d'années. Voulaient-ils lui faire la peau? Guère probable. Ils disposaient de moyens moins onéreux et moins risqués pour cela. Il les intimiderait facilement.

Louis était toujours allongé sur la portion d'herbe jaune sous laquelle avait été fixé le disque marcheur. Il aperçut un immense édredon de fourrure orange à l'autre bout de la pièce, devant lui... Non, un Kzin, les yeux ouverts, endormi, ou paralysé, ou mort... Parleur, à vrai dire. Louis fut heureux de le voir.

Ils se trouvaient dans un astronef, une coque des

Produits Généraux. Au-delà des murs transparents, des rochers lunaires aux arêtes aiguës réverbéraient l'étincelante lumière du soleil. Un champ de lichen vert-violet apprit à Louis qu'il était toujours sur Canyon.

Mais cela ne l'inquiétait pas.

Le Marionnettiste relâcha ses poignets. Les bijoux qui étincelaient dans sa crinière n'étaient pas « naturels » mais des sortes d'opales noires. Une de ses deux têtes plates et sans cerveau se pencha et arracha le distil de la fiche implantée dans le crâne de Louis. Puis, le Marionnettiste se posa sur une plaque rectangulaire et se volatilisa avec le distil.

2

L'ENRÔLEUR

Le Kzin paralysé surveillait Louis depuis un moment. Il se racla la gorge, puis se jeta à l'eau :

— Lou-iirrr !

— Hum ! fit Louis.

Celui-ci avait songé à se tuer mais impossible. Il pouvait à peine bouger les doigts.

— Louis, serais-tu devenu un brrranché ?

— Ungle, fit Louis pour gagner du temps.

Cela marcha. Le Kzin laissa tomber. Et Louis, dont l'idée fixe était la disparition de son distil, obéit à un vieux réflexe : il regarda autour de lui pour savoir dans quel pétrin il s'était fourré.

L'hexagone d'herbe sur lequel il était installé correspondait au disque récepteur du système de télétransport. Le cercle noir, plus loin, devait être le transmetteur. Sinon, le sol était transparent, de même que la coque à bâbord et le mur à la poupe.

Les appareils du shunt hyperspatial occupaient presque toute la longueur du vaisseau, sous le sol. La machinerie n'était pas de fabrication humaine. Elle avait cet air à moitié fondu qui signe la majorité des constructions marionnettistes. Donc, ce vaisseau pouvait dépasser la vitesse de la lumière. Il était bon pour un long voyage, semblait-il.

A travers la cloison à la poupe, Louis apercevait

une soute munie d'une écoutille latérale incurvée. Un cône effilé de dix mètres de haut et de vingt mètres de large en occupait presque tout le volume. La pointe du cône était équipée d'une tourelle avec des sabords pour les armes et les senseurs. Sous la tourelle, une fenêtre panoramique. Plus bas encore, une écoutille rabattable qui, une fois ouverte, formerait une rampe.

C'était un atterrisseur, une navette d'exploration. De fabrication humaine et sur mesure, conclut Louis. En fait, rien de semi-fondu.

Au-delà de la navette, Louis entrevoyait une paroi argentée : un réservoir de carburant, probablement.

Il n'avait pas encore découvert une seule porte dans son compartiment.

Avec difficulté, Louis tourna la tête. Derrière le mur transparent, une partie du poste de pilotage était cachée par une cloison vert opaque. Louis y aperçut une console courbe dotée d'écrans, de cadrans et de poignées adaptées à la forme des mâchoires d'un Marionnettiste. Le siège du pilote était une banquette capitonnée, munie d'un filet de sécurité et d'échancrures pour la hanche et les épaules d'un Marionnettiste de Pierson. Aucune porte non plus dans ce mur-là.

A tribord... Ma foi, au moins leur cellule était assez spacieuse. Une douche, une paire de plaques de couchage et une riche fourrure étendue sur ce qui était peut-être un lit d'eau kzinti. Entre eux, une structure volumineuse. Louis reconnut un recycleur et un distributeur alimentaires, fabriqués sur Prodige. Derrière les lits se dressait encore une cloison verte. Pas de sas.

En fait, Parleur et lui se retrouvaient dans une boîte hermétique.

Le vaisseau était de fabrication marionnettiste : une coque Taille 3 des Produits Généraux, un cylindre au ventre aplati et aux extrémités arrondies. L'empire commercial marionnettiste en avait vendu des millions. Invulnérables, hormis à la gravité et à la lumière visible, selon leur pub. A peu près à l'époque où Louis Wu était né, les espèces marionnettistes avaient fui l'Espace connu en direction des Nuages de Magellan. Aujourd'hui, deux cents ans et quelques plus tard, on voyait encore partout des coques des Produits Généraux. Certaines étaient passées entre les mains d'une dizaine de générations successives de propriétaires.

Vingt-trois ans auparavant, l'astronef marionnettiste, le *Menteur*, s'était écrasé sur l'Anneau-Monde à la vitesse de mille deux cent cinquante kilomètres par seconde. Un champ de stase avait protégé Louis et les autres passagers... Et la coque n'avait même pas souffert d'une égratignure.

— Tu es un guerrier kzinti, dit Louis. (Ses lèvres étaient enflées et engourdies.) Peux-tu défoncer un fuselage des Produits Généraux ?

— Non, répondit Parleur. (*Pas* Parleur. *Chmeee!*)

— Simple question utile... Mais au fait, Chmeee, que fabriques-tu sur Canyon ?

— J'ai reçu un message. Louis Wu vit au fond de la faille sur Torpille. Adepte du courant. Il y avait des hologrammes à l'appui. Sais-tu à quoi tu ressembles sur le courant ? A une algue marine se balançant selon les caprices de l'onde.

Louis découvrit des larmes qui s'égouttaient de son nez.

— Tanj ! quel tourment ! Pourquoi es-tu venu ?

— Pour te dire quel déchet tu es !

— Qui t'a envoyé ce message ?

— Je l'ignore. Le Marionnettiste, certainement. Il nous voulait tous les deux. Louis, ton cerveau est-il endommagé au point de ne pas avoir remarqué que ce Marionnettiste...

—... n'est pas Nessus. Exact. Mais as-tu remarqué, toi, le soin qu'il accorde à sa crinière ? Il en a pour une heure par jour pour se coiffer, facile. Si je l'avais vu sur son monde, j'aurais conclu qu'il était d'un rang élevé.

— Et alors ?

— Alors, aucun Marionnettiste sain d'esprit ne risquerait sa vie dans un voyage interstellaire. Les Marionnettistes ont emporté avec eux leur planète, sans compter quatre mondes agricoles. Ils en auront pour des centaines de milliers d'années à une vitesse subluminique, uniquement parce qu'ils ont peur de l'hyperespace. Peu importe qui est celui-là, c'est un fou, comme tous les Marionnettistes qu'ont vus des yeux humains. Je ne sais pas ce qui nous attend. Mais le revoilà !

Au poste de pilotage, le Marionnettiste les observait à travers le mur transparent, installé sur son disque marcheur hexagonal.

— M'entendez-vous ? demanda-t-il d'une délicieuse voix féminine au contralto séduisant.

Chmeee s'écarta du mur en tanguant, sortit ses griffes, se laissa choir sur ses quatre pattes et chargea. Il heurta violemment le mur. N'importe quel Marionnettiste eût sursauté de peur, mais pas celui-là.

— Notre équipage est presque au complet, annonça-t-il. Il ne nous manque plus qu'un seul membre.

Louis s'aperçut qu'il pouvait rouler sur lui-même et le fit.

— Recule ! lança-t-il. Et commençons par le début. Tu nous as enfermés dans une boîte. Nous n'avons rien à cacher. Qui es-tu ?

— Tu peux me donner le nom qui te plaît.

— *Qu'est-ce* que tu es ? Que veux-tu de nous ?

Le Marionnettiste hésita, puis répondit :

— J'étais l'Ultime sur mon monde. J'étais le partenaire de celui que vous connaissez sous le nom de Nessus. Maintenant, je ne suis plus ni l'un ni l'autre. J'ai besoin de vous pour faire partie de l'expédition qui retourne sur l'Anneau-Monde, afin de rétablir mon statut.

— Nous ne travaillerons pas pour toi, rétorqua Chmeee.

— Est-ce que Nessus va bien ? demanda Louis.

— Merci de ta sollicitude. Nessus est sain de corps et d'esprit. Le choc qu'il a subi sur l'Anneau-Monde était juste ce dont il avait besoin pour recouvrer sa santé mentale. Il est à la maison et s'occupe de nos deux fils.

Ce qui a été infligé à Nessus, songea Louis, aurait été un choc pour n'importe qui.

Les natifs de l'Anneau-Monde avaient tranché une de ses deux têtes. Si Louis et Teela n'avaient pas appliqué un tourniquet sur sa gorge, Nessus serait mort, vidé de tout son sang.

— Je parie que tu lui as fait transplanter une nouvelle tête.

— Bien sûr !

— Tu ne serais pas ici si tu n'étais pas cinglé, avança Chmeee. Pourquoi un billion de Marionnettistes choisiraient-ils un fou pour les gouverner ?

— Je ne me considère pas comme un fou.

Sa jambe postérieure fléchissait nerveusement. Et sur ses deux faces flottait un air idiot, dû aux lèvres molles et béantes.

— Je t'en prie, ne répète jamais cela. J'ai bien servi mon espèce, de même que les quatre Ultimes qui m'ont précédé, avant que la faction conservatrice n'ait acquis assez de pouvoir pour évincer la mienne. Elle a tort. Je le prouverai. Nous irons sur l'Anneau-Monde et découvrirons un trésor qui dépasse leur esprit borné.

— Kidnapper un Kzin, gronda Chmeee, griffes sorties, est probablement une erreur.

Le Marionnettiste les toisait de derrière le mur.

— Tu ne serais pas venu. Louis non plus. Tu as un statut et un nom. Louis, son distil. Notre quatrième membre était une prisonnière. Mes agents m'ont informé qu'elle a été libérée et est sur le point de nous rejoindre.

Louis poussa un cri amer. L'humour était amer sans le courant.

— Tu n'as vraiment pas beaucoup d'imagination. Comme la première expédition ? Moi, Chmeee, un Marionnettiste et une femme. La femme, qui est-ce ? Une autre Teela Brown ?

— Non ! Nessus était terrifié par Teela Brown... Avec raison, à mon avis. J'ai arraché Halrloprillalar des griffes du BRAS. Nous aurons pour guide une native de l'Anneau-Monde. Quant à la nature de notre expédition, pourquoi rejetterais-je une stratégie gagnante ? Vous, vous vous êtes bien échappés de l'Anneau-Monde, non ?

— Tous, sauf Teela.

— Teela y est restée de son plein gré.

— Nos efforts ont été récompensés, avança le Kzin. Nous avons rapporté un vaisseau spatial capable de franchir une année-lumière en une minute vingt-cinq secondes. J'ai obtenu un nom et un statut grâce à ce vaisseau. Que peux-tu nous offrir de comparable ?

— Beaucoup de choses. Peux-tu bouger maintenant, Chmeee ?

Le Kzin se leva. Il ne ressentait presque plus les effets du paralyseur. En revanche, Louis souffrait encore de vertiges et ses extrémités étaient engourdies.

— Es-tu en forme ? Vertiges, douleurs, nausées ?

— Pourquoi autant d'anxiété, mangeur-de-racines ? Tu m'as laissé dans l'autodoc plus d'une heure. Je manque de coordination et j'ai faim, rien de pire.

— Bien. Nous n'avons pu tester la substance au-delà de ce stade. Tu vois, Chmeee, tu as déjà ta récompense. L'épice survolteuse a permis à Louis Wu de rester jeune et fort pendant deux cent vingt-trois ans.

Mon peuple a mis au point un produit analogue pour les Kzinti. Tu pourras en rapporter la formule au Patriarche de Kzin quand notre mission sera terminée.

Chmeee parut désemparé.

— Je vais redevenir jeune ? ? ? Cette saloperie est déjà en moi ?

— Oui.

— Nous aurions très bien pu développer un procédé semblable pour notre espèce. Mais nous ne le voulions pas.

— J'ai besoin de toi jeune et fort. Chmeee, cette mission est très dangereuse ! Je n'ai pas l'intention d'atterrir sur l'Anneau-Monde lui-même mais sur le spatioport périphérique. Tu me feras part de toutes tes découvertes. Toi aussi, Louis. Quant à ta récompense immédiate...

Le distil se matérialisa sur le disque marcheur dans leur cellule. Il avait été ouvert et rescellé. Le cœur de Louis fit un bond.

— Ne l'utilise pas encore, dit Chmeee.

C'était un ordre.

— Si tu le dis... Ultime, depuis combien de temps me surveillais-tu ?

— Je t'ai retrouvé il y a quinze ans au fond du canyon. Mes agents essayaient déjà de libérer Halrloprillalar sur la Terre. Sans guère de succès. J'ai installé les disques marcheurs dans ton appartement et attendu le moment propice. Je dois à présent enrôler notre guide.

Le Marionnettiste actionna une manette avec une bouche, fit un pas en avant et disparut.

— Ne te branche pas, dit Chmeee.

— A tes ordres.

Louis tourna le dos. Il saurait qu'il était devenu dingue le jour où le besoin de courant le pousserait à attaquer un Kzin. Au moins, il y avait peut-être un avantage à tout cela... Il s'accrocha de toutes ses forces à cette idée.

Louis n'avait rien pu faire pour sauver Halrloprillalar.

Halrloprillalar était âgée de plusieurs milliers d'années lorsqu'elle avait rejoint Louis, Nessus et Parleur dans leur quête désespérée pour trouver un moyen de repartir de l'Anneau-Monde. Les indigènes qui demeuraient sous son poste de police flottant la traitaient comme une déesse du ciel. Toute l'équipe avait joué le jeu. Et avec l'aide d'Halrloprillalar, les natifs les avaient traités aussi comme des dieux, alors qu'ils retournaient vers l'épave du *Menteur*. Elle et Louis avaient été amoureux.

Les trois espèces de l'Anneau-Monde qu'ils avaient rencontrées possédaient toutes le génotype humain, sans être tout à fait de la race de l'Homme. Halrloprillalar était presque chauve et avait les lèvres minces d'un singe. Parfois, les vieillards ne recherchent dans l'amour que l'exotisme. Louis s'était demandé si cela n'avait pas été aussi son cas. Les défauts de Prill sautaient aux yeux... Mais tanj ! il avait également les siens.

Et il avait une dette envers Halrloprillalar. Ils l'avaient utilisée. Nessus l'avait conditionnée avec un tasp. Louis n'avait rien fait pour l'en empêcher.

Elle était retournée avec Louis dans l'Espace humain. Elle était allée avec lui dans les bureaux des Nations Unies à Berlin et n'en était jamais ressortie. Si l'Ultime l'avait libérée et la ramenait sur son monde d'origine, c'était plus que Louis Wu ne pourrait jamais faire pour elle.

— Je crois que le Marionnettiste ment, observa Chmeee. Délire de grandeur. Pourquoi les Marionnettistes toléreraient-ils qu'un dément les gouverne ?

— Parce qu'eux-mêmes fuient le pouvoir. Le risque. Le postérieur du boss est assis sur un lieu exposé. Sélectionner le plus brillant parmi un minuscule pourcentage de mégalomaniaques est logique si on se place de leur point de vue... Ou encore : une lignée d'Ultimes a enseigné au restant de la population à baisser la tête... Méfiez-vous du trop grand pouvoir. C'est dangereux. Les deux versions sont possibles.

— Tu penses qu'il nous a dit la vérité ?

— J'ignore trop d'éléments. Et même s'il ment ? Il nous tient.

— Toi, il te tient, rétorqua le Kzin. Il te tient par le courant. N'as-tu pas honte ?

C'est vrai, Louis avait honte. Il luttait pour empêcher ce sentiment de paralyser son esprit, de le faire sombrer dans le désespoir total. Il n'avait plus d'issue : il était enfermé dans une boîte qui elle-même était enfermée dans une coque des Produits Généraux. Quoique...

— Si tu songes encore à t'évader, dit-il, tu ferais mieux de penser à ceci : tu vas redevenir jeune. Sur ce point, il n'a pas menti. Cela n'aurait aucun sens. Que se passe-t-il quand on rajeunit ?

— Davantage d'appétit. Davantage d'énergie. Davantage d'agressivité. Et ça, Louis, tu ferais mieux d'y penser.

Chmeee avait pris de la bouteille avec l'âge. Les marques noires qui cerclaient ses yeux étaient presque grises ; son poil aussi grisonnait. Mais quand il se mouvait, ses muscles d'acier ondoyaient. Aucun jeune Kzin sensé ne se serait battu avec lui. Cependant, le plus important, c'étaient les cicatrices. Sur l'Anneau-Monde, plus de la moitié de son pelage ainsi que sa chair avaient brûlé. Vingt-trois ans plus tard, la fourrure avait repoussé sur le tissu cicatriciel, mais par touffes hirsutes.

— L'épice survolteuse soigne les cicatrices, dit Louis. Ton poil poussera lisse et soyeux. Et orange.

— Alors, je serai plus beau. (Sa queue battait.) Il

faut que je tue l'herbivore. Les cicatrices sont des souvenirs qu'il est interdit d'effacer.

— Mais comment prouveras-tu que tu es Chmeee ?

La queue se figea. Chmeee fixa Louis.

— Moi, il me tient par le courant.

Louis n'aurait pas été aussi affirmatif sans la présence quasiment certaine de micros. Un Marionnettiste tenait forcément compte du risque de mutinerie.

— Et toi, il te tient par ton sérail, ton domaine, les privilèges et le nom qui appartiennent à Chmeee, le héros vieillissant. Le Patriarche ne croira à ton histoire qu'à la condition que le Marionnettiste confirme que tu as absorbé de l'épice survolteuse.

— Tais-toi.

Soudain, c'en fut trop pour Louis Wu. Il voulut saisir le distil, mais le Kzin bondit et enfouit dans sa pogne noire et orange la boîte en plastique noir.

— Comme tu veux !

Louis s'effondra sur son lit. Il manquait de sommeil, de toute façon.

— Pourquoi es-tu devenu un branché ? Comment ?

— Je... Ce que tu dois comprendre... Tu te souviens de la dernière fois où nous nous sommes vus ?

— Oui. Très peu d'Humains ont été invités sur Kzin. Tu méritais cet honneur, en ce temps-là.

— Peut-être. Peut-être... Tu te souviens de m'avoir montré la Maison du Passé du Patriarche ?

— Oui. Tu essayais de m'expliquer que nous pouvions améliorer les relations multiespèce. Il suffisait de laisser une équipe de reporters humains visiter le musée avec des caméras holo.

Louis sourit à ce souvenir.

— Et c'est ce que nous avons fait.

La Maison du Passé du Patriarche était à la fois immense et grandiose : un gigantesque bâtiment tentaculaire, construit dans d'épais blocs volcaniques effilés aux extrémités. Tout en angles et des canons laser installés au faîte des quatre hautes tours. Il avait fallu deux jours à Chmeee et à Louis pour traverser l'enfilade de salles.

Il faut dire que le passé officiel de la Patriarchie remonte loin dans le temps. C'est pourquoi Louis avait pu contempler d'antiques fémurs de sthondat munis de poignées incorporées: les gourdins des Kzinti primitifs. Il avait vu aussi des armes pouvant être classées comme canons manuels mais que peu d'Humains auraient été capables de soulever, une armure, constituée de plaques d'argent, aussi épaisses qu'une porte de coffre-fort, ainsi qu'une cognée capable d'abattre un séquoia adulte. Cependant, alors qu'ils discutaient au sujet de l'éventuelle visite d'un reporter humain, ils étaient arrivés devant le piédestal d'Harvey Mossbauer.

La famille d'Harvey Mossbauer avait été tuée et dévorée pendant la Quatrième Guerre Hommes-Kzinti. Maintes années après la paix et d'intenses préparatifs frisant la monomanie, Harvey avait atterri seul et armé sur Kzin. Il avait tué quatre mâles kzinti et lancé une bombe dans le sérail du Patriarche avant que les gardes ne fussent parvenus à le tuer. Ce qui leur avait compliqué la tâche, avait alors expliqué Chmeee, avait été leur désir de garder intacte la dépouille.

— Tu appelles cela intact, toi ?

— Mais il s'est battu. Et il fallait voir comment ! Il y a encore des bandes. Tu sais, Louis, nous savons honorer un ennemi courageux et puissant.

La dépouille était si lardée de cicatrices qu'il fallait y regarder à deux fois pour déterminer son espèce. Elle était exposée bien en évidence sur un grand piédestal avec une plaque en métal-coque. Un reporter humain moyen n'eût peut-être pas compris qui c'était, mais Louis, si.

— Je me demande, dit-il vingt ans plus tard, alors qu'il n'était plus qu'un camé aux Ampères kidnappé dont le distil avait été volé, si je peux te faire comprendre l'orgueil que j'ai ressenti alors, parce que Harvey Mossbauer était un Humain.

— Les souvenirs, c'est bien, mais nous parlions de la dépendance à l'égard du courant, rappela Chmeee.

— Les gens heureux ne deviennent pas dépendants du courant. Il faut effectuer la démarche de se faire implanter la fiche. Je me sentais bien ce jour-là. Comme un héros. Sais-tu où se trouvait Halrloprillalar ?

— Où ?

— Entre les mains du gouvernement. Du BRAS. Ils la harcelaient de questions et je ne pouvais rien faire. Or, elle était sous ma protection. Tanj ! je l'avais ramenée sur la Terre avec moi.

— Mais, Louis, elle te tenait par les glandes ! Il est vraiment préférable que les femelles kzinti ne soient pas intelligentes. Tu aurais fait tout ce qu'elle te demandait. Elle voulait visiter l'Espace humain.

— Bien sûr, avec moi pour guide. On ne l'a jamais fait... Chmeee, nous avons remis le *Long Shot* et livré Halrloprillalar à une coalition Terre-Kzin, puis nous ne les avons plus jamais revus. Et pour nous, interdiction d'en parler à quiconque.

— Le moteur du second quantum d'hyperpropulsion est devenu un secret du Patriarche.

— Top secret des Nations Unies, aussi. A mon avis, les autres gouvernements de l'Espace humain en ignorent l'existence. On m'a fait clairement comprendre que je ferais mieux de me taire. Et bien sûr, l'Anneau-Monde fait partie du secret, car sans le *Long Shot*, comment serions-nous *allés là-bas* ? C'est pourquoi je me demande comment l'Ultime espère *atteindre* l'Anneau-Monde ? A deux cents années-lumière de la Terre — plus, de Canyon —, en comptant trois jours pour parcourir une année-lumière si nous y allons dans ce vaisseau... Crois-tu qu'il y ait un autre *Long Shot* caché quelque part ?

— Arrête de détourner la conversation ! Pourquoi as-tu un fil implanté dans ton cerveau ?

Chmeee s'accroupit, griffes tendues. Peut-être était-ce un réflexe qui échappait à son contrôle ?... Peut-être.

— A mon retour de Kzin, je n'ai pu obtenir du BRAS l'autorisation de voir Prill. Si j'avais pu réunir une expédition pour l'Anneau-Monde, je l'aurais réclamée comme guide, mais tanj ! je n'avais pas le droit d'en parler, hormis au gouvernement... et à toi. Cela ne t'intéressait pas.

— Mais comment aurais-je pu partir ? J'avais un domaine, un nom et des enfants qui allaient naître. Les femelles kzinti sont très dépendantes. Il faut constamment veiller sur elles.

— Et maintenant, que va-t-il leur arriver ?

— Mon fils aîné gérera mes biens. Mais si je reste absent trop longtemps, il se battra avec moi pour les garder. Si... *Louis* ! Pourquoi es-tu devenu un branché ?

— Un clown m'a frappé avec un tasp.

— Urrr ?

— Je flânais dans un musée, à Rio, quand quelqu'un m'a fait ma fête de derrière un pilier.

— Mais Nessus avait emporté un tasp sur l'Anneau-Monde pour contrôler son équipage. Et il l'a utilisé sur nous deux.

— Exact. Offrir le bonheur pour vous tenir en bride, c'est bien des Marionnettistes de Pierson ! L'Ultime utilise la même tactique, d'ailleurs. Il garde mon distil sous commande à distance et à toi, il t'a donné la jeunesse éternelle, et tout cela, pour quoi ? Pour que nous fassions ses quatre volontés, voilà !

— Nessus a utilisé le tasp sur moi, mais je ne suis pas devenu un branché pour autant.

— Moi non plus, à l'époque. Mais je ne cessais de penser à Prill ; je me sentais un salaud vis-à-vis d'elle et je voulais prendre une sabbatique. J'ai pour habitude de partir seul dans un vaisseau monoplace aux confins de l'Espace jusqu'à ce que je puisse de nouveau supporter les gens. Et me supporter. Mais cela aurait été comme abandonner Prill. Puis ce clown m'a fait ma fête. Une étincelle seulement, mais *dix* fois plus puissante que le tasp de Nessus... Je... J'ai tenu pendant presque un an, puis je suis allé me faire implanter une fiche dans le crâne.

— Je devrais arracher ce fil de ton cerveau.

— Il y aurait des effets secondaires indésirables.

— Et pourquoi t'es-tu réfugié sur Torpille ?

— Ah ! ça ! La paranoïa, peut-être, mais mets-toi à ma place : Halrloprillalar qui avait disparu dans le building du BRAS et qui n'en était jamais ressortie. Louis Wu en train de devenir un camé aux Ampères, ignorant à quels imbéciles plat-terriens il risquait de dévoiler le top secret. J'ai pensé qu'il valait mieux fuir. Il est facile de se poser sur Canyon sans se faire remarquer.

— Je pense que c'était aussi l'avis de l'Ultime.

— Chmeee, donne-moi le distil ou laisse-moi dormir... ou tue-moi. Je suis vidé et tout m'est égal.

— Dors, alors !

3

UN FANTÔME PARMI L'ÉQUIPAGE

Quel plaisir que de s'éveiller flottant entre les plaques de couchage !... Mais soudain, Louis se souvint de tout.

Pendant ce temps, Chmeee dévorait une épaule de viande rouge crue. Prodige fabriquait des recycleurs alimentaires conformes au goût de plusieurs espèces.

— Tous les appareils à bord, dit le Kzin entre deux bouchées, ont été fabriqués par les Humains ou auraient pu l'être. Même la coque peut avoir été achetée sur n'importe quel monde humain.

Comme un fœtus dans sa matrice, Louis flottait en apesanteur. Les yeux clos et les genoux repliés. Mais impossible d'oublier où il se trouvait.

— Je pensais que l'atterrisseur avait un design jinxien. Fabriqué sur commande mais sur Jinx. Et ton lit ? Kzinti ?

— Fibre synthétique. Une fausse fourrure de Kzin vendue, sans aucun doute, au marché noir et en plus à des Humains : un humour d'un goût douteux. Avec quel plaisir je donnerais la chasse au fabricant, si je le trouvais !

Louis actionna l'interrupteur du champ de sommeil. Celui-ci s'annula, le déposant doucement sur le sol.

Dehors, il faisait nuit : des étoiles d'un blanc cru et un paysage informe de velours noir. Même s'ils se procuraient des combinaisons spatiales, le canyon pouvait se trouver sur l'autre hémisphère de la planète. Ou juste de l'autre côté de l'arête noire qui s'élançait vers l'horizon cosmique. Mais comment le savoir ?

Le recycleur était muni de deux claviers, l'un avec des instructions en langue interworld et l'autre en Langue Héroïque. Et un digesteur de chaque côté. Louis eût préféré un système moins explicite. Le petit déjeuner qu'il composa au cadran testerait le répertoire de la cuisine.

— Est-ce que la situation t'intéresse ? rugit le Kzin.

— Regarde à tes pieds !

— Grrrr… Oui, fit le Kzin, qui s'était mis à quatre pattes. Ce shunt hyperspatial est de fabrication marionnettiste. C'est donc le vaisseau dans lequel l'Ultime a déserté la Flotte des Mondes.

— Tu oublies les disques marcheurs. Les Marionnettistes ne les emploient que sur leur propre monde. Or, l'Ultime a envoyé sur ces disques des agents humains pour me capturer.

— L'Ultime a dû les voler, ainsi que le vaisseau et d'autres broutilles. Avec des fonds qui devaient appartenir aux Produits Généraux, et jamais réclamés. Louis, je ne crois pas que l'Ultime soit soutenu par les Marionnettistes. Nous devrions essayer d'atteindre la Flotte.

— Chmeee, il y a des micros ici, c'est évident.

— Devrais-je surveiller ma langue pour un *mangeur-de-feuilles* ?

— Réfléchis !

La dépression qu'il ressentait s'exprimait sous forme d'ironie amère. Pourquoi pas ? Chmeee s'était emparé de son distil.

— Un Marionnettiste a eu la lubie de kidnapper un Homme et un Kzin. Naturellement, les Marionnettistes honnêtes seraient horrifiés. Mais nous laisseraient-ils prévenir le Patriarche ? Lequel, bien sûr, s'est démené pour construire d'autres *Long Shot* permettant de rejoindre la Flotte marionnettiste en un peu plus de quatre heures seulement, plus le temps d'accélération nécessaire pour synchroniser les vitesses. Disons trois mois à trois g.

— *Assez*, Louis !

— Tanj ! si tu veux déclencher une guerre, tu en as l'occasion. Selon Nessus, les Marionnettistes nous ont soutenus pendant la Première Guerre Hommes-Kzinti. Mais *garde cela* pour toi. Et ne me préviens pas si jamais tu le racontes à quelqu'un.

— Change de sujet, veux-tu ?

— Bien sûr. Mais un détail vient de me frapper l'esprit.

Comme la conversation risquait d'être enregistrée, Louis poursuivit en partie pour l'Ultime :

— Toi, moi et l'Ultime sommes les seuls dans l'Espace connu à savoir ce qu'ont fait les Marionnettistes, sans compter ceux à qui nous avons peut-être livré le secret.

— Si jamais nous nous perdions sur l'Anneau-Monde, l'Ultime nous pleurerait-il vraiment toute sa vie ? Je comprends ton point de vue. Mais il se peut que l'Ultime ignore que Nessus a été bavard.

Il le saura s'il repasse cette bande, songea Louis. C'est ma faute. Faut-il donc que je me méfie de ce que je dis à cause de ce ruminant ?

Louis attaqua son repas avec une certaine férocité. Il avait choisi à la fois simple et raffiné : demi-pamplemousse, soufflé au chocolat, poitrine de didornis grillée, café des Montagnes Bleues de la Jamaïque, couronné de crème fouettée. Bon dans l'ensemble ; seule, la crème fouettée laissait à désirer. Mais que penser du didornis ? Un généticien du XXIVe siècle avait reconstitué ce fossile, ou du moins l'avait prétendu, et le recycleur fournissait une imitation de *cela*. Une consistance agréable et un goût évoquant le fumet d'une volaille de qualité.

Louis avait appris à vivre avec sa dépression à

temps partiel. Elle n'existait que par contraste avec l'extase parfaite provoquée par le courant. Il pensait même qu'elle constituait l'humeur habituelle de l'Humanité. Aussi être prisonnier d'un extraterrestre fou n'aggravait guère son état. En revanche, ce qui rendait atroce ce matin noir était qu'il allait devoir abandonner le distil. Il jeta les assiettes sales dans le digesteur.

— Que veux-tu en échange du distil ? demanda-t-il.

Chmeee renifla avec mépris.

— Qu'as-tu à négocier ?

— Des promesses sur mon honneur. Et un bon stock de pyjamas fantaisie.

La queue de Chmeee remua de colère.

— Jadis, tu étais un compagnon utile. Que seras-tu si je te redonne ton distil ? Un ruminant inutile. Je le garde.

Louis commença ses exercices. Les pompes sur une main étaient trop faciles en demi-gravité, à moins d'en faire cent sur chaque main. En outre, la ligne de faîte de la coque était trop basse pour certains de ses exercices. Deux cents sauts en ciseau, en touchant les orteils du bout des doigts...

Chmeee l'observait d'un air intrigué.

— Je me demande pourquoi l'Ultime a été déchu.

Louis ne répondit pas. Suspendu à l'horizontale, les orteils coincés sous la plaque de couchage inférieure et une planche sous les mollets, il effectuait des abdominaux très lentement.

— Et qu'espère-t-il trouver sur le spatioport périphérique que nous n'avions pas découvert ? Les anneaux de décélération sont trop grands pour être déplacés. Serait-il possible qu'il veuille un appareil appartenant à un vaisseau de l'Anneau-Monde ?

Louis se composa deux cuisses de didornis, en retira la graisse et jongla avec en guise de massues surdimensionnées. De grosses gouttes de sueur perlèrent sur son front avant de glisser comme à regret sur son visage et son torse.

La queue de Chmeee battait. Ses grandes oreilles roses, repliées en arrière, n'offraient aucune prise à un éventuel ennemi. Chmeee était en colère. C'était *son* problème.

Le Marionnettiste se matérialisa soudain à l'abri du mur translucide. Il avait changé de style de coiffure : des points scintillants avaient remplacé les opales noires... Il était seul.

Il observa la scène un moment, puis déclara :

— Louis, branche ton distil.

— Si seulement je pouvais !

Louis cessa de jongler.

— Où est Prill ?

— Chmeee, rends-lui son distil, ordonna le Marionnettiste.

— Où est Halrloprillalar ?

Un immense bras couvert de poils orange se referma autour de la gorge de Louis qui se dégagea d'un coup de pied. Le Kzin grogna. Puis, avec une douceur singulière, il inséra le distil dans la fiche.

— Parfait, dit Louis.

Le Kzin s'assit. Les deux prisonniers avaient déjà deviné la réponse. Louis comprit alors combien il avait désiré revoir Prill. La savoir délivrée du BRAS... La voir.

— Halrloprillalar est morte. Mes agents m'ont berné, annonça le Marionnettiste. Ils savaient que la native de l'Anneau-Monde était décédée depuis dix-huit années en temps universel. Je pourrais les retrouver quelle que soit leur cachette, mais cela risquerait de prendre encore dix-huit ans. Ou dix-huit siècles ! L'Espace humain est trop vaste. Qu'ils gardent donc leur argent mal gagné.

Souriant, Louis opina tout en sachant que cette nouvelle allait être très douloureuse quand il se débrancherait.

— Comment est-elle morte ? demanda Chmeee.

— Elle ne supportait pas l'épice survolteuse. Les

Nations Unies sont maintenant convaincues que ce n'était pas tout à fait une Humaine. Elle vieillissait très vite. Elle est morte un an et cinq mois après avoir atterri sur la Terre.

Déjà morte, songeait Louis. Lorsque j'étais sur Kzin… Il y a quelque chose qui cloche.

— Elle possédait sa propre drogue de longévité, dit-il. Meilleure que l'épice survolteuse. Nous en avions rapporté une fiole cryogénique.

— Elle a été volée. Je ne sais rien de plus.

Volée ? Comment ? Puisqu'elle n'a pas eu l'occasion de se promener dans les rues… Les savants des Nations unies ? Quelques microgrammes suffisaient pour l'analyser… Jamais, je ne le saurai. Le BRAS l'avait gardée pour lui soutirer ses connaissances avant qu'elle ne meure.

Cela allait être vraiment douloureux. Mais pas encore.

— Inutile de retarder le départ.

Le Marionnettiste s'installa sur la banquette de pilotage.

— Vous voyagerez en stase pour conserver vos ressources. J'ai un réservoir auxiliaire de carburant que je larguerai avant d'entrer dans l'hyperespace. Nous arriverons donc avec tout notre combustible. Chmeee, veux-tu baptiser notre vaisseau ?

— As-tu donc l'intention d'explorer à l'aveuglette ? demanda Chmeee.

— Uniquement la saillie du spatioport, rien d'autre… Veux-tu baptiser notre vaisseau ?

— Je le baptise la *Brûlante Aiguille d'Interrogatoire*.

Louis sourit, se demandant si le Marionnettiste connaissait ce terme : le nom d'un instrument de torture kzinti. Le Marionnettiste saisit deux manches flexibles avec ses bouches et les noua peu à peu.

4

DÉCENTRÉ

Louis s'effondra alors que son poids doublait soudainement. Le velours noir de Canyon était invisible dans ce nouveau paysage stellaire où une seule étoile brillait d'un éclat plus vif que toutes les autres, juste à leurs pieds. L'Ultime s'extirpa de son filet de sécurité et de sa banquette de pilote. Il avait changé lui aussi. Il se mouvait comme s'il était fourbu et sa crinière qui avait encore changé de style était quelque peu négligée.

L'ivresse électrique n'abrutissait pas le cerveau. Louis voyait donc ce qui sautait aux yeux : que lui et Chmeee avaient passé deux années en stase, tandis que le Marionnettiste pilotait seul l'*Aiguille* à travers l'hyperespace ; que l'Espace connu, la bulle de systèmes stellaires explorée sur un rayon de quelque quarante années-lumière, était très loin derrière eux ; que la *Brûlante Aiguille d'Interrogatoire* avait été conçue pour être pilotée par un Marionnettiste de Pierson, avec tous les autres passagers en stase ; que leur retour dépendait donc de l'unique miséricorde d'un extraterrestre ; qu'il n'était pas près de revoir un Humain et qu'Halrloprillalar était morte à cause de sa négligence à lui et qu'il allait se sentir terriblement seul lorsque le distil serait détaché de son crâne, ce qui ne saurait tarder. Mais rien de tout cela n'importait tant que le très léger courant était distillé dans son cerveau.

Il n'aperçut aucune flamme s'échappant de l'*Aiguille*. Pas de propulsion à réaction, donc.

Lors du premier voyage, les concepteurs du *Menteur* avaient monté les moteurs sur sa grande aile delta. Une sorte de rayon laser gigantesque les avait anéantis, alors qu'ils survolaient l'Anneau-Monde.

L'Ultime ne va pas répéter cette erreur-là, songeait Louis Wu. Les propulseurs de l'*Aiguille* sont sans doute installés dans la coque indestructible.

— Dans combien de temps nous posons-nous ? demanda Chmeee.

— Nous serons prêts à accoster dans cinq jours. Je n'ai pas eu le temps de prendre les systèmes propulsifs plus avancés de la Flotte des Mondes. Avec ces appareils vieillots de fabrication humaine, nous ne pouvons décélérer qu'à vingt gravités. A propos, avez-vous trouvé la gravité de votre cabine confortable ?

— Un peu légère. Une gravité Terre ?

— Une gravité Anneau-Monde ; soit, 0,992 gravité Terre.

— Ne la modifie pas... Ultime, tu ne nous as donné aucun instrument. J'aimerais étudier l'Anneau-Monde.

Le Marionnettiste réfléchit.

— Votre véhicule d'exploration dispose d'un télescope, mais il est inutile de l'utiliser. Attendez un peu.

Le Marionnettiste regagna son tableau de bord. Il tourna vers eux une tête et parla dans la Langue Héroïque : un mélange de sifflements, de crachements et de feulements.

— Parle en interworld, dit Chmeee. Qu'au moins Louis comprenne !

Le Marionnettiste suivit le conseil.

— Il est agréable de reparler, peu importe en quelle langue. Je me sentais esseulé. Tenez, voici une projection du télescope de l'*Aiguille*.

Une image apparut sous les pieds de Louis Wu : un rectangle qu'aucun trait ne délimitait, dans lequel on voyait, considérablement amplifiés, le soleil de l'Anneau-Monde et les étoiles alentour. Louis Wu couvrit le soleil d'une main et scruta l'image. L'Anneau-Monde était là : un fil bleu ciel disposé en demi-cercle.

Imaginez quinze mètres de ruban de Noël bleu ciel et large de trois centimètres. Repliez-le en cercle, la tranche sur le sol, et mettez une bougie au milieu. Maintenant, augmentez l'échelle :

L'Anneau-Monde formait un ruban d'un matériau incroyablement résistant de un million cinq cent mille kilomètres de large sur neuf cents millions de kilomètres de long, décrivant un cercle d'un rayon de cent soixante-dix millions de kilomètres avec un soleil au centre. La rotation de l'Anneau de mille deux cent cinquante kilomètres par seconde était assez rapide pour produire une force centrifuge équivalente à la gravité terrestre. Les Ingénieurs inconnus de l'Anneau-Monde avaient recouvert la surface interne de terre végétale et d'océans, le tout baignant dans une atmosphère. Ils avaient érigé deux parapets, hauts de plus de quinze cents kilomètres de part et d'autre pour retenir l'air à l'intérieur, bien que celui-ci pût encore s'échapper par-dessus, mais avec une rapidité sans conséquence.

L'Anneau-Monde était une planète artificielle habitable de seize billions de kilomètres carrés, soit trois millions de fois la superficie de la Terre.

Louis, Parleur-aux-Animaux, Nessus et Teela Brown avaient voyagé à travers l'Anneau-Monde pendant presque une année, parcourant trois cent mille kilomètres sur sa largeur, puis étaient revenus à leur point de départ, là où le *Menteur* s'était écrasé. Un cinquième de sa largeur ! Insuffisant pour faire d'eux des experts de cette structure. D'ailleurs, quel être pensant pouvait se targuer d'être un expert de l'Anneau-Monde ?

Mais ils avaient examiné la saillie du spatioport située à l'extérieur de l'un des parapets. Si l'Ultime avait dit la vérité, ils ne s'aventureraient pas plus avant. Atterrir, rafler ce que venait chercher l'Ultime et hop, redécoller. A toute blinde ! Parce que...

Parce que sur l'image rectangulaire télescopique, une chose sautait aux yeux, bien qu'à cette distance on ne pût distinguer tous les détails de l'Anneau-Monde : son arc bleu ciel — la couleur de la Terre trois millions de fois plus grande —, entouré de ses écrans d'ombre bleu nuit, avait dérivé par rapport à son soleil.

— Mais nous l'ignorions ! s'exclama Chmeee. Nous sommes restés une année kzinti sur cette structure sans l'avoir remarqué ! Comment est-ce possible ?

— L'Anneau-Monde n'avait peut-être pas encore dévié de son centre lorsque vous y étiez, avança le Marionnettiste. C'était il y a vingt-trois ans.

Louis se contenta d'opiner. Parler le déconcentrerait. Seule, la joie pure due au courant l'empêchait de ressentir l'horreur du destin des natifs de l'Anneau-Monde, d'être submergé par la peur et par la culpabilité.

— Le plan orbital de l'Anneau-Monde est instable, enchaîna l'Ultime. Vous le saviez sûrement.

— Non ! fit Chmeee.

— Je l'ignorais jusqu'à mon retour sur la Terre, dit Louis. J'ai alors effectué quelques recherches.

Les deux non-Humains le fixaient intensément. Louis aurait préféré ne pas être l'objet de leur attention. Ma foi...

— Il est assez aisé de montrer que l'Anneau-Monde est instable. Son axe est stable, mais le plan orbital, lui, ne l'est pas. Quelque chose doit donc maintenir le soleil au centre.

— Mais *maintenant*, il est décentré.

— Eh bien, cette chose-là a cessé de fonctionner.

Chmeee griffa le sol invisible.

— Mais alors, les indigènes vont mourir ! Des milliards ! Que dis-je ? Des dizaines de milliards... Des billions !

Il se tourna vers Louis.

— J'en ai marre de ton sourire béat. Parlerais-tu plus clairement sans le courant ?

— Je suis capable de parler clairement.

— Alors, sois clair ! Pourquoi l'Anneau-Monde est-il instable ? N'a-t-il pas une orbite ?

— Non ! bien sûr que non ! Il est rigide. Cette époustouflante vitesse de rotation le rend rigide. Mais si tu pousses l'Anneau-Monde d'une petite chiquenaude qui le décentre, il continuera à dévier. Les équations sont à vous faire dresser les cheveux sur la tête. Je me suis amusé à les calculer sur ordinateur et j'ai obtenu des chiffres que je ne suis pas certain de croire.

— A une certaine époque, intervint le Marionnettiste, nous avons cru que nous étions capables de construire notre propre Anneau-Monde. Mais l'instabilité est effectivement beaucoup trop grande. Une violente éruption solaire exercerait une pression suffisante pour déséquilibrer la structure. Cinq années plus tard, elle viendrait se pulvériser contre son soleil.

— J'ai obtenu les mêmes chiffres, dit Louis. C'est ce qui est certainement en train de se produire.

Chmeee griffait de nouveau le sol.

— Des réacteurs d'attitude ! Les Ingénieurs de l'Anneau-Monde ont certainement pensé à installer des réacteurs d'attitude !

— Peut-être. Nous savons qu'ils possédaient des statoréacteurs Bussard. Ils les utilisaient pour propulser leurs vaisseaux spatiaux. Bien sûr, un grand nombre de statos Bussard installés au sommet des parapets empêcherait l'Anneau-Monde de se décentrer. Ces réacteurs brûleraient l'hydrogène du vent solaire. Un carburant illimité.

— Mais nous n'avons rien vu. Pense à la taille gigantesque que ces moteurs devraient avoir !

Louis pouffa de rire.

— Gigantesque, c'est quoi pour toi, sur l'Anneau-Monde ? Nous ne les avons pas remarqués, voilà tout !

Chmeee était campé au-dessus de lui, les griffes menaçantes, et cette attitude lui déplaisait.

— Tu acceptes tout cela sans frémir, toi ? fit le Kzin. Sur l'Anneau-Monde, il y a peut-être assez d'indigènes pour multiplier par plus de mille la population de tous les mondes de l'Espace connu. Pourtant, ils sont plus proches de ton espèce que de la mienne !

— Tu n'es qu'un carnivore, un prédateur féroce, rétorqua Louis. Creuse donc ta mémoire. Bien sûr que cela va me tracasser. Cela va même me tracasser *beaucoup*, une fois que l'Ultime aura coupé le courant. Mais je n'en mourrai pas, car alors, je me serai un petit peu habitué à cette idée. As-tu une solution, toi, pour les aider ? Une solution ?

Le Kzin tourna le dos à Louis.

— Ultime, d'après toi, combien de temps leur reste-t-il ?

— Je vais essayer de le calculer.

Le soleil se trouvait très loin du centre de l'Anneau-Monde. A plus de cent vingt mille kilomètres de la bordure la plus proche, soit deux cents millions de la bordure la plus éloignée. La première recevait donc trois fois plus de lumière solaire que la seconde, et la structure effectuait sa rotation en sept jours et demi de trente heures. Un changement climatique radical ! Les plantes qui ne pourraient le supporter allaient périr. Les animaux aussi. Et les êtres humains !

L'Ultime avait terminé ses observations au télescope. A présent, il travaillait sur ordinateur, caché derrière la cloison vert opaque. Louis se demanda ce qu'il dissimulait d'autre dans la section secrète de son vaisseau.

Le Marionnettiste réapparut en trottant sur ses trois jambes.

— Dans une année et cinq mois à partir d'aujourd'hui, l'Anneau-Monde effleurera son soleil. A mon avis, il se désintégrera à ce moment-là. Etant donné la vitesse de rotation, les débris s'éparpilleront tous dans l'espace sidéral.

— Les écrans d'ombre! murmura Louis.

— Comment? Ah! oui! Les écrans d'ombre percuteront le soleil avant. Pourtant, nous avons au moins un an devant nous, rappela l'Ultime d'un ton tranchant. Pour nous, c'est amplement suffisant. Nous éviterons la surface habitable de l'Anneau-Monde. Votre expédition examinera seulement la saillie du spatioport qui se trouve à quelques dizaines de milliers de kilomètres de la structure, hors de portée de leurs défenses antimétéorite. Je crois que le spatioport est abandonné. Nous pouvons y atterrir en toute sécurité.

— Mais enfin, qu'espères-tu y trouver? demanda Chmeee.

— Cela me surprend que tu ne t'en souviennes pas.

L'Ultime refit face à sa console de commande.

— Louis, tu as eu ta dose.

— Attends!!!

Le courant dans son cerveau fut coupé.

5

LE MANQUE

A travers la cloison transparente, Louis observait le Marionnettiste qui réglait son distil. Il songeait à la mort : à une hécatombe incommensurable, à son expérience très personnelle... et surtout à la disparition des deux extraterrestres qui contrôlaient la mise en marche du courant dans son cerveau.

Les deux têtes plates reniflèrent la boîte noire, la tournèrent dans tous les sens avant de se balancer sur leur long cou : la caricature même de quelqu'un qui chipote devant un plat de qualité douteuse. Puis, les lèvres sensibles secondées par les deux langues fourchues actionnèrent la délicate mécanique ; en cinq minutes, le chrono fut réglé sur un jour de trente heures, réduisant le courant de moitié.

Ce fut une journée d'extase totale, en direct du cerveau. Rien ne vint inquiéter Louis. Il avait seulement du mal à définir ses sentiments. Mais lorsque le courant fut coupé trop tôt ce soir-là, la dépression tomba sur lui à la manière d'un épais brouillard safran.

Alors, Chmeee retira le distil de son cuir chevelu, le posa sur le disque marcheur qui l'emporta en l'espace d'une étincelle dans le poste de pilotage. Pour régler le chrono encore une fois.

Louis hurla, bondit sur le large dos du Kzin et l'escalada en se cramponnant à la fourrure pour lui arracher les oreilles. Le Kzin virevolta et Louis se retrouva suspendu à un immense bras qui le balança à travers le compartiment. Il heurta un mur. A moitié sonné, du sang coulant de son bras griffé, Louis pivota sur lui-même pour riposter.

Mais Chmeee bondit sur le disque marcheur au moment même où l'Ultime le déconnectait avec ses deux bouches (après avoir, néanmoins, renvoyé le distil).

Ramassé en boule sur le disque noir, Chmeee avait l'air à la fois très féroce et très sot.

— Ces disques ne peuvent déplacer une chose aussi lourde que toi. Me prends-tu pour un idiot ? Moi, faire venir un Kzin dans mon poste de pilotage ?

— Quel degré d'intelligence faut-il, grogna le Kzin, pour brouter de l'herbe ?

Il jeta le distil à Louis et alla s'effondrer sur son lit d'eau.

Une diversion. Chmeee avait détaché le distil à l'instant où le courant avait été coupé, uniquement pour faire sortir Louis de ses gonds et détourner l'attention du Marionnettiste.

— La prochaine fois que je modifierai le chrono, annonça l'Ultime, ce sera juste avant que tu te branches. Est-ce que cela te rend heureux ?

— Tanj ! tu sais bien ce qui me rend heureux !

Louis serrait le distil dans son poing. Il était éteint, naturellement.

— Tu as vécu aussi longtemps que nous. Ton problème n'est que temporaire, avança l'Ultime d'un ton cajoleur. Tu auras une santé qui dépassera tous tes rêves !... Les astronefs de l'Anneau-Monde utilisaient une méthode économique de transmutation à grande échelle, du même type que celle qui a été utilisée pour construire la structure.

Surpris, Louis leva les yeux.

— J'aimerais connaître la masse et le volume de

cette machine, poursuivit l'Ultime. Les astronefs de l'Anneau-Monde sont immenses. Mais nous n'aurons pas à rapporter cette machine. Si nécessaire, un hologramme pris par radar en profondeur et des hologrammes du mécanisme en marche devraient suffire pour convaincre mes sujets. Ensuite, nous n'aurons plus qu'à envoyer une coque Taille 4 des Produits Généraux pour la rapporter.

L'étranger ne pouvait espérer d'un Homme souffrant du manque de courant qu'il réagît au moindre de ses commentaires. Bien sûr que non. Mais de sous ses sourcils, Louis guettait la réaction de Chmeee.

Le Kzin fut admirable. Il resta d'un calme olympien, puis demanda :

— Ultime, pourquoi as-tu perdu tes prérogatives ?

— L'histoire est complexe.

— Nous sommes entrés dans le système de l'Anneau-Monde et le temps que la vitesse de quatre-vingt mille kilomètres par seconde s'annule sur une chute de onze billions de kilomètres... Un jour seulement s'est écoulé. Nous avons largement le temps.

— Moi aussi, et rien d'utile à faire... Vous devez savoir que les factions conservatrice et expérimentale sont très anciennes chez nous. D'ordinaire, ce sont les Conservateurs qui gouvernent. Mais lorsque notre monde a souffert d'une pollution thermique provoquée par un trop grand usage de l'énergie industrielle, les Expérimentaux ont déplacé notre monde vers le halo cométaire. Un gouvernement expérimental a modifié, puis ensemencé deux planètes agricoles. Un régime ultérieur a redéplacé vers le noyau deux autres mondes qui étaient devenus deux satellites de lointaines géantes de glace...

Chmeee avait gagné du temps pour calmer ses nerfs et pour réfléchir à ce qu'il allait dire ensuite. Bien ! Le Kzin aurait-il recouvré la position qu'il occupait jadis ? Parleur-aux-Animaux, jeune ambassadeur auprès de l'Humanité ?

— ... Nous effectuons ce que les circonstances nous imposent et ensuite nous sommes déposés. C'est la règle générale. Les Expérimentaux sont revenus au pouvoir, lorsque nos sondes nous ont révélé l'existence de l'empire kzinti. Je crois que Nessus t'a expliqué quelle a été notre attitude.

— Vous avez soutenu l'Humanité.

Chmeee était singulièrement calme. Louis aurait pourtant cru qu'il se serait acharné sur la cloison.

— Les Quatre Guerres avec les Hommes ont anéanti quatre générations de nos combattants les plus puissants, de sorte que les plus dociles parmi nous ont eu plus de possibilités de se reproduire.

— Nous espérions alors que vous deviendriez capables d'établir des liens amicaux avec les autres espèces. D'ailleurs, ma faction a également créé un empire commercial dans cette région. Toutefois, en dépit de nos succès, nous perdions de notre autorité. C'est alors que l'on a découvert que le noyau de notre galaxie avait explosé et que l'onde de choc nous atteindrait dans vingt mille ans. Notre faction est donc restée au pouvoir pour organiser l'exode de la flotte des Mondes vers les Nuages de Magellan.

— Quelle chance pour toi! Pourtant, ils t'ont déposé.

— Oui.

— Pourquoi?

Le Marionnettiste mit longtemps pour répondre.

— Certaines de mes décisions n'ont pas été populaires. Surtout lorsque je suis intervenu dans la destinée des Humains et des Kzinti. Vous avez d'ailleurs découvert, je ne sais comment, notre secret: les Lois de la Fertilité. Nous les avions instituées dans le but de créer des lignées d'Humains très chanceux et de Kzinti très raisonnables. Mon prédécesseur, lui, a créé les Produits Généraux, notre empire commercial interstellaire. On a prétendu alors qu'il avait fait de la folie une vertu, puisque seuls les fous parmi nous allaient risquer leur vie dans l'espace. Lorsque j'ai mis sur pied votre expédition pour explorer l'Anneau-Monde, on m'a traité aussi de fou pour oser risquer un contact avec une technologie aussi avancée. La folie serait pourtant de fermer les yeux au premier signe de danger.

— Donc, ils t'ont déposé.

— Un prétexte tout trouvé, peut-être.

L'Ultime faisait nerveusement les cent pas : clopclopclop, clopclopclop.

— Vous savez que j'ai accepté de m'apparier avec Nessus s'il revenait de l'Anneau-Monde. Une concession qu'il avait exigée. Il est revenu et nous avons copulé. Ensuite, nous avons recopulé, par amour. Nessus était fou et l'Ultime avait souvent été un fou... Alors ils m'ont déposé.

— Lequel de vous deux est le mâle ? s'enquit brusquement Louis.

— Je me demande pourquoi tu n'as pas posé cette question à Nessus. Mais il ne t'aurait pas répondu, n'est-ce pas ? Nessus est timide sur certains sujets. Eh bien, Louis, notre espèce a deux sortes de mâles. La mienne implante son sperme dans le corps de la femelle et celle de Nessus implante des ovules dans la femme avec un organe similaire.

— Vous avez trois séries de gènes ?

— Non, deux seulement. Les femelles n'ont aucun rôle. En fait, elles s'accouplent entre elles d'une autre façon pour procréer d'autres femelles. Elles n'appartiennent pas vraiment à notre espèce, bien que, depuis le début de notre Histoire, nous vivions en symbiose.

Louis fit la grimace. Les Marionnettistes se reproduisaient comme des sortes de guêpes fouisseuses. Nessus avait refusé de parler de sexe. Il avait raison. C'était moche.

— J'avais raison, reprit l'Ultime. J'avais raison

d'envoyer une équipe d'exploration sur l'Anneau-Monde, et nous le prouverons. Cinq jours pour nous poser, dix jours au plus sur la saillie des spatioports et cinq autres pour regagner l'espace libre d'où nous pourrons nous échapper en hyperpropulsion. Nous n'aurons pas besoin d'accoster sur l'Anneau-Monde. Halrloprillalar a révélé à Nessus que leurs vaisseaux transportaient du plomb pour le transmuer en air, eau et carburant durant la traversée. Un gouvernement conservateur ne saurait pas négocier les ramifications de cette nouvelle technologie. Mon peuple devra me rétablir dans mes fonctions.

La dépression née du manque n'incitait pas Louis à rire. Pourtant, tout ceci était du plus haut comique et encore plus comique s'il pensait que c'était sa faute depuis le début.

Le lendemain matin, les deux non-Humains réduisirent encore le courant de moitié et ensuite ne s'occupèrent plus de Louis. Pendant des années, ce dernier avait souffert d'accès de mélancolie chaque fois que le chrono s'arrêtait mais en sachant ce qu'il ressentirait lorsque le courant serait rétabli. A présent, ses accès de dépression étaient durs encore, car il n'avait plus aucune sécurité. Les deux extraterrestres pouvaient couper le courant à tout moment... Et même s'ils ne le faisaient pas, il fallait de toute façon qu'il décroche.

De quoi s'étaient entretenus les deux non-Humains durant ces quatre jours-là ? Il l'ignorait. Il avait uniquement cherché à se concentrer sur l'extase apportée par le fil. Il se souvenait vaguement de les avoir vus consulter des hologrammes sur l'ordinateur représentant les visages des natifs de l'Anneau-Monde : les petits, entièrement masqués par leur toison d'or, avec leur prêtre qui, lui, était chauve ; la gigantesque sculpture en fil étiré du château-de-rêve (au nez aplati, aux lèvres de singe et au crâne déplumé) ;

Halrloprillalar (sans doute de la même race) ; Chercheur, le vagabond qui avait pris Teela sous son aile (presque humain, mais musclé comme un Jinxien et glabre). Des villes, aussi, détruites par le temps et par les bâtiments flottants qui s'étaient écrasés sur elles, lors de la panne d'énergie. Il y avait aussi les hologrammes du *Menteur* quand il avait percuté le fil reliant les écrans d'ombre, et ceux de la cité envahie par le nuage de fumée provoqué par la chute de ce fil.

Le soleil minuscule comme une tête d'épingle grossit jusqu'à former un point noir avec une auréole flamboyante qu'occulta le bouclier antiradiation de la coque. Le halo bleu entourant le soleil devenait chaque fois plus intense.

En songe, Louis était revenu sur l'Anneau-Monde. Dans une immense prison flottante, il était coincé, suspendu sur son cycloplane, tête en bas, à trente mètres au-dessus d'un sol rocailleux, et jonché des os des captifs d'antan. La voix de Nessus lui martelait les tympans, promettant des secours qui n'étaient jamais venus.

A son réveil, il se réfugiait dans sa maintenance. Mais le soir du quatrième jour, il regarda son dîner, le jeta et se commanda au cadran du pain et un plateau de fromages. Quatre jours pour comprendre qu'il se trouvait à jamais hors de portée du BRAS. Il pouvait donc remanger du fromage !

Qu'est-ce qui est agréable, à part le courant ? se demandait Louis. *Le fromage. Les plaques de couchage. L'amour (impraticable, ici). Les teintures épidermiques. La liberté, la sécurité, la dignité. La réussite opposée à l'échec. Tanj ! J'ai presque oublié comment on pense de cette façon, et j'ai tout perdu. Liberté, sécurité, dignité. Un peu de patience, et tu feras le premier pas. Qu'y a-t-il encore d'agréable ? Le café-cognac. Les films.*

Vingt-trois ans auparavant, Parleur-aux-Animaux avait piloté le vaisseau le *Foutu Menteur* jusqu'à la frange de l'Anneau-Monde. A présent, Chmeee et l'Ultime regardaient les enregistrements de cet événement.

Vu d'aussi près, l'Anneau-Monde constituait un faisceau de lignes droites qui convergeaient vers un point de fuite très lointain. A l'extérieur de ce point, là où le damier bleu et noir intérieur rejoignait le sommet et la base du parapet, les anneaux du système de décélération fonçaient droit vers la caméra en un flot infini, que ce soit dans la lumière infrarouge, « visible », ultraviolette ou avec les images prises au radar à longue portée. En revanche, avec la caméra lente, ces électroaimants gigantesques rampaient à une allure de tortue.

Mais Louis Wu, lui, regarda sans marquer de pause les huit heures de l'épopée fantastique, *Terre, l'Enfant de Fée,* tout en s'abrutissant méthodiquement avec de l'alcool. Café-cognac, puis cognac à l'eau, puis cognac pur. Il regardait un film, mais pas un film érotique, et qui utilisait des acteurs réels et uniquement deux des cinq sens humains.

A un moment donné, il essaya d'entraîner Chmeee dans une discussion sur l'emploi par Saberhagen des effets optiques impossibles. Il avait gardé juste assez de jugeote pour laisser tomber aussitôt. Il était trop dangereux de parler avec Chmeee en étant ivre. *Les Marionnettistes ont des oreilles, mais cachées, cachées...*

L'Anneau-Monde grossissait. Pendant deux jours, il avait présenté l'aspect d'un cercle bleu joliment gravé à l'eau-forte sur le fond noir de l'espace ; fin, l'air fragile et décentré par rapport au disque noir de son soleil qui se dilatait. Les détails les plus volumineux apparurent : l'anneau interne de rectangles noirs, les écrans d'ombre, reproduisant le cycle du jour et de la nuit. Le parapet, haut de plus de quinze cents kilomètres, mais qui grossit au point d'occulter la face intérieure de l'Anneau-Monde. Le soir du cinquième jour, la *Brûlante Aiguille d'Interrogatoire* avait perdu presque toute sa vitesse et le parapet limitrophe formait une muraille noire s'élançant à l'assaut des astres.

Louis n'était pas sur le courant, et cette fois de son plein gré. Quand il l'avait refusé, l'Ultime lui avait annoncé qu'il ne le rebrancherait qu'après leur atterrissage. Louis avait haussé les épaules. Ils allaient bientôt se poser...

— Le soleil est en train de s'embraser, annonça l'Ultime.

Louis leva les yeux. Le bouclier antimétéorite occultait l'étoile. Il n'aperçut que la couronne, corolle de feu cerclant le disque noir.

— Donne-nous une projection, demanda-t-il.

Dans la « fenêtre » rectangulaire, le disque du soleil devint immense. Mais cette étoile était en fait un rien plus petite et plus froide que Sol. Aucune tache solaire, aucune facule, aucun défaut, hormis le brasier au centre.

— Notre position est mauvaise, dit l'Ultime. Nous voyons l'éruption perpendiculairement.

— Peut-être le soleil s'est-il récemment déstabilisé ? avança Chmeee. Cela expliquerait pourquoi la structure est décentrée.

— Qui sait ? Les enregistrements du *Foutu Menteur* montrent qu'une éruption s'était également déclenchée lorsque vous aviez approché de la structure, mais cette année-là, le soleil est resté calme, dans l'ensemble.

Les têtes plates de l'Ultime se figèrent au-dessus de ses instruments.

— Bizarre ! Le champ magnétique...

Le disque noir disparut derrière la bordure noire du parapet.

— Le champ magnétique de cette étoile, reprit l'Ultime, est des plus singuliers.

— Recule pour qu'on l'observe, lança Louis.

— Notre mission ne nous autorise pas à collecter des données au hasard.

— Curiosité interdite au programme ?

— Oui.

A moins de vingt mille kilomètres, le parapet noir paraissait tracé au tire-ligne. L'obscurité et la vitesse brouillaient tous les détails. L'Ultime avait réglé l'écran du télescope sur l'infrarouge, mais l'image n'était pas plus nette... Ou l'était-elle ? Des ombres s'étiraient au pied du parapet, des triangles plus froids, de quarante à soixante kilomètres de long, comme si quelque chose sur le côté interne du parapet haut de plus de quinze cents kilomètres repoussait la lumière du soleil. Et là, une ligne plus noire encore, plus froide, se déplaçant de gauche à droite.

— Le vaisseau atterrit-il ou est-il simplement en vol stationnaire ? s'enquit Chmeee poliment.

— Il est en vol stationnaire pour étudier la situation.

— Le trésor t'appartient. On peut repartir sans lui si tel est ton bon plaisir.

L'Ultime était nerveux. Ses jambes s'agrippaient avec force à la banquette du pilote. Les muscles de son dos tressaillaient. Chmeee était détendu. Il avait l'air content de lui.

— Nessus avait un Kzin pour pilote, dit-il. Parfois, Nessus cédait à la terreur absolue. Toi, tu n'oses pas te le permettre. L'*Aiguille* peut-elle atterrir en pilotage automatique, pendant que tu te cacheras en stase ?

— Et si un danger survient ? Non. Je n'ai pas prévu cela.

— Donc, c'est toi qui dois nous poser. Fais-le, Ultime !

L'*Aiguille* piqua du nez et accéléra.

Il fallut presque deux heures pour atteindre la vitesse de douze cent cinquante kilomètres par seconde de l'Anneau-Monde. Des centaines de milliers de kilomètres de ligne noire avaient foncé derrière eux. L'Ultime commença à rapprocher le vaisseau, lentement, si lentement que Louis se demanda si un jour il repartirait de ce coin perdu du cosmos. Il garda son calme. Il n'était pas sur le courant. C'était l'essentiel.

Mais Chmeee, lui, où puisait-il sa patience ? Sentait-il sa jeunesse revenir ? Un Humain qui atteignait son premier siècle avait l'impression d'avoir tout le temps devant lui. Un Kzin réagissait-il de la même façon ? Ou Chmeee était-il capable de cacher ses sentiments ? Il avait été un fin diplomate.

L'*Aiguille* se tenait en équilibre sur ses propulseurs ventraux. Sous une poussée de 0,992 g, la spirale de sa trajectoire s'incurva de manière à suivre la courbe de l'Anneau-Monde. Livré à lui-même, le vaisseau eût foncé droit dans l'espace interstellaire.

Louis regardait les têtes de l'Ultime pivoter en tous sens pour vérifier les cadrans, les indicateurs et les écrans autour de lui. Louis ne savait pas les décoder.

La ligne droite s'était muée en une chaîne d'anneaux de cent cinquante kilomètres de diamètre, bien séparés les uns des autres, qui défilait à une vitesse prodigieuse. Durant la première expédition, un enregistrement avait montré que les vaisseaux devaient se positionner à soixante-quinze kilomètres du parapet extérieur et attendre que les anneaux les happent et leur impriment la vitesse de rotation de l'Anneau-Monde pour les larguer ensuite à l'autre extrémité de la chaîne, sur la saillie du spatioport.

Sur la gauche et sur la droite, les parapets convergeaient vers un point de fuite. Celui-ci était proche maintenant, quelques milliers de kilomètres. L'Ultime inclina l'*Aiguille* afin de la placer le long de l'accélérateur linéaire. Des centaines de milliers de kilomètres d'anneaux... Mais les natifs de l'Anneau-

Monde ne disposaient pas de générateurs de gravité. Leurs vaisseaux et leurs équipages n'auraient pas supporté une accélération rapide.

— Les anneaux sont inactifs, annonça le Marionnettiste en tournant vite une tête vers ses prisonniers. Je ne détecte même pas de senseurs pour les vaisseaux à l'arrivée !

La saillie du spatioport apparut dans le rectangle à leurs pieds.

Cent cinquante kilomètres de diamètre. De hautes grues aux splendides courbes, des bâtiments ronds et d'énormes plates-formes de cargaison. Des vaisseaux aussi : quatre cylindres à nez plat, dont trois endommagés.

— J'espère que tu as apporté des projecteurs, dit Chmeee.

— Je ne veux pas qu'on nous détecte dès maintenant.

— Reçois-tu des signaux de reconnaissance ? Vastu nous poser dans le noir ?

— Non et non, répondit l'Ultime.

Un faisceau lumineux d'une puissance stupéfiante jaillit du nez de l'*Aiguille* : une arme auxiliaire, bien sûr.

Les vaisseaux dans le spatioport étaient immenses. Un sas ouvert se réduisait à un point noir. Des milliers de hublots scintillaient sur les cylindres, comme du sucre glace sur un gâteau. L'un des vaisseaux paraissait intact. Les autres avaient été étripés et pillés à divers degrés, leurs entrailles béant sur le vide, offertes aux yeux fureteurs des étrangers.

— Aucune attaque, aucun signal d'avertissement, annonça l'Ultime. La température des bâtiments et de la machinerie est la même que celle de la saillie et des vaisseaux : cent soixante quatorze degrés absolus. Ce lieu est abandonné depuis longtemps.

Deux tores énormes, couleur de cuivre, ceinturaient la taille de l'unique astronef intact. Ils devaient représenter un bon tiers de la masse du vaisseau.

— Générateurs de champ d'écope, dit Louis en les désignant du doigt. Jadis, j'ai étudié l'histoire du vol spatial. Un statoréacteur Bussard génère un champ électromagnétique permettant de puiser l'hydrogène interstellaire et de le concentrer dans une zone d'étranglement pour le porter à la fusion. Une source d'énergie infinie. Mais il faut un réservoir et un moteur-fusée d'appoint, lorsque la vitesse de l'astronef est encore trop lente pour l'écope magnétique. C'est ce que vous voyez ici.

A l'intérieur de deux vaisseaux éventrés, on apercevait en effet des réservoirs.

Et sur les trois astronefs pillés, les énormes tores manquaient. Cela intrigua Louis. Mais les statoréacteurs Bussard utilisaient d'ordinaire des monopôles magnétiques qui pouvaient servir à d'autres fins dans des contextes différents.

Cependant, c'était autre chose qui tracassait l'Ultime.

— Des réservoirs pour transporter le plomb ? s'étonna-t-il. Mais pourquoi pas le couler autour de la coque, ce qui servirait de blindage supplémentaire, avant de le transmuer en carburant au moment voulu ?

Louis demeura silencieux. Il n'y avait pas de traces de plomb.

— Peut-être se sont-ils battus ? avança Chmeee. Le plomb coulé autour de la coque aura été porté à ébullition, si bien que le vaisseau s'est retrouvé sans carburant. Atterris, Ultime. Nous chercherons les réponses dans le vaisseau intact.

L'*Aiguille* resta en vol stationnaire.

— Il est facile de repartir, insinua le Kzin. Tu t'éloignes de la saillie et tu coupes les propulseurs. Nous tombons en chute libre et une fois dans l'espace profond, enclenchons l'hyperpropulsion et fonçons, loin de tout danger.

L'*Aiguille* se posa sur le spatioport.

— Prenez place sur les disques marcheurs, ordonna l'Ultime.

Chmeee obtempéra. Quand il se volatilisa, il ne pouffait pas de rire mais ronronnait. Louis avança à son tour et disparut.

6

« MAINTENANT, VOICI MON PLAN. »

La salle avait un air familier. Louis n'en avait jamais vu une tout à fait identique mais elle ressemblait au poste de pilotage de n'importe quel petit astronef interplanétaire. Les trois sièges étaient des fauteuils inclinables, équipés d'un filet de sécurité, de tubes urinaires, de conduits pour la boisson et les aliments. Les contrôles se trouvaient sur les accoudoirs. L'un des fauteuils était beaucoup plus vaste que les autres. Sinon, on trouvait tous les appareils habituels. Louis avait l'intuition qu'il saurait piloter l'atterrisseur les yeux bandés.

Au-dessus des écrans et des cadrans disposés en hémicycle, il y avait une fenêtre panoramique à travers laquelle Louis apercevait une section de la coque de l'*Aiguille* qui fit un écart et remonta.

Chmeee jeta un coup d'œil aux boutons et aux commutateurs de plus grande taille disposés devant son fauteuil.

— Nous avons des armes, fit-il doucement.

Un écran clignota sur lequel apparut une tête raccourcie du Marionnettiste.

— Descendez l'échelle pour prendre vos tenues spatiales.

Les marches étaient larges et espacées, adaptées au pied d'un Kzin. Ils parvinrent dans un compartiment beaucoup plus grand, l'habitat, muni d'un lit d'eau, de plaques de couchage et d'une cuisine identique à celle de leur cellule. Il y avait aussi un autodoc assez grand pour un Kzin et doté d'une console de commande perfectionnée. Dans le temps, Louis avait été un chirurgien de pointe. L'Ultime le savait-il ?

Chmeee trouva sa tenue dans l'un des caissons alignés devant eux. Il s'enferma dans une espèce d'assemblage de ballons transparents.

— Louis ! Harnache-toi !

Celui-ci enfila une combinaison souple, d'une pièce, moulante, puis fixa le casque en forme de bocal à poissons et le sac dorsal. La tenue standard. La combinaison laisserait filtrer la sueur à l'extérieur afin que l'organisme règle sa propre température. Louis passa une deuxième combinaison ample et métallisée. Il risquait de faire froid dehors.

Le sas était conçu pour trois. Un bon point : Louis gardait le souvenir désagréable d'avoir été contraint d'attendre seul, dans le vide, le temps qu'un sas réeffectuât le cycle pour la sortie du suivant. Si l'Ultime ne redoutait aucun danger, lui était prêt à toute éventualité. Comme le vide remplaçait l'air, sa poitrine augmenta de volume. Il resserra la « gaine », la large bande élastique qui comprimait son torse et l'aiderait à exhaler.

Chmeee sortit du module et s'éloigna de l'*Aiguille* à grands bonds dans la nuit. Louis saisit une boîte à outils et le suivit au pas gymnastique.

Le sentiment de liberté était entêtant, dangereux. Louis se rappela que le réseau de communication de sa combinaison incluait l'Ultime. Lui et le Kzin avaient des choses à se dire, mais il ne fallait pas que cela tombe dans l'oreille du Marionnettiste.

Ici, toutes les proportions étaient faussées. Les vaisseaux à moitié démantelés étaient excessivement grands. L'horizon, trop proche et trop prononcé. La muraille noire et infinie tranchait sur le paysage stellaire étincelant et vaguement familier. Vus dans le vide, les objets les plus lointains avaient le même relief et la même clarté que les plus proches, même s'ils se trouvaient à des centaines de milliers de kilomètres.

Le vaisseau de l'Anneau-Monde le plus proche, le seul intact, semblait se trouver à huit cents mètres. En fait, il était à plus du double. Lors de son premier voyage, Louis avait constamment mal évalué l'échelle des choses. Les vingt-trois années écoulées ne lui avaient pas permis de faire des progrès.

Il arriva essoufflé sous l'immense astronef. Dans l'une des pattes d'atterrissage avait été construit un escalator. En panne, bien sûr. Il le gravit vaille que vaille.

Chmeee essayait de mettre en marche un grand sas. Il sortit une clef de la boîte que Louis avait apportée.

— Mieux vaut éviter de forcer la porte au chalumeau, dit-il. Il y a de l'énergie là-dedans.

Il arracha une plaque et bidula les commandes. La porte extérieure se referma. La porte intérieure s'ouvrit sur le vide et l'obscurité. Chmeee alluma sa lampe laser.

Louis fut un rien effrayé. Ce vaisseau pouvait probablement transporter l'équivalent de la population d'une petite ville. Tanj ! Il était facile de se perdre là-dedans.

— Je préférerais que ce vaisseau soit pressurisé, dit-il. Avec ton grand casque, jamais tu ne pourras entrer dans un tube d'accès construit pour des Humains.

Ils obliquèrent dans un corridor qui épousait la courbe de la coque. Il y avait des portes un tantinet plus hautes que Louis. Il en ouvrit quelques-unes. Elles donnaient sur de petites cabines, pourvues de couchettes et de fauteuils inclinables conçus pour des humanoïdes de sa taille ou plus petits.

— A mon avis, dit-il, c'est le peuple d'Halrloprillalar qui a construit ces astronefs.

— Cela, nous le savions, rétorqua Chmeee. Son peuple a construit l'Anneau-Monde.

— Non, il ne l'a pas construit... Mais je me demandais s'ils construisaient leurs vaisseaux ou les achetaient.

— Louis ? résonna la voix de l'Ultime dans leur casque. Halrloprillalar t'a dit que son peuple avait construit l'Anneau-Monde. Penses-tu qu'elle mentait ?

— Oui.

— Pourquoi ?

Elle mentait beaucoup. Mais Louis garda cette pensée pour lui.

— Le style... Nous savons que son peuple a bâti les cités. Tous ces bâtiments flottants, c'est le genre de trucs que l'on construit pour montrer sa richesse et son pouvoir. Souviens-toi du château-de-rêve, l'énorme structure flottante avec la salle des cartes. Nessus en a rapporté des bandes.

— Je les ai étudiées, dit l'Ultime.

— Et dans ce château, il y avait un trône surélevé avec une sculpture aussi grande qu'une maison qui représentait une tête. Si tu es capable de construire l'Anneau-Monde, pourquoi te donner la peine de bâtir un château-de-rêve ? Je ne le crois pas. Je ne l'ai jamais cru.

— Chmeee ?

— En ce qui concerne les affaires humaines, nous devons nous en remettre au jugement de Louis, répondit le Kzin.

Ils tournèrent à droite dans un corridor radial. Encore des cabines. Louis en inspecta une en détail. La combinaison pressurisée était intéressante. Elle était suspendue à un mur comme un trophée de chasse : d'une pièce, truffée de fermetures à glissière verticales et horizontales, toutes ouvertes. Immédiatement accessible en cas de vide.

Le Kzin attendit en piaffant, tandis que Louis remontait toutes les fermetures et reculait pour juger de l'effet.

Toutes les jointures gonflèrent : les genoux, les épaules et les coudes comme des cantaloups ; les doigts comme un chapelet de noix. La face pointait à la manière d'un museau. Sous la visière, on trouvait des indications de réserve d'air et d'énergie.

— Alors ? grogna le Kzin.

— Rien. Il me faut plus de preuves. Allons-y.

— Mais des preuves de quoi ?

— Je crois que je sais qui a construit l'Anneau-Monde… et pourquoi les natifs ressemblent tellement aux Hommes. Mais pourquoi bâtir une chose qu'on est incapable de défendre ? Cela est absurde.

— Si tu veux que nous discutions de cela…

— Non, pas encore. Viens !

Parvenus au centre du vaisseau, ils tombèrent en plein dans le mille. Une demi-douzaine de corridors radiaux aboutissaient à ce niveau et quelques tubes munis d'une échelle menaient aux ponts inférieurs et supérieurs. Des diagrammes recouvraient un mur, chacun accompagné d'étiquettes sur lesquelles étaient dessinés de minuscules pictogrammes très explicites.

— Comme c'est pratique ! s'exclama Louis. Ma parole, on dirait qu'ils nous attendaient.

— Non… Les langues évoluent, fit le Kzin. Ces gens chevauchaient les vents de la relativité. La fourchette d'âge de l'équipage devait être de plusieurs siècles. Ils avaient donc sans doute besoin de ce genre de supports visuels. Avant les Guerres avec les Hommes, nous nous servions de pictogrammes pour maintenir notre empire unifié. Louis, je ne vois pas l'étiquette pour l'armement.

— Le spatioport non plus n'était pas défendu. Du moins, il n'y avait aucune arme visible.

Louis suivit du doigt les diagrammes.

— Cuisine, hôpital, habitat... Nous sommes ici. Dans la section de l'habitat... Trois centres de contrôle ! Cela paraît excessif.

» Un pour le statoréacteur Bussard dans l'espace interstellaire. Un deuxième pour la propulsion à fusion et les manœuvres dans un système habité, plus le contrôle des armes, s'il y en a. Et un troisième pour l'équipement de survie : l'étiquette avec le vent qui souffle dans un corridor.

L'Ultime prit la parole.

— Avec la transmutation, il fallait qu'ils emploient un mode de propulsion à conversion totale.

— Oh ! pas obligatoirement, objecta Louis. Une explosion de radiations de cette puissance-là créerait un enfer abominable dans un système habité. Aaaah ! Voici nos tubes d'accès qui mènent... aux générateurs de champ d'écope, au moteur à fusion et à l'alimentation en carburant. Nous commencerons par le centre de contrôle de l'équipement de survie. On gravit deux échelles et... par *là*.

Le poste de contrôle était petit : une banquette faisant face à trois murs couverts de cadrans et de commutateurs. Une touche sur le montant de la porte enclenchait la lumière jaune-blanc qui éclairait les murs, ainsi que les cadrans. Les pictogrammes regroupaient les contrôles selon les catégories suivantes : alimentation, air, eau, recyclage des eaux usées, nettoyage.

Louis actionna les commutateurs, supposant que les plus utilisés seraient les plus grands et à portée de main. Il s'arrêta quand il perçut un sifflement.

Le niveau de la pression sur le cadran incorporé dans son casque à hauteur du menton augmentait régulièrement.

Basse pression à quarante pour cent d'oxygène. Humidité faible mais présente. Aucune substance nocive détectable.

Chmeee avait dégonflé sa combinaison et s'en débarrassait. Louis détacha son casque et son sac dorsal, puis retira sa tenue avec une hâte inconvenante. L'air était sec et légèrement rance.

— Je crois que nous pourrions commencer par le tube d'accès menant à l'alimentation en carburant, dit Chmeee. J'ouvre la route ?

— Parfait.

Louis perçut dans sa propre voix la tension et l'impatience qu'il avait cherché à dissimuler. Avec un peu de chance, l'Ultime n'aurait rien remarqué... Bientôt, maintenant.

Il suivit le dos orange du Kzin, à droite dans un rayon parallèle à l'axe du vaisseau, puis dans un tube descendant. Soudain, une grosse pogne velue happa le bras de Louis et l'attira dans un autre corridor.

— Nous devons parler, gronda le Kzin.

— Oui, et du temps surtout. S'il nous entend maintenant, nous sommes perdus. Ecoute...

— L'Ultime ne nous entendra pas. Louis, il faut qu'on s'empare de l'*Aiguille*. As-tu réfléchi à cela ?

— Oui. Impossible. Tu as fait une belle tentative, mais ensuite ? Futz ! tu es incapable de piloter l'*Aiguille*. Tu as vu les commandes !

— Je peux obliger l'Ultime à la piloter.

Louis fit non de la tête.

— Même si tu le tenais dans tes griffes pendant deux ans, le système de survie s'épuiserait à essayer de vous maintenir en vie aussi longtemps. Il a prévu cela.

— Tu t'avouerais vaincu ?

Louis soupira.

— Bien... Faisons le point. Que pouvons-nous faire ? Soudoyer l'Ultime, le menacer ou encore le tuer, si nous nous estimons capables de piloter ensuite le vaisseau.

— Exact.

— Mais il nous est impossible de le soudoyer avec

un appareil magique de transmutation. Il n'en existe pas.

— Je redoutais que tu ne lui craches le morceau.

— Jamais ! S'il apprend que nous sommes inutiles, nous sommes morts. Et que lui offrir d'autre ? Nous n'avons rien... Le poste de pilotage nous est inaccessible. Il y a peut-être à bord des disques marcheurs qui nous y transporteraient, mais où sont-ils et comment obliger l'Ultime à les connecter ? Nous ne pouvons pas l'attaquer non plus. Les projectiles ne traversent pas une coque des PG. En outre, la coque est protégée par un bouclier antiradiation et il y en a probablement un autre entre notre cellule et le poste de pilotage. Un Marionnettiste a, bien sûr, pensé à cela. Donc, on ne peut l'attaquer au laser, parce que les murs se convertiraient en un miroir qui reprojetterait le rayon droit sur nous. Que nous reste-t-il ? L'arme sonique ? Il lui suffit de déconnecter les micros. Ai-je oublié quelque chose ?

— L'antimatière. Mais inutile de me rappeler que nous n'en avons pas.

— Donc, nous ne pouvons ni le menacer, ni le tuer, ni aller dans le poste de pilotage.

Songeur, le Kzin se griffait le cou.

— Je viens de penser à une chose, ajouta Louis. Peut-être que l'*Aiguille* ne pourra pas nous ramener dans l'Espace connu ?

— Je ne comprends pas ce que tu veux dire.

— Nous savons trop de choses. Nous risquerions de faire une très mauvaise publicité aux Marionnettistes. Je parie que l'Ultime n'a jamais eu l'intention de nous ramener sur notre monde. Pourquoi s'y rendrait-il, hein ? Ce qu'il veut, c'est retourner sur la Flotte des Mondes, qui se trouve dans la direction diamétralement opposée. Même si nous pouvions piloter l'*Aiguille*, jamais les dispositifs de survie du vaisseau ne nous permettraient d'atteindre l'Espace connu.

— Dans ce cas, pourquoi ne pas voler un vaisseau de l'Anneau-Monde ? Celui-ci ?

Louis secoua la tête.

— On peut toujours en faire le tour. Mais même s'il est en bon état, nous ne serons probablement pas en mesure de le piloter. Il faut un équipage d'un millier de personnes pour piloter ce truc-là, et, selon Prill, jamais son peuple ne s'est aventuré aussi loin... Même si les Ingénieurs de l'Anneau-Monde, eux, sont certainement venus dans l'Espace connu.

Le Kzin restait d'un calme singulier, comme s'il avait peur de libérer l'énergie verrouillée en lui. Louis commença à mesurer à quel point Chmeee était en colère.

— Alors, me conseilles-tu de m'avouer vaincu ? Même pas de vengeance pour nous ?

Louis avait sans cesse pensé à cela sur le courant. Il essaya de se souvenir de l'optimisme artificiel qu'il avait alors ressenti, mais maintenant, il n'en éprouvait plus du tout.

— Eh bien, jouons le jeu ! D'abord nous explorerons les saillies des spatioports. Comme nous ne trouverons rien, nous explorerons ensuite l'Anneau-Monde lui-même. Nous sommes équipés pour cela. Nous empêcherons l'Ultime d'abandonner ses recherches tant que nous n'aurons pas trouvé une solution pour nous. Peu importe laquelle.

— Cette situation est entièrement de ta faute, Louis.

— Je le sais. C'est bien ce qui la rend si comique.

— Alors, ris !

— Branche-moi et je rirai.

— Tes spéculations idiotes nous ont rendus esclaves d'un herbivore fou. Faut-il toujours que tu prétendes en savoir plus que tu n'en sais en réalité ?

Louis s'assit, le dos appuyé contre un mur éclairé en jaune.

— Cela paraissait tellement raisonnable. Tanj !

c'était *raisonnable*... Les Marionnettistes ont commencé à étudier l'Anneau-Monde longtemps avant que nous soyons entrés en scène. Ils connaissaient sa rotation, sa taille, sa masse, qui est à peine supérieure à celle de Jupiter. Et dans ce système, il n'y a aucun autre objet. Toutes les planètes, toutes les lunes et tous les astéroïdes ont disparu. Pourquoi ? La réponse me paraissait évidente. Les Ingénieurs de l'Anneau-Monde ont utilisé une planète du type de Jupiter pour la transformer en matériau de construction, ainsi que tous les autres détritus célestes de cette région. Avec le tout, ils ont bâti cette gigantesque structure. Sa masse doit être, disons... celle du système Sol.

— Ce n'était que de la spéculation pure.

— Oui, mais je vous avais convaincus, toi et Nessus. N'oublie pas cela. Et les géantes gazeuses, enchaîna Louis sans démordre de son raisonnement, sont principalement constituées d'hydrogène. Il a donc fallu que les Ingénieurs convertissent cet hydrogène en matériau de charpente de l'Anneau-Monde. Quel que soit ce matériau, il ne ressemble à *rien* que nous connaissions. Une transmutation opérée à un rythme supérieur à celui de l'explosion d'une supernova. Ecoute, Chmeee, j'*avais vu* l'Anneau-Monde. J'étais prêt à croire n'importe quoi !

— Nessus aussi.

Le Kzin renifla avec dédain, oubliant que lui-même y avait cru.

— Et Nessus a interrogé Halrloprillalar sur la transmutation. Elle a pensé que notre compagnon bicéphale était un charmant gogo facile à duper. Et elle lui a inventé une histoire de vaisseau transportant du plomb transformable en carburant. Du plomb ! Pourquoi pas du fer ? Le fer est plus volumineux mais sa résistance structurelle plus grande.

Louis éclata de rire.

— Elle n'y avait pas pensé !

— As-tu dit à Prill que la transmutation était une hypothèse de ton cru ?

— Qu'est-ce que tu t'imagines ? Elle en serait morte de rire. Et il était trop tard pour prévenir Nessus. A ce moment-là, il se trouvait dans l'autodoc avec une tête en moins.

— Grrr.

Louis frotta ses épaules endolories.

— L'un de nous aurait dû mieux réfléchir. Je t'ai dit que j'avais effectué quelques calculs après notre retour. Sais-tu combien il faut d'énergie pour faire tourner la masse de l'Anneau-Monde à la vitesse de douze cent cinquante kilomètres par seconde ?

— Pourquoi me demandes-tu cela ?

— *Enormément !* Des milliers de fois l'énergie annuelle dissipée par son soleil. Où les Ingénieurs auraient-ils pu trouver une énergie aussi prodigieuse ? A mon avis, ils ont désintégré une *dizaine* de Jupiter ou bien une planète superjovienne d'une masse dix fois supérieure à celle de Jupiter, constituée en majeure partie d'hydrogène, ne l'oublions pas. Ils ont sans doute employé une petite partie de l'hydrogène ainsi obtenu pour disposer de l'énergie nécessaire à la mise en route de leur projet et mis le restant en réserve dans des bouteilles magnétiques. Après avoir bâti l'Anneau-Monde avec les résidus solides, ils avaient le combustible pour les fusées à fusion qui lui ont imprimé sa vitesse de rotation.

— La perspicacité est une chose merveilleuse.

Plongé dans ses pensées, le Kzin arpentait le corridor, debout sur ses pattes postérieures comme un Homme.

— Et ainsi, nous sommes devenus les esclaves d'un étranger fou qui cherche une machine magique qui n'a jamais existé. Qu'espères-tu pour l'année qu'il nous reste à vivre, Louis ?

Il était difficile d'être optimiste sans le courant.

— Nous explorerons. Transmutation ou pas, il doit

bien exister un truc précieux sur l'Anneau-Monde. Peut-être le trouverons-nous ? Peut-être y a-t-il déjà ici un vaisseau des Nations Unies ? Peut-être tomberons-nous sur un équipage indigène vieux de mille ans ? Peut-être aussi que l'Ultime se sentira seul et finira par nous inviter dans son poste de pilotage ?

Le Kzin continuait de faire les cent pas en fouettant l'air de sa queue.

— Est-ce que je peux te faire confiance ? L'Ultime contrôle le courant dans ton cerveau.

— Je me déferai de cette habitude.

Le Kzin renifla, sceptique.

— Ruser finit par vous donner des ulcères ! Chmeee, je suis âgé de deux siècles et quart. J'ai *tout* été. Maître-queue. J'ai participé à la construction et à la mise en marche d'une cité-roue sur Bas. Je me suis installé sur la Terre pendant un temps et y ai vécu comme un colon. Maintenant, je suis un branché, mais rien ne perdure. Tu ne peux pas faire la même chose pendant deux cents ans. Mariage, carrière, passe-temps, tout cela, c'est bien vingt ans, et peut-être qu'on repasse par la même phase plus d'une fois. J'ai pratiqué également la médecine expérimentale. J'ai écrit un gros morceau de l'étude sur la culture des Trinocs qui a remporté…

— La dépendance vis-à-vis du courant implique directement le cerveau. C'est différent, Louis.

— Oui. Oui, c'est différent.

La dépression s'effondrait sur lui comme une tonne de gelée noire.

— C'est tout blanc ou tout noir. Le fil envoie ou n'envoie pas le courant. Pas de variété. J'en ai marre de cela. J'en avais marre bien avant que l'Ultime ne s'empare de mon distil.

— Mais tu ne l'avais pas abandonné.

— Je veux faire croire à l'Ultime que j'en suis incapable.

— Tu veux me faire croire que tu en es capable.

— Oui.
— Et l'Ultime, qu'en penses-tu ? Jamais je n'ai entendu parler d'un Marionnettiste qui se comporte aussi bizarrement.
— Je sais. C'est pourquoi je me demande si tous leurs explorateurs fous ne sont pas du sexe de Nessus. Si les... comment dire... mâles porteurs-de-sperme... sont les dominants.
— Brrrr...
— Pas forcément, à mon avis. La folie qui envoie un Marionnettiste sur la Terre parce qu'il ne sait pas comment s'y prendre avec les membres de son espèce n'est pas de la même nature que celle qui fabrique un Joseph Staline. Si on lui accorde un tantinet d'intelligence, il utilisera les techniques commerciales des Produits Généraux. Pour traiter avec nous, il ne connaît aucune autre méthode.
L'air clos avait un goût de métal froid.
Il y a trop de métal dans ce vaisseau, songea Louis. Il est étrange que le peuple d'Halrloprillalar n'ait pas utilisé de matériaux plus avancés. Fabriquer un statoréacteur n'est pas une tâche de primitifs.
L'air avait une odeur de plus en plus bizarre, et la lumière jaune-blanc des murs baissait et augmentait irrégulièrement. Mieux valait réenfiler les combinaisons.
— Nous avons l'atterrisseur, avança Chmeee. Il pourrait nous servir de vaisseau spatial.
— Qu'est-ce que tu appelles un vaisseau spatial, toi ? Cet engin-là a une capacité planétaire. Obligatoire pour faire le tour de l'Anneau-Monde. Mais atteindre une autre étoile là-dedans, tu rêves !
— Je pensais l'utiliser pour entrer en collision avec l'*Aiguille*. Si nous ne pouvons pas nous enfuir, nous pouvons au moins nous venger.
— Cela serait drôle à regarder. Toi tamponnant une coque des Produits Généraux.
Le Kzin était campé au-dessus de Louis.

— Ne ris pas trop, Louis. Que ferais-je sur l'Anneau-Monde, sans femelle, sans terre et avec une seule année à vivre ?

— Nous allons gagner du temps. Du temps pour trouver un moyen de repartir. D'ici là... (Louis se releva.) Officiellement, nous cherchons toujours une machine magique de transmutation. Faisons au moins un semblant de recherche.

7

L'INSTANT DÉCISIF

Louis se réveilla avec une faim de loup. Il composa au cadran un soufflé au cheddar, un irish coffee, des oranges sanguines et engloutit le tout.

Chmeee dormait lové en boule, comme pour se protéger. Il semblait avoir un peu changé. Oui, il était plus beau... Plus beau, car le tissu cicatriciel avait disparu et une nouvelle fourrure repoussait.

Son énergie était impressionnante. Ils avaient passé au peigne fin les quatre vaisseaux de l'Anneau-Monde, puis gagné un étroit et long bâtiment à l'extrême lisière de l'infini : le centre de guidage du système d'accélération des astronefs. Puis, Louis, éreinté, avait sombré dans le brouillard. Il aurait dû examiner les détails de construction de l'*Aiguille*, ses points faibles, les voies d'accès au poste de pilotage. Au lieu de cela, il s'était contenté d'observer Chmeee, la haine au ventre. Le Kzin n'avait pas pris une seconde de repos.

L'Ultime surgit du secteur privé peint en vert. Sa toison était peignée et vaporeuse, piquetée de cristaux qui chatoyaient aux teintes de l'arc-en-ciel quand il se mouvait. Cela intrigua Louis. Lorsqu'il avait piloté seul l'*Aiguille*, le Marionnettiste s'était négligé. Cherchait-il à les impressionner par son élégance ?

— Louis, veux-tu le courant ? demanda-t-il.

— Pas tout de suite, répondit Louis malgré le manque.

— Tu as dormi onze heures.

— Peut-être que je m'adapte à l'horloge de l'Anneau-Monde. As-tu progressé ?

— J'ai pris des spectrogrammes au laser de la coque des vaisseaux. Des alliages de fer, principalement. Et deux clichés radar en profondeur pour chacun des quatre vaisseaux.

» J'ai déplacé l'*Aiguille* pendant que vous dormiez. Il y a deux autres spatioports, situés à cent vingt degrés. J'ai repéré onze autres astronefs grâce à la composition de leur coque. Mais à cette distance, je n'ai pu repérer les détails.

Chmeee s'éveilla, s'étira et rejoignit Louis devant le mur transparent.

— Nous, tout ce que nous avons appris se résume à de nouvelles questions, dit-il. Un vaisseau est intact et trois ont été pillés. Pourquoi ?

— Peut-être Halrloprillalar aurait-elle pu nous donner la réponse ? dit l'Ultime. Mais occupons-nous uniquement du plus urgent. Où est l'appareil de transmutation ?

— Nous n'avons aucun instrument ici. Envoie-nous dans la navette. Nous utiliserons les écrans du tableau de bord.

Huit écrans brillaient autour du tableau de bord en forme de fer à cheval. Chmeee et Louis étudiaient les schémas fantomatiques des vaisseaux à statoréacteurs Bussard, restitués par l'ordinateur à partir des échos radar.

— J'ai l'impression, observa Louis, qu'ils ont été pillés par une seule équipe. Ils avaient trois vaisseaux à dévaliser. Ils ont commencé à emporter ce qui les intéressait le plus. Puis, quelque chose les a forcés à s'interrompre. Ils sont tombés à court d'air ou autre.

Le quatrième vaisseau est arrivé après. Mais... pourquoi le quatrième équipage n'a-t-il pas pillé son propre vaisseau ?

— C'est sans importance, rétorqua l'Ultime. Nous ne cherchons qu'une seule chose : le transmutateur. Où est-il ?

— Nous n'avons pu l'identifier, dit Chmeee.

— Procédons avec méthode, proposa Louis qui scrutait attentivement les quatre fantômes. Qu'est-ce qui *n'est pas* un système de transmutation ?

Il traça des lignes sur l'image du vaisseau intact avec un marqueur lumineux.

— Ici, les deux tores qui encerclent la coque sont certainement les générateurs de champ d'écope. Ici, les réservoirs de carburant. Les tubes d'accès, là, là et là...

L'Ultime retirait avec obligeance de l'écran les sections désignées.

— ... Réacteur à fusion, toute cette partie. Moteurs pour les pattes d'atterrissage, ici. Retire les pattes également. Réacteurs d'attitude ici, ici et ici, tous alimentés par ces conduits, là, qui apportent le plasma depuis ce petit générateur de fusion, ici. Batterie. Ce truc avec un museau qui pointe à l'extérieur, au milieu de la coque... Comment Prill l'appelait-elle, déjà ?

— *Cziltang brone*, dit Chmeee dans un crachement. Cela amollit temporairement le matériau de charpente de l'Anneau-Monde, si bien qu'il devient possible de passer au travers. Les natifs les utilisent comme nous les sas.

— Exact.

Louis poursuivit avec enthousiasme et une joie cachée :

— Ils n'ont pas entreposé l'appareil de transmutation dans les sections de l'habitat, mais... Ici, les cabines et là, là et là, les trois centres de contrôle, la culture...

— Serait-il possible que... ?
— Non, nous y avons pensé. Ce n'est qu'un labo chimique automatisé.
— Continue !
— Secteur des potagers, ici. Arrosé par les eaux usées recyclées. Les sas...
Lorsque Louis eut terminé, le vaisseau avait disparu de l'écran. Avec patience, l'Ultime le fit réapparaître.
— Qu'avons-nous oublié ? demanda-t-il. Même si le transmutateur a été démonté, il se trouvait bien quelque part. Où ?
Cela commençait à devenir franchement amusant.
— S'ils gardaient leur carburant à l'extérieur — le plomb fondu autour de la coque —, le réservoir à bord ne contient pas d'hydrogène. Nous sommes d'accord ? Peut-être était-ce dans le réservoir qu'ils entreposaient le transmutateur magique ? Il suffit d'un épais capitonnage ou d'une épaisse isolation... ou encore d'un système de refroidissement par hydrogène liquide.
— Mais comment l'ont-ils transporté ? demanda Chmeee avant l'Ultime.
— Peut-être avec le *cziltang brone* d'un autre vaisseau. Leurs réservoirs de carburant sont-ils tous vides ?
Il observa les autres vaisseaux fantômes.
— Oui... Alors, nous trouverons les transmutateurs sur l'Anneau-Monde... Et ils seront en panne. La bactérie les aura bousillés.
— L'histoire de la bactérie qui dévore les supraconducteurs telle que l'a racontée Halrloprillalar est effectivement dans nos archives, dit l'Ultime.
— Elle n'a pas pu nous dire le fin mot de cette histoire, objecta Louis. Son vaisseau était parti pour un long voyage. A son retour, la civilisation de l'Anneau-Monde avait disparu. Tout ce qui employait des supraconducteurs avait cessé de fonctionner.

Louis s'était demandé jusqu'à quel point il devait croire ce que racontait Prill de la Chute des Cités. Le fait est que quelque chose avait détruit la civilisation dominante de l'Anneau-Monde.

— La supraconductivité est presque trop merveilleuse. On finit par l'utiliser pour tout.

— Nous n'aurons qu'à réparer les transmutateurs, fit l'Ultime.

— Oh ?

— Vous trouverez dans l'atterrisseur du fil et du tissu supraconducteurs. Pas de la même nature que les supraconducteurs employés sur l'Anneau-Monde. La bactérie ne les dévorera pas. J'ai pensé que nous aurions peut-être besoin de produits d'échange.

Louis resta impassible, mais l'Ultime venait de faire là une déclaration surprenante. Comment les Marionnettistes avaient-ils appris l'existence de cette bactérie mutante qui avait détraqué les machines de l'Anneau-Monde ? Soudain, Louis ne douta plus du tout de la véracité de cette histoire.

Chmeee, lui, suivait son idée.

— Nous voulons savoir, dit-il, quel est le mode de transport utilisé par les voleurs. Si le système du parapet est tombé en panne, dans ce cas, nos transmutateurs sont peut-être juste de l'autre côté du parapet, abandonnés là, car inutilisables.

Louis acquiesça.

— Oui, mais si ce n'est pas le cas, poursuivit Chmeee, le territoire à explorer est tanj prodigieusement immense. A mon avis, il vaudrait mieux rechercher un Centre de Réparations.

— Louis ?

— Il doit exister un centre de contrôle et de maintenance quelque part, répondit celui-ci. L'Anneau-Monde ne peut fonctionner tout seul éternellement. Le bouclier antimétéorite, les réacteurs d'attitude, l'écosystème, tout cela doit être surveillé. Bien sûr, le Centre de Réparations peut se trouver n'importe où, mais une chose est certaine : il est énorme. Nous ne devrions donc pas avoir de difficultés à le repérer. Et il sera probablement abandonné, car si quelqu'un le faisait encore fonctionner, il n'aurait pas laissé l'Anneau-Monde dériver par rapport à son soleil.

— Tu as dû beaucoup y réfléchir, observa l'Ultime.

— La première fois que nous sommes venus ici, nous n'avons pas remporté un grand succès. Nous étions venus explorer, tu te souviens ? Une espèce d'arme laser nous a tiré dessus et nous avons passé le restant de notre temps à essayer de demeurer en vie. Nous avons parcouru environ un cinquième de la *largeur* de l'Anneau-Monde et nous n'avons quasiment rien appris. C'était le Centre de Réparations que nous aurions dû chercher. C'est là que se produisent les miracles !

— Autant d'ambition de la part d'un branché me surprend.

— Nous commencerons prudemment.

Prudemment pour un Humain, se dit Louis ; pas pour un Marionnettiste.

— Chmeee a raison : les machines ont sans doute été abandonnées de l'autre côté du parapet lorsque la bactérie les a attaquées.

— Faire passer la navette à travers le parapet est trop dangereux, observa Chmeee. Je n'ai aucune confiance en un système étranger, vieux de mille ans. Nous devons passer par-dessus.

— Et comment allez-vous éviter le bouclier anti-météorite ? demanda l'Ultime.

— Nous tenterons de le déjouer. Louis, crois-tu encore que nous avons été attaqués par un bouclier automatisé ?

— Je l'ai pensé à l'époque. Ce fut si brutal.

La chute vers le soleil ; tous sur les nerfs et effrayés par l'Anneau-Monde. Tous, sauf Teela, bien sûr. Un flash violet-blanc. Teela qui regarde à travers la coque et qui annonce que l'aile a disparu.

— On n'a tiré sur nous, reprit Louis, que lorsque notre trajectoire a croisé la surface de l'Anneau-Monde, pas avant. Donc, c'est forcément un système automatisé. Je t'ai déjà expliqué pourquoi je pense qu'il n'y a plus personne dans le Centre de Réparations.

— Donc, plus personne pour tirer sur nous délibérément. Parfait, Louis. Et le bouclier ne devrait pas être réglé pour tirer automatiquement sur le système de transport du parapet, n'est-ce pas ?

— Chmeee, nous ignorons qui a construit ce système. Peut-être que ce ne sont pas les Ingénieurs de l'Anneau-Monde ? Peut-être a-t-il été rajouté plus tard, par le peuple de Prill...

— C'est exact, coupa l'Ultime.

Le Kzin et l'Humain fixèrent l'image du Marionnettiste sur l'écran.

— Vous ai-je dit que j'ai passé quelque temps au télescope ? J'ai ainsi appris que le système de transport du parapet est inachevé. A bâbord, quinze pour cent seulement a été construit. Les Ingénieurs n'auraient pas laissé à moitié inachevé un système aussi mineur, n'est-ce pas ? A mon avis, ils utilisaient comme moyen de transport le vaisseau spatial dans lequel ils ont supervisé la construction de l'Anneau-Monde.

— Le peuple de Prill est arrivé plus tard, dit Louis. Beaucoup plus tard, peut-être. Peut-être ce système de transport est-il devenu trop onéreux ? Peut-être son peuple n'a-t-il jamais achevé la conquête de l'Anneau-Monde ?... Mais alors, pourquoi construisaient-ils des astronefs ? Oh ! futz ! jamais nous ne le saurons. Où tout cela nous mène-t-il ?

— A tâcher de passer au travers du bouclier anti-météorite, répondit Chmeee.

— Oui. Et tu as raison. Si ce bouclier avait la manie de tirer sur le parapet, personne n'y aurait jamais rien construit.

Louis réfléchit. Il y avait des blancs dans ses hypothèses... Mais la seule autre solution était de traverser le parapet via un antique *cziltang brone* de fiabilité inconnue.

— Bien... Nous volerons par-dessus le parapet.

— Un risque redoutable, intervint l'Ultime. J'ai préparé l'expédition du mieux possible, mais j'ai été contraint de me contenter de la technologie humaine. Supposez que l'atterrisseur échoue ? J'hésite à prendre le risque d'endommager mes ressources. Vous seriez faits comme des rats. L'Anneau-Monde est condamné.

— Je ne l'ai pas oublié, rétorqua Louis.

— Nous devons d'abord explorer tous les spatioports périphériques. Il y a onze autres vaisseaux au pied de ce parapet et un nombre inconnu au pied de l'autre, à bâbord...

L'Ultime allait mettre des semaines à admettre qu'il ne trouverait aucun dispositif de transmutation dans les vaisseaux... Bah !

— Pourquoi ne pas franchir tout de suite le parapet ? avança Chmeee. Le trésor est peut-être à portée de main.

— Nous avons du carburant et des vivres. Nous pouvons attendre !

Chmeee appuya sur les touches de commande. Il avait dû prévoir cette séquence en détail. Etudier l'atterrisseur avec minutie, alors que Louis dormait, mort de fatigue. Le petit module conique décolla de trente centimètres du sol et pivota de quatre-vingt-dix degrés tandis que la chambre de lancement était violemment illuminée par la mise à feu d'un moteur à fusion.

— Quelle sottise vous faites là ! reprocha l'Ultime de sa voix harmonieuse de contralto. Je peux couper votre propulseur quand je veux.

La navette se glissa hors de l'écoutille arrondie et s'éleva sous une poussée brutale de quatre g. Une subite retombée en chute libre aurait pu les tuer.

Louis se maudit pour n'avoir pas prévu cette éventualité. Le sang de Chmeee bouillait d'un regain de jeunesse. La moitié des Kzinti n'atteignaient jamais le stade adulte... Ils mouraient dans une bagarre...

Et Louis Wu, trop obnubilé par son nombril et par la dépression due au manque de courant, avait été mis devant le fait accompli.

— Ultime, as-tu décidé d'explorer par toi-même? demanda Louis d'un ton froid.

Les têtes du Marionnettiste frémirent d'indécision au-dessus de son tableau de bord.

— Non? fit Louis. Donc, nous procéderons à notre façon, merci beaucoup.

Se tournant vers Chmeee, il ajouta:

— Tâche d'atterrir sur le faîte du parapet!

Soudain, il remarqua l'attitude rigide du Kzin, ses yeux révulsés, ses griffes sorties. La rage? Le Kzin allait-il vraiment essayer de percuter l'*Aiguille*?

Chmeee hurla dans la Langue Héroïque.

Le Marionnettiste répondit dans la même langue, changea d'avis et répéta en langue interworld:

— Deux propulseurs à fusion, l'un monté à la poupe et l'autre sous le ventre. Pas de fusées d'accélération. Inutile d'enclencher les moteurs à fusion quand tu es encore au sol, excepté en cas de défense. Le décollage s'effectue à l'aide des repoussoirs qui t'éloigneront du matériau de charpente de l'Anneau-Monde. On les actionne comme un générateur de gravité négative, mais les repoussoirs sont de conception plus simple, plus faciles à réparer et à entretenir. Ne les enclenche pas maintenant. Ils vous repousseraient du parapet et vous projetteraient droit dans l'espace.

Voilà qui expliquait la panique de Chmeee. Il éprouvait des difficultés à piloter le module. Guère rassurant. Mais la saillie du spatioport était à présent loin en dessous et la trépidation alarmante du décollage avait presque cessé. Seule restait la poussée continue de quatre g… qui soudain fut coupée.

— Wouf ! s'exclama Louis alors que l'engin tombait en chute libre.

— Il ne faut pas monter trop haut au-dessus du parapet, expliqua Chmeee. Louis, ouvre les caissons. Fais l'inventaire de notre équipement.

— Tu me préviendras avant de refaire cela.

— Promis.

Louis s'extirpa du filet de sécurité et parvint au bas de l'échelle en flottant.

Le compartiment était entouré de caissons et muni d'un sas. Louis ouvrit les portes. Le plus grand caisson contenait un rouleau de belle étoffe noire et soyeuse de trois kilomètres carrés et des centaines de kilomètres de fil noir enroulés sur des bobines de trente mille mètres. Dans un autre caisson, Louis découvrit des harnais de vol améliorés, équipés de repoussoirs sur les épaules et d'un propulseur dorsal. Un grand et deux petits. Un pour Halrloprillalar, bien sûr. Louis trouva également des pistolets soniques, des lampes laser, ainsi qu'un lourd désintégrateur à deux poignées. Des boîtes de la taille du poing de Chmeee, contenant un clip, un micro et des écouteurs (deux petits et un grand). Des disques traducteurs, certainement, avec un micro-ordinateur incorporé. S'ils avaient été connectés à l'ordinateur de bord, ils auraient été moins volumineux.

Et ces plaques rectangulaires, étaient-ce des repoussoirs pour soulever une cargaison ? Ici, des bobines de chaîne moléculaire Sinclair, semblable à un fil de soie très fin mais très solide. Des petits lingots d'or : pour le commerce ? Des jumelles protectrices et dotées d'un intensificateur de lumière. Des armures anti-impact.

— Il a vraiment pensé à tout ! murmura Louis.

— Merci ! fit l'Ultime sur un écran que Louis

n'avait pas remarqué. J'ai consacré des années à me préparer.

Louis en avait assez de retrouver l'Ultime partout où il allait. Il percevait les bruits d'une bagarre de chats dans le poste de pilotage. Bizarre ! L'Ultime devait tenir deux conversations simultanées, donnant à Chmeee des instructions pour le pilotage. « Réacteurs d'attitude », entendit-il.

— Louis, regagne ton fauteuil ! rugit le Kzin sans l'aide du micro.

Louis reglissa le long de l'échelle. A peine fut-il installé dans son fauteuil que Chmeee enclencha les moteurs à fusion. Le module descendit et plana juste au-dessus du parapet.

Le sommet était assez large pour leur engin, mais guère plus. Et le bouclier antimétéorite, que fabriquait-il ?

Ils tombaient vers l'anneau intérieur des écrans d'ombre, lorsqu'une éblouissante clarté violette avait enveloppé le Menteur. *La coque s'était instantanément enfermée dans une bulle de non-temps. Et lorsque le temps s'était à nouveau écoulé, la coque et ses passagers étaient indemnes. Mais l'aile en delta du vaisseau, ainsi que ses propulseurs, ses moteurs à fusion et ses nacelles de capteurs divers s'étaient transformés en vapeur ionisée. La coque tombait vers l'Anneau-Monde.*

Plus tard, ils avaient conclu que le laser violet n'était qu'un système de défense automatisé contre les météorites et qu'il était installé sur les écrans d'ombre. Une hypothèse, uniquement... Ils n'avaient absolument rien appris au sujet de l'armement de l'Anneau-Monde.

Le système de transport du parapet avait été rajouté par la suite. Les Ingénieurs de l'Anneau-Monde n'en avaient donc pas tenu compte lorsqu'ils avaient programmé la défense contre les météorites. Mais Louis avait regardé d'anciennes bandes de ce bouclier en marche dans un bâtiment abandonné par l'espèce d'Halrloprillalar. Le bouclier n'avait tiré ni sur les boucles de l'accélérateur linéaire ni sur les vaisseaux qu'elles retenaient. Toutefois, dans le doute, Louis se cramponna de toutes ses forces aux bras de son fauteuil, attendant le flash violet, comme Chmeee posait leur véhicule sur le parapet.

Mais rien ne se produisit.

8

L'ANNEAU-MONDE

D'une station spatiale située sur une orbite de deux heures, à plus de quinze cents kilomètres de la Terre, cette planète est une immense sphère. Ses royaumes tournent lentement sous les yeux. Des détails disparaissent derrière la couche de l'horizon. D'autres à leur tour se profilent dans cette ronde. De nuit, les cités illuminées ourlent les continents.

Mais à plus de quinze cents kilomètres de l'Anneau-Monde, ce corps céleste artificiel est plat et ses royaumes surgissent d'un coup sous vos yeux.

Le parapet était construit dans le même matériau que la carcasse de l'Anneau-Monde. Louis avait marché dessus, là où l'érosion l'avait laissé à nu. Il était grisâtre, translucide et extrêmement glissant. Mais ici, la surface avait été rendue rugueuse pour faciliter la traction. Toutefois, les tenues spatiales de Louis et de Chmeee augmentaient leur poids. Ils progressaient donc prudemment. Leur premier pas devait être digne.

Au pied d'une falaise transparente haute de quinze cents kilomètres s'étiraient des nappes nuageuses morcelées et des mers : masses d'eau de quinze mille à deux millions de kilomètres carrés de superficie, réparties régulièrement sur toute la surface et reliées par un réseau de fleuves. Comme Louis relevait lentement les yeux, les mers rapetissèrent, se perdirent dans un voile de gaze… et enfin, mer, terre végétale, déserts et nuages se réduisirent à une lame de couteau bleue qui tranchait l'espace noir.

A droite et à gauche, la même immensité, puis l'œil découvrait un ruban bleu qui surgissait de l'infini, au-delà de l'horizon. L'Arche de l'Anneau-Monde qui s'élevait, s'effilait, puis se recourbait sur elle-même : ce damier bleu ciel et indigo s'amincissait peu à peu en un fin trait qui allait se perdre derrière un soleil racorni.

Au cours de sa rotation, cette partie de l'Anneau-Monde venait de franchir sa distance maximale par rapport à son soleil, mais une étoile de type Sol risquait de rendre aveugle, même aussi loin. Louis cligna des yeux, secoua la tête, saisi d'éblouissements. L'immensité s'empare de l'esprit, l'ensorcelle et incite à contempler l'infini pendant des heures ou des jours. Il est facile de perdre son âme, confronté à cette dimension-là. Qu'est-ce qu'un Homme face à un artefact aussi vaste ?

Dans le cas présent, il s'agissait de Louis Wu. Et sur l'Anneau-Monde, il était unique. Il se raccrocha à cette idée. *Oublie l'illimité; concentre-toi sur les détails les plus proches*.

Là, à trente-cinq degrés du parapet en montant le long de l'Arche, une nappe légèrement plus bleue.

Louis augmenta le grossissement de ses jumelles. C'était un océan, une ellipse qui traversait presque toute la largeur de l'Anneau-Monde, criblée d'archipels que l'on entrevoyait à peine à travers la couverture de nuages clairsemés.

En tournant la tête, Louis aperçut l'autre Grand Océan, plus haut, sur la deuxième face de l'Arche. Il avait la forme d'une étoile à quatre branches déchiquetées, criblée également de groupes d'îles minuscules ; minuscules à cette distance où la Terre eût été un objet à peine visible à l'œil nu.

Voilà que le vertige de l'infini le reprenait. Il baissa délibérément les yeux, se concentrant sur les accidents de terrain les plus proches.

Presque au-dessous de lui, à quelques centaines de kilomètres dans le sens de rotation, une sorte de pain de sucre s'appuyait comme un ivrogne au flanc du parapet. Cette montagne présentait une régularité singulière. S'étageant par demi-cercles, on distinguait successivement un sommet dénudé de couleur boueuse, puis une rayure blanche, de la neige ou de la glace, et enfin, le vert des collines.

Cette montagne était probablement isolée. A cet endroit, le parapet formait une paroi verticale lisse, s'élevant presque jusqu'à la limite du champ de vision des jumelles. Si la bosse que l'on apercevait à l'extrême limite de la visibilité était une autre montagne, elle se trouvait futz très, très loin. A cette distance, on voyait l'Anneau-Monde entamer sa courbe ascendante. Dans le sens de l'antirotation, une autre bosse. Louis fronça les sourcils. *A classer pour étude ultérieure.*

Très loin à bâbord (en face) et un peu dans le sens de rotation (à droite) s'étendait une région d'un blanc brillant, plus étincelant encore que la terre, que l'océan. Une bande bleu-noir dérivait vers elle pour l'ensevelir dans une nuit artificielle. Du sel, fut la première pensée de Louis. Une immense saline qui avait englouti deux dizaines de mers. Et la taille de ces mers allaient du lac Huron à la Méditerranée. Des points plus brillants que les autres ondoyaient comme des vaguelettes… Ah !

— Un champ de tournesols !

Chmeee regarda.

— Plus grand que celui qui m'a brûlé, observa-t-il.

Les tournesols Négriers étaient aussi anciens que l'Empire Négrier lui-même qui avait disparu plus d'un milliard d'années auparavant.

Afin de se défendre, les Négriers avaient planté des

tournesols tout autour de leurs Etats. On trouvait encore ces plantes-là sur quelques mondes de l'Espace connu. Mais les arracher était une tâche ardue. Il était impossible de les brûler avec un canon laser. Le miroir argent de leurs fleurs renvoyait le rayon dans la direction de l'assaillant.

La présence de tournesols sur l'Anneau-Monde était un mystère. Lors de la première expédition, Parleur-aux-Animaux avait survolé une portion de l'artefact, lorsqu'une déchirure dans les nuages l'avait exposé à la brûlure de ces plantes. A présent, ses cicatrices avaient presque toutes disparu...

Louis augmenta le grossissement de ses jumelles. Un liseré séparait la trame bleu-vert-marron d'un territoire semblable à la Terre du champ de tournesols argent. Cette frontière s'incurvait doucement vers l'intérieur de façon à enclore la moitié d'une des mers les plus vastes.

— Louis ? Cherche une petite ligne noire juste audelà des tournesols et un peu vers l'antirotation.

— Je la vois.

Un pointillé noir sur le panorama infini et éclairé par un soleil figé à son zénith; peut-être à cent soixante-dix mille kilomètres. Qu'est-ce que cela pouvait bien être ? Un gisement de goudron ? Non, aucun fossile d'hydrocarbure ne pouvait se former sur l'Anneau-Monde. Une ombre ? Mais qu'est-ce qui pouvait projeter une ombre dans l'éternel midi de l'Anneau-Monde ?

— Chmeee, je crois que c'est une cité flottante.

— Oui... Au pire, ce sera un centre de civilisation. Nous devrions les consulter.

Dans certaines villes antiques, ils avaient trouvé des bâtiments flottants. Alors, pourquoi pas une ville flottante ? De leur position, ils n'en apercevaient que la tranche.

— Ce que nous devrions faire, dit Louis, c'est nous poser à une bonne distance de la cité et interroger les natifs au sujet de ses habitants. S'ils sont assez doués pour maintenir cette cité en marche, ce sont peut-être des gens coriaces. Posons-nous à la lisière du champ de tournesols.

— Pourquoi là ?

— Les tournesols détraquent l'écosystème. Peut-être les indigènes ont-ils besoin d'aide ? On sera à coup sûr mieux accueillis que dans cette ville. Ultime, qu'en penses-tu ?

Pas de réponse.

— Ultime ? L'Ultime est demandé sur... Chmeee, je crois qu'il ne nous reçoit pas. Le parapet bloque ses signaux.

— Nous ne resterons pas libres longtemps, déclara Chmeee. J'aperçois deux sondes montées sur la baie de cargaison, derrière l'atterrisseur. Le Marionnettiste va les utiliser comme relais. Y a-t-il une chose que tu souhaites me dire durant notre liberté provisoire ?

— Nous avons tout dit hier soir, il me semble.

— Pas tout à fait. Louis, nos motivations ne sont pas exactement les mêmes. Toi, tu veux à tout prix sauver ta peau. Et en outre, avoir libre accès au courant. Quant à moi, je veux vivre, être libre, mais obtenir aussi une satisfaction. L'Ultime a kidnappé un Kzin. Il faut qu'il le regrette.

— Je ne gobe pas cela. Il m'a kidnappé, moi aussi.

— Mais qu'est-ce qu'un camé aux Ampères sait de l'honneur bafoué ? Louis, que je ne te trouve pas en travers de ma route !

— Je me contenterai de te rappeler, humblement, que c'est moi qui t'ai sauvé de l'Anneau-Monde. Sans moi, jamais tu n'aurais pu ramener le *Long Shot* sur Kzin et gagner un nom.

— Tu n'étais pas un accro au courant à ce moment-là.

— Je ne le suis plus. Et ne me traite pas de menteur !

— Je ne...

— Regarde !

Louis pointa le doigt. Du coin de l'œil, il avait entrevu un objet obscur qui se déplaçait à travers les astres. Un instant plus tard, la voix de l'Ultime résonna dans leurs tympans.

— S'il vous plaît, pardonnez la coupure. Qu'avez-vous décidé de faire ?

— D'explorer, répondit sèchement Chmeee.

Il regagna l'atterrisseur.

— Donnez-moi les détails. Risquer une de mes sondes uniquement pour maintenir le contact ne me plaît pas. Leur fonction première est de recharger l'*Aiguille* en combustible.

— Remets ta sonde en lieu sûr, rétorqua Chmeee. Nous te ferons un rapport complet à notre retour.

La sonde se posa sur le parapet. C'était un cylindre de cinq mètres de long, couvert de protubérances et équipé de plusieurs petits réacteurs.

— Tu parles à la légère. C'est ma navette d'atterrissage que tu mets en danger. Avez-vous l'intention d'explorer la base du parapet ?

Cette belle voix féminine au contralto ensorceleur était celle que chaque commerçant intersidéral marionnettiste apprenait de son prédécesseur. Peut-être en étudiait-il une autre pour influencer les femmes ? En tout cas, sur les hommes, cette voix exerçait un effet automatique. Ce qui agaçait Louis.

— Il y a des caméras à bord de la navette. Tu n'as qu'à nous regarder !

— J'ai ton distil. Parle !

Ni Louis ni Chmeee ne se donnèrent la peine de répondre.

— Très bien... J'ai laissé ouvert le circuit des disques marcheurs entre l'atterrisseur et l'*Aiguille*. La sonde leur servira également de relais. Quant à ton distil, Louis, tu ne l'auras que lorsque tu auras appris à obéir.

Voici, songea Louis, qui définit bien mon problème.

— Il est fort agréable de savoir, fit remarquer Chmeee, que nous avons une sortie de secours en cas d'erreur. Quelles sont les limites des disques marcheurs ?

— Des limites d'énergie. Ce système de transport ne peut supporter qu'une différence limitée d'énergie cinétique. L'*Aiguille* et votre atterrisseur devront avoir une vitesse quasiment synchrone lorsque vous les utiliserez. Je vous conseille de rester droit à bâbord de l'*Aiguille*.

— Ceci est conforme à notre plan.

— Mais si vous abandonnez l'atterrisseur, je reste le maître de votre unique moyen de fuite hors de l'Anneau-Monde. Vous m'entendez ? Louis, Chmeee ? L'Anneau-Monde va percuter les écrans d'ombre dans juste un peu plus d'une année terrestre.

Chmeee décolla à l'aide des repoussoirs de fabrication marionnettiste, enclencha le moteur à fusion, à la poupe, et l'engin glissa hors du parapet, vers l'avant.

Piloter avec des repoussoirs construits dans le même matériau que la charpente de l'Anneau-Monde était différent qu'utiliser l'antigravité, remarqua Louis. Repoussé à la fois par le parapet et par le sol, l'atterrisseur tombait en décrivant une ligne sinueuse. Chmeee stoppa leur descente à quatre-vingts kilomètres d'altitude.

Louis fit passer l'image télescopique sur l'un des écrans. Quand l'atterrisseur flottait sur les repoussoirs seuls, hors de la limite de l'atmosphère, sa stabilité était parfaite : la monture du télescope était donc excellente.

A la base du parapet, le sol rocailleux s'élevait en collines. Louis fit courir l'objectif du télescope, réglé à son grossissement maximal, le long de la muraille.

La terre marron et nue se détachait sur la grisaille translucide. Une anomalie serait facilement détectable.

— Que cherches-tu ? demanda Chmeee.

Louis ne rappela pas que le Marionnettiste qui les surveillait croyait qu'ils recherchaient un transmutateur abandonné.

— A mon avis, l'équipage d'un astronef a dû traverser le parapet à peu près à ce niveau. Mais je ne distingue rien d'assez grand pouvant ressembler à une machinerie abandonnée. Nous ne recherchons pas un petit objet, n'est-ce pas ? S'ils avaient abandonné ici un truc précieux, c'est uniquement parce qu'il leur était impossible de le transporter.

— Et de cela, qu'en penses-tu ?

Un demi-cône, haut de cinquante kilomètres, qui avait l'air érodé par le vent depuis une centaine de millions d'années, s'appuyait à la base du parapet. Une large ceinture de glace étincelait autour de sa partie inférieure. La glace épaisse présentait l'aspect typique d'une langue glaciaire.

— L'Anneau-Monde imite la topographie des planètes terraformées, dit Chmeee. Mais d'après ce que je connais de ces planètes-là, cette montagne est singulière.

— Exact. Elle est moche. Les montagnes forment des chaînes qui ne présentent jamais cette régularité-là. Mais tu sais, il y a pire encore ici. Tu te souviens du paysage, lorsque le *Menteur* volait sous le ventre de l'Anneau-Monde ? Les bosses correspondaient au fond des mers, les creux aux montagnes et les lits des rivières évoquaient les veines du biceps d'un haltérophile. Tout sur cette structure a été artificiellement sculpté, jusqu'à l'embouchure des fleuves. L'Anneau-Monde n'est pas assez épais pour que des montagnes surgissent sous l'effet de mouvements naturels.

— Pour la bonne raison qu'il n'existe pas de plaques tectoniques susceptibles d'entrer en collision.

— Nous aurions dû voir la face arrière de cette montagne depuis le spatioport. Or, je ne l'ai pas vue. Et toi ?

— Je vais approcher la navette.

Cela s'avéra ardu. Plus l'engin se rapprochait du parapet, plus il fallait augmenter la fusion pour le maintenir sur sa trajectoire ou monter en altitude, une fois les repoussoirs coupés.

Ils parvinrent toutefois à s'approcher à moins de quatre-vingts kilomètres de la montagne et découvrirent alors une cité. Entre les coulées glaciaires saillaient d'immenses blocs de roche grise dont certains percés de milliers de portes et de fenêtres plongées dans le noir. En augmentant le grossissement, on distinguait des balcons et des auvents, ainsi qu'un lacis d'étroits ponts suspendus reliant les blocs. Des escaliers creusés dans la roche décrivaient d'étranges courbes. Certains mesuraient un kilomètre ou plus. L'un plongeait jusqu'au pied du versant, à la lisière rectiligne des arbres.

Un espace plat au centre de la cité, mi-rocheux, mi-permafrost, tenait lieu de jardin public. La horde qui s'y pressait se réduisait, à cette distance, à une myriade de points mordorés. Vêtements ou fourrure ? se demanda Louis. Un grand rocher au fond du jardin avait été sculpté en forme de babouin joufflu, chevelu et à l'air jovial.

— N'essaie pas de t'approcher plus, prévint Louis. Nous déclencherions un vent de panique. Nous ne pouvons atterrir qu'avec les moteurs à fusion.

Cette cité verticale comptait au premier coup d'œil une population de quelque dix mille habitants. L'écho radar révélait que la roche n'avait pas été creusée en profondeur. En fait, elle était criblée de pièces d'habitation taillées dans la glace éternelle.

— Je suis sûr que tu meurs d'envie d'interroger ces indigènes au sujet de leur singulière montagne ?

— En effet, j'aimerais parler avec eux, répondit

sincèrement Louis. Mais regarde les données du spectrographe et du radar. Ils n'utilisent ni métaux, ni plastiques, ni monocristaux. Je ne veux surtout pas penser au matériau de ces ponts. Ce sont des primitifs. Ils s'imaginent qu'ils vivent sur une montagne.

— Il est trop difficile de leur rendre visite, je te l'accorde. Prochaine destination ? La cité flottante ?

— Oui. Nous passerons au-dessus du champ de tournesols.

Un écran d'ombre glissait devant le disque du soleil.

Chmeee réenclencha le moteur à la poupe, porta leur vitesse à quinze mille kilomètres à l'heure, puis longea le parapet, pas trop vite afin de pouvoir observer les détails, mais assez vite quand même pour atteindre leur destination en dix heures. Louis étudiait le paysage qui défilait à toute allure.

En principe, l'Anneau-Monde aurait dû être un éden infini. Après tout, ce n'était pas un monde dont l'évolution était le fruit du hasard mais un système construit.

Ce qu'ils avaient vu lors de leur première visite ne pouvait être considéré comme typique. Ils avaient passé la plupart de leur temps entre deux perforations provoquées par des météorites : entre l'Œil-Cyclone qui provoquait un flux d'air s'engouffrant dans le sol troué de l'Anneau-Monde et la montagne Poing-de-Dieu. Bien sûr, l'écosystème de cette région était détérioré. Le mode de circulation des vents, minutieusement élaboré par les Ingénieurs, avait certainement été détraqué.

Mais ici ? Louis chercha en vain l'œil d'un cyclone, symptôme d'une perforation due à une météorite. Il n'aperçut aucun trou dans la charpente. Pourtant, il y avait là des régions désertiques de la taille du Sahara ou plus. Au sommet des montagnes, il découvrit le gris de la carcasse nue. L'érosion éolienne avait râpé la roche qui la couvrait.

Les conditions climatiques avaient-elles empiré à ce point et aussi vite ? Ou les Ingénieurs aimaient-ils les déserts ? De fil en aiguille, Louis pensa brusquement que le Centre de Réparations était certainement déserté depuis très longtemps. Le peuple d'Halrloprillalar ne l'avait sans doute jamais découvert après la disparition des Ingénieurs. Car, si ses hypothèses étaient justes, ces mystérieux Ingénieurs avaient bel et bien disparu.

— Je veux trois heures de sommeil, annonça Chmeee. Sauras-tu piloter l'atterrisseur en cas de pépin ?

— Bien sûr, répondit Louis en haussant les épaules, mais de quel pépin parles-tu ? Nous volons trop bas pour le bouclier antimétéorite. Même s'il se trouve sur le bord du parapet, il tirerait sur des zones habitées. Pendant que tu dors, nous volerons à la vitesse de croisière et en pilotage automatique.

— Bien... Réveille-moi dans trois heures.

Chmeee inclina son fauteuil et s'endormit.

Louis continua ses observations au télescope à la fois pour se distraire et pour s'instruire. La nuit avait enseveli la région des tournesols. Il braqua l'objectif sur le plus proche des Grands Océans, situé en haut de l'Arche.

Loin au-delà de l'océan dans le sens de rotation et presque sur la ligne médiane de l'Anneau-Monde, il retrouva Poing-de-Dieu, le faux volcan incliné, construit dans un désert aux couleurs rouges de Mars mais beaucoup plus grand que cette planète. Plus loin à bâbord, il distingua une baie du Grand Océan, elle-même plus vaste que bien des mondes.

Les îles s'éparpillaient par archipels à travers l'ellipse bleue. Ici, une seule, circulaire, aux teintes fauves du désert. Là, une autre : un disque traversé par un canal. Etrange... Et là, il découvrit un archipel qui reproduisait la carte de la Terre : l'Amérique, le Groenland, l'Eurasie-Afrique, l'Australie, l'Antarctique ; tous ces continents s'évasant à partir d'un pôle Nord d'une blancheur aveuglante, exactement comme sur la carte qu'il avait observée sur un écran dans le château-de-rêve, vingt-trois ans auparavant.

Toutes les cartes dans ce château représentaient-elles donc des mondes réels ? Prill n'aurait pu lui répondre. Elles dataient certainement de bien avant l'entrée en scène de son peuple.

Il avait laissé Teela et Chercheur quelque part par là-bas. Ils devaient vivre encore dans ce coin. Etant donné la dimension de l'Anneau-Monde et la technologie indigène, ils n'avaient pu aller bien loin en vingt-trois ans. Il les avait laissés exactement à trente-cinq degrés au-dessus de la courbe de l'Arche, soit à quatre-vingt-treize millions de kilomètres.

En réalité, Louis n'avait pas envie de revoir Teela.

Trois heures s'étaient écoulées. Louis secoua doucement l'épaule de Chmeee. Un grand bras se détendit comme un ressort. Louis fit un bond en arrière, mais pas assez grand.

— Louis, fit Chmeee en clignant des yeux, ne me réveille jamais de cette manière. Tu veux l'autodoc ?

Deux profondes entailles marquaient le dos de Louis. Il sentait sa chemise s'imbiber de sang.

— Dans une minute... Regarde !

Il désigna la carte de la Terre, groupe d'îles minuscules éloigné des autres archipels.

— Kzin, fit Chmeee.

— Comment ?

— Une carte de Kzin, là. Louis, je crois que nous nous sommes trompés lorsque nous avions supposé qu'il s'agissait de cartes miniatures. En fait, elles sont grandeur nature. 1 sur 1.

A sept cent cinquante mille kilomètres de la carte de la Terre, on trouvait un autre amas. Comme pour la carte de la Terre, la taille des océans était déformée par la projection polaire, mais pas les continents.

— C'est bien Kzin, approuva Louis. Pourquoi ne l'avais-je pas remarqué ? Et ce disque traversé par un canal... c'est Jinx. La petite boule rosâtre doit être Mars.

Louis cligna des yeux pour lutter contre son vertige. Sa chemise était trempée de sang.

— Nous nous occuperons de cela plus tard. Aide-moi à descendre dans l'autodoc.

9

LES PASTEURS

Louis dormit dans l'autodoc.

Quatre heures plus tard, il regagnait son fauteuil. Une simple légère raideur dans son dos lui rappelait de ne plus jamais toucher un Kzin endormi.

Il faisait encore nuit dehors. Chmeee avait le Grand Océan sur l'écran.

— Comment vas-tu ? demanda-t-il.

— Guéri, grâce à la médecine moderne.

— Tes blessures ne t'ont pas déconcentré. Pourtant, cela a dû être un choc douloureux.

— Oh ! je suppose que Louis Wu cinquantenaire serait devenu hystérique, mais futz, je savais qu'il y avait un autodoc. Pourquoi ?

— J'ai d'abord pensé que tu avais le courage d'un Kzin. Puis, je me suis demandé si la dépendance à l'égard du courant t'avait rendu incapable de réagir à tout stimulus moins puissant.

— Nous opterons pour le courage. D'accord ?... Qu'as-tu découvert ?

— Pas mal de choses.

Le Kzin pointa le doigt sur l'écran.

— La Terre. Kzin. Jinx, avec les deux pics qui s'élèvent au-dessus de l'atmosphère, exactement comme les pôles Est et Ouest de Jinx. Ici, la Carte de Mars. Voici Kdat, la planète esclave...

— Plus maintenant.

— Les Kdatlyno étaient nos esclaves. Ainsi que les Pierins, et voici leur monde, je crois. Et cela ? Tu devrais le savoir, toi. La planète mère des Trinocs ?

— Oui. Et ils ont colonisé celle qui se trouve à côté, je crois. On peut demander à l'Ultime s'il a des cartes.

— Nous y arriverons sans lui.

— Certes. Et là, c'est quoi ? Ce n'est pas une exposition des mondes terraformés. En outre, il y a une demi-douzaine d'îles que je ne parviens pas du tout à identifier.

Chmeee renifla avec mépris.

— L'intelligence la plus médiocre le comprendrait, Louis. C'est l'exposition des ennemis potentiels, les êtres intelligents ou ayant presque atteint le stade de l'intelligence qui risquent un jour de menacer l'Anneau-Monde. Pierins, Kzinti, Martiens, Humains, Trinocs.

— Mais où Jinx se range-t-elle ? Oh ! Chmeee, ils n'ont quand même pas pensé que les Bandersnatchi seraient capables de venir jusqu'ici dans leurs vaisseaux de guerre ? Ils sont aussi grands que des dinosaures et dépourvus de mains. Bas a aussi des natifs intelligents. Où est ce monde ?

— Ici.

— Ah ! oui. C'est assez impressionnant. Cependant, les Grogs ne sont guère dangereux. Ils passent toute leur vie assis sur un rocher.

— Les Ingénieurs de l'Anneau-Monde avaient découvert toutes ces espèces. Et ils ont laissé ces Cartes comme messages pour leurs descendants. Nous sommes d'accord ? Seulement, ils n'ont pas découvert le monde marionnettiste.

— Non ?

— Et nous savons qu'ils ont atterri sur Jinx. Lors de notre première expédition, nous avons trouvé le squelette d'un Bandersnatch.

— Exact. Peut-être ont-ils visité tous ces mondes ?

La qualité de la lumière changea. Louis vit l'écran d'ombre reculer dans le sens de l'antirotation.

— Il est presque temps d'atterrir, fit remarquer Louis.

— Mais où, à ton avis ?

Le champ de tournesols étincelait dans la lumière du soleil.

— Vire à droite. Suis le terminateur. Continue jusqu'à ce que tu ne voies plus rien. Il faut se poser avant l'aube.

Chmeee décrivit une immense courbe.

— Tu vois la limite du champ qui plonge vers nous, là où les tournesols s'étendent de part et d'autre d'une mer ? A mon avis, ces plantes ont du mal à traverser l'eau. Atterris sur le rivage le plus éloigné.

Le module entra dans l'atmosphère. Des flammes rugirent tout autour du cylindre, couvrant la fenêtre panoramique de givre blanc. Chmeee réduisit lentement la vitesse, descendant lorsqu'il le pouvait. La mer fonçait vers eux. Comme toutes celles de l'Anneau-Monde, elle avait été construite selon des critères de convenance ; son rivage convoluté était creusé de baies et bordé de plages ; une pente douce menait au fond plat et uniforme. On apercevait des forêts d'algues, de nombreuses îles aux plages de sable d'un blanc immaculé. Une immense prairie s'étendait en direction de l'antirotation.

La plante meurtrière enserrait la mer dans ses bras. Entre eux, les méandres d'un fleuve se faufilaient jusqu'au delta, à l'embouchure. A tribord, les tournesols grignotaient un marécage. Louis sentait leur imperceptible progression, aussi lente et inexorable que la marche des glaciers.

Les tournesols repérèrent l'atterrisseur. Il y eut sous le cylindre une explosion de lumière qui éblouit Chmeee et Louis. La fenêtre se noircit instantanément.

— N'aie pas peur, dit Chmeee. A cette altitude, nous ne pouvons rien percuter.

— Ces plantes stupides nous ont confondus avec un oiseau. Tu vois encore quelque chose ?

— Je vois les instruments.

— Descends-nous à huit kilomètres. Eloigne-toi de ces enragées.

La fenêtre s'éclaircit quelques instants plus tard. Derrière le module, l'horizon brasillait. Les tournesols dardaient toujours leurs miroirs. Devant le module... Oui ! Un « village » !

Chmeee descendit encore pour mieux le distinguer. Ce village était constitué de huttes disposées en deux cercles concentriques, entourés chacun d'une palissade.

— On se pose au milieu ?

— Moi, je ne m'y risquerais pas. Pose-nous à la lisière. Mais je préférerais savoir ce que sont, pour ces indigènes, des semailles.

— J'éviterai de brûler quoi que ce soit.

A un kilomètre au-dessus du village, Chmeee stoppa l'engin avec le moteur à fusion. Il se posa sur une sorte de tapis d'herbe haute qui recouvrait la plaine. Au dernier moment, Louis aperçut l'herbe se mouvoir. Trois créatures, ressemblant à des éléphants nains mais verts, se redressèrent, levèrent leur petite trompe aplatie pour barrir des avertissements, puis détalèrent.

— Les natifs doivent être des pasteurs, avança Louis. Nous avons déclenché une véritable débandade.

D'autres bêtes vertes rejoignaient l'exode.

— Mais excellente traversée, capitaine !

Les instruments indiquaient une atmosphère terrestre. Rien d'étonnant. Louis et Chmeee endossèrent leur armure anti-impact : faite dans un matériau semblable à du cuir mais qui n'était pas désagréable à porter, elle devenait aussi rigide que de l'acier sous l'impact d'une lance, d'une flèche ou d'un projectile.

Ils se munirent de paralyseurs soniques, de disques traducteurs et de jumelles. La rampe les déposa dans l'herbe haute.

Le soleil, à son zénith bien sûr, dardait ses rayons verticaux. C'était l'aube et les natifs devaient juste s'éveiller. Aucune fenêtre ne perçait les huttes, hormis celle deux fois plus haute que les autres et qui s'ornait d'une sorte de balustrade. Peut-être les avait-on déjà repérés ?

Comme Chmeee et Louis approchaient, une nuée de créatures bondirent par-dessus la palissade en piaillant avec des voix de fausset. C'étaient des êtres tout petits, rouges et de forme humaine, et qui couraient comme des démons, armés de filets et de piques. Louis vit Chmeee sortir son paralyseur et il fit de même. Les humanoïdes rouges les dépassèrent en courant ventre à terre.

— Avons-nous été insultés ? demanda Chmeee.

— Non. Ils vont rechercher leurs animaux en fuite, bien sûr. On ne peut pas leur reprocher leur bon sens. Entrons. Il reste peut-être quelqu'un dans le village.

Il y avait du monde, en effet. Une vingtaine d'enfants à la peau vermeille les observaient de derrière les palissades. Ils étaient maigres comme des lévriers. Même les bébés. Louis s'arrêta devant la palissade et leur sourit. Ils ne lui accordèrent aucune attention. Tous se pressaient devant Chmeee.

Le sol du village était en terre battue. Un rond de pierres délimitait un feu éteint. Un homme rouge et unijambiste sortit de l'une des cahutes et s'approcha à l'aide d'une béquille ; au pas de gymnastique, estima Louis. Une peau de bête traitée et ornée de lacets décoratifs lui ceignait la taille. Une grande oreille saillait de sa tête ; l'autre avait été arrachée. Ses dents étaient limées... Mais, l'étaient-elles vraiment ? Tous les enfants souriaient ou riaient. Leurs dents étaient également limées, même celles des bébés. En fait, elles poussaient ainsi.

Le vieillard s'arrêta derrière la palissade. Il sourit et posa une question.

— Je ne parle pas encore votre langue, répondit Louis.

Le vieillard opina et leva le bras d'un large geste. Une invitation ?

Un jeune intrépide bondit sur l'épaule de Chmeee. Une fillette. (Les enfants étaient nus.) Elle se nicha confortablement dans sa fourrure et entreprit de l'explorer. Chmeee demeura parfaitement immobile.

— A ton avis, que faut-il que je fasse maintenant ? demanda-t-il.

— Elle n'est pas armée. Ne lui montre pas que tu es dangereux.

Louis sauta par-dessus l'enceinte. Le vieillard recula pour le laisser passer. Chmeee lui emboîta le pas avec prudence, la fillette toujours agrippée à la fourrure de son cou.

Louis, le Kzin et le vieillard, entourés des enfants, prirent place autour du feu de camp éteint. Ils commencèrent à enseigner la langue des natifs aux disques traducteurs. Une routine pour Louis. Mais le plus surprenant, une routine aussi pour le vieillard. Les voix des disques traducteurs ne le firent même pas sursauter.

Son nom était Shivith hooki-Furlaree quelque chose. Il avait une voix flûtée.

— Que mangez-vous ? fut sa première question. Vous n'êtes pas obligés de répondre.

— Plantes, animaux marins et viande traitée au feu ; Chmeee de la viande sans feu.

La réponse parut suffire.

— Nous mangeons également de la viande sans feu… Chmeee, vous n'êtes pas un visiteur ordinaire.

Shivith hésita.

— Je dois vous préciser une chose. Nous ne pratiquons pas le *rishathra.*

Au mot *rishathra,* le disque traducteur n'émit qu'un bip.

— Qu'est-ce que le *rishathra* ? s'enquit Chmeee.

Le vieillard parut fort étonné.

— Nous pensions que ce mot était le même partout.

Alors, il le lui expliqua. Chmeee demeura étrangement silencieux, tandis qu'ils approfondissaient le sujet en contournant les termes inconnus :

Le *rishathra* était un rapport sexuel entre des individus d'espèces différentes.

Tout le monde connaissait ce terme. Beaucoup d'espèces le pratiquaient. Pour certaines, c'était un moyen de contrôle des naissances ; pour d'autres, la cérémonie initiale d'un accord commercial. Pour quelques-unes, un tabou. Pour le Peuple, il était superflu de l'ériger en tabou. Ils ne pouvaient pas le faire, tout simplement. Les signaux sexuels étaient inopérants du fait des phéromones différentes.

— Vous devez venir de très loin pour ignorer cela, observa le vieillard.

Louis expliqua alors comment il était venu des étoiles qui brillaient au-delà de l'Arche. Non, ni lui ni Chmeee n'avaient jamais fait le *rishathra,* bien que sa propre espèce présentât une grande variété. (Il se souvint d'une fille de Prodige, de trente centimètres plus grande que lui et pesant quinze livres de moins, une plume dans ses bras.) Il parla de la diversité des mondes et de la vie intelligente, mais évita toute allusion aux guerres et aux armes.

Les tribus du Peuple élevaient toutes sortes d'animaux. Ils aimaient la variété mais pas mourir de faim. En général, il était impossible d'élever plusieurs troupeaux de races différentes en même temps. Les tribus restaient en contact pour célébrer des échanges lors de festins. Parfois, ils échangeaient leurs troupeaux. Ce qui revenait à échanger un style de vie : ils pouvaient passer un *falan* d'instructions mutuelles avant de conclure le négoce. (Un *falan* équivalait à dix rotations de l'Anneau-Monde, chaque rotation étant de soixante-quinze jours de trente heures).

Les pasteurs seraient-ils mécontents de la présence d'étrangers dans le village ? Shivith affirma que non. Deux étrangers n'étaient pas une menace.

Quand reviendraient-ils ? A midi. Le troupeau s'était enfui. Ils avaient dû se dépêcher. Sinon, ils auraient pris le temps de parlementer.

— Devez-vous manger la viande dès que l'animal est tué ? s'enquit Louis.

— Non, répondit Shivith en souriant. Au bout d'une demi-journée. Un jour et une nuit, c'est trop long.

— Avez-vous jamais...

Chmeee se leva brusquement. Il reposa doucement la fillette à terre et éteignit son disque traducteur.

— Louis, j'ai besoin d'exercice et de solitude. Cette période de confinement a miné ma santé mentale. As-tu besoin de moi ?

— Non. Hé...

Mais Chmeee avait déjà sauté l'enceinte. Il se retourna.

— Ne retire pas ton équipement. De loin, impossible de savoir que tu es intelligent. Et ne chasse aucun de leurs éléphants verts.

Chmeee fit un geste d'adieu et détala dans l'herbe verte.

— Ton ami est rapide, observa Shivith.

— Il faut que je m'en aille aussi. J'ai un projet en tête.

Survivre et fuir avaient été leurs uniques préoccupations pendant leur première visite de l'Anneau-Monde. Plus tard seulement, dans l'environnement sûr et familier de Resht, sur la Terre, la conscience de Louis Wu s'était mise à le tracasser. Alors, il s'était souvenu qu'il avait détruit une cité entière.

Le *Menteur*, qui tombait en chute libre, ses propulseurs brûlés, avait heurté et arraché l'un des fils invisibles reliant les écrans d'ombre. Le fil long de dizaines de milliers de kilomètres était tombé comme un nuage de fumée sur une cité habitée.

Louis avait utilisé ce fil pour remorquer le *Menteur* coincé au sol. Ils étaient parvenus à en trouver une extrémité et l'avaient fixée à leur véhicule de fortune — la prison flottante d'Halrloprillalar — pour remorquer le vaisseau. Louis ignorait quel avait été le sort de la cité. Il était facile de le deviner. Le matériau aussi fin qu'un fil d'araignée et assez résistant pour découper du métal-coque avait probablement réduit les bâtiments en gravillons lorsque les boucles s'étaient resserrées.

Cette fois-ci, les natifs ne souffriraient pas sous prétexte que Louis Wu était arrivé. Il était déjà assez torturé par le manque de courant. Inutile d'ajouter le tourment de la culpabilité. La première conséquence de sa deuxième visite avait été de déclencher la fuite d'un troupeau. Il allait réparer cette maladresse.

Ce fut un travail physique pénible.

Il fit une pause et monta dans le poste de pilotage. Il se faisait du souci pour le Kzin.

Même un être humain — un plat-terrien âgé de cinq cents ans, disons un homme dans la force de l'âge et qui a réussi — risque d'être déconcerté si tout à coup il a de nouveau dix-huit ans, si sa marche tranquille vers la mort est brusquement interrompue, son sang gonflé d'une énergie puissante et inhabituelle, son identité remise en question : les cheveux qui deviennent plus drus et changent de couleur, les cicatrices qui s'effacent...

Où Chmeee pouvait-il bien être ?

L'herbe était insolite. Aux alentours du village, elle atteignait facilement un mètre. Mais, plus loin, s'étendait une région où elle était coupée ras. Louis apercevait le troupeau qui progressait le long de cette lisière, guidé par les petits humanoïdes rouges, et qui laissait dans son sillage une trace terreuse.

Ces éléphants verts sont vraiment efficaces, songea Louis. Les hommes rouges doivent les changer souvent de pâturage.

Soudain, il nota un mouvement dans l'herbe proche. Il attendit avec patience qu'il se reproduise... Là, un éclair orange. Quant à la proie de Chmeee, Louis ne la vit pas. Mais il n'y avait pas d'humanoïdes à proximité. Une bonne chose. Louis se remit au travail.

Les pasteurs trouvèrent à leur retour un festin déjà préparé.

Ils revinrent en bande, discutant avec animation. Ils firent halte pour examiner l'atterrisseur mais sans trop s'en approcher. Plusieurs d'entre eux entouraient un éléphant vert (le déjeuner ?). Fallait-il voir une simple coïncidence dans le fait que les piquiers furent les premiers à pénétrer dans le cercle des huttes ?

Quand ils avisèrent Louis et Chmeee avec une autre fillette juchée sur son épaule ainsi qu'une demi-tonne de viande dressée sur une nappe de peau de bête propre, ils s'arrêtèrent, étonnés.

Shivith présenta les étrangers en faisant un compte rendu succinct et précis de leurs intentions. Louis s'était préparé à être traité de menteur, mais non. Il fit la connaissance du chef : une femme d'un mètre trente, portant le nom de Ginjerofer. Celle-ci s'inclina et sourit en dévoilant des dents singulièrement pointues. Louis tenta d'imiter sa révérence.

— Shivith nous a appris que vous aimez les viandes variées, déclara Louis en désignant ce qu'il avait commandé à la cuisine de l'atterrisseur.

Trois des natifs firent alors pivoter l'éléphant et le poussèrent à coups de pique vers le troupeau qui paissait plus loin. Les petits hommes rouges s'assemblèrent devant le banquet. D'autres sortirent des huttes que Louis avait crues vides : une dizaine de vieillards des deux sexes. Déjà, Shivith lui avait paru âgé. Il n'était pas accoutumé à voir des gens avec une peau ridée, le corps déformé par l'arthrose et les vieilles cicatrices. Il se demanda pourquoi ils étaient restés cachés et supposa qu'ils avaient gardé des flèches braquées sur eux pendant qu'ils discutaient avec Shivith et les enfants.

Louis avait transporté le repas sur l'une des plaques-repoussoirs. Il avait dû effectuer plusieurs trajets et souffrait de courbatures. Il observa les natifs qui se jetaient sur la nourriture. Il se sentait bien. Il n'avait pas le courant mais se sentait bien.

En quelques minutes, les indigènes engloutirent sans ordre de préséance la demi-tonne de viande. Sans parler. En fait, ils mangeaient comme les Kzinti. D'un geste, Chmeee fut invité à partager leur festin. Il dévora presque tout le didornis grillé que les natifs boudèrent. Ils préféraient la viande rouge des mammifères.

La majorité des hommes rouges repartirent ensuite s'occuper du bétail. Seuls, Shivith, Ginjerofer et quelques vieillards restèrent dans le village.

— Ce didornis, c'était un répliquant ou un authentique oiseau ? demanda Chmeee. Le Patriarche souhaiterait peut-être en avoir dans ses parcs de chasse.

— Un authentique oiseau... Ginjerofer, c'était pour nous excuser d'avoir provoqué la fuite de vos bêtes.

— Nous vous remercions.

Du sang coulait sur ses lèvres et sur son menton. Des lèvres pleines et plus rouges que sa peau.

— Oubliez cet incident. La vie ne se réduit pas à calmer sa faim. Nous aimons rencontrer des gens différents. Vos mondes sont-ils vraiment beaucoup plus petits que le nôtre ? Et ronds ?

— Ronds comme une balle. Si le mien se trouvait

tout en haut de l'Arche, vous ne verriez qu'un petit point blanc.

— Retournerez-vous pour parler de nous ?

Les disques traducteurs étaient sans doute connectés à des magnétophones à bord de l'*Aiguille*.

— Un jour, fit-il.

— Vous avez des questions ?

— Oui... Est-ce que les tournesols détruisent vos pâturages ?

Il fallut qu'il désigne les plantes du doigt pour se faire comprendre.

— Ce qui brille dans le sens de la rotation ? Nous ne savons pas ce que c'est.

— Cela ne vous paraît pas étrange ? Vous n'avez jamais envoyé des éclaireurs ?

Elle se rembrunit.

— C'est ainsi. Mes pères et mères m'ont appris que le Peuple se déplace, depuis leur enfance, dans le sens de l'antirotation. Ils se rappellent avoir été obligés de contourner une grande mer mais ne s'en sont pas approchés, car nos bêtes ne mangent pas les plantes qui poussent sur son rivage. Il y avait alors dans le sens de la rotation une grande clarté identique mais moins forte qu'à présent. Quant aux éclaireurs... Quelques jeunes sont allés voir par eux-mêmes. Ils ont rencontré les géants. Les géants ont tué leurs bêtes. Ils sont vite revenus. Et sans viande.

— On dirait que les tournesols se déplacent plus rapidement que vous.

— Oui. Mais nous pouvons nous déplacer plus rapidement que maintenant, si nous le voulons.

— Et de la cité flottante, que savez-vous ?

Ginjerofer l'avait vue toute sa vie. Elle était une marque immuable du paysage, comme l'Arche. Parfois, lorsque le ciel nocturne se couvrait de nuages, on distinguait encore la lueur jaune de la cité. Mais c'était tout ce que le Peuple savait. La cité était trop éloignée pour que des nouvelles parvinssent jusqu'à eux, ne seraient-ce que des rumeurs.

— Mais nous avons entendu des histoires provenant de très loin, si cela vous intéresse. Peut-être fausses. Nous avons entendu parler du Peuple des Montagnes Renversées, ceux qui vivent entre le niveau blanc et froid et les collines où l'air est trop dense. Ils volent entre les montagnes renversées, à l'aide de traîneaux célestes ; mais comme il n'y a plus de nouveaux traîneaux célestes depuis des centaines d'années, ils emploient maintenant des ballons. Est-ce que vos grands-yeux permettent de voir aussi loin ?

Louis fixa les jumelles sur le visage du chef et lui montra comment les régler.

— Pourquoi les appelez-vous les montagnes renversées ? Est-ce que vous utilisez le même mot quand vous renversez de l'eau ?

— Oui. J'ignore pourquoi nous les appelons ainsi. Ton œil qui grossit les choses ne montre que les plus grandes montagnes.

Elle se tourna vers le sens de rotation. Les jumelles couvraient presque tout son petit minois.

— J'aperçois le rivage et une lumière qui flamboie au milieu.

— Les voyageurs, que vous ont-ils appris encore ?

— Lorsque nous nous croisons, nous parlons surtout des dangers. Plus loin, dans la direction de l'antirotation, vivent des mangeurs de viande sans cerveau et qui tuent les gens. Ils nous ressemblent mais sont plus petits. Et ils sont noirs et chassent la nuit. Et il existe aussi…

Elle fronça les sourcils.

— Nous ignorons si cela est vrai. Mais on prétend que ce sont des créatures dépourvues d'esprit qui vous forcent à faire le *rishathra* avec elles. On ne survit pas à l'acte.

— Mais vous ne pouvez pas faire le *rishathra*. Ces êtres ne sont donc pas dangereux pour le Peuple.

— Ils seraient capables de nous obliger à le faire, nous a-t-on raconté.

— Et les maladies ? les parasites ?

Aucun des natifs ne connaissait le sens de ces termes ! Puces, ankylostomes, moustiques, rougeole, gangrène : rien de tout cela n'existait sur l'Anneau-Monde. Bien sûr, il aurait dû le deviner. Les Ingénieurs de l'Anneau-Monde ne les avaient pas apportés, voilà tout. Néanmoins, Louis fut interloqué. Et lui-même, serait-il le premier à avoir apporté la maladie sur la structure, lors de sa première visite ?... Non, décida-t-il. L'autodoc avait dû le débarrasser de tout virus.

Toutefois, les natifs ressemblaient énormément aux Humains civilisés. S'ils ne tombaient pas malades, en tout cas ils vieillissaient.

10

LE GAMBIT DE DIEU

Des heures avant la nuit, Louis tombait déjà de fatigue.

Ginjerofer leur proposa une hutte, mais Louis et Chmeee préférèrent dormir dans la navette. Louis s'effondra entre les plaques de couchage, tandis que Chmeee mettait en place les défenses de leur engin.

Louis se réveilla au cœur de la nuit. Chmeee avait branché l'intensificateur de lumière avant d'aller se coucher. Le paysage luisait comme par un jour de pluie. Les rectangles de l'Arche en zone diurne faisaient songer à des plafonniers. Leur éclat n'était supportable que le temps d'un rapide coup d'œil. Mais le Grand Océan le plus proche était presque entièrement plongé dans l'ombre.

Ces Grands Océans fascinaient Louis. Ils étaient si extravagants. Etrange! Si ses hypothèses étaient exactes, l'excentricité n'était pas le style des Ingénieurs. Ils préféraient la simplicité et l'efficacité, s'appuyant toujours sur des prévisions à très long terme. Et ils avaient mené des guerres.

Or, l'Anneau-Monde, à sa façon, était extravagant et impossible à défendre. Pourquoi n'avaient-ils pas construit à la place une myriade de petits Anneaux-

Mondes ? Et à quoi servaient ces Grands Océans ? Ils ne cadraient pas non plus avec ses hypothèses.

Peut-être se trompait-il du tout au tout ? Cela lui était déjà arrivé. Pourtant, les preuves...

Quelque chose se mouvait-il dans l'herbe ?

Luis enclencha le scanner infrarouge.

Les silhouettes de plusieurs créatures rayonnaient sous l'effet de leur propre chaleur. Plus grandes que des chiens, elles tenaient à la fois de l'homme et du chacal : des êtres contre nature, horribles dans cette lumière artificielle. Louis mit un moment à repérer le canon sonique paralyseur dans la tourelle de l'atterrisseur et un autre à le braquer sur les intrus. Ils étaient quatre qui avançaient sur leurs quatre pattes dans l'herbe.

Ils firent halte près des huttes, puis repartirent quelques minutes plus tard, cette fois pliés en deux. Louis éteignit le scanner.

Dans le clair d'Arche amplifié, on voyait nettement qu'ils transportaient des détritus, les reliefs du festin. Des goules. La viande était sans doute encore trop fraîche pour eux.

Des yeux jaunes dans sa vision périphérique : Chmeee était réveillé.

— L'Anneau-Monde est vieux, déclara Louis. Au moins une centaine de milliers d'années.

— Qu'est-ce qui te permet d'affirmer cela ?

— Les Ingénieurs n'auraient pas apporté des chacals. Une branche des hominiens a eu le temps d'occuper cette niche écologique.

— Une centaine de milliers d'années est insuffisant, objecta Chmeee.

— Je n'en suis pas certain... Je me demande ce que les Ingénieurs n'ont pas apporté d'autre. Les moustiques.

— Très drôle. En tout cas, certainement aucune sorte de vampires.

— Certes. Et ni des requins ni des pumas.

Louis éclata de rire.

— Ni des skons. Quoi encore ? Des serpents venimeux ? Aucun mammifère ne pourrait s'adapter à vivre comme des serpents. Je ne pense pas qu'un seul mammifère sécrète du poison dans sa bouche.

— Louis, il faut des milliers d'années pour que les hominiens évoluent dans autant de directions. Ont-ils seulement évolué sur l'Anneau-Monde ? Voilà ce qu'il faudrait savoir.

— Oui, ils ont évolué, à moins que je ne me trompe totalement. Quant au temps que cette évolution a pris, il suffit d'un petit calcul. Si nous supposons qu'elle a débuté il y a cent mille ans à partir d'une souche popu...

Louis laissa sa phrase en suspens. A une bonne distance, les hominiens-chacals s'arrêtèrent soudain, se retournèrent, attendirent un instant, puis disparurent dans l'herbe. Le senseur infrarouge révéla quatre points lumineux qui s'éloignaient en éventail, puis qui s'éteignirent.

— De la compagnie dans le sens de rotation, annonça Chmeee calmement.

Les nouveaux venus étaient grands. De la taille de Chmeee. Ils ne cherchaient pas à se dissimuler. Quarante géants barbus marchaient dans la nuit, comme s'ils en étaient les maîtres. Armés et vêtus d'une armure, ils progressaient selon une formation en triangle : les archers sur les côtés, les épéistes à l'intérieur et, à la pointe, un homme enveloppé dans une coquille étincelante. Tandis que les soldats avaient les bras et le torse caparaçonnés de cuir épais, le chef, le plus grand, n'était qu'une masse de métal bombé aux coudes, aux genoux, aux épaules et aux hanches. Son casque en forme de museau qui était relevé révélait une barbe pâle et un nez camus.

— J'avais raison ! J'avais raison depuis le début. Mais pourquoi un Anneau-Monde ? Pourquoi ont-ils construit un Anneau-Monde ? Comment, au nom du Manigant, espéraient-ils le défendre ?

Chmeee tourna le canon paralyseur droit sur le triangle.

— Louis, mais de quoi parles-tu ?

— L'armure. Regarde cette armure. N'es-tu donc jamais allé à l'Institut Smithsonian ? En tout cas, tu as vu les combinaisons pressurisées dans le vaisseau spatial de l'Anneau-Monde.

— Grrr... Oui. Mais nous avons un problème plus urgent.

— Ne tire pas encore. Je veux les voir... Ouais, j'avais raison ! Ils ne vont pas vers le village.

— Selon toi, les petits rouges seraient nos alliés ? Pourtant, ce n'est que par hasard que nous sommes tombés d'abord sur eux.

— Selon moi, oui. Avec hésitation.

Le micro transmit un hurlement suraigu, interrompu par un mugissement. Les archers bandèrent leurs arcs. Deux petites sentinelles à peau rouge fonçaient vers les huttes à une vitesse surprenante. Les géants les ignorèrent.

— Feu ! souffla Louis.

Les flèches tombèrent en pluie. Puis les géants s'effondrèrent. Deux ou trois éléphants verts barrirent, tentèrent de se lever mais s'écroulèrent aussitôt. L'un avait deux traits fichés dans son flanc.

— C'était le troupeau qu'ils voulaient anéantir.

— Oui... On veut éviter un massacre, n'est-ce pas ? Ecoute, toi, tu restes ici avec le canon et moi, je sors pour négocier.

— Louis, je n'ai pas d'ordres à recevoir de toi.

— As-tu une meilleure idée ?

— Non. Mais épargne au moins un géant afin de l'interroger.

L'un des géants était tombé sur le dos. Non seulement il était barbu mais chevelu : une masse de cheveux d'or couvrait tout son visage et ses épaules d'où ne perçaient que les yeux et le nez. Ginjerofer s'accroupit et avec ses deux petites mains ouvrit les mâchoires serrées. Elles étaient énormes. Les dents étaient toutes des molaires planes et très abîmées. Toutes.

— Tu vois, fit Ginjerofer. Un mangeur-de-plantes. Ils voulaient tuer notre troupeau pour s'emparer de notre pâturage.

— Jamais je n'aurais cru, observa Louis en hochant la tête, que la lutte pour survivre fût aussi féroce.

— Nous ne les connaissons pas. Mais ils sont venus du sens de rotation, là où notre troupeau avait mangé toute l'herbe. Merci, Louis, de les avoir tués. Nous aurons un grand festin.

L'estomac de Louis se retourna.

— Ils sont seulement endormis. Et ils ont un cerveau, comme toi, comme moi.

Elle le fixa d'un air curieux.

— Mais leurs cerveaux cherchaient à nous détruire.

— C'est nous qui avons tiré sur eux. Nous vous demandons de les laisser en vie.

— Mais à leur réveil, que nous feront-ils ?

C'était un problème. Louis opta pour la tangente.

— Si je le résous, les laisserez-vous en vie ? C'est notre canon-sommeil qui les a vaincus.

La menace était sous-entendue.

— Nous conférerons, dit Ginjerofer.

Louis attendit en réfléchissant. Impossible de faire tenir quarante géants herbivores dans le module. Mais on pouvait les désarmer... L'épée dans l'énorme pogne du géant lui arracha un sourire. La lame longue et courbe pouvait servir de faux.

— Nous les laisserons en vie, annonça Ginjerofer à son retour, à la condition que cette tribu ne croise plus jamais notre route. Pourrez-vous le garantir ?

— Tu es une femme intelligente. Peut-être ont-ils

des parents pour qui la vengeance est une tradition ? Mais oui, nous te le garantissons.

— Louis ? fit Chmeee dans le creux de l'oreille de celui-ci. Il va falloir que tu les extermines !

— Non. Cela nous prendra un peu de temps, mais tanj ! regarde-les ! Des paysans. Jamais ils ne nous vaincront. Au pire, je leur demanderai de construire un grand radeau que nous remorquerons avec le module. Les tournesols n'ont pas encore franchi le fleuve. Nous les larguerons loin de ces plantes, là où il y aura une prairie.

— Et pour quoi ? Un délai de quelques semaines !

— Pour information.

Louis se tourna vers Ginjerofer.

— Je prends celui en armure et j'emporte toutes leurs armes. Ne leur laisse même pas un couteau. Garde ce dont tu as envie mais je veux la quasi-totalité des armes dans l'atterrisseur.

Elle regarda le géant d'un air dubitatif.

— Et comment allons-nous le transporter ?

— Avec une plaque-repoussoir. Après notre départ, tu ligoteras tous les autres. Deux par deux. Explique-leur la situation. Renvoie-les de jour dans le sens de rotation. S'ils reviennent pour vous attaquer, ils seront à vous puisqu'ils sont désarmés. Mais ils ne reviendront pas. Ils traverseront cette plaine le plus vite possible, maintenant qu'il ne reste plus un brin d'herbe.

— Cela paraît assez sûr, dit le chef. Nous le ferons.

— Nous arriverons dans leur camp bien avant eux, Ginjerofer, et nous les y attendrons.

— Nous ne leur ferons aucun mal. Je le promets au nom de mon Peuple, dit-elle d'un ton froid.

Le géant en armure rouvrit l'œil peu après l'aube. Il cligna des yeux, puis fixa la montagne de fourrure orange qui le dominait, les yeux jaunes, les longues griffes. Il promena son regard autour de lui, tout en restant tranquille... Il découvrit les armes de trente des siens empilées sur un côté... Le sas aux deux portes ouvertes. L'horizon qui défilait à toute allure, le souffle du vent soulevé par le module.

Il essaya de rouler sur lui-même.

Louis sourit. Il le surveillait, tout en pilotant, grâce à une caméra en circuit fermé fixée au plafond de la salle de repos. L'armure du géant avait été soudée au plancher à la hauteur des genoux, des talons, des poignets, ainsi que des épaules. Seule, une forte température le libérerait, mais pour l'instant il ne pouvait pas bouger.

Le géant lança des ordres, des menaces, mais ne s'abaissa pas à supplier. Louis ne l'écouta pas. Il ne s'intéresserait à son prisonnier que lorsque le disque traducteur aurait décrypté le sens de toute cette diatribe. Pour le moment, sa seule préoccupation était de trouver le camp des géants.

Le module volait à un kilomètre et demi d'altitude, à quatre-vingts kilomètres des huttes des carnivores à la peau rouge. Il ralentit. Ici, la savane avait eu le temps de se reconstituer, mais les géants avaient laissé derrière eux une autre immense région dénudée, vers la mer et vers le champ étincelant de tournesols. Des géants étaient éparpillés à travers le veldt. Des milliers. Une myriade de points scintillaient. Leurs épées-faux.

Le camp lui-même n'était pas gardé. Louis n'aperçut que des chariots parqués au centre ; pas la moindre bête de trait. Les géants les tiraient sans doute eux-mêmes. A moins qu'ils ne disposent de moteurs datant de la catastrophe qu'Halrloprillalar avait nommée la Chute des Villes, qui s'était produite un millier d'années auparavant.

L'unique élément que Louis ne parvenait pas à distinguer était le bâtiment central du camp. Il se réduisait sur sa fenêtre à un rectangle noir en raison de l'excès de lumière. Louis sourit. Les géants venaient de les repérer.

Un écran s'alluma.

— Louis ! fit une voix au contralto séducteur.

— Ici.

— Je te rends ton distil, annonça le marionnettiste.

Louis se retourna. La petite boîte noire était posée sur le disque marcheur. Louis refit face aux commandes, mais resta sur le qui-vive, sachant qu'il avait maintenant un ennemi dans son dos.

— Il y a une chose que je veux que tu explores, dit-il. Au pied de l'autre parapet, il y a des montagnes. Les natifs...

— C'est pour assumer les risques de cette expédition que je vous ai choisis, toi et Chmeee.

— Peux-tu comprendre que j'aimerais minimiser ces risques ?

— Bien sûr.

— Alors, écoute-moi. Nous explorerons les montagnes renversées. Mais auparavant, il y a *beaucoup* de choses que nous avons besoin de connaître au sujet du parapet. Tout ce que tu auras à faire...

— Louis, pourquoi les appelles-tu les montagnes renversées ?

— Les natifs les appellent ainsi. J'ignore pourquoi et eux-mêmes ne le savent pas non plus. Suggestif, hein ? En outre, on ne voit pas leur face arrière. Pourquoi pas ? L'Anneau-Monde n'est qu'un bas-relief sur lequel ont été sculptées des mers et des montagnes. Seulement, celles-ci ont un *volume*, un vrai.

— Suggestif, en effet. Tu devras découvrir les réponses par toi-même. Je m'appelle l'Ultime comme tous nos chefs, précisa le Marionnettiste, parce que le rôle du chef est de diriger son peuple à partir d'un lieu sûr sur une voie sûre, parce que la sécurité est à la fois sa prérogative et son devoir, sa mort représentant un désastre pour tous. Louis, tu as déjà traité avec mon espèce ! Tu connais notre manière de penser.

— Tanj ! je te demande seulement de risquer une sonde et non pas ton inestimable peau ! Il nous suffit d'holographier le parapet sur toute sa longueur. Place la sonde dans les boucles de transport et décélère-la à la vitesse orbitale des anneaux. Tu utiliseras le système de transport comme il doit être utilisé. Le bouclier antimétéorite ne tirera pas sur le parapet latéral...

— Louis, cette arme a été programmée il y a des centaines de milliers d'années, d'après nos calculs. Il t'est impossible de prévoir ses réactions. Et si le système de transport du parapet est enrayé ? Et si le dispositif de ciblage automatique du laser s'est détraqué ?

— Au pire, que perdras-tu ?

— La moitié de ma capacité de ravitaillement en combustible. J'ai installé un disque marcheur transmetteur dans les deux sondes, derrière un filtre qui ne laisse passer que le deutérium. Le récepteur se trouve dans le réservoir de carburant de la navette. Pour le remplir, il me suffit donc de larguer une sonde dans l'une des mers de l'Anneau-Monde. Mais si je perds mes sondes, comment repartirai-je d'ici ? Et pourquoi prendrais-je ce risque-là ?

Louis musela sa colère.

— *Ultime,* le volume ! Dans les montagnes renversés, qu'y a-t-il ? Il doit exister des centaines de milliers de ces demi-cônes hauts de quarante à soixante kilomètres, et plans sur leur face arrière ! L'un pourrait fort bien être le centre de contrôle et de maintenance, ou une série de centres. Je ne le pense pas mais je préférerais m'en assurer avant de m'approcher. En outre, l'Anneau-Monde est certainement équipé de réacteurs d'attitude. Leur meilleur emplacement serait le faîte du parapet. Où sont-ils et pourquoi ne fonctionnent-ils pas ?

— Es-tu absolument certain que des réacteurs d'attitude doivent être des moteurs-fusées ? Il existe d'autres solutions. Les générateurs de gravité, par exemple.

— Je ne le crois pas. Les Ingénieurs n'auraient pas eu besoin de faire tourner l'Anneau-Monde s'ils avaient eu des générateurs de gravité.

— Alors un dispositif de contrôle des interactions magnétiques entre le soleil et la charpente de l'Anneau-Monde.

— Hum !... Peut-être. Mais tanj ! je ne suis pas convaincu. Je veux que tu trouves la réponse.

— Comment oses-tu discuter avec moi ?

Le Marionnettiste paraissait plus intrigué que fâché.

— Si tel est mon bon plaisir, tu resteras ici jusqu'à ce que l'Anneau-Monde s'écrase contre les écrans d'ombre. Et si tel est mon bon plaisir, tu ne regoûteras plus jamais au courant.

Le disque traducteur parlait enfin.

— Coupe, dit Louis.

Il ne disposait pas de touche permettant de régler le volume et de ne plus entendre la voix de l'Ultime.

— Docile ? disait le disque traducteur. Moi, docile, parce que je mange des végétaux ? Retire-moi mon armure et je t'affronterai à mains nues, espèce de boule de poils orange ! Dans la cabane communale, j'ai besoin d'un beau tapis tout neuf.

— Et cela ? rétorqua Chmeee en montrant ses griffes noires et polies.

— Donne-moi une lame, une toute petite, et je me battrai contre tes « huit ». Ou ne m'en donne aucune, n'importe, je me battrai quand même.

Hilare, Louis brancha l'intercom.

— Chmeee, as-tu déjà assisté à un combat de taureaux ? Celui-là est certainement le Patriarche de ce troupeau, le roi des géants !

— Qui ou qu'est-ce ? demanda le géant.

— C'est Louis, répondit Chmeee.

Puis, à voix basse :

— Tu es en danger. Je te conseille vivement de te montrer respectueux. Louis est... redoutable.

Celui-ci tomba des nues. Quelle était cette invention ? Un autre Gambit de Dieu, mais avec des pièces inversées. La Voix de Louis Wu comme artiste invité sur le plateau ? Pourquoi pas, à condition que le féroce Kzin se montre intimidé par la voix de l'être invisible ?

— Roi des Herbivores, déclara Louis d'une voix énorme, explique-moi pourquoi tu as attaqué mes adorateurs !

— Leurs animaux mangent notre pâturage, répondit le géant.

— Mais n'y en avait-il pas ailleurs, ce qui t'aurait évité de déclencher mon courroux ?

Les mâles d'un troupeau de bisons ou de taureaux sont soit dominés soit dominateurs. Il n'existe pas de position intermédiaire. Le géant chercha en vain une issue du regard. S'il ne pouvait intimider Chmeee, comment dominerait-il une voix invisible ?

— Nous n'avions pas le choix. Dans le sens de rotation, il y a les plantes du feu. A bâbord, le Peuple de la Machine. A tribord, la haute montagne de *scrith* à nu. Rien ne pousse sur le *scrith* et il est trop glissant pour être escaladé. Dans le sens de l'antirotation, il y a de l'herbe et rien ne nous arrêtait, hormis ces petits sauvages, avant ton arrivée ! Louis, quel est ton pouvoir ? Mes hommes sont-ils en vie ?

— Je leur ai accordé la vie. Dans...

Soixante-quinze kilomètres à parcourir, nus et affamés.

— Dans deux jours, ils t'auront rejoint. Mais je peux te tuer d'un simple geste de mon petit doigt, si tel est mon caprice.

Les yeux du géant fouillaient le plafond, implorants.

— Si tu parviens à tuer les plantes du feu, moi et mon peuple, nous t'adorerons.

Louis réfléchit. Tout à coup, il ne trouva plus la situation comique.

Il entendit le géant supplier Chmeee de lui donner des explications à son sujet et le Kzin mentir outrageusement. Ils avaient déjà joué ce jeu-là. Le Gambit de Dieu leur avait sauvé la vie lors du long chemin de retour jusqu'au *Menteur*. Grâce aux offrandes des natifs qui avaient pris Parleur-aux-Animaux pour un dieu de la guerre, ils n'étaient pas morts de faim. Louis n'avait pas compris que Parleur avait aimé ce rôle… et que Chmeee s'amusait de nouveau follement.

Seulement, le géant suppliait qu'on l'aide et que pouvait-il faire, lui, contre les tournesols ? D'un autre côté, le géant avait offensé un dieu, n'est-ce pas ? Or, les dieux en général ne sont pas réputés pour être miséricordieux. Louis ouvrit la bouche, puis la referma pour réfléchir encore et enfin déclara :

— Pour ta vie et celle de ton peuple, dis-moi la vérité. Pouvez-vous manger les plantes du feu, si elles ne vous ont pas brûlés avant ?

— Oui, Louis, s'empressa de répondre le géant. La nuit, nous allons paître le long de la frontière quand nous avons trop faim. Mais à l'aube, nous devons à tout prix nous être éloignés suffisamment, car les plantes nous retrouvent à des kilomètres de distance et brûlent tout ce qui bouge. Tout d'un coup, elles se tournent et braquent sur nous le feu du soleil, nous mourons alors brûlés vifs.

— Mais lorsque le soleil ne brille pas, vous pouvez les manger ?

— Oui.

— Et les vents, comment soufflent-ils dans cette région ?

— Les vents?... Ici, dans le sens de rotation. Sur une zone immense, ils soufflent toujours vers le royaume des plantes du feu.

— Parce que les plantes créent une masse d'air chaud?

— Suis-je un dieu pour savoir cela?

Somme toute, les tournesols ne recevaient qu'une certaine quantité de lumière solaire. Leurs fleurs-miroirs réchauffaient l'air au-dessus et autour d'eux, mais la lumière solaire ainsi réfléchie n'atteignait jamais leurs racines. La rosée qui se condensait sur le sol arable froid les hydratait. Et l'air chaud ascendant provoquait un vent soufflant en permanence de l'extérieur vers le centre. En outre, les plantes brûlaient tout ce qui bougeait pour transformer les cadavres des herbivores et des oiseaux en engrais.

Je peux donc aider les géants, songeait Louis. Le problème a une solution.

— C'est toi qui feras la plupart du travail, annonça-t-il au roi. Cette tribu est la tienne et tu la sauveras. Ensuite, vous vous dirigerez vers les plantes du feu mourantes. Mangez-les ou enfouissez-les sous terre et replantez par-dessus ce que vous aimez le plus manger.

L'effarement de Chmeee fit sourire Louis.

— Mais plus jamais vous ne viendrez semer le trouble parmi mes adorateurs, le Peuple Rouge.

Le géant en armure rayonnait de bonheur.

— Tout cela est une excellente nouvelle. Nous t'adorerons. Mais nous devons sceller le pacte par un *rishathra*.

— Tu plaisantes?

— Comment? Pas du tout. J'en ai déjà parlé à Chmeee mais il n'a pas compris. Tous les traités doivent être ratifiés par un *rishathra*. Voyons, Chmeee, cela ne pose aucun problème. Tu as même la taille qui convient à mes femmes.

— Je suis plus rare que tu ne le penses, répondit Chmeee.

Vu du plafond, on eût dit que Chmeee s'exposait au géant. Sinon, comment expliquer l'air interloqué de ce dernier ?

Tanj ! j'avais trouvé la solution, et maintenant, ça ! Que faire ?... Mais oui !

— Je vais créer pour toi un serviteur, dit Louis. Comme je suis pressé, il sera nain et muet dans votre langue. Appelle-le Wu. Chmeee, nous devons parler.

11

LES GÉANTS HERBIVORES

Le module se posa au milieu d'un embrasement hostile de lumière blanche. Ce feu étincelant, émis par la maison communale, persista encore une minute après que l'engin se fut immobilisé, puis s'éteignit. Alors, la rampe se déroula. Le roi des géants, bardé de métal, se laissa porter à terre. Aussitôt, il leva la tête et poussa un mugissement. Un son qui se propagea sur des kilomètres.

Une foule de géants accoururent au trot vers l'atterrisseur.

Chmeee descendit, puis Wu. Celui-ci était petit, presque chauve et avait l'air inoffensif. Il souriait beaucoup, regardait autour de lui avec un enthousiasme émouvant, comme s'il découvrait le monde pour la première fois de sa vie...

La maison communale se trouvait à une certaine distance. Elle était faite de boue et de paille, renforcées par des poteaux. Les tournesols plantés sur le toit pivotaient sans cesse, tantôt tournant leurs miroirs concaves et leurs nœuds verts de photosynthèse vers le soleil, tantôt émettant des rayons vers les géants qui affluaient de toutes les directions.

— Et si un ennemi vous attaque pendant le jour ? Comment entrez-vous dans la maison principale ? Ou stockez-vous vos armes ailleurs ?

Le géant réfléchit avant de révéler les secrets Défense. Mais Chmeee était le serviteur de Louis et mieux valait ne pas l'offenser.

— Vous voyez le tas de broussailles près de la maison ? En cas de danger, un homme se met derrière et agite une branche. Les tournesols mettent le feu au bois humide. Alors, sous le couvert de la fumée, nous entrons et prenons nos armes.

Jetant un coup d'œil au module, il ajouta :

— Un ennemi assez rapide pour nous rattraper avant que nous n'ayons eu le temps de chercher nos armes est de toute façon trop fort pour nous. En revanche, peut-être les tournesols le prendraient-ils par surprise ?

— Est-ce que Wu a le droit de choisir sa partenaire ?

— A-t-il une volonté propre ? J'avais l'intention de lui prêter ma femme, Reeth, qui a déjà pratiqué le *rishathra*. Elle est petite et ceux du Peuple de la Machine ne sont pas très différents de Wu.

— Acceptable, fit Chmeee en évitant de regarder Wu.

Maintenant, une centaine de géants les entouraient. Plus aucun autre n'arrivait.

— Sont-ils tous là ?

— Ceux-là et mes guerriers appartiennent à ma tribu. Il y a vingt-six tribus dans le veldt. Nous restons ensemble dans la mesure du possible, mais aucun ne parle au nom de tous.

Parmi la centaine de géants, huit étaient des mâles et tous les huit lardés de cicatrices. Des infirmes, en fait. Mais aucun, hormis le roi, n'avait la peau ridée ni le cheveu blanchi, signes de la vieillesse.

Les autres étaient des femelles... Des femmes, en vérité. Petites comparées aux hommes : un mètre quatre-vingt-dix à deux mètres, brunes de peau, nues, altières. Leur foisonnante chevelure d'or cascadait jusqu'aux reins, embroussaillée. De grosses jambes, des pieds larges et calleux. Quelques-unes avaient des cheveux blancs. Leurs mamelles volumineuses donnaient une assez juste indication de leurs âges respectifs. Elles détaillaient leurs invités avec plaisir et émerveillement, tandis que le géant en armure leur expliquait ce qu'il savait à leur sujet.

Chmeee, son disque traducteur éteint, murmura :

— Si tu préfères l'une ou l'autre femelle, il faut que je le précise maintenant.

— Non, elles sont toutes aussi... séduisantes.

— Tu peux encore tout arrêter. Faut-il que tu sois fou pour avoir fait une telle promesse !

— J'y parviendrai... Dis-moi, tu ne veux pas te venger pour ton pelage brûlé ?

— Me venger d'une *plante* ? Tu es cinglé. Notre temps est précieux et ils mourront tous dans un peu plus d'un an : tournesols, géants, petits carnivores rouges et tous les autres !

— Exact...

— S'ils l'apprennent, ton aide n'en est plus une. Ton projet va prendre combien de temps ? une journée ? un mois ? Et le nôtre pendant ce temps piétine.

— Peut-être suis-je fou ? Chmeee, il faut que je réussisse cette tâche. Depuis que j'ai quitté l'Anneau-Monde, je n'ai eu aucune raison... d'être fier de moi. Il faut que je prouve...

— Louis en personne, disait le roi des géants, vous expliquera comment la menace des plantes du feu sera éliminée. Il vous expliquera notre part du travail...

Wu, effacé, comme le lui imposait son rôle, marchait derrière le Kzin. Et aucun des géants ne remarqua qu'il parlait à sa main. Avec un délai d'une demi-minute, la Voix de Louis éclata comme un coup de tonnerre dans la navette :

« Ecoutez-moi, Peuple, car l'heure est venue pour vous d'arracher toutes les plantes du feu du veldt, qui est la terre de toutes les races humaines. Un nuage vous précédera. Ce sera mon travail. Collectez les semences de ce que vous désirez faire croître à la place des plantes du feu... »

A la première lueur de l'aube, lorsque le soleil se réduisait à une mince fissure de lumière à la lisière d'un écran d'ombre, les géants se réveillèrent.

Ils aimaient dormir enchevêtrés les uns dans les autres. Le roi avait dormi au centre d'un cercle de femmes, Wu à la périphérie, sa petite tête à moitié chauve appuyée sur l'épaule d'une femme, ses jambes enroulées autour de celles, osseuses et longues, d'un homme. Ce monceau de chair et de cheveux occultait le sol en pisé.

Mais le réveil se déroula selon un ordre précis. Les plus proches de la porte furent les premiers à s'extirper de l'écheveau. Ils saisirent des sacs et des épées-faucilles, puis sortirent. Et ainsi de suite jusqu'aux plus éloignés. Wu sortit avec les derniers.

Au pied de l'atterrisseur, un géant manchot et défiguré dit vite au revoir à Chmeee et courut jusqu'à la maison communale. Les sentinelles de la nuit dormiraient à l'intérieur pendant le jour. Quelques-unes des plus vieilles femmes étaient restées aussi entre les murs.

Tous les géants regardaient Wu qui venait d'entreprendre l'escalade du mur de boue et de paille effrité. Le toit n'était qu'à deux mètres de hauteur. Louis se glissa entre deux tournesols.

Les plantes se dressaient sur une tige verte et noueuse de trente centimètres. A son extrémité naissait une seule fleur ovale dont la surface était un miroir de vingt à trente centimètres de diamètre. Une petite tige saillait du centre du miroir, que couronnait un bulbe vert foncé. La surface interne de la corolle était un lacis de stries, l'analogue végétal de fibres musculaires. Et tous les miroirs étaient braqués sur Louis Wu. Mais le soleil, encore en partie masqué par l'écran d'ombre, était inoffensif.

Louis saisit une épaisse tige dans ses mains et la tira doucement. Elle ne céda pas, les racines étant trop profondément enfoncées dans le toit. Il retira sa chemise pour s'en servir de paravent entre le soleil et la fleur. Indécis, le miroir frémit, ondoya, puis se replia autour du bulbe vert.

Sachant qu'il était le point de mire de tous les géants, Louis redescendit en soignant son style. Un étincelant faisceau blanc le suivit, comme il rejoignait Chmeee.

— J'ai passé une partie de la nuit à discuter avec le garde, annonça ce dernier.

— Appris quelque chose ?

— Louis, ils ont en toi une confiance absolue. Ils sont crédules.

— Les carnivores aussi. Mais est-ce par simple politesse ?

— Je ne le crois pas. Les carnivores et les herbivores s'attendent que surgisse de l'horizon n'importe quelle créature. Ils savent qu'il existe des êtres aux formes étranges et aux pouvoirs semblables à ceux des dieux. Grrr... Qu'allons-nous rencontrer, nous ? Le garde savait également que nous ne sommes pas de la race qui a bâti l'Anneau-Monde. Est-ce significatif ?

— Peut-être. Quoi encore ?

— Les autres tribus ne poseront aucun problème. Ce ne sont que des troupeaux, mais dotés d'une intelligence. Ceux qui resteront dans le veldt ramasseront les graines pour ceux qui envahiront le territoire des tournesols. Ils répartiront leurs femmes entre ceux qui s'en iront et ceux qui resteront. Un tiers environ des hommes émigrera lorsque tu auras effectué ton tour de magie. Le restant disposera d'assez d'herbe. Ils n'auront donc pas besoin de se déplacer vers le Peuple Rouge.

— O.K.
— Je l'ai questionné sur les cycles solaires.
— Parfait ! Et alors ?
— Ce garde est un vieillard. Lorsqu'il était jeune — avant qu'une chose l'ait rendu infirme, le disque traducteur a employé le terme « ogre » —, le soleil brillait toujours du même éclat et les jours étaient tous de la même longueur. Maintenant, le soleil a l'air de rayonner parfois plus fort et parfois moins fort. Et lorsque le soleil est très brillant, les jours paraissent plus courts et vice versa. Louis, il se souvient même comment tout cela a commencé. Douze *falans* auparavant, soit cent vingt rotations, il y a eu une période d'obscurité. Pendant deux ou trois jours, l'aube ne s'est pas levée. Ils ont vu les étoiles et une flamme fantôme s'étendre au-dessus de leurs têtes. Puis, tout est redevenu normal, pendant quelques *falans*. Les jours irréguliers sont apparus longtemps avant qu'ils ne le remarquent. Ils n'ont pas d'horloge.
— Rien de très surprenant. Excepté...
— Mais la longue nuit, Louis ? Qu'était-ce ?
— Une éruption solaire. Les écrans d'ombre se sont resserrés bord à bord. Peut-être qu'un système automatique rembobine le fil qui les relie ?
— Dans ce cas, cette éruption a décentré l'Anneau-Monde. Les jours sont maintenant de plus en plus irréguliers. Cela effraie toutes les races avec lesquelles les géants commercent.
— Mets-toi à leur place.
— J'aimerais que nous agissions.
Le Kzin accompagna cette déclaration d'un battement de queue énergique.
— Mais au lieu d'agir, nous faisons la guerre à des tournesols... Au fait, tu t'es bien amusé cette nuit ?
— Oui.
— Dans ce cas, tu devrais être souriant.
— Si cela t'intéressait tellement, tu n'avais qu'à regarder. Tout le monde nous a regardés. Il n'y a

aucune cloison dans ce grand bâtiment. Ils s'entassent tous les uns sur les autres. De toute façon, ils aiment regarder.

— Je ne supporte pas leur odeur.

Louis éclata de rire.

— Elle est forte ; pas désagréable mais forte. Il a fallu que je me mette debout sur un tabouret. Et les femmes étaient... dociles.

— Comme doivent l'être toutes les femelles.

— Pas les femelles humaines ! Et les leurs ne sont pas stupides. Bien sûr, impossible de parler mais j'ai ouvert grandes mes oreilles.

Louis tapota son écouteur.

— J'ai entendu Reeth organiser l'escadron de déblayage. Elle est douée. Tu avais raison ! Ils sont organisés à la manière d'un troupeau. Toutes les femelles sont les femmes du roi des géants. Aucun des autres mâles ne s'accouple avec elles mais parfois, le roi décrète une journée de vacances et s'éclipse pour ne rien voir. A son retour, la fête est finie et officiellement, il ne s'est rien passé. Ils sont tous un tantinet mortifiés qu'on ait ramené de force leur roi d'un raid.

— Et les femelles humaines, comment doivent-elles être, en principe ?

— Ah !... L'orgasme ? Les mâles de tous les mammifères en ont un. Mais en général, pas les femelles. En revanche, les femmes humaines en ont un. Les géantes sont passives. Elles ne... euh... participent pas.

— Cela ne t'a pas plu ?

— Bien sûr que si. C'est du sexe, somme toute. Mais il faut un certain temps pour s'habituer, pour s'habituer à ne pas pouvoir donner de plaisir, au fait que Reeth *ne pouvait pas* en prendre.

— Tu ne me feras pas pleurer, fit Chmeee, étant donné que ma femme la plus proche se trouve à deux cents années-lumière. Que devons-nous faire maintenant ?

— Attendre le roi des géants. Il est sans doute un peu groggy. Il a passé la plus grande partie de la nuit à renouer connaissance avec ses femmes. Il a fallu qu'il me fasse une démonstration. Impressionnant! Il a... couvert? Oui, couvert une douzaine de femmes, et j'ai tanj essayé de suivre son rythme, mais mon ego en a pris un coup du fait... Passons.

Maintenant, Louis souriait.

— Comment?

— Mon attirail reproducteur n'a pas été conçu à la même échelle.

— Le garde prétend que les femelles des autres espèces ont grand-peur des géants, car les mâles pratiquent le *rishathra* chaque fois que l'occasion se présente. Et ils raffolent des conférences de paix. Le garde regrettait que Louis ne t'ait pas créé femelle.

— Louis était pressé, répliqua Wu qui entra dans l'atterrisseur.

La nuit précédente, les grands sacs rapportés par les cueilleurs avaient dégorgé un énorme tas d'herbe. Les gardes et le roi avaient presque tout englouti. Louis vit le roi courir à petits bonds vers l'atterrisseur et s'arrêter le temps de liquider les derniers brins d'herbe.

Les herbivores consacrent beaucoup trop de temps à se remplir la panse, songeait Louis. Comment rester intelligent dans ces conditions? Chmeee avait raison. Pour brouter, il ne faut pas être très malin. Mais pour éviter d'être dévoré, peut-être faut-il l'être? Ou... pour manger un tournesol, faut-il être immensément rusé?

Louis se sentait observé. Il se retourna: rien.

Si le roi des géants apprenait qu'il avait été dupé, la situation deviendrait au mieux embarrassante. Mais Louis était seul dans le poste de pilotage, si l'on ne comptait pas l'espionnage électronique de l'Ultime. Alors, pourquoi ce picotement dans la nuque? Il se retourna de nouveau. Qui leurrait-il ? Le distil ! La boîte en plastique noir l'observait depuis le disque marcheur.

Une petite décharge électrique et il se sentirait vraiment comme un dieu. Mais cela gâcherait tout. Il se souvenait que Chmeee l'avait vu branché : « Comme une algue marine se balançant selon les caprices de l'onde... »

Louis tourna le dos au boîtier tentateur.

Le roi était aujourd'hui sans armure. Il entra dans la salle de repos avec Chmeee. Le Kzin leva ses deux mains vers le plafond, paumes jointes, et entonna : « Louis ! » Le géant l'imita.

— Trouve-moi une plaque-repoussoir, ordonna Louis sans préambule. Pose-la sur le sol. Bien ! Maintenant, prends un morceau de tissu supraconducteur. Trois portes plus bas, le grand caisson. Parfait. Enveloppe la plaque dans le tissu mais laisse un rabat pour pouvoir atteindre les réglages. Chmeee, quelle est la résistance de ce tissu ?

— Un instant, Louis... On peut le couper avec un couteau. Mais je ne pense pas que je parviendrai à le déchirer.

— Parfait. Maintenant, prends trente kilomètres de fil supraconducteur. Noue une extrémité autour de la plaque-repoussoir. Serre fort. Fais beaucoup de nœuds. Ne lésine pas. Pas mal ! Maintenant, enroule le fil pour qu'il ne s'emmêle pas. Il me faut l'autre bout. Toi, roi des mangeurs d'herbe, apporte-moi le plus grand rocher que tu sois capable de porter. Tu connais le territoire. Va le chercher.

Le roi des géants fixa le plafond... baissa les yeux, puis repartit.

— Etre obligé de me soumettre à tes ordres, dit le Kzin, me donne des aigreurs d'estomac.

— Mais c'est toi l'auteur de cette idée et, en outre, tu meurs d'envie de connaître mon plan. Seulement...

— Je pourrais te forcer à me le dévoiler.

— Je peux te faire une meilleure proposition. Monte ici, s'il te plaît.

Chmeee bondit dans le poste de pilotage.

— Que vois-tu sur le disque marcheur ? demanda Louis.

Chmeee saisit le distil.

— Casse-le ! fit Louis d'une voix étranglée.

Le Kzin projeta la boîte contre le mur. Elle n'eut même pas une bosse. Il l'ouvrit de force et démolit la mécanique avec la lame en métal-coque de son couteau.

— Irréparable, annonça-t-il enfin.

— Parfait.

— J'attendrai en bas.

— Non, je viens avec toi. Je veux vérifier ton travail et prendre mon petit déjeuner.

Louis était très crispé et ne savait plus très bien où il en était sur le plan affectif. Le *rishathra* l'avait déçu et il ne connaîtrait plus jamais l'extase pure du courant. Mais... la fondue au fromage ? Formidable ! Et la liberté et l'honneur ! Dans quelques heures, il anéantirait les tournesols, stopperait leur invasion et donnerait une tanj bonne leçon à Chmeee. Louis Wu, l'ex-branché sur le courant, avait empêché son cerveau d'être réduit en bouillie d'avoine.

Le roi des géants revint à pas très lents, portant un énorme rocher. Chmeee tendit les bras, hésita un instant quand il en mesura la taille et soulagea le géant de son fardeau.

— Louis, que faut-il que j'en fasse ? demanda-t-il. Seule la tension dans la voix du Kzin trahissait son effort.

C'était une tentation. *Oh ! le choix est vaste... Donne-moi une minute pour réfléchir...* Mais les dieux n'hésitent jamais et je ne vais pas laisser Chmeee lâcher le rocher, alors que le géant l'observe.

— Pose-le sur le tissu supraconducteur et enveloppe-le dedans. Plusieurs fois, et ne lésine pas non plus avec les nœuds. Bien... Maintenant, il me faut du fil plus solide qui supportera de très hautes températures.

— Nous avons la chaîne moléculaire Sinclair.

— Il nous faut un peu moins de trente kilomètres. Ce fil doit être plus court que l'autre.

Louis était content d'avoir procédé à l'inventaire de leur équipement. Si le fil supraconducteur risquait de se rompre en retenant la plaque-repoussoir, une fois celle-ci en altitude, la chaîne Sinclair, elle, tiendrait le coup. C'était un matériau prodigieux.

12

LES TOURNESOLS

Après être monté en altitude, Louis fonça dans le sens de rotation. Le veldt était trop marron : entre les éléphants verts et les géants, l'herbe repoussait mal. A la proue, une ligne blanche étincelait de l'autre côté de la mer : les tournesols.

Le roi des géants regardait le paysage par les portes transparentes du sas.

— J'aurais peut-être dû emporter mon armure, dit-il.

— Pour combattre les tournesols ? cracha Chmeee, méprisant. Le métal de ton armure te brûlerait.

— Où as-tu trouvé cette armure ? demanda Louis.

— Nous avons construit une route pour le Peuple de la Machine qui, en échange, a laissé à notre disposition les prairies que cette route allait traverser. Ensuite, ils ont forgé des armures pour les rois de nos tribus. Mais nous avons continué de migrer. Nous n'aimions pas leur air.

— Pourquoi ?

— Il sent mauvais et a un goût affreux, Louis. Il a la même odeur que ce que, parfois, ils boivent. Et ils versent le même produit dans leurs machines, mais sans mélange.

— La forme de ton armure m'étonne, intervint

Chmeee. Elle ne correspond pas tout à fait à ta silhouette. Pourquoi ?

— Elle est destinée à faire peur. Ne l'as-tu pas trouvée effrayante ?

— Non. Mais ne serait-elle pas plutôt adaptée à la morphologie des Bâtisseurs de l'Anneau-Monde ?

— Qui sait ?

— Moi, je le sais, déclara Louis.

Le géant regarda nerveusement le plafond.

L'herbe, de nouveau haute, céda brusquement le pas à la forêt. Les tournesols brillèrent tout à coup d'un éclat plus violent. Louis descendit la navette à trente mètres du sol et ralentit considérablement.

A la forêt succéda une longue plage blanche. Louis ralentit encore et descendit jusqu'à presque raser le fil de l'eau. Les tournesols se désintéressèrent de leur engin.

La mer était calme. Une brise de poupe faisait à peine ondoyer l'eau. Le ciel était bleu, sans un nuage. Les îles défilaient avec leurs grèves, leurs rivages sinueux et leurs pics à moitié calcinés. Deux d'entre elles avaient été envahies par les tournesols.

A quatre-vingts kilomètres du littoral opposé, le module fut de nouveau attaqué par les tournesols. Louis l'immobilisa.

— Les tournesols ne peuvent espérer nous transformer en engrais, dit-il. Nous sommes trop loin et volons trop bas.

— Des plantes sans cerveau, fit Chmeee en poussant un grognement méprisant.

— Les plantes du feu sont intelligentes, objecta le géant. Elles déclenchent des feux de broussailles. Et quand tout est réduit en cendres, elles répandent leurs graines.

Mais ils volaient en pleine mer... Autant changer de sujet.

— Roi des Géants Herbivores, à toi de jouer.

Largue le rocher par-dessus bord. Et surtout, ne t'accroche pas avec le fil.

Louis ouvrit le sas et abaissa la rampe. Le roi s'avança dans la lumière meurtrière. Le rocher s'enfonça dans l'eau jusqu'à huit mètres de profondeur, entraînant les fils noir et argent.

Une myriade de points lumineux leur lancèrent des clins d'œil du rivage opposé, comme les tournesols essayaient de mettre le feu à l'atterrisseur.

— Chmeee, sors la plaque-repoussoir. Règle-la sur... Oh ! Sur vingt-cinq kilomètres d'altitude. Veille à ce que les fils ne s'emmêlent pas.

Le rectangle noir s'éleva, entraînant dans son sillage les deux fils. La chaîne Sinclair aurait dû être invisible à cause de sa finesse, mais elle miroitait. Un nimbus étincelait autour de la plaque qui, bientôt, se réduisit à un point noir, difficile à distinguer au sein du halo éblouissant. Mais à cette altitude, elle offrait encore une cible pour les hordes de tournesols.

Dans un matériau supraconducteur, le courant électrique se propage sans rencontrer la moindre résistance. C'est cette propriété qui rend la supraconductivité si précieuse pour l'industrie. Mais elle en possède aussi une autre : le matériau supraconducteur garde toujours la même température.

L'air, les particules de poussière ainsi que le fil Sinclair scintillaient dans la lumière des tournesols. Mais le fil et le tissu supraconducteurs demeuraient noirs. Parfait. Ebloui, Louis cligna des yeux, puis examina la mer.

— Roi du Peuple de la Prairie, dit-il, rentre, sinon tu vas être blessé.

A l'instant où les deux fils tombèrent dans l'eau, celle-ci se mit à bouillir. Un jet de vapeur fusa dans la clarté aveuglante. Louis laissa dériver leur engin vers tribord. Déjà, une bonne étendue d'eau s'évaporait.

Les Ingénieurs n'avaient construit que deux mers profondes, les Grands Océans, situées dans deux régions diamétralement opposées pour maintenir l'équilibre de l'Anneau-Monde. Toutes les autres avaient une profondeur de huit mètres. Comme les Humains, ils n'avaient utilisé que la surface des eaux. Un avantage pour Louis. Porter une mer à ébullition était ainsi plus aisé.

Le nuage de vapeur atteignit la rive. Les dieux ne se vantent pas. Dommage !

— Regarde, regarde jusqu'à ce que tu sois satisfait, dit-il au roi des géants.

— Grrr ! fit Chmeee.

— Je commence à comprendre, dit le roi, mais...

— Mais... ?

— Les plantes du feu brûlent les nuages. Ils disparaissent.

Louis déglutit pour masquer son malaise.

— Attends et tu verras. Chmeee, si tu offrais à notre invité de la laitue ? Mais peut-être préféreras-tu manger, toi, avec une porte entre vous deux.

Entre le fil ancré et une île haute et désertique s'étendaient quatre-vingts kilomètres. Cette île arrêtait la moitié des rayons solaires réfléchis par les tournesols qui s'échinaient encore à réduire en cendres l'atterrisseur... Mais la majorité d'entre eux attaquaient à présent soit la plaque noire planant dans le ciel, soit le nuage de vapeur.

L'eau se vaporisait sur trois kilomètres carrés autour du fil et du rocher immergé. La vapeur se condensait en un nuage qui voguait au-dessus des flots. Ce nuage s'étendit peu à peu sur quatre-vingts kilomètres, jusqu'au littoral. Là, il prit feu. L'incendie se propagea à la vitesse de la foudre sur huit kilomètres dans les terres, puis s'éteignit tout à coup.

Louis orienta le télescope vers l'énorme nappe de vapeur. Les plantes allaient commencer à périr. Une bande de huit kilomètres ne recevait plus aucune lumière solaire. Et autour de cette bande, les autres plantes gaspillaient leur énergie sur le nuage de vapeur au lieu de s'en servir pour fabriquer du sucre. Mais huit kilomètres, ce n'était rien, rien du tout en comparaison de la dimension du champ de tournesols, qui était faramineuse.

Soudain, il remarqua une chose singulière et braqua le télescope à la verticale.

Le fil argent tombait, poussé dans le sens de rotation par le vent. Les tournesols avaient rompu la chaîne Sinclair en la brûlant. Louis murmura une monosyllabe exprimant son impuissance. Mais le fil supraconducteur restait toujours noir. Celui-là allait tenir. Il en était certain.

Sa température ne dépassait pas celle de l'eau en ébullition. L'augmentation du rayonnement des tournesols ne modifierait pas sa chaleur. Elle porterait simplement l'eau à ébullition plus rapidement. Or, cette mer était vaste. Et non seulement la vapeur d'eau s'évapore facilement mais si vous augmentez sa température, elle s'élève en altitude.

— Dieu mange bien, fit remarquer le géant qui ruminait son trentième ou quarantième cœur de laitue blanche Boston.

Il se tenait à côté de Chmeee et observait ce qui se passait sans émettre le moindre commentaire. Le Kzin, aussi, restait muet comme une carpe.

L'eau de mer continuait à bouillir allégrement. Les tournesols s'acharnaient sur ce qu'ils prenaient pour un petit fertilisant potentiel ou un éventuel oiseau mangeur de tournesols.

— Louis, l'île, fit Chmeee d'un ton calme.

Une créature noire et large émergeait de l'eau jusqu'à la taille. Ni un Humain ni une loutre de mer mais un peu des deux. Elle attendait avec patience, observant le module de ses grands yeux marron.

— Cette mer est-elle habitée ? demanda Louis d'un ton calme mais l'estomac noué.

— Nous l'ignorions, répondit le roi des géants.

Louis vira et se dirigea vers la plage. L'humanoïde ne manifesta pas la moindre crainte. Un poil ras, noir et huileux couvrait tout son corps à la belle forme hydrodynamique : cou épais, épaules tombantes, et un nez camus sur une face sans menton.

Louis enclencha les micros :

— Utilisez-vous l'idiome des Géants Herbivores ?

— Je sais l'utiliser. Parlez lentement. Que faites-vous ici ?

— Nous réchauffons la mer.

La maîtrise de la créature était remarquable. Cette idée la laissa impavide. Mais elle posa des questions à la maison volante.

— Très chaud ?

— Très chaud, ici. Combien êtes-vous ?

— Trente-quatre, maintenant, répondit l'amphibien. Dix-huit quand nous sommes arrivés ici, il y a cinquante et un *falans*. Vers tribord, la mer va-t-elle aussi devenir très chaude ?

Louis s'effondra de soulagement. Il avait eu la vision cauchemardesque de centaines de milliers de gens cuits parce que Louis Wu s'était pris pour un dieu.

— L'embouchure de la rivière se trouve à tribord, dit-il d'une voix encore étranglée d'angoisse. Quelle quantité de chaleur supportez-vous ?

— Pas mal. Nous mangerons mieux. Les poissons aiment les eaux chaudes. Il est poli de votre part de vous informer, avant de détruire une partie de ma demeure. Pourquoi faites-vous cela ?

— Pour tuer les plantes du feu.

L'amphibien réfléchit.

— Bien. Si les plantes du feu meurent, nous enverrons un messager en amont jusqu'à la Mer du Fils de Fuboobish. On doit nous croire morts depuis longtemps… Pardon, j'ai oublié les lois de l'hospitalité. Le *rishathra* nous convient si vous nous précisez votre sexe et si vous pouvez fonctionner sous l'eau.

Louis mit un certain temps pour retrouver sa voix.

— Aucun de nous ne s'accouple sous l'eau.

— Peu d'espèces le peuvent, observa l'amphibien sans manifester la moindre déception.

— Comment êtes-vous arrivés ici ?

— Nous explorions le fond des eaux. Les courants nous ont entraînés dans le royaume des plantes du feu. Impossible de gagner le littoral, de marcher. Nous nous sommes laissé porter par le courant jusqu'ici, la Mer de Tuppugop ; c'est ainsi que je l'appelle. C'est un bon endroit, bien que nous devions nous méfier des plantes du feu. Pouvez-vous vraiment les tuer avec ce brouillard ?

— Oui, je crois.

— Il faut que j'évacue mon peuple, déclara l'amphibien.

Là-dessus, il plongea sans projeter la moindre éclaboussure.

— Je pensais que tu allais le rabrouer, fit Chmeee au plafond, pour son « imprudence ».

— Il est chez lui.

Louis éteignit l'intercom. Il était las de ce jeu. *Je fais bouillir la demeure d'un autre,* songea-t-il, amer, *et j'ignore si cela sera efficace.*

Il avait soudainement besoin de son distil. Rien d'autre ne pourrait l'aider ; rien, hormis le bonheur végétal du courant irriguant son cerveau. Rien d'autre ne calmerait la colère noire qui l'emportait. Il martela violemment les accoudoirs de son siège et poussa des grognements animaux, les yeux fermés de toutes ses forces.

Le courant, et le temps. Le temps soigne tout. Sa colère s'éteignit. Il rouvrit les yeux.

A présent, ni le fil noir ni l'eau en ébullition n'étaient visibles. Un épais brouillard enveloppant dérivait dans le sens de rotation. Il prit feu dès qu'il atteignit le littoral ; l'incendie s'éteignit après s'être propagé vers l'intérieur sur quinze kilomètres. Au-delà, on ne distinguait plus que le flamboiement des tournesols... et deux lignes parallèles qui barraient l'horizon.

Une blanche au-dessus, une noire au-dessous.

Au fur et à mesure qu'elle se réchauffe, la vapeur d'eau monte et se recondense dans la stratosphère. La ligne blanche était la limite du nuage attaqué par les tournesols. La ligne noire, l'ombre qui couvrait déjà une immense portion de leur champ. Pour qu'elles soient visibles si proches l'une de l'autre, le nuage devait s'étendre sur mille ou mille cinq cents kilomètres sur tous les fronts. Et il continuait de s'étendre, avec une lenteur atroce, mais il s'étendait.

Dans la stratosphère, l'air allait être expulsé vers la périphérie de la région des tournesols. Une partie du nuage se volatiliserait en précipitations, mais le restant de la vapeur d'eau, à laquelle s'ajouterait celle qui continuait à se dégager de la mer en ébullition, circulerait de nouveau vers l'intérieur.

Louis avait des crampes dans les bras. Il se rendit compte qu'il serrait de toutes ses forces les accoudoirs de son fauteuil. Il les lâcha et réenclencha l'intercom.

— Louis a tenu sa promesse, disait le roi, mais les plantes moribondes sont loin. Je ne sais pas si nous pourrons les atteindre.

— Nous passerons la nuit ici, annonça Louis. Demain matin, nous saurons mieux où nous en sommes.

Il posa le module sur l'île. Le reflux avait laissé sur la plage des monceaux d'algues. Chmeee et le roi passèrent une heure à transporter ces algues par une écoutille afin d'alimenter en matériaux bruts le convertisseur de la cuisine. Louis en profita pour contacter l'*Aiguille*.

L'Ultime n'était pas dans le poste de pilotage. Il s'était probablement réfugié dans la section secrète de son vaisseau.

— Tu as cassé ton distil, fit le Marionnettiste.

— Je le sais. As-tu fait...

— J'en ai un de rechange.

— Tu peux en avoir dix, je m'en fiche. Je décroche. Veux-tu toujours le transmutateur des Ingénieurs ?

— Bien sûr !

— Alors, coopère un peu. Le Centre de Contrôle de l'Anneau-Monde *doit* se trouver quelque part. *S'il* a été construit dans l'une des montagnes renversées, les transmutateurs des vaisseaux abandonnés sur la saillie du spatioport *doivent* se trouver dans ce centre. Je veux tout savoir sur ces montagnes avant de les explorer.

L'Ultime réfléchit longuement.

Derrière ses deux têtes triangulaires agitées, des édifices massifs étaient illuminés. Une large artère, munie de disques marcheurs à chaque carrefour, rétrécissait jusqu'à un point de fuite. Les rues grouillaient de Marionnettistes. Leurs crinières incandescentes flamboyaient glorieusement. Ils marchaient par groupes. A travers une brèche entre deux bâtiments, on apercevait deux mondes agricoles qui planaient, chacun auréolé d'une guirlande de points lumineux en orbite. En arrière-fond, on entendait une musique aux sonorités étrangères. Ou était-ce un million de Marionnettistes conversant à une distance trop grande pour les percevoir clairement ?

Le Marionnettiste avait emporté avec lui un vestige de sa civilisation perdue : des bandes et un mur holo, y compris probablement l'odeur tenace de son espèce. Son mobilier était tout en douces arabesques, sans aucun angle où se cogner le genou. Et cette échancrure de forme bizarre dans le sol ? Un lit, sans doute.

— La partie postérieure du parapet est absolument

lisse, annonça abruptement l'Ultime. Mon radar ne le pénètre pas. Je ne veux pas risquer une de mes sondes. Elle nous servira encore de relais entre l'atterrisseur et l'*Aiguille*. Mais plus elle sera en hauteur, plus la communication sera meilleure. En conséquence, je placerai une sonde dans le système de transport du parapet.

— Bonne idée !

— Crois-tu vraiment que le Centre de Réparations se trouve...

— Non, pas vraiment, mais nous aurons assez de surprises pour ne pas nous ennuyer. De toute façon, il ne faut écarter aucune possibilité.

— Un jour, nous devrons décider qui dirige cette expédition, déclara le Marionnettiste.

Sur ce, il disparut de l'écran.

Cette nuit-là, aucune étoile ne brillait dans le ciel. Le jour se leva sur des limbes ouatés où rien n'accrochait le regard. Du poste de pilotage, on ne distinguait qu'une lueur blanchâtre, infinie et informe : ni ciel, ni mer, ni rivage. Louis eut envie de « ressusciter » Wu rien que pour aller vérifier dehors si le monde était toujours là.

En fait, il fit monter l'atterrisseur en altitude. A cent mètres, il retrouva la lumière solaire. Au-dessous, on ne voyait rien, hormis une purée blanche, de plus en plus étincelante, dans le sens de rotation. Le brouillard s'était enfoncé loin à l'intérieur de la terre. La plaque-repoussoir était toujours à sa place, petit point noir à peine visible, vers le zénith.

Deux heures après l'aube, un vent balaya le brouillard. Louis fit redescendre le module au niveau de la mer avant que cette masse n'atteigne le rivage. Quelques minutes plus tard, un nimbus éblouissant se forma autour de la plaque-repoussoir.

Le roi des géants était resté toute la matinée à regarder par les portes du sas tout en se goinfrant distraitement de laitue. Chmeee n'avait pas prononcé un seul mot. Ils levèrent la tête vers le plafond quand Louis prit la parole.

— On réussira, dit-il, cette fois convaincu. Bientôt, vous allez distinguer une allée de tournesols morts sous une immense chape nuageuse et immobile. Plantez vos graines. Si vous préférez manger des tournesols vivants, récoltez-les de nuit de part et d'autre de cette mer de brume. Peut-être voudrez-vous installer une base sur l'une des îles ? Peut-être vous faudra-t-il des bateaux ?

— Maintenant, nous serons capables de dresser nos propres plans, répondit le roi. Que le Peuple de la Mer réside près de nous sera une aide, malgré leur petit nombre. Ils pourront construire nos bateaux. Mais l'herbe repoussera-t-elle avec toute cette pluie ?

— Je l'ignore. Vous feriez mieux d'ensemencer aussi les îles calcinées.

— Bien... Pour honorer nos « grands » héros, nous sculptons leur portrait dans un rocher, accompagné de quelques mots. Nous sommes des migrateurs. Impossible de nous encombrer de grandes statues. Est-ce adéquat ?

— Certainement.

— Quelle est votre physionomie ?

— Je suis un peu plus grand que Chmeee, avec plus de cheveux dans la nuque, mais de la même couleur que les tiens. Des dents de carnivore, des crocs. Pas d'oreilles en feuille de chou. Que le sculpteur ne se casse pas trop la tête. Où te conduisons-nous ?

— Dans mon camp. Ensuite, avec quelques femmes, j'irai explorer les bords de la mer.

— Mais nous pouvons t'y emmener tout de suite.

Le roi des géants partit d'un grand rire.

— Tous mes remerciements, Louis, mais mes guerriers seront d'une humeur massacrante à leur retour.

Nus, affamés et abattus. Ils auront un meilleur moral quand ils apprendront que je me suis absenté pour quelques jours... Je ne suis pas un dieu. Nous, les héros, devons faire le bonheur de nos guerriers sous notre règne. Mais il n'est pas nécessaire de guerroyer toute la journée.

DEUXIÈME PARTIE

13

LES ORIGINES

Le module d'atterrissage volait à sa vitesse de croisière à huit kilomètres d'altitude, juste un peu en deçà de la vitesse du son.

Vingt mille kilomètres, c'était une paille pour leur engin. La prudence de Louis mit le Kzin en colère.

— En deux heures, nous pouvions atteindre la cité flottante ou nous en approcher par en dessous ! Tu lambines !

— Certes, mais il faudrait sortir de l'atmosphère avec les moteurs à fusion crachant du feu et voguer comme une étoile errante. Souviens-toi comment nous avons atteint la prison flottante d'Halrloprillalar. Tête en bas, suspendus en l'air, les moteurs de nos cycloplanes grillés.

La queue de Chmeee frappa le dos de son fauteuil. Il s'en souvenait.

— Je veux éviter d'être détecté par une machinerie antédiluvienne. La bactérie n'a peut-être pas tout bousillé.

La savane céda le pas à des terres cultivées, puis à une jungle marécageuse, comme le prouvaient les reflets perpendiculaires de la lumière solaire entre les troncs des arbres en fleur.

Louis se sentait dans une forme merveilleuse. Il se refusait à admettre la futilité de sa guerre contre les tournesols. Il avait réussi. Il s'était assigné une tâche et l'avait menée à bien, avec intelligence et avec les moyens du bord.

Le marais semblait sans limites. Une fois, Chmeee désigna une petite cité. Difficile à distinguer. Lianes et arbres s'évertuaient à noyer les bâtiments déjà à moitié engloutis. Le style architectural était singulier. Murs et toits étaient bombés de sorte que les rues s'étrécissaient vers le haut. Ce n'était pas le peuple d'Halrloprillalar qui l'avait construite.

A midi, l'atterrisseur avait franchi une distance que ni Ginjerofer ni le roi des géants n'auraient jamais pu parcourir en leur vie entière. Interroger ces primitifs eût été absurde, puisqu'ils étaient aussi éloignés de la cité flottante qu'un peuple de la Terre de ses antipodes.

L'Ultime les contacta.

Aujourd'hui, sa toison évoquait une cataracte irisée. Dans son dos, les Marionnettistes filaient comme l'éclair sur les disques marcheurs, s'amassaient devant les vitrines des boutiques, se bousculant sans s'excuser ni se fâcher, le tout baigné dans un murmure musical de flûtes et de clarinettes : leur langage.

— Qu'avez-vous appris ? demanda l'Ultime.

— Pas grand-chose, répondit Chmeee. Nous avons perdu notre temps. Il s'est produit une énorme éruption solaire. Il y a dix-sept *falans*, soit trois ans et demi environ. Cela, nous l'avions déjà supposé. Les écrans d'ombre se sont refermés pour protéger la surface. Leur dispositif de contrôle doit opérer indépendamment de celui de l'Anneau-Monde.

— Nous pouvions supposer cela également. Rien de plus ?

— L'hypothétique Centre de Réparations de Louis est certainement inactif. Le marais que nous survolons n'est pas artificiel. J'imagine qu'un grand fleuve a changé de cours et cessé de s'écouler dans la mer. Nous avons découvert divers types d'hominiens, certains intelligents, d'autres pas. Mais de ceux qui ont bâti l'Anneau-Monde, aucune trace, à moins que ce ne soient les ancêtres d'Halrloprillalar. Je suis de plus en plus enclin à le penser.

Louis ouvrit la bouche. Mais une douleur subite à la cuisse lui fit baisser les yeux. Trois griffes étaient légèrement plantées dans sa chair. Il préféra se taire. Et Chmeee enchaîna :

— Nous n'avons rencontré aucun membre de l'espèce d'Halrloprillalar. Peut-être était-ce une population à très faible densité ? Nous avons entendu des rumeurs au sujet d'une autre race, le Peuple de la Machine, qui a peut-être succédé à son espèce. Nous allons à leur recherche.

— Le Centre de Réparations est en effet inactif, dit sèchement l'Ultime. J'ai appris beaucoup de choses. J'ai mis une sonde en marche...

— Tu en as deux, coupa le Kzin. Utilise-les toutes les deux.

— J'en garde une en réserve pour alimenter l'*Aiguille* en combustible. Mais une seule sonde m'a suffi pour percer le secret des montagnes renversées. Regardez...

Sur le dernier écran à droite apparut l'œil de la sonde. Il fila le long du parapet, dépassa quelque chose trop vite pour en distinguer les détails, ralentit, pivota et revint en arrière.

— Louis m'avait conseillé d'explorer le parapet. La sonde avait à peine entamé sa décélération qu'elle est tombée sur ceci. J'ai pensé que cela valait la peine de s'y intéresser.

On apercevait un renflement sur le faîte du parapet ; une sorte de tuyau recourbé d'un bord à l'autre, puis plaqué contre la paroi. Fait dans le même *scrith* gris et translucide que le parapet. La sonde s'en approcha jusqu'à ce que la caméra révèle un conduit de quatre cents mètres de diamètre.

— Presque toute la conception de l'Anneau-Monde

repose sur une approche en force brute, observa l'Ultime.

La sonde suivit le conduit qui descendait le long de la face externe du parapet, puis disparaissait dans la mousse constituant le bouclier antimétéorite de la surface extérieure de l'Anneau-Monde.

— Je vois, fit Louis. Et le bouclier ne fonctionnait pas ?

— Non. J'ai essayé de suivre encore ce conduit, avec un certain succès.

L'image sauta. Sur l'écran se dessina un mouvement très rapide, alors que la sonde s'éloignait de l'Anneau-Monde. Un paysage inversé défila dans la partie supérieure de l'image, vue en infrarouge. Puis la sonde ralentit, s'immobilisa et monta en altitude.

— Quand une météorite foncera vers l'Anneau-Monde, poursuivit l'Ultime, elle le percutera à sa propre vitesse, augmentée de celle de douze cent cinquante kilomètres par seconde ; celle de la structure. Ici, on distingue un impact. Le nuage de plasma a creusé un sillon sur plusieurs centaines de kilomètres du fond marin, vaporisant la mousse protectrice. Là, dans ce sillon, nous voyons une portion du conduit qui s'enfonce, pour remonter jusqu'au fond de la mer !

— Un système de recyclage, murmura Louis.

— Sans rien pour contrebalancer l'érosion, la couche de sol arable de l'Anneau-Monde serait entraînée en quelques milliards d'années dans les fonds marins. A mon avis, les conduits quadrillent la face extérieure de l'Anneau-Monde, puis remontent sur le faîte du parapet. Ils déversent ainsi la vase qui s'accumule dans le fond des mers, d'où la formation des montagnes renversées. Une grande partie de l'eau s'évapore dans le vide, puisque ces montagnes sont hautes d'au moins cinquante kilomètres. Celles-ci s'effondrent peu à peu sous leur propre poids. La vase asséchée, charriée par les vents et les fleuves, retourne alors sur la surface de la structure.

— Pure supposition mais plausible, observa Chmeee. Ultime, où se trouve ta sonde maintenant ?

— J'ai l'intention de la remonter et de la réinsérer dans le système de transport du parapet.

— Fais-le. Ta sonde est-elle munie d'un radar à balayage en profondeur ?

— Oui, mais de courte portée.

— Sonde le cœur des montagnes renversées. Il doit y en avoir grosso modo cinquante mille le long des deux parapets, si nous comptons qu'elles sont séparées les unes des autres de trente à cinquante mille kilomètres. Quelques-unes offriraient une cachette idéale pour le Centre de Réparations.

— Mais pourquoi ce Centre serait-il caché ?

— Et en cas de révolte des races soumises ? grogna Chmeee. Et en cas d'invasion ? Bien sûr qu'il est caché, et fortifié aussi ! Etudie chaque montagne.

— Très bien. Il me faudra une rotation de l'Anneau-Monde pour sonder le parapet tribord.

— Sonde l'autre ensuite.

— Et laisse les caméras en marche, ajouta Louis. Nous recherchons toujours les réacteurs d'attitude, ne l'oublie pas, bien que je commence à subodorer qu'ils utilisaient un autre système.

L'Ultime éteignit l'écran. Louis se tourna vers la fenêtre. Durant tout l'entretien, un détail l'avait intrigué : un fil pâle contournait le marais. Deux points à peine visibles se déplaçaient sur ce fil qu'il désigna au Kzin.

— Il faudrait regarder cela de plus près. Pourquoi ne pas descendre ?

C'était une route. Vue à trente mètres d'altitude, elle présentait une surface rugueuse comme la roche : une coulée de pierre blanche.

— Le Peuple de la Machine, je présume, dit Louis. Suivons-nous ces véhicules ?

— Attendons d'être presque arrivés à la cité flottante.

Laisser tomber cette occasion était idiot, mais Louis avait peur de s'opposer à Chmeee. La tension du Kzin était palpable.

La route évitait le marécage. Elle paraissait en bon état. Chmeee la suivit en voltant lentement, toujours à trente mètres d'altitude.

Ils dépassèrent un groupe de bâtiments dont le plus grand semblait être une raffinerie. A plusieurs reprises, ils passèrent au-dessus de véhicules ayant la forme d'une boîte. On les remarqua une seule fois. Une boîte stoppa soudain ; une nuée d'humanoïdes en jaillit, courut en cercles, puis ils sortirent des espèces de bâtons qu'ils brandirent vers l'atterrisseur. Néanmoins, une seconde plus tard, ils étaient déjà hors de vue.

D'immenses formes blanches se profilaient dans la jungle humide. Des rochers apparus par érosion ? Pas ici. Des champignons gigantesques ? Louis cessa d'émettre des suppositions quand l'un d'eux se déplaça. Il le désigna au Kzin. Mais celui-ci ne réagit pas.

La route s'incurvait dans le sens de l'antirotation alors qu'elle approchait d'une chaîne montagneuse. Elle passait par un défilé cahoteux plutôt que de creuser son propre chemin, puis tournait brusquement à droite pour longer de nouveau le marais.

Mais Chmeee vira à gauche et accéléra. L'atterrisseur fila le long de la chaîne montagneuse, laissant dans son sillage un panache de feu. Soudain, le Kzin pivota, ralentit brusquement, pila et se posa au pied d'une falaise de granit.

— Sortons, dit-il.

La coquille montagneuse en *scrith* suffisait pour bloquer les micros de l'Ultime, mais ils se sentiraient tout de même plus en sécurité hors du module. Louis suivit le Kzin.

Le jour était étincelant. Trop étincelant, car le

soleil se trouvait à sa distance minimale. Un vent brûlant soufflait.

— Louis, tu as été sur le point de parler à l'Ultime des Ingénieurs de l'Anneau-Monde ?

— Sûrement... Pourquoi pas ?

— Je suppose que nous sommes parvenus aux mêmes conclusions.

— Cela m'étonnerait. Qu'est-ce qu'un Kzin peut connaître des protecteurs Pak ?

— Je connais toutes les archives de l'Institut Smithsonian, trois fois rien, à vrai dire. J'ai étudié le témoignage du Mineur de la ceinture astéroïdale, Jack Brennan, ainsi que les holos des restes momifiés de l'étranger Phssthpok et de la nacelle de cargaison de son vaisseau.

— Chmeee, comment as-tu eu accès à ces données ?

— Est-ce important ? J'étais diplomate, jadis, non ? L'existence des Pak est un secret du Patriarcat depuis des générations, mais tout Kzin devant traiter avec les Humains est tenu d'étudier ces archives. Je connais peut-être mieux que toi tes ancêtres. Et je suis convaincu que l'Anneau-Monde a été construit par les Pak.

Six cents ans avant la naissance de Louis Wu, un protecteur Pak était arrivé dans le système Sol, investi d'une mission de sauvetage. Ce fut à travers le récit de Phssthpok, rapporté par le Mineur des Astéroïdes, Jack Brennan, que les historiens avaient appris la suite de son épopée.

Les Pak étaient natifs d'un monde situé dans le noyau galactique. Leurs vies se déroulaient en trois stades : enfant, géniteur, protecteur. Les adultes ou géniteurs étaient tout juste assez intelligents pour assener un coup de massue ou pour jeter une pierre. Mais dans la force de l'âge, les Pak, du moins ceux qui atteignaient ce stade, manifestaient une incontrôlable compulsion à se gaver d'une plante appelée l'arbre-de-vie. Un virus symbiotique, infiltré dans cette plante, provoquait leur mutation. Les géniteurs perdaient alors leurs gonades et leurs dents. Leur chair se plissait, épaississait, durcissait. Leur crâne et leur cerveau augmentaient de volume. Leurs lèvres et leurs gencives fondaient en un bec émoussé et dur. Leurs articulations s'élargissaient, permettant un développement de la force musculaire tandis qu'un deuxième cœur à deux cavités se formait dans leur aine.

Phssthpok suivait la piste d'un vaisseau-colonie Pak qui avait atteint la Terre plus de deux millions d'années auparavant.

Les Pak étaient perpétuellement en guerre. Les premières colonies, implantées sur les mondes proches du noyau galactique, avaient été anéanties par les vagues suivantes de colons. Etait-ce la raison pour laquelle ce vaisseau s'était aventuré aussi loin ?

Cette colonie était nombreuse, bien équipée et guidée par des êtres plus robustes et plus intelligents que les Humains. Néanmoins, elle avait connu l'échec. L'arbre-de-vie se développait dans le sol arable de la Terre mais pas le virus. Les protecteurs avaient péri, laissant une population paumée de géniteurs se débrouiller par elle-même et laissant... un appel au secours qui avait traversé trente mille années-lumière pour atteindre le monde d'origine des Pak.

Phssthpok avait retrouvé l'enregistrement de ce S.O.S. dans une antique bibliothèque Pak. Et tout seul dans un vaisseau infraluminique, il avait franchi trente mille années-lumière à la recherche du système Sol. Les ressources à l'aide desquelles avait été construit son vaisseau — savoir-faire, intelligence et matériaux — étaient toutes un butin de guerre de Phssthpok. Il avait rempli la nacelle d'une cargaison de racines et de graines de l'arbre-de-vie, ainsi que de sacs d'oxyde de thallium, un additif rare, nécessaire à la croissance de cet arbre, comme le lui avaient révélé ses propres recherches.

Avait-il alors songé que les géniteurs risquaient d'avoir muté ? Parmi les Pak, un mutant n'avait aucune chance de survie. Si les enfants paraissaient un peu singuliers aux yeux de leurs grands-pères, ils étaient aussitôt tués. Mais sur la Terre... Peut-être Phssthpok avait-il escompté un faible taux de mutation du fait de la basse densité des rayons cosmiques par rapport à celle des soleils du noyau galactique. Ou peut-être avait-il simplement tenté sa chance ?

Toujours est-il que les géniteurs avaient muté. Lorsque Phssthpok était arrivé, ces derniers ne ressemblaient guère aux géniteurs Pak : hormis certains changements se produisant dans la force de l'âge (l'arrêt de l'ovulation chez les femelles, la chute des dents, la formation des rides et le gonflement des articulations chez les deux sexes) et une sorte d'insatisfaction et de manque indéfinis, ultime souvenir du besoin insatiable de manger de l'arbre-de-vie, on ne trouvait plus aucune trace des protecteurs. En vieillissant, ils devenaient cardiaques, du fait de l'absence d'un deuxième cœur.

Mais Phssthpok était mort en ignorant tout cela. Le sauveur avait trépassé presque sans souffrances, ne soupçonnant que très vaguement l'état monstrueux de ceux qu'il avait eu l'intention de secourir et qui n'avaient plus du tout besoin de lui.

Telle fut l'histoire que Jack Brennan avait racontée aux représentants des Nations Unies avant de disparaître. Mais alors, Phssthpok était déjà décédé et le témoignage de Jack Brennan n'était pas fiable. Il avait mangé de l'arbre-de-vie. Il était devenu un monstre : sa boîte crânienne avait augmenté de volume et s'était déformée. Peut-être était-il devenu fou ?

On aurait dit qu'un chargement de nouilles aux épinards avait été renversé sur toute cette contrée rocheuse. Des rubans de végétaux, visqueux au toucher, s'accrochaient à tous les espaces où un peu de terre boueuse était parvenue à s'amasser entre les rochers. Des nuées d'insectes bourdonnaient autour des chevilles de Louis et de Chmeee.

— Les protecteurs Pak, fit Louis. C'est bien ce que je pensais, tout en ayant du mal à m'en convaincre.

— Les combinaisons pressurisées ainsi que l'armure des Géants Herbivores, observa Chmeee, sont adaptées à leur forme : humanoïde mais avec un prognathisme facial et des articulations énormes. Et il y a une autre preuve. Nous avons rencontré de nombreux hominiens, tous différents, mais qui descendent d'un ancêtre commun : ton ancêtre, Louis. Le géniteur Pak.

— Bien sûr ! Cela expliquerait également la mort de Prill.

— Ah ?

— L'épice survolteuse a été élaborée pour le métabolisme de l'*Homo sapiens*. Halrloprillalar ne pouvait l'absorber. Elle avait apporté sa propre drogue de longévité qu'un certain nombre d'autres espèces peuvent également assimiler. Le peuple de Prill l'avait peut-être fabriquée à partir de l'arbre-de-vie ?

— Pourquoi ?

— Parce que les protecteurs Pak vivaient des milliers d'années. Un élément actif de l'arbre-de-vie ou une dose minimale inoffensive déclenche peut-être la modification nécessaire pour obtenir cette même longévité chez un hominien. Et l'Ultime a affirmé que la fiole de Prill avait été volée.

Chmeee opina de la tête.

— C'est vrai. D'ailleurs, je me souviens... L'un de vos vaisseaux miniers des astéroïdes a abordé l'astronef Pak abandonné. Le plus âgé de l'équipage a senti l'odeur de l'arbre-de-vie et est devenu fou. Il en a mangé jusqu'à se faire éclater la panse et il en est mort. Ses compagnons ont été incapables de le retenir.

— Exact. Serait-il arrivé la même chose à un laborantin des Nations Unies ? Prill est entrée dans le building des N.U. avec sa fiole de drogue de longévité. Les N.U. en voulaient un échantillon. Alors un gosse, à peine en âge de prendre sa première dose d'épice survolteuse — disons quarante, quarante-cinq ans — a sans doute ouvert la fiole, le compte-gouttes dans la main. A peine en a-t-il respiré une bouffée qu'il a dû tout boire.

Chmeee remua la queue.

— Je n'irais pas jusqu'à dire que j'aimais bien Prill. Pourtant, c'était une alliée.

— Moi si. Je l'aimais bien.

Le vent brûlant et chargé de poussière les harcelait avec violence. Louis était éreinté. C'était leur dernière occasion de parler en privé. La sonde-relais serait bientôt trop en altitude pour ce genre de ruse.

— Chmeee, es-tu capable de penser comme un Pak, pour moi ?

— Je peux toujours essayer.

— Ils ont rempli les Grands Océans de Cartes. Pourquoi les protecteurs Pak, au lieu de dresser les Cartes de Kzin, Bas, Mars et Jinx, n'ont-ils pas exterminé les Kzinti, les Grogs, les Martiens et les Bandersnatchi ?

— Grrr... c'est vrai, pourquoi ? Selon Brennan, les Pak étaient capables d'anéantir complètement une espèce étrangère. Et sans frémir.

Chmeee réfléchit en faisant les cent pas.

— Peut-être redoutaient-ils d'être poursuivis ? Et s'ils avaient perdu une guerre et craignaient d'être traqués par les vainqueurs ? Pour les Pak, une dizaine de mondes calcinés sur un rayon d'une dizaine d'années-lumière pourrait indiquer la présence d'autres Pak.

— Hum… Peut-être. Mais alors pourquoi ont-ils bâti l'Anneau-Monde ? Comment futz espéraient-ils le défendre ?

— Moi, je n'essaierai pas de défendre une structure aussi vulnérable… Peut-être allons-nous l'apprendre d'ici peu ? Moi aussi, je me suis demandé pourquoi des Pak étaient venus s'installer dans cette région perdue du cosmos. Une coïncidence ?

— Non ! Elle est trop loin du noyau.

— Alors ?

— Oh… ! Nous ne pouvons émettre que des suppositions. Imaginons qu'un grand nombre de Pak voulaient fuir aussi vite et aussi loin que possible. Disons, une fois encore, qu'ils avaient perdu une guerre et avaient été expulsés du monde Pak. Ma foi, ils savaient qu'une route sûre menait dans l'un des bras galactiques ; une route déjà explorée et cartographiée. La première expédition, celle qui avait colonisé la Terre, était parvenue indemne dans le système Sol et avait envoyé l'adresse. Ces Pak vaincus ont alors emprunté cette route. Puis, pour plus de sécurité, ils se sont installés à une bonne distance du système Sol.

— Mais pourquoi sont-ils venus *ici* ? Les Pak étaient des êtres intelligents et des xénophobes belliqueux. Ceci a des implications dont on doit tenir compte. L'arme qui a vaporisé la moitié du *Menteur*, l'arme que toi et Teela persistiez à appeler un bouclier antimétéorite, était presque certainement programmée pour attaquer les vaisseaux envahisseurs. Donc, primo, elle fera feu sur l'*Aiguille* ou sur l'atterrisseur si on lui en offre l'occasion. Secundo, l'Ultime ne doit surtout pas apprendre qui a bâti l'Anneau-Monde.

Louis secoua la tête.

— Les Pak ont disparu depuis longtemps, c'est évident. D'après Brennan, l'unique motivation des protecteurs était de mettre à l'abri leurs descendants.

Jamais ils n'auraient laissé autant de mutations se développer. Ils n'auraient pas non plus laissé l'Anneau-Monde heurter son soleil.

— Louis...

— En fait, ils ont dû disparaître il y a des centaines de milliers d'années. Pense à la diversité d'hominiens que nous avons rencontrée !

— Moi, je dirais plutôt des millions d'années. Ils ont dû fuir peu après que le premier vaisseau a lancé son appel au secours et sont morts peu après avoir achevé la structure. Sinon, comment toutes ces espèces auraient-elles eu le temps de se développer ? Mais...

— Chmeee, supposons qu'ils aient terminé la construction de l'Anneau-Monde il y a seulement un demi-million d'années. Accordons aux géniteurs un quart de million d'années pour se répandre, les protecteurs ne menant aucune guerre du fait de la superficie quasi illimitée du territoire. Ensuite, les protecteurs ont dépéri.

— De quoi ?

— De données insuffisantes.

— Accepté. Et alors ?

— Donc, disons que les protecteurs sont morts il y a deux cent cinquante mille ans. Si nous accordons aux géniteurs un dixième du temps qu'il faut aux Humains pour évoluer sur la Terre. Un dixième de ce temps-là et une foule de niches écologiques disponibles, parce que les protecteurs n'avaient apporté aucune espèce prédatrice à même d'éliminer les géniteurs, plus une population de base se comptant par billions.

» Tu piges ? Sur la Terre, il y avait peut-être un demi-million de géniteurs, quand le dernier protecteur mourut. Mais sur l'Anneau-Monde, avec trois millions de fois plus d'espace et énormément de temps pour se multiplier avant l'extinction des protecteurs... Les mutants avaient largement la possibilité de suivre leur petit bonhomme de chemin sans être inquiétés.

— Je n'accepte pas ton raisonnement, déclara Chmeee calmement. Intuitivement, je dirais que tu as manqué un chaînon. Je t'accorde que tous les protecteurs ont presque à coup sûr disparu. *Presque* à coup sûr. Et si l'Ultime apprenait que l'Anneau-Monde était leur propriété, leur création ?

— Oups ! Il prendrait ses jambes à son cou. Avec ou sans nous.

— Donc, officiellement, nous ignorons toujours qui a bâti l'Anneau-Monde. D'accord ?

— D'accord.

— Recherchons-nous toujours le Centre de Réparations ? L'odeur de l'arbre-de-vie risque de t'être fatale. Tu es trop âgé pour devenir un protecteur.

— Je n'en ai aucune envie, d'ailleurs. Y a-t-il un spectroscope dans le module ?

— Oui.

— L'arbre-de-vie ne croît que si le sol contient de l'oxyde de thallium. Le thallium est certainement plus répandu dans le noyau galactique qu'ici. Mais partout où les protecteurs ont longtemps vécu, on en trouve des traces. C'est ainsi que nous repérerons le Centre de Réparations. Nous y entrerons avec nos combinaisons pressurisées si jamais nous arrivons jusqu'à lui.

14

LE PARFUM DE LA MORT

Lorsqu'ils regagnèrent la route, ils entendirent l'Ultime hurler :

— ... MODULE ! CHMEEE, LOUIS, OÙ VOUS CACHEZ-VOUS ? ULTIME APPELLE ATTER...

— La ferme ! Tanj bon Dieu, baisse le volume, sinon tu vas nous crever les tympans !

— Vous m'entendez encore ?

— Très bien, répondit Louis.

Chmeee avait replié ses oreilles dans sa fourrure. Louis regretta de ne pouvoir en faire autant.

— Les montagnes ont bloqué la communication.

— Et quel était le sujet de votre conversation pendant que nous avons été coupés ?

— Mutinerie. Nous avons voté contre.

— Très sage, approuva le Marionnettiste au bout d'un moment. Je veux votre interprétation de cet hologramme.

Sur l'un des écrans apparut une espèce de pont qui saillait du parapet. L'image était légèrement floue et bizarrement éclairée : prise dans le vide, dans la lumière solaire et celle réfléchie par la surface de l'Anneau-Monde sur la droite. Le pont semblait faire partie du parapet lui-même, comme si le *scrith* avait été étiré tel un caramel. Il reliait deux rondelles ou deux tores séparés par une distance égale à celle de leur diamètre. Rien d'autre n'apparaissait sur l'image, hormis le sommet du parapet. Il était impossible d'en évaluer l'échelle.

— Ceci a été pris de la sonde, expliqua le Marionnettiste. J'ai inséré ma sonde dans une boucle du système de transport du parapet, comme vous me l'aviez conseillé. Elle se dirige en accélérant dans le sens de l'antirotation.

— Bien... Chmeee, qu'en penses-tu ?

— Un réacteur d'attitude de l'Anneau-Monde, peut-être. Inactif.

— Peut-être. Il existe une foule de modèles de statoréacteurs Bussard. Ultime, as-tu relevé une activité magnétique ?

— Non, Louis. La machine semble au repos.

— La bactérie des supraconducteurs n'a pu l'attaquer, puisqu'elle se trouve dans le vide. Elle ne paraît pas endommagée. Les commandes doivent se trouver ailleurs. Sur la surface. Peut-être sont-ils réparables ?

— Il faudrait que vous commenciez par les trouver. Dans le Centre de Réparations ?

— Peut-être.

La route blanche se faufilait entre le marais et des montagnes rocheuses. Ils dépassèrent probablement une autre usine chimique. Ils furent détectés, car le son grave d'une sirène retentit et une cheminée cracha un jet de vapeur. Chmeee ne ralentit pas.

Plus aucune boîte ne circulait sur la route.

Louis avait entrevu des scintillements pâles qui dérivaient lentement entre les arbres, au sein du marais. On eût dit des écharpes de brume voguant sur l'eau ou des transatlantiques en train de s'amarrer. Et voilà que, loin devant eux, une masse blanche émergea des arbres et se dirigea vers la route.

Du corps immense et blanc de la bête saillait un cou mince sur lequel se greffaient des amas de capteurs sensitifs. Sa mâchoire rasait le sol. A la manière d'une pelle mécanique, elle puisa l'eau du marécage puis arracha les végétaux d'une colline en rampant sur les muscles ondoyants de son ventre. Elle était plus grande que le plus grand des dinosaures.

— Un Bandersnatch, dit Louis.

Mais que faisait-il ici ? Les Bandersnatchi sont originaires de Jinx.

— Chmeee, ralentis. Il veut nous parler.

— Mais de quoi ?

— Ils ont des souvenirs qui remontent à la nuit des temps.

— Mais de quoi se souviendraient-ils ? Ce sont des habitants des marais, des mangeurs de boue, sans mains pour fabriquer des armes. Non, merci.

— Pourquoi non ? Peut-être pourra-t-il nous dire au moins ce que son espèce fait ici.

— Ce n'est pas un mystère. Les protecteurs ont stocké des cartes dans le Grand Océan, avec les échantillons des espèces qu'ils considéraient comme potentiellement dangereuses.

Chmeee jouait le jeu de la dominance et Louis n'aimait pas cela.

— Quelle mouche t'a piqué ? Nous pourrions au moins lui parler.

Mais le Bandersnatch rapetissait à vue d'œil derrière eux.

— Louis, tu évites la confrontation comme un Marionnettiste de Pierson, rugit le Kzin. Interroger des mangeurs de boue et des sauvages ! Tuer des tournesols ! L'Ultime nous a amenés de force ici, sur cette structure décadente, et tu retardes l'heure de notre vengeance pour tuer des plantes ! Est-ce que dans un an cela comptera pour les natifs de l'Anneau-Monde que le dieu Louis ait pris le temps, lors de son passage, d'arracher des herbes folles ?

— Je sauverais les natifs si c'était en mon pouvoir !

— Nous ne pouvons rien faire pour eux. Ce sont les bâtisseurs de la route qu'il nous faut interroger.

Trop primitifs pour nous menacer mais assez avancés pour connaître les réponses à nos questions. Dès que nous voyons un véhicule isolé, nous piquons sur lui.

Louis prit les commandes au milieu de l'après-midi. Le marais se transforma en une rivière qui se dirigeait dans le sens de rotation, après avoir quitté son lit originel. La route grossière suivait le tracé de ce nouveau cours d'eau. L'ancien lit filait presque vers bâbord en décrivant des méandres réguliers, rompus de temps à autre par une cascade ou des rapides taris, pour finalement venir mourir dans un désert totalement aride : une mer asséchée.

Louis hésita, puis suivit l'ancien lit.

— Je crois que notre chronologie est exacte, dit-il. Le peuple de Prill a beaucoup évolué après la disparition des Ingénieurs. Parmi toutes les races intelligentes qui se sont développées ici, c'était la plus ambitieuse. Son peuple a bâti les immenses cités. Puis, la bizarre bactérie a bousillé presque toute leur machinerie. Maintenant, il reste le Peuple de la Machine, leurs descendants peut-être. C'est lui qui a construit cette route ; après la formation du marais. Mais à mon avis, ce marais s'est formé avant l'effondrement de l'empire du peuple de Prill. Avec un peu de chance, nous découvrirons une antique bibliothèque ou une autre salle des cartes.

Durant leur première expédition, ils n'avaient traversé que très peu de cités. Aujourd'hui, ils avaient volé pendant des heures sans rien voir de notable, excepté deux campements de tentes et une tempête de sable de la taille d'un continent.

La cité flottait toujours devant eux, sur la tranche, ce qui ne permettait pas de voir les détails. A la périphérie, une vingtaine de tours tentaient de dresser la tête, alors que, plus au centre, elles semblaient prêtes à se renverser.

Louis longea le littoral de la mer tarie à trente kilomètres d'altitude. Le fond de cette mer était singulier. Absolument plat, hormis des îles harmonieusement espacées qui s'élevaient comme des moules cannelés.

— Louis ! cria Chmeee. Passe en automatique !

— Qu'est-ce que tu as trouvé ?

— Une drague.

Louis rejoignit le Kzin devant le télescope.

Il avait cru qu'elle faisait partie d'une des plus grandes îles : gigantesque, plate, en forme de disque et de la même teinte que la boue marine. On voyait qu'elle avait été immergée quand il y avait eu de l'eau. On distinguait un angle identique à la pelle d'une excavatrice. En fait, la machine avait calé contre « l'île » alors qu'elle draguait autour.

C'était donc ainsi que les Ingénieurs faisaient écouler la vase dans les conduits de recirculation. Le sol des mers était trop plan pour qu'elle s'y engage d'elle-même.

— Le conduit s'est obstrué, spécula Louis. La drague a continué de fonctionner jusqu'à ce qu'il se rompe, à moins qu'il ne se soit produit une coupure de courant... La bactérie, peut-être. Je contacte l'Ultime.

— Oui. Qu'il soit satisfait de nous...

Mais l'Ultime avait des nouvelles plus sensationnelles.

— Observez ! fit-il.

Des holos défilèrent rapidement sur l'un des écrans. Un pont vu de profil saillait du parapet, portant deux anneaux à son extrémité. Un deuxième pont, vu de plus loin. Et sur cette image, on distinguait une montagne renversée au pied du parapet. Un troisième pont apparut. Puis, un quatrième à proximité duquel on devinait des structures. Un cinquième.

— Stop ! cria Louis. Retourne en arrière...

Le cinquième pont resta un moment sur l'écran. Son extrémité était vide. Puis, l'Ultime repassa l'holo du quatrième. La vitesse de la sonde rendait l'image un peu floue. Près du pont, contre le parapet, on apercevait un lourd appareillage de levage : un primitif générateur à fusion, un treuil mécanique ; un cylindre et un crochet flottant dans le vide. Le câble du cylindre devait être très fin, puisqu'il était invisible. Le même fil qui retient les écrans d'ombre ? se demanda Louis.

— Une équipe de réparation en plein travail ! Grrr ! Est-elle en train de démonter ou de remonter les réacteurs d'attitude ? Combien y en avait-il en tout ?

— La sonde nous l'apprendra, dit l'Ultime. Mais j'attire votre attention sur un autre problème. Rappelez-vous les tores ceinturant la taille de l'unique vaisseau intact de l'Anneau-Monde ! Nous avions supposé qu'ils produisaient des champs d'écope électromagnétique pour les statoréacteurs Bussard.

Chmeee étudia l'écran.

— Ces vaisseaux sont tous du même modèle. Je me demandais pourquoi. Tu as peut-être raison.

— Je ne comprends pas, intervint Louis. Qu'est-ce que...

Sur l'écran, les deux têtes d'ophidien à un œil fixèrent Louis.

— L'espèce d'Halrloprillalar a construit une partie du système de transport du parapet afin de disposer d'un territoire illimité à coloniser. Pourquoi ne l'ont-ils pas achevé ? Grâce à ce système, tout l'Anneau-Monde aurait été à eux. Alors, pourquoi, tout d'un coup, se sont-ils mis à construire des vaisseaux pour atteindre les étoiles ?

La réponse était moche. Louis se refusait à la croire. Pourtant, elle était logique.

— Ils ont démonté plusieurs réacteurs d'attitude de l'Anneau-Monde. Ils les ont eus gratis et avec ils ont construit des vaisseaux pour atteindre les étoiles. Comme tout s'est bien passé, ils en ont démonté encore plusieurs autres. Je me demande combien ils en ont utilisé en tout.

— La sonde nous le dira, précisa le Marionnettiste. Mais ils en ont laissé quelques-uns. Pourquoi n'ont-ils pas corrigé la déviation de l'Anneau-Monde avant que son instabilité ne devienne incontrôlable ? La question de Chmeee est pertinente. Sont-ils en train de réassembler les réacteurs ou de les voler afin que la race d'Halrloprillalar puisse continuer de s'enfuir ?

Le rire de Louis fut amer.

— Ils ont laissé quelques réacteurs. Puis est arrivée la bactérie qui a détraqué toute leur machinerie ou presque. Il y a eu un vent de panique. Ils ont pris tous les vaisseaux dont ils disposaient, en ont construit d'autres en toute hâte et ont démonté dans ce but la plupart des réacteurs d'attitude. C'est ce qu'ils continuent de faire. Ils abandonnent l'Anneau-Monde à son fatal destin. Qu'en pensez-vous ?

— Les fous ! dit Chmeee. Ils se condamnent.

— Vraiment ? Je n'en suis pas certain.

— Je trouve cette hypothèse très inquiétante, reprit l'Ultime. N'auraient-ils pas emporté avec eux tout ce qui était précieux pour leur civilisation ? Leurs transmutateurs, certainement.

Chose bizarre, Louis n'eut même pas envie de rire. Mais quelle réponse avancer ? Ce fut le Kzin qui la trouva.

— Ils ont dû emporter tout ce qui se trouvait à proximité des saillies des spatioports. Tout ce qui se trouvait près du parapet, là où le système de transport était achevé. Nous devons explorer plus avant dans la surface pour trouver le Centre de Réparations. Si jamais il reste dans ce Centre des membres du peuple de Prill, ceux-là devraient être en train de sauver l'Anneau-Monde et non de l'abandonner.

— Peut-être.

— Savoir quand la bactérie a commencé à dévorer

les supraconducteurs nous faciliterait la tâche, fit remarquer Louis.

S'il avait cru effrayer l'Ultime, il se trompait.

— Vous l'apprendrez probablement avant moi, dit ce dernier.

— Je pensais que tu le savais déjà.

— Appelez-moi si vous apprenez quelque chose.

Les deux têtes disparurent.

Chmeee regardait Louis d'un air étrange mais ne dit rien. Louis reprit les commandes.

Dans le sens de rotation, la ligne du terminateur grignotait du terrain, tissant l'ombre de la nuit, lorsque Chmeee repéra une cité. Ils avaient survolé un lit fluvial sablonneux à bâbord de la mer asséchée. Le lit décrivait une fourche dans laquelle était nichée la cité.

Le peuple de Prill bâtissait toujours en grand, même lorsque cela n'était pas nécessaire. Cette cité ne s'était pas développée à l'horizontale mais à la verticale jusqu'au jour où les bâtiments flottants s'étaient effondrés sur les édifices au sol. Une seule tour étroite restait encore debout mais penchée. Telle une lance, elle s'était fichée dans le niveau inférieur. A bâbord partait une route qui longeait l'un des bras de la rivière tarie avant de traverser un pont à la massive armature : certainement l'œuvre du Peuple de la Machine. La race de Prill eût employé des matériaux plus résistants et moins encombrants ou bâti un pont flottant.

— La cité a certainement été pillée, observa Chmeee.

— Oui, si on part du principe que quelqu'un a construit une route dans ce but. Pourquoi ne pas nous poser ?

— Toujours ta curiosité simiesque ?

— Peut-être. Contourne-la pour qu'on la voie d'un peu plus près.

Chmeee piqua si vite qu'ils tombèrent en chute libre. Les poils du Kzin avaient tous repoussé. Il avait à présent un beau pelage orange et brillant, signe de sa deuxième jeunesse. L'adolescence n'améliorait pas son tempérament. Quatre guerres Hommes-Kzinti, plus quelques incidents... Louis préféra garder le silence.

Il attendit que l'atroce poids qui l'écrasait ne se fît plus sentir, puis entreprit de régler les caméras montées à l'extérieur de la coque.

Presque aussitôt, il avisa une boîte parquée près de la tour penchée. Elle pouvait accueillir une douzaine de passagers. Vu sa taille, le moteur fixé à l'arrière était assez puissant pour arracher un vaisseau spatial du sol... Mais c'était un peuple primitif. Qu'utilisait-il comme combustible ? Impossible de le savoir.

— Ici, un véhicule isolé, annonça Louis en le désignant du doigt. Nous piquons sur lui, d'accord ?

— D'accord.

Chmeee laissa le module se poser doucement sur le sol. Pendant ce temps, Louis examina la ville.

La tour s'était effondrée sur un édifice cubique, avait traversé le toit, trois étages et peut-être le sous-sol. Seule la carcasse de cet édifice maintenait encore la tour debout. Des jets de vapeur ou de fumée blanche s'échappaient irrégulièrement de deux fenêtres de la tour. Devant l'entrée, de pâles formes humaines dansaient ou faisaient un concours de sauts tandis que deux d'entre elles se reposaient sur le sol, bouche ouverte mais le corps crispé.

Juste avant que l'unique mur encore debout d'un bâtiment effondré ne bloquât la vue de Louis, celui-ci comprit ce qui se passait. En fait, les hominiens blafards tentaient d'atteindre l'entrée depuis la rue jonchée de gravats. De la tour, quelqu'un tirait sur eux.

Le module s'immobilisa enfin. Chmeee se leva et s'étira.

— Louis, on dirait que la chance te sourit. Nous

pouvons parier que les tireurs appartiennent au Peuple de la Machine. Notre stratégie sera de leur venir en aide.

Une proposition raisonnable.

— Connais-tu les armes à projectiles ?

— Si la charge explosive est chimique, notre armure anti-impact nous protégera. Nous n'avons qu'à mettre nos harnais de vol pour entrer dans la tour. Emporte les paralyseurs. Tuer nos futurs alliés serait maladroit.

La nuit était tombée. Des nuages occultaient tout le ciel. Même ainsi, le clair d'Arche projetait encore une large bande de faible lumière et, à bâbord, la cité flottante scintillait comme un amas dense d'étoiles. Il était impossible de se perdre.

Louis Wu ne se sentait pas à l'aise. Son armure était trop rigide. La visière lui couvrait presque tout le visage. Les sangles pourtant capitonnées de son harnais lui comprimaient la poitrine et ses pieds pendaient dans le vide. Mais plus rien n'équivaudrait à une heure passée sur le courant, voilà tout. Au moins, il se sentait en relative sécurité.

Il planait entre ciel et terre, et à l'aide des jumelles, l'intensificateur de lumière allumé, il observa la scène.

Les assaillants n'avaient pas l'air très féroce. Ils étaient nus et non armés. Leur peau était blanche et leur chevelure argent. Sveltes et mignons. Même les hommes étaient plus mignons que beaux. Et imberbes.

Ils restaient dans l'ombre, cachés derrière les moignons des bâtiments démolis. De temps à autre, un ou deux d'entre eux se risquaient à courir en zigzag vers la grande porte d'entrée. Louis en dénombra vingt dont onze femmes. Cinq autres gisaient morts dans la rue. Combien étaient parvenus à entrer dans l'édifice ?

Les défenseurs ne tiraient plus. Etaient-ils tombés à court de munitions ? Ils avaient tiré de deux fenêtres percées dans la tour penchée, au septième étage environ. Toutes les fenêtres de la tour étaient brisées.

Louis vogua vers la grande forme flottante qu'était Chmeee.

— Nous pénétrerons par l'arrière, annonça Louis, avec les lampes réglées sur le faisceau maximal et en basse intensité. J'entrerai le premier parce que je suis un Humain. Entendu ?

— Entendu, fit le Kzin.

De même que la navette, les harnais s'élevaient grâce à des repoussoirs. Ils étaient équipés de petits propulseurs directionnels dans le dos. Louis décrivit un cercle autour de l'édifice, vérifia que Chmeee le suivait et franchit une fenêtre qu'il espérait être au bon niveau. Il se retrouva dans une vaste salle déserte. L'odeur lui donna envie d'éternuer. Les meubles étaient constitués de plusieurs assemblages de sangles et d'une longue table de verre. Mais les sangles tombaient en poussière et le verre était cassé. Au pied du plancher incliné se trouvait un sac à dos. Donc, les défenseurs étaient venus ici. Et l'odeur...

— Cordite, dit Chmeee. Explosif chimique. S'ils tirent sur nous, protège-toi les yeux.

Louis gagna une porte, puis, plaqué contre le mur, il l'ouvrit brutalement. Des toilettes. Personne.

Une autre porte, plus grande, était ouverte, le battant suspendu au-dessus du plancher en pente. Le paralyseur dans une main, le laser dans l'autre, Louis s'en approcha. Son excitation croissante reléguait sa peur à l'arrière-plan.

Au-delà de cette porte en bois richement sculptée, un vaste escalier en colimaçon allait se perdre dans les ténèbres. Louis l'éclaira. Plus bas, la cage de l'escalier et un niveau de la tour se réduisaient à un monceau de gravats. Il avisa une arme à deux mains, pourvue d'une culasse, et une boîte d'où s'étaient échappés de minuscules cylindres dorés. Une autre arme, plus bas encore. Un manteau muni de courroies. D'autres guenilles à l'étage inférieur. Et au pied de l'escalier effondré, une forme humaine affalée : un homme nu, plus sombre de peau et plus musclé que les assaillants.

L'excitation de Louis atteignait la limite du supportable. Etait-ce cela dont il avait eu tellement besoin ? Non pas du courant mais du danger de la vie pour prouver sa valeur ! Louis régla son harnais et sauta dans la cage d'escalier.

Sa chute fut lente. Il n'y avait aucun hominien dans l'escalier mais divers objets : vêtements anonymes, armes, bottes, un autre sac à dos. Il continua de tomber et, soudain, sut qu'il avait atteint le bon niveau. Un nouveau réglage du harnais et il fila à travers l'embrasure d'une porte à la poursuite d'une odeur radicalement différente de celle que Chmeee avait nommée « cordite ».

Il était ressorti de la tour et faillit percuter un mur. Il se trouvait dans l'édifice extérieur. Il avait laissé choir sa lampe laser. Il enclencha l'intensificateur des jumelles et vira à droite en direction d'une lumière.

Une femme morte gisait sur le seuil de l'édifice : l'un des assaillants. Blessée par un projectile en pleine poitrine. Louis éprouva une grande tristesse pour elle et en même temps le besoin incontrôlable de retourner dehors. Il survola la femme et se retrouva dans la nuit.

Le clair d'Arche, accru par l'intensificateur, lui permettait de voir malgré la couverture nuageuse. Alors, il découvrit les attaquants ainsi que… les défenseurs. Ils copulaient. Les pâles et sveltes avec les noirs, plus petits, qui portaient encore leurs vêtements mais en loques. Perdus dans la fureur de l'acte, ils ignorèrent l'homme volant.

Mais l'une des hominiennes n'avait pas de partenaire. Comme Louis s'arrêtait, elle le saisit par la cheville, doucement et sans manifester la moindre crainte. Elle avait des cheveux argent et un teint d'albâtre. Son visage magnifiquement ciselé était d'une beauté indicible.

Louis étreignit le harnais et se laissa choir au côté de l'étrangère qu'il prit dans ses bras. Elle palpa ses vêtements bizarres. Alors Louis lâcha le paralyseur, retira sa veste, son harnais, son armure. Il la posséda sans la moindre finesse. Son désir était trop violent pour faire preuve de tact à son égard. Mais celui de la femme était aussi vif. Il oublia tout, hormis eux deux. Il ne se rendit compte de la présence du Kzin que lorsque celui-ci cogna durement la tête de son nouvel amour avec son laser. Le Kzin enfouit ses griffes dans la chevelure argent et releva la tête en arrière, dégageant les dents plantées dans la gorge de Louis Wu.

15

LE PEUPLE DE LA MACHINE

Le vent chargé de poussière piquait les narines de Louis Wu et plaquait ses cheveux sur son visage. Il les rejeta en arrière et ouvrit les yeux. La lumière était aveuglante. Se palpant d'une main fébrile, il sentit un sparadrap de plastique collé sur sa nuque, puis ses jumelles sur son visage. Il les détacha.

Enfin, il s'écarta de la femme et se redressa sur son séant. La lumière était pâle : sans ses jumelles, c'était encore l'aube. Cette portion de l'Anneau-Monde s'approchait de la démarcation entre la nuit et le jour, créée par le terminateur. Tous ses muscles étaient endoloris. Il avait l'impression d'avoir été roué de coups. Mais paradoxalement, il se sentait dans une forme merveilleuse. Depuis de trop nombreuses années, il n'avait fait l'amour que très rarement et toujours comme couverture, car les camés aux Ampères ne s'intéressent plus au sexe. Mais la nuit précédente, il s'était donné corps et âme.

La femme ? De sa taille, corpulente mais belle. Des seins pleins sans être plantureux. Ses cheveux noirs étaient ramassés en une longue tresse et autour de sa mâchoire courait un déconcertant collier de barbe. Elle dormait d'épuisement ; elle l'avait mérité. Tous les deux l'avaient mérité. Bientôt, des souvenirs revinrent, mais par bribes incohérentes.

Il avait fait l'amour. Ou plutôt il avait eu le coup de foudre pour une femme pâle et mince, aux lèvres écarlates. Toutefois, quand il avait compris que c'était du sang et senti une morsure dans son cou, il n'avait éprouvé qu'une sensation de perte. Mais Chmeee avait brisé la nuque de cette femme. Il avait alors hurlé. Et quand le Kzin l'avait arraché du corps de la morte et coincé sous son bras, il s'était débattu violemment. Emporté par une rage folle, il avait continué à lutter, alors que Chmeee sortait de sa veste le kit de premiers soins, pansait sa plaie et remettait le kit dans sa poche.

Ensuite, Chmeee avait tué tous les assaillants aux cheveux argent, transperçant leur tête de part en part avec l'aiguille couleur rubis de sa lampe laser. Louis se souvenait qu'il avait essayé de l'en empêcher et que le Kzin l'avait envoyé dinguer sur le trottoir encombré de gravats. S'étant relevé sur des jambes flageolantes, il avait alors aperçu une autre femme. Il s'était avancé vers elle. Elle, la femme aux cheveux de jais, l'unique défenseur encore en vie. Ils étaient tombés dans les bras l'un de l'autre.

Pourquoi ?

Chmeee avait bien tenté de le retenir. Louis se souvenait encore des rugissements du Kzin, dignes d'une bagarre de tigres.

— Phérormones, conclut-il à voix haute. Pourtant, ils avaient l'air si inoffensifs.

Louis se leva et promena son regard à la ronde, saisi d'horreur. Des cadavres, partout : les noirs, la nuque mordue, les pâles aux lèvres maculées de sang, des traces noires de brûlures dans leur chevelure argent.

Les armes à feu n'avaient guère aidé les défenseurs. L'arme des vampires était plus redoutable encore que le tasp. Ils avaient émis un nuage de phérormones, les signaux olfactifs humains de la disponibilité sexuelle. Un hyperstimulus. Sans doute, quelques vampires avaient-ils réussi à atteindre la tour. Et aussitôt, tous les défenseurs étaient sortis, en se dépouillant fébrilement de leurs armes et de leurs vêtements. Une hâte qui les avait envoyés droit à la mort.

Mais pourquoi, une fois les vampires tous exterminés, moi et cette brune… ?

Le vent souleva les cheveux de Louis. *Mais oui !* le nuage de phérormones. Ah ! quelle fougue…

Si le vent ne s'était pas levé, nous serions encore en train de le faire. Mais tanj ! où ai-je laissé mes affaires ?

Louis retrouva l'armure anti-impact et le harnais. Son justaucorps était en loques. La veste ? La femme avait rouvert les yeux. L'horreur dilatait ses pupilles. Louis comprenait son effroi.

— Je dois récupérer ma veste, dit-il, car mon disque traducteur se trouve dans une des poches. J'espère que Chmeee ne te fera pas fuir de peur avant…

Chmeee… Que pensait-il de tout cela ?

L'énorme pogne du Kzin qui lui renversait la tête en arrière. Lui accroché à la femme, corps et âme, la labourant, la labourant. Mais dans son champ de vision, la face orange déformée par la rage ; des insultes hurlées dans ses oreilles et qui le déconcentraient…

Chmeee était invisible. Louis retrouva sa veste un peu plus loin. Un vampire la tenait dans ses doigts roides. Aucune trace du paralyseur. L'angoisse étreignit Louis. Une pensée affreuse traversa son esprit. Il courut jusqu'à l'endroit où le module avait atterri.

Un énorme rocher que trois hommes n'auraient pas eu la force de soulever était posé sur une épaisse pile de tissu supraconducteur. Le cadeau d'adieu de Chmeee. L'atterrisseur avait disparu.

Je dois surmonter cela tôt ou tard, se dit Louis. *Alors, pourquoi pas maintenant ?*

Un ami lui avait enseigné cette formule magique

qui aide à surmonter un choc ou un chagrin. Parfois, elle était efficace.

Il était juché sur la balustrade d'une véranda, mais cette véranda se dressait toute seule dans une allée envahie par le sable. Il avait réendossé son armure anti-impact et sa veste multipoche. Seuls ces vêtements le séparaient d'un monde immense et désolé. Un geste non pas dicté par la pudeur mais par la peur.

La folie de la nuit avait tué dans l'œuf toutes ses ambitions. Des pensées sans suite dérivaient dans son esprit. Il songea à son distil qui se trouvait dans un univers aussi éloigné que la Terre de sa lune. Il songea à un allié à deux têtes qui jamais ne prendrait le risque d'atterrir ici pour le sauver. Il songea aussi aux Ingénieurs de l'Anneau-Monde et à leur écosystème idéal, sans moustiques ni chauves-souris vampires. Un vague sourire s'étira sur ses lèvres pour s'estomper aussitôt. Son visage reprit l'expression d'un homme mort. Un masque sans expression, donc.

Il savait où Chmeee était parti. Celui l'avait-il prévenu ? Quelle importance, maintenant ? Survie, sexe et vengeance : ces trois motivations poussaient le Kzin dans la même direction. Mais l'une ou l'autre le ramènerait-elle ici pour sauver Louis Wu ?

La mort d'une seule personne devenait totalement dérisoire, comparée à celle des billions d'habitants de l'Anneau-Monde condamnés à une collision fatale avec leur soleil.

Tanj ! Finalement, Chmeee reviendrait peut-être. Quant à lui, il devait se secouer et atteindre la cité flottante. De toute façon, Chmeee l'attendrait là, si jamais, par foucade, il venait rechercher un allié qui l'avait lamentablement trahi. Sinon... Il lui fallait survivre, coûte que coûte, durant l'année qui lui restait à vivre.

Je dois surmonter cela tôt ou tard. Alors, pourquoi pas maintenant ?

Un hurlement. La femme aux cheveux de jais s'était vêtue d'un short, d'un chemisier et munie d'un sac à dos. Elle braquait sur lui une arme à projectiles tout en faisant des gestes de sa main libre. Elle poussa de nouveau un hurlement.

Les vacances étaient terminées. Louis se rendit compte tout à coup qu'il était tête nue. Aurait-il le temps de fixer le casque de son armure ? Si oui, il était à l'abri des projectiles. Ce qu'il devait retrouver à tout prix, c'était son harnais... Peut-être pas, au fond.

— O.K., fit-il en souriant et en écartant les bras.

En fait, ce dont il avait surtout besoin, c'était d'un allié. Il plongea lentement une main dans l'une des poches de sa veste, en sortit le disque traducteur et l'attacha sous son menton.

— Ceci parlera pour nous, une fois qu'il aura appris ta langue.

Elle fit un geste brusque avec son arme : *Passe devant moi*.

Louis avança jusqu'au harnais, se baissa pour le ramasser mais doucement. Un coup de tonnerre. Une pierre sauta violemment, à dix centimètres des pieds de Louis.

Tanj ! elle ne disait pas un mot ! Comment le disque traducteur apprendrait-il sa langue ?

Les mains en l'air, il la regarda tripoter le harnais ; elle le menaçait toujours plus ou moins de son fusil. Si elle touchait le mauvais bouton, il allait perdre son harnais et le tissu supraconducteur. Mais elle le reposa, scruta un moment le visage de Louis, puis recula et, d'un geste, lui fit comprendre qu'il pouvait prendre le harnais.

Louis le saisit. Quand elle désigna son véhicule, il fit non de la tête. A pas mesurés, il gagna le rocher retenant le supraconducteur. Chmeee lui en avait laissé environ un demi-hectare. Mais comment soulever un poids aussi lourd ?

Toujours sous la menace de l'arme, il fixa le harnais autour du rocher et l'activa. Il plaqua les bras autour du rocher ainsi que du harnais de peur que celui-ci ne glisse. Le rocher décolla du sol. Il lui fit décrire un tour complet sur lui-même, puis le lâcha. Le rocher retomba doucement à terre.

Etait-ce vraiment du respect qu'il discernait dans les yeux de cette femme ? Si oui, pour sa technologie ? Ou pour sa force ? Il éteignit le harnais, le détacha, ramassa le tissu supraconducteur et gagna le véhicule. Elle ouvrit les deux battants de la porte latérale. Il posa son fardeau et jeta un coup d'œil à l'intérieur.

Des banquettes disposées sur trois côtés. Un minuscule fourneau au milieu et un trou dans le toit pour la ventilation. Des bagages s'entassaient derrière le siège arrière. Une autre banquette à l'avant était tournée dans le sens de la marche.

Louis recula, se tourna vers la tour, fit un pas en avant, regarda sa gardienne. Celle-ci hésita, puis l'incita d'un geste à la suivre.

Les cadavres commençaient à sentir. Allait-elle les enterrer, les brûler ? Non, elle contourna les corps sans y prêter attention. Louis, quant à lui, prit le temps d'examiner la chevelure argent d'une femme. Une chevelure fournie mais un crâne trop petit. Belle, certes, mais un cerveau d'une dimension inférieure à celui d'un Humain.

Il lâcha un soupir, puis suivit la femme dans la carcasse de l'édifice inférieur. Ils gagnèrent l'escalier en colimaçon de la tour et descendirent au sous-sol. Un mort à la chevelure brune gisait au milieu des décombres. La lampe laser se trouvait à son côté. Jetant un coup d'œil à la seule survivante, il vit qu'elle avait les larmes aux yeux.

Louis ramassa sa lampe. Elle fit feu. Le projectile

ricocha sur sa hanche. Il tressauta dans la coquille soudain rigide de son armure, puis recula et se cogna contre le mur démoli, tandis qu'elle s'emparait de sa lampe.

Elle trouva la touche. Un large faisceau les enveloppa soudain. Puis elle actionna le focus et le faisceau s'étrécit. Elle opina de la tête et empocha l'objet.

Alors qu'ils regagnaient le véhicule, Louis baissa la visière de son casque d'un geste désinvolte, comme pour se protéger de la lumière trop vive. Elle aurait pu obtenir de Louis Wu tout ce qu'elle voulait, mais peut-être n'avait-elle pas de ration d'eau pour deux ou peut-être encore ne désirait-elle pas sa compagnie ?

Néanmoins, elle ne tira pas sur lui et monta dans le véhicule. Elle verrouilla les portes avec une clef. Louis se sentit soudain comme pris au piège dans un désert, sans eau ni outils. Mais d'un geste, elle lui intima l'ordre de s'approcher de la vitre droite, là où se trouvaient les commandes, et elle commença à lui enseigner comment conduire.

C'était l'ouverture qu'il avait attendue. Il répéta les mots qu'elle lui criait à travers la vitre et ajouta les siens.

« Volant. Changement de direction. Starter. Clef. Accélérateur. Décélérateur. » Elle était douée pour le langage manuel. Une main fendant l'air, plus un doigt imitant le mouvement d'une aiguille : « Anémomètre. »

Lorsque le disque traducteur commença à parler à la place de Louis, la femme sursauta avec violence. Cependant, elle poursuivit encore un peu la leçon de conduite, puis déverrouilla la porte, se poussa de l'autre côté de la banquette, l'arme au poing, et ordonna :

— Monte. Conduis.

L'engin était bruyant et rétif. Le moindre choc

traversait la banquette, mais Louis apprit vite à éviter les ornières, les gravats et les bancs de sable. La femme l'observait en silence. N'éprouvait-elle donc aucune curiosité ? Soudain, il se rappela qu'elle venait de perdre une douzaine de ses compagnons. Etant donné ce contexte, elle s'en sortait très bien.

— Je suis Valavirgillin, annonça-t-elle enfin.

— Je suis Louis Wu.

— Tes instruments sont étranges. Le parleur, l'élévateur, la lumière variable... Que possèdes-tu d'autre ?

— Tanj ! bon sang, j'ai oublié les yeux mécaniques.

— J'ai trouvé ceci, dit-elle en sortant les jumelles de sa poche.

Avait-elle le paralyseur ? Louis préféra ne pas le lui demander.

— Ah ! bien... Mets-les et je te montrerai comment cet instrument fonctionne.

Elle sourit mais secoua la tête. Elle avait sans doute peur qu'il l'attaque.

— Que faisais-tu dans l'antique cité ? Où as-tu trouvé ces objets ?

— Ils sont à moi. Je les ai apportés d'une étoile lointaine.

— Louis Wu, ne te moque pas de moi !

Louis la regarda.

— Est-ce que le peuple qui a construit les cités avait ce genre d'objets ?

— Ils en avaient qui parlaient. Ils savaient aussi construire des bâtiments qu'ils suspendaient en l'air. Pourquoi ne volaient-ils pas eux-mêmes ?

— Et mon compagnon ? En as-tu vu un qui lui ressemble sur l'Anneau-Monde ?

— Il a l'air d'un monstre.

Elle rougit.

— Je n'ai pas eu le temps de l'observer.

Evidemment ! Une question idiote.

— Pourquoi me menaces-tu avec ton arme ? Le

désert est ton ennemi comme le mien. Nous devrions nous aider.

— Je n'ai aucune raison de te faire confiance. Je me demande même si tu n'es pas fou. Seuls les Bâtisseurs des Cités voyageaient d'une étoile à l'autre.

— Tu te trompes.

Elle haussa les épaules.

— Es-tu obligé de conduire aussi lentement ?

— Je manque de pratique.

Mais très vite, Louis fit des progrès et, bientôt, ils roulèrent à vive allure. La route était rectiligne, peu accidentée. En outre, aucun véhicule ne venait en sens inverse.

— Que peux-tu me dire au sujet de la cité flottante ?

— Je n'y suis jamais allée. Seuls les enfants des Bâtisseurs des Cités y demeurent. Ils ne bâtissent ni ne règnent plus, mais notre coutume veut qu'ils entretiennent la cité. Ils ont beaucoup de visiteurs.

— Des touristes ? Des gens qui viennent uniquement pour visiter la cité ?

Elle sourit.

— En partie pour cela et en partie pour d'autres raisons. Il faut être invité. Pourquoi as-tu besoin de savoir ces choses-là ?

— Il faut que j'aille dans la cité flottante. Jusqu'où puis-je te conduire ?

Cette fois, elle éclata de rire.

— Je ne crois pas qu'on t'y invitera. Tu n'es ni célèbre ni puissant.

— J'inventerai quelque chose.

— Je vais jusqu'à l'école du Retour de la Rivière. Je dois leur annoncer ce qui s'est passé.

— Que s'est-il passé ? Que faisiez-vous dans le désert ?

Elle le lui expliqua. Ce ne fut pas facile. Le disque

traducteur ne connaissait pas tout le vocabulaire. Mais ils parvinrent à compléter les blancs.

Le Peuple de la Machine régnait sur un puissant empire.

Traditionnellement, un empire est un ensemble de royaumes presque autonomes. Ces royaumes doivent payer des impôts et se plier aux ordres de l'empereur concernant les guerres, la répression du banditisme, l'entretien des communications et, parfois, la religion officielle. Hormis cela, ils suivent leurs propres coutumes.

Et ceci s'appliquait doublement à l'empire du Peuple de la Machine : par exemple, le mode de vie d'un gardien de troupeaux carnivore entrait en compétition avec le Peuple de la Savane mais était utile aux commerçants qui achetaient leurs produits en cuir ; en revanche, il était inutile pour les goules. Dans certains territoires, maintes espèces coopéraient, et toutes laissaient le libre passage aux goules. Les diverses races respectaient leurs propres coutumes, car elles étaient ainsi constituées.

Le terme « goule » était celui de Louis Wu. Valavirgillin, elle, employait une expression équivalant à peu près à *Peuple de la Nuit*.

Les goules étaient chargées de ramasser les détritus et les morts. Voilà pourquoi Valavirgillin n'avait pas enterré les siens. Elles possédaient un langage et savaient organiser les rites funéraires correspondant aux diverses religions locales. Elles constituaient une source d'informations pour le Peuple de la Machine. Selon la légende, elles avaient également tenu ce rôle, lors du règne des Bâtisseurs.

D'après Valavirgillin, l'empire du Peuple de la Machine était strictement commercial, et il ne prélevait des taxes que sur ses propres marchands. Mais plus elle parlait, plus Louis découvrait des exceptions à la règle. Les royaumes étaient chargés de l'entretien des routes reliant l'empire, s'ils en étaient capables, ce qui n'était pas le cas du Peuple Perché qui vivait dans les arbres. Ces routes servaient de frontières entre les territoires des divers types d'humanoïdes. Les guerres de conquête étaient interdites au-delà des routes. Donc, celles-ci évitaient les conflits (enfin parfois), du fait même de leur existence.

L'empire avait le droit de lever des armées pour lutter contre les bandits et les voleurs. Les régions étendues que l'empire se réservait pour établir des avant-postes commerciaux tendaient à devenir des colonies à part entière. Puisque toutes les communications reposaient sur les routes reliant l'empire et sur les véhicules les empruntant, les royaumes vassaux étaient tenus de distiller le combustible chimique et de le laisser à la disposition des utilisateurs. L'empire achetait des mines (ventes forcées ?), extrayait son propre minerai et accordait à des concessionnaires le droit de fabriquer des machines, selon un contrat dont il imposait les clauses.

Il existait des écoles pour les commerçants. Valavirgillin et ses compagnons étaient des étudiants et un professeur de l'école du Retour de la Rivière. Ils étaient partis visiter un centre commercial situé à la frontière de la jungle du Peuple Perché *(des espèces de singes qui vendaient des noisettes et des fruits secs,* conclut Louis) et de celle du Peuple des Pasteurs, des carnivores, spécialisés dans la fabrication d'objets de cuir et divers artisanats *(une espèce différente de celle qu'il avait connue. Ceux-là n'étaient ni rouges ni petits)*. Puis ils avaient fait un détour pour visiter l'antique cité du désert.

La présence des vampires les avait pris de court. Où ceux-ci auraient-ils trouvé de l'eau en plein désert ? Et comment étaient-ils parvenus jusque-là ? Les vampires étaient une race presque éteinte, excepté… pour…

— Excepté pour quoi ? Je n'ai pas compris.

Valavirgillin rougit.

— Quelques personnes âgées nourrissent des vampires aux dents limées pour… pour faire le *rishathra*. Un couple s'est sans doute échappé, ou une vampire enceinte. Cela expliquerait leur présence.

— Mais, Vala, c'est dégoûtant !

— Oui, approuva-t-elle d'un ton froid. Jamais je n'ai entendu personne avouer qu'il entretenait des vampires. Mais toi, là d'où tu viens, n'y a-t-il pas aussi des choses que certains font et que les autres trouvent dégoûtantes ?

Elle l'avait piqué au vif.

— Je te parlerai un jour de la dépendance à l'égard du courant, mais pas maintenant.

Elle le considéra par-dessus le canon en métal de son arme. Malgré l'ombre de son collier de barbe, elle avait l'air presque humaine… Mais plus robuste. Son visage formait un carré quasiment parfait. Louis avait des difficultés à décrypter ses expressions. Rien de surprenant. La face humaine avait évolué de manière à servir d'émetteur de signaux, mais l'évolution de celle de Valavirgillin avait divergé de la sienne.

— Que vas-tu faire ensuite ?

— Je dois signaler les morts et… remettre les artefacts de la cité du désert. Non seulement il y a une prime mais l'empire exige qu'on lui donne tous les artefacts des Bâtisseurs de Cités.

— Je te répète qu'ils sont à moi.

— Conduis.

Quelques oasis de verdure émaillaient le désert. Quand un écran d'ombre coupa le soleil en deux, Valavirgillin intima à Louis l'ordre de s'arrêter. Il en fut heureux. Il était épuisé par les cahots de la route et la conduite.

— Tu… dîner.

— Je n'ai pas compris un mot.

— Tu contribueras à chauffer la nourriture jusqu'à ce qu'elle soit devenue mangeable. Louis, tu ne sais pas... ?

— Cuisiner.

Elle n'était pas du genre à posséder des casseroles sans friction, ni un micro-ondes. Ni un verre mesureur, ni du sucre raffiné, ni du beurre, ni les épices qu'il connaissait.

— Non.

— Je ferai donc la cuisine. Toi, allume un feu. Que manges-tu ?

— De la viande, quelques plantes, des fruits, des œufs, du poisson. Les fruits, pas toujours cuits.

— Comme mon peuple, excepté le poisson. Bien... Descends et attends !

Elle l'enferma hors du véhicule, puis se faufila à l'arrière. Louis étira ses muscles ankylosés. Le feu ardent du soleil était encore dangereux à regarder, mais le désert plongeait dans l'obscurité. Des broussailles brunâtres ainsi qu'un bouquet d'arbres grands et secs constituaient la seule végétation. L'un des arbres était blanc, victime de la sécheresse.

Valavirgillin sortit à son tour et jeta un objet aux pieds de Louis.

— Coupe du bois. Allume un feu.

Louis ramassa l'objet : une sorte de bâton avec un coin en fer rudimentaire fixé à une extrémité.

— Je déteste passer pour un idiot, mais qu'est-ce que c'est ?

— Tu frappes le côté tranchant contre le tronc jusqu'à ce que l'arbre tombe. Compris ?

— Ah ! une hache !

Louis se souvint alors des haches de guerre exposées dans le musée de Kzin. Il regarda la hache, l'arbre, puis, soudain, en eut sa claque.

— La nuit tombe, dit-il.

— Tu ne vois pas, la nuit ? Tiens !

Elle lui lança la lampe laser.

— Cet arbre mort, cela t'ira ?

Elle se tourna, lui offrant son beau profil ; son arme suivit le mouvement. Louis régla alors la lampe sur le faisceau étroit, de haute intensité, et l'enclencha. Un filet de lumière rasa Valavirgillin alors que Louis le braquait sur l'arme. Celle-ci prit feu et se scinda en deux. Valavirgillin resta clouée sur place, bouche ouverte, un morceau de l'arme encore dans les mains.

— Je suis tout à fait disposé à suivre les suggestions d'une amie et d'une alliée, expliqua Louis. Mais j'en ai assez de recevoir des ordres. J'en ai reçu une foule de mon compagnon à fourrure. Soyons amis.

Elle lâcha son arme et leva les mains.

— Tu as d'autres projectiles et d'autres armes à l'arrière de ton véhicule. Va les chercher.

Louis lui tourna le dos et fit zigzaguer le faisceau le long du tronc de l'arbre mort. Une dizaine de bûches tombèrent, brûlées. A coups de pied, il les rassembla, fit jouer le faisceau au milieu du tas et regarda le feu prendre.

Soudain, quelque chose le heurta entre les omoplates. Pendant un bref instant, son armure devint rigide. Il avait entendu un seul claquement de tonnerre.

Louis attendit un second coup. Mais rien ne se produisit. Il regagna alors le véhicule à côté duquel se tenait Valavirgillin.

— Ne refais plus jamais, jamais, jamais cela ! Tu m'entends ?

Elle était blanche et effrayée.

— Je ne le referai plus.

— Est-ce que je t'aide à porter tes instruments de cuisine ?

— Non, je peux… Je t'ai raté ?

— Non.

— Alors, pourquoi ?

— L'un de mes outils m'a sauvé la vie. Je l'ai apporté d'un millier de fois la distance que parcourt la lumière en un *falan* et il est à *moi* ! Tu comprends ?

Elle lui fit une sorte de pied de nez et s'éloigna.

16

STRATÉGIES COMMERCIALES

Au ras du sol, poussait une plante qui ressemblait à un long chapelet de saucisses aux stries jaunes et vertes, avec des radicelles au niveau des points de jonction. Valavirgillin en découpa plusieurs en rondelles dans sa marmite, ajouta de l'eau, puis quelques cosses d'un légume sec qu'elle prit dans un sac en toile. Elle posa ensuite la marmite sur les bûches.

Tanj ! se dit Louis. Cela, j'aurais pu le faire. Le repas s'annonce plutôt frugal.

Le soleil avait disparu. Un amas dense d'étoiles scintillait à bâbord : la cité flottante, sans doute. Majestueuse, l'Arche s'élevait dans le ciel d'encre, par bandes horizontales bleues et blanches brillant d'un pâle éclat nacré. Louis avait l'impression de se trouver sur un jouet terrifiant.

— J'aimerais manger de la viande, dit Valavirgillin.

— Donne-moi les jumelles.

Louis s'éloigna du feu avant de les fixer. Il enclencha l'intensificateur. Les paires d'yeux qui l'observaient dans l'ombre devinrent distinctes. Louis fut content de n'avoir pas tiré au hasard. Une famille de goules.

Mais une autre ombre aux yeux brillants était, elle, toute petite et couverte de poils. Le pinceau étincelant de la lampe lui trancha la tête. Les goules tressaillirent, murmurèrent entre elles. La femelle s'approcha de l'animal mort, puis accorda à Louis la préséance. Celui-ci ramassa le corps et les goules reculèrent.

Elles paraissaient timides. Pourtant, leur place dans l'écosystème était assurée. Valavirgillin lui avait expliqué ce qui se passait lorsqu'un peuple se donnait la peine d'enterrer ou de brûler ses morts. Les goules attaquaient alors les vivants. Elles étaient les maîtres de la nuit. On prétendait qu'elles étaient capables de se rendre invisibles. Telles étaient du moins les légendes glanées parmi les dizaines de religions locales. Valavirgillin le croyait à moitié.

Néanmoins, ces goules n'inquiétaient pas Louis. Pour quelle raison elles l'auraient dérangé, d'ailleurs ? Aujourd'hui, il allait manger le produit de sa chasse et un jour, il mourrait. A ce moment-là, les goules viendraient réclamer leur dû.

Tandis que cette famille le surveillait, il examina son gibier : il ressemblait à un lapin mais avec une queue longue et plate au bout. Pas de pattes antérieures. Ce n'était pas un hominien. Ouf !

Relevant les yeux, il découvrit une flamme parme, loin à bâbord.

Retenant son souffle, parfaitement immobile, Louis augmenta le grossissement et l'intensité lumineuse de ses jumelles. Même si le sang qui lui martelait les tympans brouillait l'image, il était certain de ce qu'il voyait. En lumière intensifiée, la flamme s'évasait comme celle d'une fusée lancée dans le vide et brillait d'un éclat violacé qui blessait la vue. Son extrémité était cachée par une ligne noire et droite : le parapet de bâbord.

Louis releva ses jumelles. La flamme d'un violet pâle était à peine visible, mais toujours là. Ténue… et terrible.

Louis regagna le feu de bois et laissa choir la bête

aux pieds de Valavirgillin. Puis, il s'éloigna dans le noir, à tribord cette fois, et refixa ses jumelles. Une flamme, également.

Beaucoup plus grande. Mais, naturellement, le parapet tribord était beaucoup plus proche.

Valavirgillin dépeça l'animal et, sans retirer les viscères, le jeta dans la marmite. Quand elle eut terminé, Louis l'entraîna par le bras dans le noir.

— Attends un peu et dis-moi si tu vois une flamme bleutée au loin.

— Oui, je la vois.

— Sais-tu ce que c'est ?

— Non, mais je crois que mon père le sait, lui. La dernière fois qu'il est revenu de la cité, il était au courant de quelque chose et il a refusé d'en parler. Mais il y a plusieurs flammes. Tourne tes yeux vers la base de l'Arche dans le sens de rotation.

Un ruban horizontal bleu et blanc, correspondant à une zone diurne, lui fit plisser les yeux. Louis se protégea du tranchant de la main. A l'aide des jumelles, il distingua alors deux autres petites flammes, semblables à celle d'une bougie, à l'extrémité de l'Arche, et un peu plus haut, deux autres plus fines.

— La première, expliqua Valavirgillin, est apparue il y a sept *falans*, près de la base de l'Arche, dans le sens de rotation. Ensuite, d'autres ont surgi, d'abord dans la même direction puis, de plus petites, dans le sens de l'antirotation. Maintenant, il y en a en tout vingt et une. Elles n'apparaissent que pendant deux jours par rotation, lorsque le soleil brille le plus.

Louis lâcha un profond soupir de soulagement.

— Louis, quand tu émets ce bruit, je ne sais pas ce que cela signifie. Es-tu en colère, effrayé ou soulagé ?

— Je ne le sais pas non plus. Disons soulagé. Nous disposons de plus de temps que je ne le pensais.

— De temps pour quoi ?

Louis éclata de rire.

— Tu n'en as pas assez de mes folies ?

Elle se hérissa.

— Après tout, je suis libre de décider si je te crois ou pas !

Louis vit rouge. Il ne détestait pas Valavirgillin, non, mais elle avait un caractère emporté et avait déjà tenté de le tuer.

— Si tu tiens à le savoir, eh bien, tu vas le savoir… Si cette structure en forme d'anneau sur laquelle tu vis est abandonnée à elle-même, elle ira heurter les écrans d'ombre — les objets qui occultent le soleil pour produire la nuit — dans cinq ou six *falans*. Ce choc détruira tout. Il ne restera plus un seul être vivant lorsque, ensuite, la structure heurtera le soleil lui-même…

— Et tu soupires de soulagement ? glapit-elle.

— On se calme ! On se calme ! L'Anneau-Monde n'est pas abandonné à lui-même. Ces flammes sont en fait des moteurs qui permettent de le déplacer. Nous sommes presque au point le plus proche du soleil, et ils déclenchent une réaction de freinage. C'est pour cela qu'ils s'enflamment ! Regarde ! Comme cela.

Il lui fit un croquis sur le sol avec la pointe d'un bâton.

— Tu vois ? Ils nous retiennent en arrière.

— Et maintenant, tu prétends que nous ne mourrons pas ?

— Les moteurs ne seront peut-être pas assez puissants. Mais ils nous retiennent en arrière. Il nous reste peut-être dix ou quinze *falans* à vivre.

— Louis, j'espère que tu es vraiment fou. Tu sais trop de choses. Tu sais que le monde est un anneau et cela, c'est un secret.

Elle haussa les épaules, comme pour se débarrasser d'un poids trop lourd.

— Oui, j'en ai assez de tes élucubrations. Veux-tu m'expliquer pourquoi tu n'as pas proposé de faire le *rishathra* ?

Il tomba des nues.

— Je croyais que tu avais eu ta dose pour le restant de tes jours.

— Ce n'est pas une plaisanterie! Le *rishathra* permet de signer une trêve.

— Oh! très bien. Retournons près du feu.

— Bien sûr. Il nous faut de la lumière.

Elle écarta la marmite des flammes.

— Nous devons discuter des conditions. Accepteras-tu de ne pas me faire de mal?

Elle s'assit sur le sol, en face de lui.

— Oui, à condition que tu ne m'attaques pas.

— Je t'accorderai la même concession. Que veux-tu d'autre de moi?

Elle était sèche et directe. Il s'aligna sur son état d'esprit.

— Tu me transporteras aussi loin que tu le peux, compte tenu de ta route. J'espère que cela sera jusqu'à... euh... le Retour de la Rivière. Tu considéreras ces artefacts comme étant les miens et tu ne les remettras à aucune autorité. Ni ma personne, d'ailleurs! Tu me conseilleras, en utilisant le meilleur de tes connaissances et de tes capacités, afin que je puisse entrer dans la cité flottante.

— Et en échange, que m'offriras-tu?

Cette femme n'était-elle pas maintenant entièrement entre ses mains? Peu importait, au fond.

— J'essaierai de découvrir si je suis capable de sauver l'Anneau-Monde.

Quelque peu interloqué, il se rendit compte que c'était bel et bien ce qu'il désirait le plus.

— Si j'en suis capable, je le sauverai, quel qu'en soit le prix. Mais si je découvre qu'on ne peut pas le sauver, je tâcherai de sauver ma peau et la tienne également, si tu n'y vois pas d'inconvénient.

Elle se leva d'un bond.

— Une promesse vide de sens! Tu m'offres ta folie comme si elle avait valeur de réalité.

— Vala, tu n'as jamais traité avec des fous ? s'enquit-il, amusé.

— Je n'ai même jamais traité avec des étrangers, ni fous ni sains d'esprit ! Je ne suis qu'une étudiante !

— Calme-toi. Que puis-je t'offrir d'autre ? Le savoir ? Je t'offre le mien gratuitement. Je sais pourquoi les machines des Bâtisseurs des Cités sont tombées en panne et qui a provoqué cette panne.

Il était moins risqué de présumer que les Bâtisseurs appartenaient à l'espèce d'Halrloprillalar.

— Encore une folie de ton cru ?

— Il te faudra en décider par toi-même. Et... je peux te donner mon harnais et mes yeux mécaniques quand je n'en aurai plus besoin.

— Quand, environ ?

— Quand mon compagnon reviendra, s'il revient.

Le module disposait du harnais et des jumelles prévus pour Prill.

— Ou te les léguer à ma mort. Et je peux te donner la moitié de mon stock de tissu. Avec des lanières découpées dans ce tissu, tu pourras réparer quelques vieilles machines des Bâtisseurs.

Valavirgillin réfléchit.

— J'aurais aimé être plus compétente. Mais j'accepte tes conditions.

— Et j'accepte les tiennes.

Alors, elle entreprit de retirer tous ses vêtements et ses bijoux. Lentement, comme pour l'exciter. Louis comprit tout à coup : elle voulait lui montrer qu'elle déposait toute arme éventuelle. Il attendit qu'elle fût nue pour l'imiter, mais déposa ses jumelles, sa lampe laser et son armure à une certaine distance de Valavirgillin.

Alors, ils firent l'amour, mais sans amour. La frénésie de la nuit précédente avait disparu avec les vampires. Elle lui demanda sa technique préférée. Comme elle insistait, il choisit la position du missionnaire. On eût dit une formalité, mais peut-être en était-ce une ? Ensuite, elle alla s'occuper du repas. Il fit attention à ce qu'elle ne se place jamais entre lui et ses armes. Le climat imposait la prudence.

Quand elle revint près de lui, il expliqua que son espèce avait la capacité de faire l'amour plus d'une fois.

Il était assis en tailleur, Valavirgillin juchée sur ses cuisses, les jambes enroulées autour de sa taille. Ils se découvrirent, se caressèrent. Elle aimait qu'on lui gratte le dos. Il était musculeux, plus large que le sien, et un duvet courait le long de son échine. Elle contrôlait fort bien les muscles de son vagin. Son petit collier de barbe était très doux, très soyeux.

Et lui avait bien un disque en plastique implanté sous ses cheveux au sommet de son crâne.

Ils étaient allongés, enlacés, et elle attendit.

— Même si vous n'avez pas d'électricité, vous devez savoir ce que c'est, dit Louis. Les Bâtisseurs s'en servaient pour faire marcher leurs machines.

— Oui. Nous savons produire de l'électricité à partir du courant des rivières. Des légendes affirment qu'une électricité illimitée tombait jadis du ciel, avant la chute des Bâtisseurs.

Ce qui était presque exact. Des générateurs d'énergie solaire disposés sur les écrans d'ombre réfléchissaient cette énergie aux collecteurs répartis sur l'Anneau-Monde. Naturellement, ces derniers utilisaient des câbles supraconducteurs, et naturellement, ces câbles avaient été dévorés par la bactérie.

— Parfait... Si j'introduis un fil très fin dans mon cerveau, au bon endroit — et c'est ce que j'ai fait —, alors, une toute petite quantité d'énergie électrique suffira pour exciter les nerfs qui déclenchent les sensations de plaisir.

— Et c'est comment ?

— Comme de s'enivrer, mais sans gueule de bois ni étourdissements. Comme le *rishathra* ou l'amour mais sans avoir besoin d'aimer qui que ce soit, hormis soi-même et sans être obligé de s'arrêter. Mais j'ai arrêté !

— Pourquoi ?

— Un étranger a volé ma source d'électricité. Il voulait me faire obéir au doigt et à l'œil. Mais déjà avant, j'avais honte.

— Les Bâtisseurs, eux, ne se sont jamais fait implanter un fil dans le crâne. Nous l'aurions découvert lorsque nous avons exploré leurs cités en ruine. Et cette coutume, où la pratique-t-on ?

Soudain, elle s'écarta de lui et le regarda d'un air dégoûté.

Louis avait encore cédé au péché qu'il regrettait le plus souvent : ne pas savoir tenir sa langue.

— Je suis navré.

— Tu as dit que des lanières de ce tissu... Quel est ce tissu ?

— Il conduit le courant électrique et les forces magnétiques sans aucune déperdition. Supraconducteur. C'est ainsi que nous l'appelons.

— Oui, c'est ce qui a causé la chute des Bâtisseurs. Le... supraconducteur a pourri. Ton tissu pourrira aussi. Dans combien de temps ?

— Il ne pourrira pas. Il est d'une nature différente.

— Comment le sais-tu, Louis Wu ? glapit-elle.

— L'Ultime me l'a dit. L'Ultime, c'est l'étranger qui nous a amenés ici de force, sans nous laisser aucun moyen pour rentrer chez nous.

— Cet Ultime, il a fait de vous ses esclaves ?

— Il l'aurait bien voulu. Mais, que ce soient les Humains ou les Kzinti, nous faisons de piètres esclaves.

— Son monde est-il agréable ?

Louis fit la grimace.

— Non. Et il a volé le tissu et le fil supraconducteurs quand il s'en est enfui. Il n'a pas eu le temps de les fabriquer. Il devait savoir où ils étaient stockés.

Comme toutes les autres choses qu'il a apportées : les disques marcheurs, les...

Soudain, Louis comprit que quelque chose clochait, mais il lui fallut un moment pour découvrir ce que c'était. Son disque traducteur s'était tu trop tôt. Et voilà qu'il reprenait la parole mais d'une voix tout à fait différente.

— Louis, est-ce bien sage de lui révéler toutes ces choses-là ?

— Elle en avait deviné une partie. Elle allait m'accuser d'avoir provoqué la Chute des Villes. Rends-moi mon disque traducteur !

— Puis-je tolérer que tu aies une aussi affreuse suspicion ? Pourquoi mon peuple aurait-il commis un acte aussi vil ?

— Suspicion ? Vandale !

A genoux, Valavirgillin l'observait de ses grands yeux, l'écoutant soliloquer dans un jargon incompréhensible. Elle ne pouvait pas entendre la voix de l'Ultime dans les écouteurs.

— Ils t'ont viré du gouvernement et tu t'es enfui. Tu as raflé tout ce que tu pouvais et tu t'es taillé. Disques marcheurs, tissu supraconducteur, fil Sinclair et le vaisseau ! Les disques, c'était facile, mais le tissu supraconducteur, comment l'as-tu trouvé ? Et, en plus, tu *savais* qu'il ne pourrirait pas sur l'Anneau-Monde !

— Louis, pourquoi aurions-nous fait une chose pareille ?

— Pour avoir un atout commercial. Rends-moi mon disque traducteur !

Valavirgillin se leva. Elle écarta la marmite des flammes, remua et goûta son plat. Puis, elle gagna le véhicule et revint avec deux bols en bois qu'elle remplit à l'aide d'une louche.

Louis attendit, tendu. Le Marionnettiste pouvait très bien le laisser en rade, sans disque traducteur. Il n'était pas doué pour les langues...

— Très bien, Louis. Les choses n'avaient pas été prévues de cette façon. En outre, cela s'est produit avant mon gouvernement. Nous recherchions le moyen d'étendre notre territoire avec un minimum de risques. Les Outsiders nous ont vendu l'emplacement de l'Anneau-Monde.

» Les Outsiders étaient des êtres froids, fragiles, qui arpentaient la Galaxie dans des vaisseaux infraluminiques. Ils vendaient des informations. Ils pouvaient effectivement avoir appris l'existence de l'Anneau-Monde et avoir vendu cette information-là aux Marionnettistes, mais...

— Attends un instant. Les Marionnettistes ont peur de l'hyperespace.

— J'ai surmonté cette peur-là. Un voyage dans l'hyperespace, au cours de toute une vie, n'était pas un grand risque comparé aux enjeux. Nous aurions effectué la traversée en stase, bien sûr. D'après ce que les Outsiders nous avaient appris, ainsi que nos télescopes et nos sondes, l'Anneau-Monde paraissait idéal comme colonie. Il fallait aller voir sur place.

— Un groupe expérimental ?

— Bien entendu. Pourtant, nous hésitions à entrer en contact avec une civilisation aussi puissante. Mais nous avons analysé les supraconducteurs de l'Anneau-Monde à l'aide de spectroscopes laser. Nous avons synthétisé une bactérie capable de se nourrir de la supraconductivité. Nos sondes ont semé cette dévoreuse de supraconducteurs à travers tout l'Anneau-Monde. Tu avais deviné jusqu'ici ?

— Jusqu'ici, oui.

— Nous devions débarquer aussitôt après, dans nos vaisseaux commerciaux. Nos commerçants seraient ainsi arrivés à point nommé pour sauver l'Anneau-Monde. Ils auraient appris tout ce que nous avions besoin de savoir et, en même temps, auraient gagné des alliés.

Cristalline et musicale, la voix du Marionnettiste n'exprimait pas le moindre remords.

Valavirgillin posa les bols sur le sol et s'assit en tailleur en face de Louis. Son visage était plongé dans l'ombre. De son point de vue à elle, la traduction n'aurait pu finir à un pire moment.

— Les Conservateurs ont remporté les élections, je parie.

— Inévitable. L'une des sondes a découvert les réacteurs d'attitude. Bien sûr, nous savions que l'Anneau-Monde était instable, mais nous espérions qu'il existait un dispositif plus sophistiqué pour régler ce problème. Lorsque les images prises par la sonde ont été rendues publiques, mon gouvernement est tombé. Nous n'avions plus aucune possibilité de revenir sur l'Anneau-Monde jusqu'à...

— Quand ? Quand as-tu semé la bactérie ?

— Il y a onze cent quarante années terrestres. Les Conservateurs sont restés au gouvernement pendant six cents ans. Puis, avec la menace kzinti, les Expérimentaux les ont remplacés. Lorsque le moment a paru opportun, j'ai envoyé Nessus et son équipe sur l'Anneau-Monde. Cela valait la peine de l'explorer. Un pari. La structure avait-elle survécu onze siècles après la chute de la civilisation chargée de sa maintenance ? J'aurais pu envoyer une mission commerciale et de sauvetage. Malheureusement...

La lampe laser, sur les genoux de Valavirgillin, était braquée droit sur Louis Wu.

— ... Malheureusement, la structure était détériorée. Tu as vu les perforations provoquées par les météorites et l'érosion jusqu'au *scrith*. Maintenant, tout indique...

— Une urgence ! Urgence ! fit Louis d'une voix calme.

Comment s'en était-elle emparée ? Il ne l'avait pas quittée des yeux. Au moins, elle n'avait pas encore tiré.

— Je t'écoute, dit l'Ultime.

— Peux-tu éteindre une lampe laser par télécommande ?

— Encore mieux que cela ! Je peux la faire exploser en tuant la personne qui la tient.

— Tu ne peux pas simplement l'éteindre ?

— Non.

— Alors, rends-moi mon disque traducteur. Grouille, tanj ! Tester...

La machine répéta le dernier mot dans la langue du Peuple de la Machine.

— A qui et de quoi parlais-tu ? demanda aussitôt Valavirgillin.

— A l'Ultime, l'être qui m'a amené ici de force. Puis-je supposer que je n'ai pas encore été attaqué ?

Elle hésita.

— Oui.

— Dans ce cas, notre trêve est toujours en vigueur. Je réunis des informations dans l'intention de sauver l'Anneau-Monde. As-tu une raison d'en douter ?

La nuit était chaude, mais Louis se sentait très nu.

Le laser resta inactif.

— Est-ce la race de l'Ultime qui a provoqué la Chute des Cités ? demanda Valavirgillin.

— Oui.

— Romps les négociations !

— C'est lui qui détient la plupart des instruments de collecte des données.

Elle réfléchit de nouveau. Louis demeura silencieux. Un peu plus loin, deux paires d'yeux luisaient dans le noir. Les goules, avec leurs oreilles de lutin, avaient-elles l'ouïe fine ? Les comprenaient-elles ?

— Dans ce cas, utilise-les, dit-elle enfin. Mais je veux entendre tout ce qu'il dit. Je n'ai toujours pas entendu sa voix. Il n'est peut-être qu'un produit de ton imagination.

— Ultime, tu entends ?

— Oui.

Dans les écouteurs, Louis entendait de l'interworld

mais la boîte fixée sous sa gorge parlait dans la langue de Valavirgillin.

— J'ai entendu la promesse que tu as faite à cette femme. Si tu découvres le moyen de stabiliser cette structure, fais-le.

— Bien sûr, et après, ton peuple viendra occuper les lieux.

— Si jamais tu stabilises l'Anneau-Monde grâce à mon équipement, j'exige de la reconnaissance. Et peut-être même une récompense.

Valavirgillin rugit, voulut répliquer mais s'étrangla de colère.

— Tu auras la récompense que tu mérites, se hâta de répondre Louis.

— Ce fut *mon* gouvernement, sous *ma* présidence, qui a tenté d'aider l'Anneau-Monde onze siècles après sa détérioration. Tu témoigneras que c'est la vérité.

— Oui, mais avec des réserves.

Louis ajouta pour Vala :

— Selon notre trêve, l'objet que tu tiens dans ta main est ma propriété.

Elle jeta la lampe. Il la posa à côté de lui et s'effondra de soulagement, ou de fatigue, ou de faim. Mais il n'avait pas le temps de s'appesantir sur lui-même.

— Ultime, parle-nous des réacteurs d'attitude.

— Les statos Bussard, montés sur les ponts fixés au parapet, sont tous espacés de cinq millions de kilomètres les uns des autres. Nous devrions en trouver deux cents sur chaque parapet. Fonctionnels, ils collectent le vent solaire sur un rayon de six à huit mille kilomètres, puis, par confinement magnétique, obtiennent une fusion. Alors, à la manière d'un missile, ils rebombardent cette formidable énergie, en mode freinage.

— Nous en voyons quelques-uns en marche. Vala affirme qu'il y en a en tout… vingt et un ?

Valavirgillin opina.

— Donc, il en manque quatre-vingt-quinze pour cent. Futz !

— C'est probable. J'ai reçu des holos de quarante installations depuis la dernière fois que nous avons discuté. Toutes vides. Dois-je calculer la poussée produite par les réacteurs en marche ?

— Bonne idée.

— A mon avis, leur nombre est insuffisant pour sauver la structure.

— Certainement.

— Les Ingénieurs auraient-ils installé un autre système de stabilisation autonome ?

Les protecteurs Pak n'avaient pas cette mentalité-là. Ils avaient tendance à avoir une confiance absolue en leur capacité d'improvisation.

— Improbable, mais nous le vérifierons... Ultime, j'ai faim et je tombe de sommeil.

— Tout a été dit ?

— Observe les réacteurs d'attitude. Vérifie ceux qui sont fonctionnels et calcule leur poussée.

— Je le ferai.

— Essaie de contacter la cité flottante. Dis...

— Louis, il m'est impossible d'envoyer un message à travers le parapet.

Bien sûr ! Du *scrith* pur !

— Déplace le vaisseau !

— Trop dangereux.

— Et la sonde ?

— La sonde en orbite est trop loin pour émettre sur des fréquences aléatoires.

Avec une infinie réticence, l'Ultime ajouta :

— Je peux envoyer des messages par ma deuxième sonde. De toute façon, je dois la déplacer de l'autre côté du parapet pour recharger le vaisseau en combustible.

— D'accord. Mais alors, qu'elle fonctionne comme station relais, lorsqu'elle passera par-dessus le parapet ! Essaie de contacter la cité flottante.

— Louis, j'ai déjà eu du mal à localiser ton disque traducteur. J'ai repéré le module à trente-cinq degrés de votre position initiale dans le sens de l'antirotation. Pourquoi ?

— Chmeee et moi, nous nous sommes partagé le travail. Je me dirige vers la cité flottante et lui vers le Grand Océan.

Cette demi-vérité n'allait pas inquiéter le Marionnettiste.

— Chmeee ne répond pas à mes appels radio.

— Les Kzinti ne valent rien comme esclaves. Ultime, je suis épuisé. Rappelle-moi dans douze heures.

Louis prit son bol et mangea. Valavirgillin n'avait ajouté aucune épice. La viande bouillie et les racines n'excitèrent pas ses papilles gustatives. N'importe ! Une fois le bol vide, il le lécha et eut encore le réflexe de ne pas oublier une pilule antiallergique. Puis, ils se faufilèrent dans le véhicule pour dormir.

17

LE SOLEIL EN BAGUENAUDE

Le siège capitonné était loin d'être aussi agréable que les plaques de couchage et il tressautait. Louis ouvrit un œil. Il était encore éreinté. Il replongea dans le sommeil, s'éveillant par à-coups. Mais cette fois-ci, c'était Valavirgillin qui le secouait par l'épaule.

— Louis, ta servante ose interrompre ton repos bien mérité.

— Hein... ? Pourquoi ?

— Nous avons déjà franchi une bonne distance, mais, à partir d'ici, on trouve les bandits de la race des Coureurs. L'un de nous deux devra nous défendre.

— Est-ce que le Peuple de la Machine mange au réveil ?

Elle fut décontenancée.

— Il n'y a rien à manger. Navrée. Nous ne prenons qu'un seul repas, avant de dormir.

Louis enfila son armure et sa veste. Ils posèrent ensemble une plaque métallique sur le fourneau. Louis se jucha dessus et la moitié de son buste passa à travers la fenêtre de ventilation.

— Les Coureurs, à quoi ressemblent-ils ? cria-t-il.

— Des jambes plus longues que les miennes, un énorme buste, de longs doigts. Parfois, ils sont armés ; des armes qu'ils nous ont volées.

Le véhicule démarra dans une embardée.

Ils traversaient un pays montagneux couvert de garrigue. Même de jour, l'Arche était visible, mais à condition de la chercher. Sinon, elle se confondait avec le bleu du ciel. Dans la brume lointaine s'ébauchait la cité flottante. Une véritable image de conte de fées.

Pourtant, ce monde paraît trop réel, songea Louis. Mais dans deux ou trois ans, il n'existera plus que dans la rêverie d'un fou.

Il sortit le traducteur de sa veste.

— J'appelle... l'Ultime... J'appelle... l'Ultime.

— Je suis là, Louis. Il y a un bizarre tremblement dans ta voix.

— Les cahots du voyage. Quoi de neuf ?

— Chmeee ne répond toujours pas à mes appels, ni les citoyens de la cité flottante. J'ai immergé ma deuxième sonde au fond d'un grand lac, sans incident. Cela m'étonnerait qu'on la trouve. Dans quelques jours, la *Brûlante Aiguille d'Interrogatoire* aura tous ses réservoirs pleins.

Louis se refusait à mettre l'Ultime au courant de l'existence du Peuple de la Mer. Plus le Marionnettiste se sentirait en sécurité, moins il serait tenté d'abandonner son transmutateur, l'Anneau-Monde et ses passagers.

— Tu as des disques marcheurs dans les sondes, n'est-ce pas ? Si tu m'en envoyais un, je pourrais traverser la coque de l'*Aiguille*, exact ?

— Non, Louis. Ces disques marcheurs sont connectés aux réservoirs de combustible du vaisseau, à travers un filtre qui laisse uniquement passer les atomes de deutérium.

— Mais si tu retires ce filtre, un homme passerait-il ?

— Tu arriverais tout de même dans le réservoir. Pourquoi ces questions ? Au mieux, tu épargnerais à Chmeee une semaine de voyage.

— Cela vaudrait peut-être le coup. Un imprévu est toujours possible.

Pourquoi Louis cachait-il la trahison du Kzin ? A vrai dire, l'incident l'embarrassait. Il n'avait pas vraiment envie d'en parler... En outre, cette nouvelle risquait de paniquer le Marionnettiste.

— Regarde si tu peux mettre au point un dispositif de secours d'urgence, au cas où cela nous serait nécessaire.

— D'accord, Louis... J'ai localisé l'atterrisseur. Il se trouve à une journée de vol du Grand Océan. Qu'est-ce que Chmeee espère trouver là-bas ?

— Des signes et des merveilles. Des choses nouvelles et différentes. Tanj ! il n'irait pas là-bas s'il savait déjà ce qui s'y trouve.

— Mais naturellement, fit l'Ultime, sceptique.

Le Marionnettiste coupa le contact. Louis remit le disque traducteur dans sa veste. Qu'espérait donc trouver Chmeee ? L'amour et une armée ! Si la Carte de Jinx était peuplée de Bandersnatchi, pourquoi celle de Kzin ne le serait-elle pas de guerriers ?

Sexe, survie, vengeance. L'une de ces trois motivations avait dû inciter Chmeee à gagner la Carte de Kzin. De plus, la survie et la vengeance allaient de pair. En effet, si Chmeee ne parvenait pas à mettre l'Ultime à sa botte, comment pourrait-il retourner dans l'Espace connu ?

Toutefois, même soutenu par une armée de Kzinti, qu'espérait-il ? S'emparer de l'*Aiguille* ? Il courait droit à l'échec.

Une chose était certaine : il allait trouver des femelles kzinti.

Cependant, Chmeee avait le moyen de se venger. Peut-être n'y songerait-il pas ? En tout cas, Louis ne lui soufflerait pas cette idée. Une solution trop radicale.

Louis Wu se rembrunit soudain. Le ton sceptique du Marionnettiste était alarmant. Qu'avait-il deviné exactement ? L'extraterrestre avait un extraordinaire don pour les langues, mais du fait qu'il appartenait à une autre espèce, les nuances du ton ne pouvaient se glisser involontairement dans sa voix. Il fallait qu'il les introduisît de son plein gré.

Le temps le lui apprendrait. La forêt naine avait maintenant cédé le pas à un bois assez dense pour que quelqu'un puisse s'y cacher. Louis scruta les replis du terrain accidenté. Son armure le mettait à l'abri des projectiles, mais si un franc-tireur visait la conductrice ? Louis risquait d'être pris au piège dans un amas de métal en flammes.

Continuant d'examiner attentivement le paysage, il fut sensible à sa beauté. A la cime des arbres, hauts d'un mètre cinquante, de magnifiques fleurs s'épanouissaient. Sur l'une d'elles s'était posé un immense oiseau, semblable à un aigle, hormis son bec droit et long comme une lance. Des plantes-coudes, plus grandes que celles qu'il avait vues lors de sa première visite, à cent cinquante millions de kilomètres de là, tissaient des barrières enchevêtrées, disposées à la diable. Ici, poussait une plante-saucisse comme celle qu'ils avaient mangée la veille au soir. Et là, voletaient une nuée de papillons identiques à ceux de la Terre, vus à cette distance.

Tout cela accentuait la sensation de réalité. Les protecteurs Pak ne fabriquaient pas du toc. Seulement, ils avaient une confiance absolue en leurs œuvres et en leur capacité de tout réparer ou même de créer de nouveaux et astucieux gadgets à partir de déchets.

Comble de malheur, toutes ses spéculations reposaient seulement sur le témoignage d'un Homme, mort sept cents ans auparavant : Jack Brennan, le Mineur des Astéroïdes, qui lui-même n'avait connu les Pak qu'à travers un seul spécimen. Or, l'arbre-de-vie avait transformé Jack en un protecteur : peau blindée, deuxième cœur, boîte crânienne hypertrophiée, et tout le tremblement. De quoi devenir fou. Et si Phssthpok était un cas atypique de son espèce? Par-dessus le marché, Louis Wu s'efforçait d'avoir le même raisonnement que celui d'une créature reconnue par chacun dans le cosmos comme étant beaucoup plus intelligente que l'Homme, et ce, à partir de données douteuses.

N'importe! Il existait un moyen de sauver l'Anneau-Monde. Forcément.

A la garrigue succédèrent des plantes-saucisses dans le sens de rotation, et des collines vallonnées, dans celui de l'antirotation. Devant Louis, se trouvait la première station de ravitaillement: une gigantesque usine chimique autour de laquelle s'étendait une ville embryonnaire.

— Ferme le toit! cria Valavirgillin. Cache-toi.

— Suis-je un hors-la-loi?

— Tu es un hors-coutume. Des exceptions sont prévues, mais il faudrait que j'explique pourquoi tu es mon passager. Or, je n'ai aucune explication valable.

Elle se gara le long du mur orbe de l'usine. Par la vitre, Louis la regarda qui discutait avec des gens aux jambes d'échassier et aux torses volumineux. Les femmes, aux torses tout aussi volumineux, l'impressionnèrent par leurs énormes mamelles. Belles? Louis n'eût pas employé ce qualificatif. Leurs cheveux noirs et raides qui encadraient leur visage le réduisaient à un minuscule T.

Louis demeura accroupi derrière le siège de devant, tandis que Valavirgillin empilait des paquets par la porte latérale opposée. Bientôt, ils repartirent et Louis reprit son poste de tireur.

Une heure plus tard, loin de tout lieu habité, Valavirgillin quitta la route.

Louis descendit de son perchoir. Il avait une faim de loup. Valavirgillin avait acheté des vivres: un grand oiseau fumé et le nectar des fleurs géantes. Louis dévora l'oiseau.

— Tu ne manges pas, toi ?

— Pas avant la nuit, répondit Valavirgillin en souriant. Mais je partagerai le nectar avec toi.

Elle sortit la bouteille de nectar en verre teinté et y versa un liquide transparent. Elle but au goulot et tendit la bouteille à Louis. Ce dernier but à son tour.

De l'alcool, bien sûr. Sur l'Anneau-Monde, il était impossible d'avoir des puits de pétrole mais on pouvait construire des distilleries partout où croissaient des végétaux capables de fermenter.

— Vala, arrive-t-il que des races... euh... vassales absorbent trop de ce breuvage ?

— Parfois.

— Que faites-vous dans ce cas ?

La question la surprit.

— Ils apprennent. Certains deviennent inutiles à force de boire. Si nécessaire, ils se surveillent réciproquement.

Le problème en miniature de la dépendance à l'égard du courant, avec la même solution : le temps et la sélection naturelle. Cela ne tracassait pas Valavirgillin. Alors, pourquoi lui ?

— A quelle distance la cité se trouve-t-elle ?

— Trois ou quatre heures jusqu'à la route aérienne, mais nous nous y ferions arrêter. Louis, j'ai réfléchi à ton problème. Pourquoi ne voles-tu pas jusque là-haut ?

— A toi de me conseiller. Si personne ne tire sur moi, pourquoi pas ? Mais qu'en penses-tu ? Tirera-t-on sur un homme volant ou le laissera-t-on d'abord parler ?

Elle avala une gorgée du nectar-carburant.

— Les règles sont strictes. Hormis les Bâtisseurs, personne n'a le droit d'entrer sans être invité. Mais personne non plus n'est entré dans la cité à la manière d'un oiseau !

Elle lui tendit la bouteille. Le nectar était doux : un sirop de grenadine coupé d'eau, mais quel coup de fouet ! Merci pour la teneur en alcool ! Il reposa la bouteille et observa la cité avec ses jumelles.

Elle formait un amas circulaire de tours verticales, évoquant une feuille de nénuphar. Les tours elles-mêmes présentaient une hallucinante luxuriance de styles : aiguilles pointues aux deux extrémités, prismes translucides, parallélépipèdes, cylindres, cônes aux pointes tournées vers le sol. Certains édifices n'étaient que fenêtres, d'autres que balcons. Des ponts aux arabesques gracieuses ou de larges rampes rectilignes reliaient les bâtiments entre eux. Mais l'ensemble était horriblement chaotique. Bien que les Bâtisseurs n'aient pas été tout à fait des Humains, Louis ne parvenait pas à croire qu'ils aient délibérément construit semblable monstruosité. La cité était purement grotesque.

— Ils ont dû affluer, observa-t-il, de milliers de kilomètres à la ronde. Lors de la panne générale, les bâtiments équipés de générateurs indépendants ont continué à flotter dans l'air. Puis, le peuple de Prill est arrivé et les a reliés les uns aux autres, d'où une unique cité. C'est ce qui s'est produit, n'est-ce pas ?

— Personne ne le sait, Louis. Mais tu parles comme si tu avais été là.

— Tu as toujours vécu avec cette ville. Tu ne peux pas voir les choses avec les mêmes yeux que moi.

Un pont retint l'attention de Louis. Il s'élevait en décrivant une élégante courbe du bas d'un édifice sans fenêtres, situé sous la ville flottante, jusqu'au pied d'un immense obélisque. La route en pierre coulée qui lui succédait menait au bâtiment le plus élevé, érigé au sommet d'un autre obélisque.

— Je parie que les invités sont obligés d'emprunter ce pont flottant.

— Bien sûr !

— Et que se passe-t-il une fois là ?

— Ils sont fouillés pour vérifier qu'ils ne portent pas d'objets interdits. Les Bâtisseurs filtrent les visiteurs, mais nous aussi ! Des dissidents ont tenté de passer des bombes en contrebande. Des mercenaires engagés par les Bâtisseurs ont également essayé de passer des pièces pour réparer leurs collecteurs d'eau magiques !

— Comment ?

Valavirgillin sourit.

— Quelques collecteurs fonctionnent encore. Ils condensent l'humidité contenue dans l'air. Mais l'eau manque quand même. Nous, nous pompons l'eau de la rivière pour alimenter la cité. Si un désaccord s'élève entre mon peuple et la cité, ses habitants meurent de soif et nous, nous agissons sans les informations qu'ils réunissent, jusqu'à ce qu'un compromis soit signé.

— Quelle catégorie d'informations ? Possèdent-ils des télescopes ?

— Mon père m'a appris qu'ils disposaient d'une salle qui montre ce qui se passe dans le monde mieux que tes jumelles. Somme toute, ils vivent en hauteur et jouissent d'une vue panoramique.

— Il faudrait que j'interroge ton père. Comment…

— Ce ne serait pas une bonne idée. Il est très… Il ne voit pas…

— Je n'ai ni la bonne forme ni la bonne couleur ?

— Exact. Jamais il ne te croira capable de fabriquer les instruments que tu possèdes. Il te les confisquerait.

Tanj bon sang !

— Que se passe-t-il une fois que les touristes ont reçu l'autorisation d'entrer ?

— Mon père revient toujours avec le bras gauche couvert d'inscriptions dans une langue que seuls les Bâtisseurs peuvent comprendre. Ces lettres brillent comme un fil d'argent. Elles ne s'effacent pas au lavage mais en un *falan* ou deux.

Un tatouage plutôt qu'un circuit imprimé. Les Bâtisseurs contrôlaient leurs hôtes plus que ces derniers ne se l'imaginaient.

— Bon... Et les invités, que font-ils là-haut ?

— Ils discutent de politique. Ils offrent des présents : de grandes quantités de vivres et des outils. Les Bâtisseurs leur montrent leurs merveilles et font le *rishathra* avec eux.

Valavirgillin se leva brusquement.

— Partons !

Les Coureurs étaient maintenant loin derrière eux. Aussi, Louis s'installa à l'avant, à côté de Valavirgillin. Le bruit était plus gênant encore que les cahots.

— Le *Rishathra* ? s'égosilla Louis.

— Pas quand je conduis !

Valavirgillin lui montra son impressionnante rangée de dents.

— Les Bâtisseurs des Cités sont très doués pour le *rishathra*. Ils sont capables de le faire avec toutes les races. Un don qui les a aidés à maintenir leur antique empire. Nous, nous pratiquons le *rishathra* pour sceller les échanges commerciaux et pour ne pas avoir d'enfants jusqu'au jour où nous désirons nous installer et fonder une famille. Mais les Bâtisseurs, eux, le pratiquent toute leur vie.

— Connais-tu quelqu'un qui pourrait m'obtenir une invitation ? Disons pour que je montre mes instruments.

— Mon père. Il refusera.

— Dans ce cas, je m'y rendrai avec mon harnais... Qu'y a-t-il sous la cité ? Puis-je y aller à pied, puis m'élever ?

— Sous la cité, il y a la ferme des ombres. Tu peux, à la limite, te faire passer pour un fermier, mais à condition de ne pas emporter tes outils. Les fermiers sont de toutes les races. Ils effectuent le sale boulot. Tous les égouts de la cité se déversent sur la plantation qui sert de champ d'épandage. La végétation qui y pousse a besoin de cet engrais et ne vit que dans l'obscurité. Ce sont toutes des plantes des cavernes.

— Mais… Oh ! mais oui, bien sûr, suis-je bête ! Le soleil ne bouge pas. Donc, il fait toujours noir sous la cité. Plantes des cavernes, tu dis ? Des champignons ?

Valavirgillin le considérait d'un air étrange.

— Louis, le soleil est fixe, enfin ! Quelle idée as-tu là ? Jamais il ne se déplace.

— J'ai oublié où j'étais.

Il fit une grimace.

— Navré.

— Mais comment le soleil pourrait-il se déplacer ?

— Impossible. Ce sont les planètes elles-mêmes qui se déplacent. Nos mondes sont des boules qui tournent sur elles-mêmes, d'accord ? Si tu vis à un point donné, le soleil a l'air de monter dans le ciel d'un côté de l'horizon, puis de descendre de l'autre côté. C'est la nuit jusqu'à ce qu'il s'élève de nouveau. A ton avis, pourquoi les Bâtisseurs ont-ils installé des écrans d'ombre ?

La voiture zigzaguait. Valavirgillin tremblait, le visage soudain très blanc.

— Trop étrange pour toi ? demanda Louis gentiment.

— Non, ce n'est pas cela.

Elle poussa un drôle d'aboiement. Un rire refoulé ?

— Les écrans d'ombre… même quelqu'un de borné le comprendrait. Les écrans d'ombre servent à imiter le cycle du jour et de la nuit des mondes sphériques. Louis, j'espère vraiment que tu es fou. Mais, Louis, que pouvons-nous *faire* ?

Il fallait qu'il lui donne une réponse, même vague.

— J'ai pensé percer un trou dans le fond de l'un des Grands Océans juste avant que celui-ci n'atteigne son point le plus proche du soleil. Pour expulser dans l'espace plusieurs masses-Terre d'eau. La réaction remettrait l'Anneau-Monde à sa place. Ultime, écoutes-tu ?

— Cela paraît irréalisable, fit la voix trop harmonieuse du Marionnettiste.

— Bien sûr ! D'abord, comment percer ce trou ? L'Anneau-Monde vacillerait et une oscillation de cette amplitude anéantirait probablement tout ce qui se trouve sur la structure. Son atmosphère s'échapperait aussi. Mais, Val, je cherche une solution, je cherche.

Elle reproduisit son drôle d'aboiement et secoua la tête avec violence.

— Au moins, toi, tu réfléchis en grand !

— Qu'auraient fait les Ingénieurs, eux ? Si un ennemi avait détruit tous leurs réacteurs d'attitude ? Ils ont dû songer à cette éventualité-là. Il faut que j'en sache plus à leur sujet. Vala, aide-moi à entrer dans la cité flottante !

18

LA FERME DES OMBRES

La route s'élargit et devint moins raboteuse. D'autres véhicules commencèrent à apparaître : des boîtes de tailles diverses, munies de fenêtres et d'une autre boîte, plus petite, à l'arrière. Les stations de ravitaillement se succédaient plus rapidement, mais présentaient toutes le style mastoc propre au Peuple de la Machine. Les boîtes toujours plus nombreuses obligèrent Valavirgillin à ralentir. Louis se sentait voyant.

Valavirgillin jouait au guide touristique, tandis qu'elle se faufilait entre les engins. Ils parvinrent au sommet d'une éminence d'où Louis découvrit le Retour de la Rivière.

Cette agglomération s'était d'abord réduite à une série de docks égrenés sur une rive (côté sens de rotation) de la large rivière du Serpent. Puis, elle avait grignoté l'autre rive, grâce à plusieurs ponts, et s'était développée selon un disque dont un morceau aurait été croqué. Ce morceau correspondait à l'ombre projetée par la cité flottante des Bâtisseurs.

Des boîtes les cernaient. L'odeur de l'alcool empestait l'air. Valavirgillin n'avançait plus qu'au pas. Louis se baissa pour ne pas attirer l'attention. Mais personne ne remarqua l'Homme venu des étoiles. Tous les passagers gardaient l'œil rivé sur le véhicule les précédant. Valavirgillin pénétra dans le centre du Retour de la Rivière sans être inquiétée.

Les édifices, de deux ou trois étages, se collaient les uns contre les autres sans laisser le moindre espace libre. Ils mordaient sur les rues, bloquant toute lumière. Par contraste, les bâtiments publics étaient tous de plain-pied, tentaculaires. En bas, on se disputait la superficie et non la hauteur. La cité flottante planait loin au-dessus de ce fouillis.

Valavirgillin désigna l'école des commerçants, vaste complexe florissant d'édifices en pierre. Un carrefour plus loin, elle annonça en pointant le doigt vers une rue latérale :

— Ma maison. Celle en pierre coulée rose. Tu la vois ?

— Inutile d'y aller ?

Elle secoua la tête.

— J'ai beaucoup réfléchi. Jamais mon père ne te croira. Il est même convaincu que ce qu'affirment les Bâtisseurs n'est qu'une vantardise mensongère. Je le pensais aussi, mais d'après ce que tu m'as appris... Halrloprillalar...

— C'était une menteuse, fit Louis en éclatant de rire. Mais son peuple fut jadis le maître de l'Anneau-Monde.

Ils quittèrent le Retour de la Rivière et continuèrent à rouler pendant plusieurs kilomètres avant de franchir le dernier pont. Plus loin, à bâbord de l'immense ombre, Valavirgillin emprunta une route latérale presque invisible et stoppa.

Ils sortirent dans la lumière trop vive du soleil. A l'aide de son harnais, Louis souleva un gros rocher à l'emplacement duquel Valavirgillin creusa un trou. Louis y déposa presque toute sa part de tissu supraconducteur, puis ils rebouchèrent le trou et Louis le recouvrit du rocher.

Il mit son harnais dans le sac à dos de Valavirgillin avant de glisser celui-ci sur ses épaules. Il contenait déjà sa combinaison anti-impact, ses jumelles, sa lampe laser ainsi que la bouteille de nectar. Il était trop lourd. Louis reposa le sac par terre et régla de nouveau le harnais afin de marcher d'un pas plus léger. Il posa le disque traducteur juste sous le rabat et réinstalla le sac sur son dos.

Louis avait emprunté un short à Valavirgillin. Trop grand pour lui, il était retenu par un bout de ficelle. La face glabre de Louis passerait pour un trait naturel de son espèce. Plus rien ne suggérait le voyageur des étoiles, hormis les écouteurs dans ses oreilles. Mais il devait prendre ce risque.

La lumière trop violente et l'ombre trop grande, trop noire, l'empêchaient de distinguer quoi que ce fût. Ils passèrent brusquement du jour à la nuit.

Valavirgillin avançait sans hésiter. Louis la suivait. Une fois accoutumé à l'obscurité, il entrevit d'étroites allées tracées entre les végétaux : des champignons.

Leur taille allait d'un bouton de chemise à un ballon. Les plus gros avaient un pied aussi épais que la taille de Louis. Certains n'avaient aucune forme. Une vague odeur délétère imprégnait les lieux. Des raies de lumière, si vives qu'elles évoquaient des colonnes de matière solide, tombaient verticalement depuis les brèches entre les bâtiments suspendus dans le vide.

Des champignons safran, ruchés et ourlés de violet, recouvraient presque entièrement une saillie gris ardoise. Des lances médiévales étaient fichées dans le sol, blanches et couronnées de pourpre. Un velours orange, jaune et noir s'épanouissait sur une souche morte.

Les fermiers présentaient la même variété que les champignons. Ici, les Coureurs, qui, à l'aide d'une scie passe-partout, coupaient un gigantesque champignon en forme d'ellipse, frangé d'orange. Là, un peuple lilliputien au visage large. Avec leurs grosses mains, ils remplissaient de grands paniers de boutons blancs que des Géants Herbivores emportaient.

— La plupart des espèces, expliquait Valavirgillin en chuchotant, préfèrent s'engager par groupes pour éviter le choc des cultures. Nous les logeons dans des édifices indépendants.

Et là encore, une vingtaine de personnes qui répandaient du fumier et des détritus fermentés. Louis en sentit l'odeur de loin. Appartenaient-ils à l'espèce de Valavirgillin ? Oui, ils étaient du Peuple de la Machine, mais à l'écart, deux d'entre eux, armés, montaient la garde.

— Des prisonniers ? s'enquit Louis.

— Des prisonniers condamnés pour des délits mineurs. Pendant vingt ou trente *falans*, ils serviront la société dans ce...

Elle se tut abruptement. Un garde venait vers eux. Il salua Valavirgillin.

— Madame, ce n'est pas un endroit pour vous, ici. Ces remueurs de merde risquent de vous prendre en otage.

Valavirgillin répondit d'une voix exténuée :

— Ma voiture est tombée en panne. Je dois à tout prix me rendre à l'école pour leur annoncer ce qui s'est passé. S'il vous plaît, puis-je traverser la ferme des ombres ? On a massacré tous mes compagnons. Je vous en prie !

Le garde hésita.

— D'accord, mais je vais vous attribuer une escorte.

Il siffla un petit air de musique, puis se tourna vers Louis.

— Et vous ?

— Je l'ai engagé pour porter mon sac, se hâta d'expliquer Valavirgillin.

— Vous, accompagnez la dame aussi loin que cela lui plaira, dit le garde lentement mais distinctement. Mais ne sortez pas de la ferme des ombres. Puis, retournez à votre tâche. Quelle est-elle ?

Sans le disque traducteur, Louis était muet. Il songea à sa lampe laser au fond du sac. Au hasard, il désigna un carré de champignons ourlés de mauve, puis un traîneau rempli du même champignon.

— Parfait.

Le garde regarda par-dessus l'épaule de Louis.

— Ah!

L'odeur apprit à Louis qui approchait avant même qu'il se retourne. Il attendit docilement pendant que le garde donnait ses instructions aux deux goules.

— Conduisez cette dame et son porteur jusqu'à l'extrémité de la ferme. Veillez à ce qu'il ne leur arrive rien.

Ils avancèrent en file indienne le long des allées, le mâle en tête, la femelle fermant la marche. L'odeur de pourriture devint intolérable. Des traîneaux d'engrais les dépassèrent sur des allées parallèles.

Bon sang de bon tanj! Comment vais-je me débarrasser de ces goules?

Louis jeta un regard derrière lui. La goule lui sourit. L'odeur ne l'importunait pas. Ses dents triangulaires étaient faites pour dépecer et ses oreilles de lutin étaient dressées, sur le qui-vive. Comme son compagnon, elle portait à l'épaule une grande sacoche suspendue à une courroie. Une impressionnante masse de cheveux masquait son corps. Ils atteignirent un endroit déblayé. Au-delà était creusée une fosse dans laquelle un conduit d'égout se déversait. Louis suivit du regard le conduit. Il se perdait dans le ciel noir.

La goule chuchota dans le creux de l'oreille de Louis qui fit un bond. Elle parlait la langue du Peuple de la Machine.

— Que penserait le roi des géants s'il savait que Louis et Wu ne font qu'un?

Louis écarquilla les yeux.

— Es-tu donc muet sans ta petite boîte? N'importe, nous sommes à ton service.

Le mâle s'adressa à Valavirgillin qui acquiesça. Ils

sortirent de l'allée et allèrent se cacher sous une grande étagère surchargée de champignons blancs.

Valavirgillin était nerveuse. L'odeur lui tapait sur les nerfs, sans doute. En tout cas, elle tapait sur les nerfs de Louis.

— Kyref dit que cet épandage est récent. Dans un *falan*, il aura fermenté. D'ici là, personne ne viendra ici.

Louis prit le disque traducteur dans son sac.

— Que sait exactement le Peuple de la Nuit ?

— Plus que nous ne le pensions.

Valavirgillin parut vouloir ajouter quelque chose mais se ravisa.

— Le monde, dit le mâle, est condamné à une destruction totale dans fort peu de *falans*. Seul Louis Wu est capable de nous sauver.

Il sourit, révélant un grand nombre de dents triangulaires. Son haleine était celle d'un basilic.

— Est-ce un sarcasme ? demanda Louis. Me croyez-vous ?

— D'étranges événements sont à même de réveiller le don de prophétie chez les esprits fous. Nous savons que tu possèdes des instruments inconnus. Ta race est également inconnue. Mais le monde est vaste et nous ne l'avons pas parcouru entièrement. Ton ami à fourrure est d'une race encore plus étrange.

— Je me demande si vous n'êtes pas les maîtres du monde.

Louis avait déclaré cela par diplomatie mais, du coup, il se demanda, saisi de malaise, si ce n'était pas la vérité.

— Maintes espèces, répondit la femelle, désirent régner sur le monde ou sur la partie du monde qui leur appartient. Mais pourquoi revendiquerions-nous les cimes des forêts du Peuple Perché ? Ou encore, les hauteurs dépourvues d'air du Peuple des Montagnes Renversées ? Et quelle espèce souhaiterait investir notre domaine ?

Elle se moquait de lui, ma parole. C'était évident.
— Il existe un Centre de Réparations du monde, dit Louis. Savez-vous où il se trouve ?
— Tu as raison, il en existe un, répondit le mâle, mais où ? Nous l'ignorons.
— Que savez-vous au sujet des parapets ? Et des Grands Océans ?
— Il y a tellement d'océans. Je ne sais duquel tu parles... Avant l'apparition des grandes flammes, nous avons remarqué une insolite activité sur les parapets.
— Vraiment ? Quelle sorte d'activité ?
— Beaucoup d'appareils de levage soulevaient des machines bien au-dessus du niveau du Peuple des Montagnes Renversées. Des bâtisseurs et des membres du Peuple de la Machine en très grand nombre. Beaucoup d'autres espèces, aussi, mais en moins grand nombre. Ils ont travaillé à l'extrême limite du monde. Peut-être peux-tu nous expliquer le sens de cette agitation ?
— Bon sang de tanj ! Ils ont dû...
... *Réassembler les réacteurs d'attitude. Mais le dire risquait d'alarmer le Marionnettiste. Une ambition et une énergie pareilles allaient l'effaroucher.*
— Beaucoup de messages courent par la bouche des mangeurs de charogne, répondit Louis.
— La lumière court plus vite. Cette nouvelle modifie-t-elle ta prophétie sur la condamnation du monde ?
— Non, malheureusement.
Si une équipe s'échinait à réparer les réacteurs, elle allait bientôt tomber à court de matériaux.
— Mais tant que ces immenses flammes fonctionnent, il nous restera encore les sept ou huit *falans* que j'avais initialement estimés.
— Bonne nouvelle. Et à présent, que vas-tu faire ?
Un bref instant, Louis fut tenté de s'associer avec les goules et d'abandonner son projet de se rendre

dans la cité flottante. Mais il avait parcouru tant de kilomètres dans ce but. En outre, on trouvait des goules partout.

— J'attendrai la nuit, puis irai là-haut. Valavirgillin, ta part de tissu est dans le véhicule. Je te serais reconnaissant de ne pas le montrer ni de ne parler de moi à personne... pendant quelques rotations. Tu pourras déterrer ma part dans un *falan*, si personne n'est venu la réclamer. Moi, il me reste ceci.

Il palpa la poche de sa veste où il avait glissé un mètre carré de supraconducteur, plié comme un mouchoir.

— Je préférerais que tu ne l'emportes pas dans la cité.

— Mais ils croiront que ce n'est qu'un vulgaire bout de tissu, si je ne leur explique pas à quoi il sert.

C'était un petit mensonge. En fait, il avait l'intention de s'en servir.

Les goules le regardèrent attentivement retirer son short, accumulant sans doute des renseignements sur sa personne afin de localiser l'origine de sa race sur l'Anneau-Monde. Enfin, il endossa son armure.

— Comment as-tu convaincu, demanda tout à trac la femelle, une femme du Peuple de la Machine que tu n'es pas un fou ?

Valavirgillin répondit à sa place pendant qu'il enfilait sa veste, fixait les jumelles sur son visage et empochait la lampe laser. Le sourire des goules s'éteignit presque.

— Es-tu vraiment capable de sauver le monde ? demanda la femelle.

— Ne comptez pas uniquement sur moi. Essayez de retrouver le Centre de Réparations. Faites circuler ce mot d'ordre. Tâchez d'interroger les Bandersnatchi... Les Bêtes géantes et blanches qui demeurent dans l'immense marais.

— Nous les connaissons.

— Parfait... Vala...

— Je dois aller annoncer la mort de mes compagnons. Louis, nous ne nous reverrons peut-être plus jamais.

Valavirgillin saisit son sac à dos vide et s'éloigna d'un pas vif.

— Nous allons l'escorter, annonça la femelle.

Les goules partirent à leur tour. Elles ne lui avaient pas souhaité « bonne chance ». Pourquoi ? Etant donné leur mode de vie, elles devaient être plutôt fatalistes. La chance était sans doute, pour elles, un mot vide de sens.

Louis scruta le ciel. Il eut envie de partir tout de suite, mais il était plus prudent d'attendre la nuit.

— Ultime, es-tu là ? demanda-t-il dans le micro du disque traducteur.

Apparemment, il était absent. Louis s'étendit sur le sol. L'air y paraissait plus pur. Il sirota le nectar-carburant que Valavirgillin lui avait laissé, d'un air pensif.

Avec une position dans l'écosystème aussi privilégiée, comment les goules avaient-elles préservé leur intelligence ? Pourquoi leur était-elle nécessaire ? Peut-être, parfois, devaient-elles se battre pour défendre leurs prérogatives ? Et puis, se plier à un millier de religions locales exigeait également une considérable compétence linguistique. Mais tanj ! comment cette espèce pouvait-elle l'aider ? Existait-il quelque part une enclave goule où l'on se souvenait de la source de la drogue de l'immortalité ? Drogue qui, selon son hypothèse, était fabriquée à partir de la racine de l'arbre-de-vie des Pak...

Une chose à la fois. D'abord, la cité.

Les piliers aveuglants pâlirent, puis disparurent. D'autres lumières brillèrent dans le ciel compact : des centaines de fenêtres éclairées. Aucune ne s'illumina au-dessus de lui. Qui irait s'installer dans une cave située juste au-dessus d'une décharge ? (Quelqu'un qui n'avait pas les moyens de s'offrir l'éclairage ?)

A présent, la ferme des ombres avait l'air déserte. Louis n'entendait plus que le vent. Il se hissa sur l'étagère et entrevit au loin comme le scintillement d'un feu de bois : les habitations des fermiers à la périphérie de la plantation. Louis tourna la poignée d'élévation de son harnais et monta à la verticale.

19

LA CITÉ FLOTTANTE

Vers trois cents mètres d'altitude, l'air devint plus pur et Louis se retrouva au sein des tours. Il vola autour de la flèche émoussée pointant vers le bas de l'une d'elles : quatre niveaux de fenêtres obscures au-dessous desquels se trouvait un garage dont la grande porte était close et verrouillée.

Louis chercha en vain une fenêtre brisée. En casser une ? Inutile d'essayer, puisque ces vitres avaient survécu à onze siècles. De toute façon, il ne voulait pas entrer dans la cité à la manière d'un cambrioleur. Il préféra suivre une conduite d'égout, espérant ainsi passer inaperçu. Tout autour de lui s'étendait un réseau de rampes, mais aucune n'était éclairée. Il se dirigea vers une passerelle sur laquelle il se posa. Tout à coup, il se sentit moins voyant.

Pas âme qui vive. Un large ruban de pierre coulée décrivait des méandres entre les bâtiments, aussi bien sur sa droite que sur sa gauche, vers le haut que vers le bas, comme des montagnes russes. Aucune rambarde ne protégeait d'une chute vertigineuse. Le peuple d'Halrloprillalar devait être à un stade d'évolution plus proche de leurs lointains ancêtres arboricoles que celui des Terriens. Louis se dirigea vers des lumières en s'appliquant à rester au milieu de la passerelle.

Mais où étaient donc les habitants ? La cité avait un petit air insulaire. Les édifices d'habitation, reliés par des myriades de rampes, étaient légion, mais les centres commerciaux, les bars, les maisons de jeu, les salles de spectacle, où étaient-ils ? Aucune enseigne, aucune signalisation. Toute vie était repliée derrière les murs.

Comment procéder, maintenant ? Se cacher ? Décliner son identité au premier venu ? Et ce bloc de verre plongé dans l'obscurité ? S'il parvenait à y entrer par le toit, il pourrait ainsi s'assurer que l'endroit était bien désert.

Quelqu'un descendait la passerelle à sa rencontre.

— Est-ce que vous me comprenez ? cria Louis.

Le disque traducteur traduisit dans la langue du Peuple de la Machine. L'étranger répondit dans cette langue.

— La nuit, tu ne devrais pas marcher dans la ville. Tu risques de tomber.

A présent, le citadin se trouvait devant lui. Ses yeux immenses lui mangeaient le visage. Ce n'était pas un Bâtisseur. Il tenait dans une main une baguette aussi grande que lui. A contre-jour, Louis ne parvint pas à mieux distinguer ses traits.

— Montre ton bras, ordonna-t-il.

Louis dénuda son bras gauche. Bien sûr, il n'était pas tatoué.

— Je veux réparer vos condensateurs d'eau, annonça-t-il d'emblée, comme un mot de passe.

La baguette siffla. Louis sauta en arrière, roula sur lui-même, se ramassa et aussitôt fut sur ses pieds, en position de défense. Il eut alors le réflexe de lever un bras, mais une seconde trop tard. La baguette s'abattit sur son crâne, sa vue se brouilla et il perdit connaissance.

Le vent rugissait. Malgré son état comateux, Louis comprit qu'il tombait à pic. L'esprit confus, il céda à la panique. *L'astronef a explosé! Où suis-je? Où est ma combinaison pressurisée? La touche d'alarme?*

La touche... Il plaqua les mains sur sa poitrine, trouva les contrôles du harnais et tourna à fond la poignée d'élévation.

Le harnais s'éleva brutalement. Louis décrivit un demi-saut périlleux et se retrouva en position verticale. Il parvint à chasser la brume qui obscurcissait son esprit et leva les yeux. Au milieu des ténèbres, il aperçut la couronne solaire qui flamboyait autour d'un écran d'ombre ainsi qu'une masse noire compacte qui fonçait droit sur lui. D'un geste rapide, il tourna aussitôt la poignée pour diminuer la trop grande vitesse de son ascension.

Sauvé! Il avait mal à la tête; son estomac tournait comme un tambour de machine. Il n'avait pas choisi la bonne approche. Le garde l'avait-il poussé dans le vide?... Louis palpa les poches de sa veste. Tout était là. Pourquoi le garde ne lui avait-il rien volé? Alors, Louis retrouva la mémoire: il s'était fait attaquer par le garde et, en l'esquivant, il était tombé de la passerelle et avait sombré dans le coma au cours de sa chute.

Il lui fallait tenter une deuxième approche. Il se dirigea vers la périphérie illuminée de la cité, sans aller trop loin. Les lumières étaient trop nombreuses. Près du centre, il avisa un double cône plongé dans le noir. Son extrémité inférieure, tronquée par une piste en pierre coulée, donnait dans le vide. Il enclencha l'intensificateur des jumelles. Pourquoi n'y avait-il pas pensé avant? Le coup reçu sur la tête l'avait-il rendu idiot?

Il se souvint tout à coup que les Bâtisseurs avaient eu jadis des voitures volantes. Or, il n'y avait là aucun véhicule. Des rails oxydés couraient le long de la piste alors que, à son extrémité, reposait une sorte de siège sans bras et que, de part et d'autre, étaient disposées trois rangées de gradins en bois vermoulu.

Louis dut examiner le siège un long moment avant

de comprendre sa fonction. Il était conçu pour rouler sur les rails avant de s'élancer dans le vide. Une salle d'exécution publique, tout simplement.

Dans l'édifice conique, trouverait-il un palais de justice ? Une prison ? Louis décida alors d'aller tenter sa chance ailleurs. Au même instant, une voix caverneuse retentit dans l'obscurité.

— Intrus, montre ton bras ! Avance lentement !

Depuis vingt-trois ans, Louis n'avait pas entendu quelqu'un parler dans cette langue-là.

— Je peux réparer vos condensateurs d'eau, dit Louis.

Le disque traducteur répéta sa phrase dans la langue d'Halrloprillalar.

La sentinelle se tenait sur le pas d'une porte située au sommet d'une volée de marches. Elle avait la taille de Louis et des yeux phosphorescents. Son arme était la même que celle de Valavirgillin.

— Ton bras est nu. Comment es-tu venu ici ? En volant ?

— Oui.

— Impressionnant. Est-ce une arme ?

Parlait-il de la lampe laser ?

— Oui… Tu vois très bien dans le noir. Qu'es-tu ?

— Mar Korssil, une femelle des Chasseurs de Nuit. Pose ton arme !

— Non.

— J'hésite à te tuer. Ton offre n'est peut-être pas un mensonge.

— Cela n'en est pas un.

— Je ne veux pas réveiller ma maîtresse mais je ne te laisserai pas franchir cette porte. Pose ton arme !

— Non. J'ai déjà été attaqué cette nuit… Peux-tu verrouiller cette porte de sorte que ni toi ni moi ne puissions la rouvrir ?

Mar Korssil jeta par la porte un objet qui retomba en tintant puis elle referma le battant derrière elle.

— Vole pour moi ! ordonna-t-elle de sa voix aux sonorités de bronze.

Louis s'éleva de quelques dizaines de centimètres et se reposa sur le sol.

— Impressionnant.

Mar Korsill descendit l'escalier, son arme pointée sur Louis.

— Nous avons le temps de discuter, ajouta-t-elle. On n'ouvrira qu'au matin. Qu'as-tu à offrir et que veux-tu ?

— Avais-je raison de supposer que votre condensateur d'eau est en panne ? Depuis la Chute des Villes ?

— A ma connaissance, il n'a jamais fonctionné. Qui es-tu ?

— Louis Wu. Un mâle. Appelle mon espèce le Peuple des Etoiles. Je viens de l'au-delà du monde, d'une étoile si ténue qu'on ne la voit pas d'ici. J'ai le matériel nécessaire pour réparer plusieurs de vos condensateurs, et j'en ai encore beaucoup d'autre caché. Peut-être pourrais-je aussi vous aider à vous éclairer ?

Mar Korssil l'étudia de ses yeux bleus, aussi grands que les jumelles. Des griffes formidables prolongeaient ses doigts ; ses dents étaient tranchantes comme une lame. Qu'était-elle exactement ? Une carnivore, une chasseuse-de-rongeurs ?

— Si tu es capable de réparer nos machines, c'est bien. Quant à réparer celles des autres Bâtiments, ma maîtresse en décidera. Que demandes-tu en échange ?

— Des informations. Je veux avoir accès à tout ce que la cité détient dans le domaine des connaissances : archives, cartes, histoires, fables…

— Il est inutile de t'attendre que nous t'envoyions à la Bibliothèque. Si ce que tu prétends est vrai, tu nous serais trop précieux. Notre Bâtiment n'est pas prospère, mais nous pourrons toujours acheter les informations à la Bibliothèque, si tes questions sont précises.

Une chose était claire : la cité flottante n'était pas une cité, de même que la Grèce de Périclès n'avait pas été une nation. Les édifices étaient indépendants, et il n'était pas entré dans le bon.

— Où est la Bibliothèque ?

— Sur le périmètre à bâbord dans le sens de rotation. Un cône orienté vers le bas... Pourquoi ?

Louis plaça une main sur sa poitrine et décolla, prêt à partir.

Mar Korssil tira. Louis s'effondra tandis que son harnais prenait feu. Hurlant, il tira dessus d'un geste brusque, s'en arracha et effectua plusieurs roulés-boulés. Les contrôles du harnais brûlaient. Dans les flammes fuligineuses crépitèrent des éclairs bleutés.

Louis, qui n'avait pas lâché sa lampe laser, la pointa sur Mar Korssil. Celle-ci sembla ne pas s'en apercevoir.

— Ne me fais plus jamais cela, dit-elle. Es-tu blessé ?

Ces paroles sauvèrent de justesse la vie de la sentinelle, mais, chez Louis, le désir de meurtre n'en avait pas pour autant disparu.

— Lâche ton arme, ordonna-t-il, sinon je te coupe en deux, comme cela !

Il braqua le faisceau sur le siège d'exécution qui prit feu et tomba en morceaux.

Mar Korssil resta immobile.

— Je veux seulement quitter ton bâtiment, expliqua Louis. Tu m'as bloqué ici. Je suis donc obligé d'entrer mais je repartirai par la première rampe. Lâche ton arme ou tu es morte.

— Lâche ton arme, Mar Korssil, lança une voix féminine du haut de l'escalier.

La Chasseuse de Nuit obtempéra. Une femme descendit vers eux. Plus grande que Louis, plus mince. Dans son visage, on discernait à peine son nez minuscule et ses lèvres réduites à un trait. Elle était chauve mais de sa nuque cascadait une somptueuse toison de neige jusqu'aux reins. Louis présuma que le cheveu blanc était une marque de la vieillesse. Elle ne manifestait aucune crainte.

— C'est toi la maîtresse de cet édifice ?

— Oui. Moi et mon partenaire-sur-registre. Je suis Laliskareerlyar. Tu dis t'appeler Louiiuu ?

— A peu près.

Elle sourit.

— La porte est pourvue d'un judas. Mar Korssil m'a prévenue depuis le garage, ce qui n'est pas habituel. Je suis donc venue voir ce qui se passait et écouter. Je suis navrée pour ton appareil volant. Il n'en reste plus un seul dans la cité.

— Si je répare le condensateur d'eau, serai-je libre ? Et j'ai besoin de conseils.

— Réfléchis ! Peux-tu te permettre de marchander ?... Seras-tu capable de dominer mes gardes qui attendent dehors ?

Louis s'était presque résigné à se frayer un passage par la force. Il fit encore une démonstration. Le sol était en pierre coulée. Il décrivit un cercle avec son faisceau et un rond de pierre d'un mètre de diamètre tomba dans la nuit. Le sourire de Laliskareerlyar s'effaça.

— Peut-être que oui, après tout, observa-t-elle. Nous acceptons donc tes conditions. Mar Korssil, accompagne-nous. Que personne ne nous importune. Laisse ton arme là où elle se trouve.

Ils gravirent un escalator en spirale qui ne fonctionnait plus. Louis compta quatorze spirales, donc quatorze étages. Il se demanda s'il s'était trompé quant au vieil âge de Laliskareerlyar. La Bâtisseuse gravissait les marches d'un pas alerte et avait encore assez de souffle pour tenir une conversation. Mais la chair de ses mains et de son visage était toute plissée. La vision de cette peau mettait Louis mal à l'aise. Il n'était pas accoutumé à cela. Intellectuellement, il savait que c'était le signe de la vieillesse et un caractère héréditaire transmis par l'ancêtre de cette femme : le protecteur Pak.

Il se servit de sa lampe laser pour éclairer l'escalier. Des curieux apparurent sur le pas des portes. Mar Korssil leur fit signe de rentrer. C'étaient surtout des Bâtisseurs, mais d'autres espèces étaient présentes.

— Ils sont tous au service de la famille Lyar depuis de nombreuses générations, expliqua Laliskareerlyar. La famille Mar, nos veilleurs de nuit, étaient jadis des policiers au service d'un juge Lyar. Nos cuisiniers sont du Peuple de la Machine, au service des Lyar depuis aussi longtemps que les Mar.

Serviteurs et maîtres Bâtisseurs se considéraient comme une famille liée par un *rishathra* périodique et d'ancestrales loyautés. Le Bâtiment Lyar abritait en tout un millier de personnes dont la moitié seulement étaient des Bâtisseurs unis par des liens de parenté.

Louis marqua un temps d'arrêt pour regarder par une fenêtre située à mi-escalier. Une fenêtre, ici, au cœur du bâtiment ? Un hologramme, en fait, pris de l'un des parapets, et qui montrait une vaste étendue du paysage de l'Anneau-Monde.

— L'un des derniers trésors de notre famille, dit Laliskareerlyar avec orgueil et regret. Tous les autres ont été vendus au fil de centaines de *falans*, pour payer les taxes sur l'eau.

Louis devint disert, à son tour, malgré sa lassitude, sa colère et sa méfiance. Quelque chose chez cette vieille Bâtisseuse l'incitait à sortir de sa réserve. Elle connaissait les planètes, ne remit pas en cause ses origines et l'écouta sans manifester d'incrédulité. Elle ressemblait tellement à Halrloprillalar qu'il se surprit à parler d'elle : l'antique prostituée immortelle des astronefs, reconvertie en déesse à moitié folle jusqu'à l'arrivée de Louis et de son équipe bigarrée. Il expliqua que Prill leur avait sauvé la vie, qu'elle avait abandonné sa civilisation détruite pour le suivre jusqu'aux confins du cosmos et comment elle était morte.

— Est-ce pour cette raison que tu n'as pas tué Mar Korssil ?

Celle-ci le fixa de ses immenses yeux bleus.

— Peut-être, dit Louis en éclatant de rire.

Alors, il parla de sa conquête du champ de tournesols. Il évitait à vrai dire d'aborder le sujet critique. A quoi bon annoncer à Laliskareerlyar que l'Anneau-Monde allait s'écraser contre son soleil ?

— Je veux repartir de ce monde, reprit Louis, en sachant que je n'ai fait de mal à personne. J'ai encore beaucoup de tissu comme celui-ci, enterré non loin d'ici.

Mais tanj ! comment le récupérer à présent que son harnais était détruit ?

Ils avaient atteint le sommet de la quatorzième spire. Louis était à bout de souffle. Mar Korssil déverrouilla une porte. Encore des marches.

— Es-tu du type nocturne ?

— Comment ? Non.

— Dans ce cas, nous attendrons le jour. Mar Korssil, fais-nous apporter le petit déjeuner. Dis à Whil de venir avec ses outils, puis va dormir.

Comme Mar Korssil obtempérait, la vieille femme s'assit en tailleur sur un antique tapis.

— Il faudra travailler à l'extérieur, je présume, déclara-t-elle. Je ne comprends pas pourquoi tu prends ce risque. Pour le savoir ? Quel savoir ?

Il était difficile de lui mentir, mais l'Ultime les écoutait peut-être.

— Connais-tu une machine qui transforme une matière en une autre ? L'air en terre, le plomb en or ?

Elle parut intéressée.

— On prétend que les anciens magiciens étaient

capables de transformer le verre en diamant. Mais ce ne sont que des contes pour enfants.

Inutile d'insister.

— Et un Centre de Réparations du monde ? Existe-t-il des légendes à ce sujet ? Et qui précisent son emplacement ?

Elle écarquilla les yeux.

— Comme si le monde n'était qu'une chose construite, une version de la cité sur une plus grande échelle ?

Louis éclata de rire.

— Beaucoup plus grande. Beaucoup, beaucoup, beaucoup plus grande. Non ?

— Non.

— Et une drogue de l'immortalité ? Elle existe, je le *sais*. Halrloprillalar l'utilisait.

— Bien sûr qu'elle existe ! Il n'en reste plus dans la cité, ni ailleurs, d'après ce que je sais. C'est l'une des histoires favorites des...

Le disque traducteur employa un terme interworld.

— Escrocs.

— L'histoire précise-t-elle d'où vient cette drogue ?

Une jeune Bâtisseuse, à bout de souffle, entra avec un seul grand bol. Du coup, les craintes de Louis d'être empoisonné disparurent. La nourriture, tiède, évoquait une sorte de semoule d'avoine. Ils mangèrent avec leurs doigts.

— La drogue de jouvence vient du sens de rotation, mais à quelle distance, je l'ignore. Est-ce ce genre de trésor que tu cherches ?

— Tous les trésors. Mais celui-là serait le plus important.

Il y a certainement des arbres-de-vie, songeait Louis, dans le Centre de Réparations. Mais comment s'en accommodent-ils ? Quel être humain désirerait devenir un protecteur ? Cependant, peut-être que des hominiens... Ces énigmes n'étaient pas les plus urgentes à résoudre.

Whil apparut. Cet humanoïde robuste à la face simiesque était vêtu d'un drap dont la teinte originale avait dû changer depuis longtemps. A présent, elle évoquait l'arc-en-ciel d'un dieu fou. Whil n'était pas loquace. Avec ses bras gros et courts, il dégageait une impression de force hors du commun. Il les conduisit au sommet de la dernière volée de marches, puis sur le toit. Il avait apporté sa boîte à outils. L'aube se levait.

Ils se trouvaient à la pointe tronquée du double cône, sur le rebord d'une passerelle, large de quelque trente centimètres seulement. Louis eut la gorge nouée. Le vent qui soufflait par rafales faisait claquer le drap de Whil comme un drapeau multicolore.

— Eh bien ? fit Laliskareerlyar. Peux-tu le réparer ?

— Pas ici. La machinerie est installée dessous, sans doute ?

En effet, mais elle était difficile d'accès. Il fallait se faufiler dans un goulet guère plus large que Louis Wu. Whil s'y engagea le premier en rampant, suivi par Louis. Selon les ordres de ce dernier, Whil ouvrait des panneaux.

Ce goulet de forme torique faisait le tour de la machinerie qui, elle-même, était disposée autour du conduit collecteur. Mais comment l'eau s'écoulait-elle dans ce conduit ? Par condensation ? Ou grâce à un système plus compliqué ?

Le fonctionnement du mécanisme installé derrière les panneaux restait un mystère pour Louis. Toutes les pièces rutilaient, excepté... Oui ! Sans respirer, Louis regarda de plus près.

Une traînée de poussière torsadée et aussi fine qu'un fil de fer était tombée sur le sol, mais de quelle partie de cette étrange mécanique venait-elle ? En outre, il fallait que tout le reste fût encore en état de marche pour qu'il réussît sa réparation.

Louis emprunta à Whil des gants épais et des pinces à pointes très fines, découpa un mince ruban dans le tissu supraconducteur et le tourna sur lui-même pour en faire une torsade. Puis, il l'enroula autour des deux bornes qu'il avait repérées car elles étaient de la même matière que la traînée de poussière. Du moins, il espérait que c'étaient bel et bien des contacts.

Mais rien ne se produisit. Il continua de ramper dans le goulet circulaire, derrière Whil. Il découvrit en tout six traînées de poussière hélicoïdales et fixa six rubans torsadés. Enfin, ils réémergèrent sur la passerelle.

— Bien sûr, la source d'énergie est peut-être morte depuis longtemps, dit-il à la Bâtisseuse.

— Nous verrons.

Mais peu à peu, la surface lisse du conduit collecteur se couvrit de buée. Louis s'agenouilla pour la toucher : elle était humide. Déjà, des gouttes perlaient ; chaudes. Puis, l'eau se mit à ruisseler le long des parois jusque dans les tuyaux. Louis branla du chef, songeur. Encore un exploit qui ne compterait plus pour personne dans quinze *falans*.

20

L'ÉCONOMIE LYAR

Juste en dessous du diamètre maximal du Bâtiment Lyar se trouvait une pièce qui semblait tenir lieu à la fois de chambre et de salle d'audience. Le mobilier se composait d'un immense lit rond à baldaquin, de divans et de fauteuils disposés autour de plusieurs tables, des petites et des grandes. Une fausse baie vitrée donnait sur la lisière la plus proche de la ferme des ombres. Jadis, un bar avait offert toutes sortes de boissons, mais plus aujourd'hui. Laliskareerlyar prit une carafe en cristal et remplit une coupe à deux anses où elle trempa ses lèvres avant de la tendre à Louis.

— Tenez-vous des audiences ici ? s'enquit Louis.

La Bâtisseuse sourit.

— En quelque sorte. Des réunions de famille.

Des orgies ? Probablement, si le *rishathra* maintenait les liens familiaux des Lyar. Dure époque ! Louis but à son tour une gorgée de nectar-carburant. Même coupe, même bol. La peur du poison derrière ce rituel ? Toutefois, la femme agissait avec un grand naturel. Et puis, l'Anneau-Monde ignorait la maladie.

— Ce que tu as fait pour nous améliorera notre prestige et nos fonds. Dis-moi ce que tu veux.

— Il faut que j'entre dans la Bibliothèque et que je

convainque ceux qui la dirigent de me laisser le libre accès à toutes leurs connaissances.

— Très cher.

— Pas impossible ? Bien.

— Trop cher, fit-elle en souriant. Les relations entre les Bâtiments sont complexes. Le Dix contrôle le commerce touristique.

— Le Dix quoi ?

— Les dix plus grands Bâtiments, Louiiuu, les plus puissants d'entre nous. Neuf possèdent encore de la lumière et des condensateurs d'eau. Ensemble, ils ont bâti le pont menant à la Colline du Ciel. Ils contrôlent le commerce touristique et versent des redevances aux Bâtiments inférieurs, en échange du logement de leurs invités de l'extérieur et de l'utilisation de tous les lieux publics, ainsi que des redevances spéciales pour les événements qui se déroulent dans les édifices privés. Ce sont eux qui signent tous les accords avec les autres espèces, comme pour l'eau que le Peuple de la Machine pompe pour nous. Nous versons au Dix des taxes pour l'eau, ainsi que pour les concessions spéciales. La tienne, Louiiuu, serait une concession extraordinaire, bien que nous payions une taxe générale d'éducation à la Bibliothèque.

— La Bibliothèque fait partie du Dix ?

— Oui. Nous n'avons pas l'argent, Louiiuu. Pourras-tu éventuellement rendre un service à la Bibliothèque ? Tes recherches les aideront peut-être ?

— C'est possible.

— Pour un service rendu, ils reversent une partie de la taxe. Même plus, selon le service. Seulement, nous n'avons pas l'argent. Leur vendrais-tu ton arme-lumière ou la machine qui parle à ta place ?

— Je crois que ce serait une erreur.

— Réparerais-tu d'autres condensateurs d'eau ?

— Peut-être. Voudrais-tu dire que l'un des Dix a un condensateur en panne ? Alors, pourquoi fait-il partie du Dix ?

— Le Bâtiment Orlry en fait partie depuis la Chute des Cités. La tradition.

— Qu'était-il avant que les cités ne tombent ?

— Une installation militaire, un arsenal.

Elle ignora le petit rire de Louis.

— Ils ont un faible pour les armes. Ton projecteur-lumière...

— J'aurais peur de m'en défaire. Mais peut-être que la réparation du condensateur leur plaira ?

— Je me renseignerai sur la redevance exigée pour entrer dans le Bâtiment Orlry.

— Tu plaisantes ?

— Non. Ils te donneront une escorte afin de t'empêcher d'emporter des armes. Tu devras payer aussi une taxe de divertissement pour voir les armes antiques, et une autre pour une démonstration. Si tu pouvais visiter leurs dispositifs de maintenance, tu en apprendrais peut-être les faiblesses. Je leur demanderai si c'est possible.

Elle se leva.

— Veux-tu pratiquer le *rishathra* ?

Louis s'était attendu à cette proposition ; un peu, du moins. Ce ne fut pas l'âge de Laliskareerlyar qui le fit hésiter mais la terreur à l'idée de retirer son armure et ses appareils. Il se souvint alors d'un vieux sketch où un roi broyait du noir sur son trône. *Je suis parano. Mais suis-je assez parano ?*

De toute façon, il était obligé de faire confiance aux Lyar.

— Soit, dit-il en commençant à retirer son armure.

L'âge avait curieusement traité Laliskareerlyar. Louis avait lu des romans et des pièces de théâtre antérieurs à la découverte de l'épice survolteuse. La vieillesse était décrite comme une infirmité... Mais cette femme, elle, n'avait rien d'une infirme. Sa peau était flasque et ses membres moins souples que les siens. Toutefois, elle fit preuve d'un intérêt insatiable pour l'amour ainsi que pour l'étrangeté du corps et des réflexes de Louis.

Un long moment s'écoula avant qu'il ne s'endorme. Il refusa de lui donner des explications à propos du plastique inséré sous ses cheveux. Il eût préféré qu'elle ne lui rappelât pas cette présence. L'Ultime avait un autre distil... Il se haït d'être encore dépendant à l'égard du courant.

On réveilla Louis peu avant la nuit. Le lit fut secoué à deux reprises. Il cligna des yeux, se retourna et découvrit Laliskareerlyar en compagnie d'un Bâtisseur. Lui aussi avait été touché par l'âge.

Laliskareerlyar le lui présenta : Fortaralisplyar, son partenaire-sur-registre et l'hôte de Louis. Le Bâtisseur le remercia pour avoir réparé le condensateur. Le dîner était déjà dressé sur l'une des tables et Louis fut invité à le partager avec eux : un grand bol de ragoût, trop fade à son goût. Mais il mangea.

— Le Bâtiment Orlry demande plus que ce que nous n'avons, expliqua Fortaralisplyar. En revanche, nous t'avons acheté le droit d'entrer dans trois Bâtiments voisins. Si tu parviens à réparer ne serait-ce qu'un seul de leurs condensateurs d'eau, nous pourrons te faire entrer dans l'Orlry. Est-ce que cela te convient ?

— Excellent. Il me faut des machines qui n'ont pas fonctionné depuis onze siècles et qui n'ont pas été tripatouillées, non plus.

— Ma partenaire me l'a dit.

Louis laissa ses hôtes dormir. Ces derniers l'invitèrent à partager leur lit. Certes, il pouvait accueillir trois personnes, mais Louis n'avait pas sommeil et se sentait nerveux.

Le Bâtiment Lyar ressemblait à une immense tombe. Du sommet, il chercha des signes d'activité dans le lacis des ponts. Il ne vit personne, hormis, de temps à autre, un Chasseur de Nuit aux yeux énormes et phosphorescents. Logique. Si les Bâtisseurs avaient besoin d'un sommeil de dix heures sur trente, ce devait être de nuit. Mais dans les édifices éclairés, tout le monde dormait-il aussi ?

— J'appelle l'Ultime...

— Oui, Louis. Devons-nous traduire ?

— Inutile, je suis seul. Je me trouve dans la cité flottante. Il me faudra un jour ou deux pour entrer dans la Bibliothèque. Je suis coincé ici. Mon harnais est bousillé.

— Chmeee ne répond toujours pas.

Louis poussa un soupir.

— D'autres nouvelles ?

— Dans deux jours, ma première sonde aura fini d'explorer le premier parapet. Je peux te l'envoyer dans la cité flottante. Veux-tu que je négocie directement avec les habitants ? Nous, les Marionnettistes, sommes doués pour cela. Du moins, je peux confirmer tes dires.

— Je te le ferai savoir... Et les réacteurs d'attitude ? En as-tu trouvé d'autres montés ?

— Non. Mais les vingt et un, comme tu le sais, fonctionnent. Tu les vois ?

— Pas d'ici. Ultime ? Peux-tu apprendre quelque chose sur les propriétés physiques du *scrith* ? Force, flexibilité, propriétés magnétiques ?

— Je mène déjà des recherches à ce sujet. Le *scrith* est beaucoup plus dense que le plomb, et la charpente en *scrith* de l'Anneau-Monde a probablement moins de trente mètres d'épaisseur. A ton retour, je te montrerai mes données.

— Bien.

— Louis, je peux t'évacuer, si nécessaire. Mais cela serait plus facile si je pouvais t'envoyer Chmeee.

— Formidable ! Par quel moyen ?

— Attends ma sonde. Une fois qu'elle sera arrivée, je te donnerai les instructions nécessaires.

Après que le Marionnettiste eut coupé, Louis continua d'observer la cité déserte. Il était déprimé. Seul, dans un édifice condamné à la décrépitude, dans une cité condamnée à la décrépitude, et sans le courant.

— Tu as dit à ma maîtresse que tu n'étais pas du type nocturne, fit une voix dans le dos de Louis.

— Salut, Mar Korssil. Mon espèce a la lumière électrique. Certains d'entre nous ont des horaires singuliers. Et puis, je suis habitué à des jours plus courts.

Louis se retourna. L'humanoïde ne braquait pas son arme sur lui ; pas vraiment.

— Ces derniers *falans*, les journées ont changé de longueur. C'est inquiétant.

— En effet.

— A qui parlais-tu ?

— A un monstre à deux têtes.

Mar Korssil s'éloigna. Etait-elle froissée ?

Louis resta devant la fenêtre. Son esprit vagabonda parmi les souvenirs d'une longue vie pleine de péripéties. Il avait abandonné tout espoir de revenir un jour dans l'Espace connu. Il avait abandonné le courant et son extase pure. Peut-être le moment était-il venu d'abandonner... plus encore ?

Le Bâtiment Chkar était un prisme de pierre coulée, enguirlandé de balcons. Des impacts avaient démoli l'un des flancs, mettant à nu par endroits le squelette métallique. Le condensateur d'eau était un bac légèrement incliné courant sur toute la longueur du toit. Une explosion avait projeté des débris de métal sur la machinerie qui se trouvait également en dessous. Louis ne pensait pas pouvoir le réparer. Il ne se trompait pas.

— C'est ma faute, dit Laliskareerlyar. J'ai oublié que le Bâtiment Chkar s'est battu avec le Bâtiment Orlry, il y a deux mille *falans*.

Le Bâtiment Panth se présentait sous la forme d'un oignon érigé sur sa tige. Jadis il devait servir de club de remise en forme. Louis reconnut des piscines, des solariums, des tables de massage, un gymnase, un sauna... Apparemment, il y avait de l'eau en abondance. Une faible odeur lui parut vaguement familière, mais il ne put l'identifier.

Panth s'était également battu avec Orlry. On voyait encore des cratères. Un jeune homme au crâne déplumé nommé Arrivercompanth jura que le condensateur d'eau n'était jamais tombé en panne. Mais Louis découvrit des traînées de poussière hélicoïdales et les contacts juste au-dessus. Une fois sa réparation terminée, des filets d'eau se formèrent sur le toit en coupole et s'écoulèrent dans une gouttière.

Le paiement souleva des difficultés.

Arrivercompanth et son peuple préféraient payer en *rishathra* et avec des promesses. (Louis reconnut soudain l'odeur qui lui chatouillait les narines. Celle des vampires.) Laliskareerlyar, elle, voulait être réglée comptant, et tout de suite. Louis essaya de comprendre ses arguments : il déduisit que le Dix serait chagriné que Panth cesse de lui acheter de l'eau et qu'il essaierait de lui imposer une amende pour fraude. Arrivercompanth paya.

Gisk avait été une communauté ou un régime similaire, lors de la Chute des Villes. Un cube muni d'un puits d'aération central. Le Bâtiment était à moitié désert. A en juger par l'odeur des lieux, l'eau était pour le Gisk un article de luxe. Louis repérait maintenant les condensateurs sans hésiter. Il effectua rapidement la réparation. Les Gisks payèrent sans rechigner. Ils tombèrent aux pieds de Laliskareerlyar pour la remercier... et ignorèrent son humble serviteur, si habile à manier l'outil. Oh ! bien. Pas de quoi en faire une jaunisse !

Fortaralisplyar était aux anges. Il glissa deux poignées de pièces en métal dans la veste de Louis et lui expliqua les règles délicates du pot-de-vin. Son langage tortueux et truffé d'euphémismes poussa le disque traducteur aux limites de ses capacités.

— En cas de doute, pas de pot-de-vin, expliqua Fortaralisplyar. Je t'accompagnerai demain dans le Bâtiment Orlry. Laisse-moi marchander.

L'Orlry se trouvait à bâbord de la cité. Louis et Fortaralisplyar prirent le temps d'admirer le panorama et montèrent sur la plus haute rampe pour jouir d'une meilleure vue. Le Bâtisseur était fier de sa cité.

— Un peu de civilisation est resté, même après la Chute.

Il désigna le Rylo, autrefois palais d'un empereur. Le Bâtiment était beau mais grêlé d'impacts. L'empereur avait tenté de s'emparer de la cité entière au moment où les Orlry étaient arrivés. Là, se trouvait un obélisque cannelé identique à une colonne d'un temple grec qui ne soutenait rien, hormis lui-même : le Chank. Un centre commercial, dans le temps. Sans les stocks de ses marchés, de ses restaurants, de ses magasins de vêtements, de literie et même de jouets, qui permirent de commercer avec le Peuple de la Machine, cette cité aurait déjà disparu. La route aérienne qui partait de la base de Chank montait en lacet jusqu'à la Colline du Ciel.

L'Orlry était un disque de dix mètres d'épaisseur et de cent mètres de diamètre dont les lignes s'inspiraient de l'esthétique d'une tarte. La tour, massive, érigée à une extrémité, était percée de meurtrières. Ses plates-formes, munies de rails et d'une grue, rappelaient à Louis le pont d'un immense vaisseau de guerre. La rampe d'accès à l'Orlry était large mais il n'y en avait qu'une, ainsi qu'une seule entrée. Le bord supérieur était flanqué de centaines de petites saillies. Caméras ou autres senseurs, supposa Louis ;

ils étaient en panne. Des fenêtres avaient été ménagées dans les flancs du Bâtiment, mais après sa construction. Le verre était mal ajusté.

Fortaralisplyar était vêtu d'une longue tunique safran et violet qui semblait en fibre végétale : une toile grossière, selon les standards de Louis, mais de loin, l'effet était saisissant. Louis suivit le Bâtisseur dans une vaste aire de réception. Elle était bien éclairée, mais la lumière tremblotait : des dizaines de quinquets brûlaient près du plafond.

Des Bâtisseurs Onze des deux sexes les attendaient. Presque tous vêtus de pantalons bouffants, serrés aux mollets, et de capes aux couleurs vives. Le bord des capes était découpé avec soin, mais de façon asymétrique. Un signe distinctif du rang ? L'homme aux cheveux blancs qui vint les accueillir en souriant arborait la cape la plus minitieusement découpée et portait une arme à feu à l'épaule.

— Il fallait que je la voie, dit-il à Fortaralisplyar. La créature capable de nous donner de l'eau avec des machines mortes depuis cinq mille *falans*.

L'arme glissée dans le holster d'épaule en plastique usé était petite mais aux lignes efficaces. Cependant, même armé, Filistranorlry n'avait pas l'allure d'un foudre de guerre. Il examina Louis avec une curiosité et un bonheur évidents.

— Il n'a pas l'air très... classique, mais... soit ! Vous avez payé. Nous verrons.

Il fit un geste à l'adresse de ses soldats.

Ces derniers fouillèrent Fortaralisplyar, puis Louis. Ils testèrent sa lampe laser et la lui rendirent. Son disque traducteur les rendit perplexes.

— Cet artefact parle pour moi, expliqua Louis.

Filistranorlry sursauta.

— Vraiment ? Le vendrais-tu ?

Il s'adressait toujours à Fortaralisplyar qui répondit :

— Cet objet ne m'appartient pas.

— Je serais muet sans cet objet, précisa Louis.

Le maître de l'Orlry parut accepter cette explication.

Le condensateur d'eau était un caniveau creusé au centre du grand toit de l'Orlry. Le tube d'accès qui se trouvait en dessous était trop étroit pour Louis. Même en retirant son armure, il ne passerait pas.

— Qu'employez-vous comme réparateurs? s'enquit-il. Des souris?

— Le Peuple Perché, répondit Filistranorlry. Nous avons loué leurs services. Le Bâtiment Chilb aurait déjà dû nous les envoyer. Vois-tu d'autres problèmes?

— Oui.

Louis, qui avait réparé trois condensateurs et échoué au quatrième, connaissait à présent assez bien cet appareillage. Il chercha les traces de poussière et n'en vit aucune.

— Y a-t-il eu déjà des tentatives de réparation?

— Je suppose. Comment le savoir après cinq mille *falans*?

— Nous attendrons les réparateurs. J'espère qu'ils savent comprendre ce qu'est un ordre.

Tanj! Un serviteur décédé depuis longtemps avait effacé les traces révélatrices en briquant la mécanique. Mais Louis était certain de reconnaître les contacts...

— Aimerais-tu visiter notre musée? s'enquit Filistranorlry. Tu as acquis ce droit-là.

Louis n'avait jamais été un mordu des armes. Dans les vitrines, étaient exposés des engins de mort dont il comprit à peu près le fonctionnement, sans pour autant en reconnaître la forme. La majorité utilisait des projectiles ou des explosifs ou les deux à la fois. Certaines projetaient des grêles de balles minuscules qui explosaient à la manière de pétards dans la chair de l'ennemi. Les rares lasers étaient énormes et difficiles à manier. Jadis, ils avaient sans doute été montés sur des tracteurs ou des plates-formes flottantes, mais tout cela avait été récupéré pour un autre usage.

Un Bâtisseur apparut avec une douzaine d'ouvriers. Le Peuple Perché était très petit. Leur tête arrivait tout juste au niveau de la taille de Louis. Une tête trop grosse par rapport au corps. Ils avaient des orteils longs et agiles. Leurs doigts effleuraient presque le sol.

— C'est probablement une perte de temps, fit l'un d'eux.

— Procédez correctement, rétorqua Louis. De toute façon, vous serez payés.

Le petit Perché émit un son méprisant.

Tous arboraient de longues robes sans manches et munies de poches gonflées d'outils. Lorsque les soldats voulurent les fouiller, ils retirèrent leurs robes et les laissèrent procéder à la fouille. Peut-être n'aimaient-ils pas les contacts physiques ?

Ils étaient si petits.

— Votre espèce, demanda Louis en chuchotant à Fortaralisplyar, fait-elle le *rishathra* avec celle-là ?

Le Bâtisseur pouffa de rire.

— Oui, mais avec précaution.

Louis Wu s'engagea dans le tube d'accès jusqu'à la taille et le Peuple Perché s'assembla autour de lui pour suivre ses explications.

— Voici à quoi ressemblent les contacts. Vous fixez le ruban de tissu de cette manière... et de cette manière. En principe, vous allez trouver six paires de contacts. Sous ces contacts, il y aura peut-être une torsade de poussière.

Une fois qu'ils eurent disparu derrière la courbe du tube d'accès, Louis annonça aux maîtres de l'Orlry et du Lyar :

— S'ils commettent une erreur, jamais nous ne le

saurons. J'aurais préféré que nous puissions inspecter leur travail.

Il ne mentionna pas sa deuxième crainte.

Le Peuple Perché ressortit du tube. Les ouvriers, les soldats, les trois maîtres et Louis Wu observèrent la buée qui se formait, se condensait, puis l'eau qui courait vers le centre du caniveau.

Désormais, six membres du Peuple Perché savaient comment réparer des condensateurs d'eau avec des rubans noirs.

— Je veux acheter ce tissu, déclara Filistranorlry.

Le Peuple Perché et leur maître Bâtisseur repartaient déjà vers l'escalier. Filistranorlry et dix soldats bloquèrent le passage à Fortaralisplyar et à Louis.

— Je n'ai pas l'intention de vendre, répondit ce dernier.

— J'espère pourtant te garder ici, dit le soldat aux cheveux blancs, jusqu'à ce que je parvienne à te convaincre de vendre. Si tu persistes dans ton refus, j'insisterai aussi pour que tu vendes la boîte qui parle.

Louis s'était à moitié attendu à ce piège :

— Fortaralisplyar, les Orlry risquent-ils de te garder ici de force ?

Le maître du Lyar lui répondit tout en fixant le maître de l'Orlry dans les yeux :

— Non, Louis. Les complications seraient trop désagréables. Les Bâtiments inférieurs se réuniraient pour me libérer. Le Dix préférerait devenir le Neuf plutôt que d'affronter un blocus contre les invités.

Filistranorlry éclata de rire :

— Les Bâtiments inférieurs finiraient par avoir soif...

Son sourire s'éteignit comme celui de Fortaralisplyar s'élargissait. Le Lyar avait dorénavant de l'eau à revendre.

— Vous ne pouvez pas me garder. Les invités seraient poussés dans le vide. Les pièces de théâtre du Chkar et les équipements de Panth vous seraient fermés…

— Pars, alors.

— J'emmène Louis.

— Non, tu ne l'emmènes pas.

— Prends l'argent et pars, dit Louis. Cela facilitera les choses pour toutes les parties concernées.

Sa main, enfouie dans la poche de sa veste, serrait avec force la lampe laser.

Filistranorlry tendit un petit sac. Fortaralisplyar le prit, en compta le contenu, puis franchit le barrage des soldats avant de redescendre l'escalier. Une fois qu'il fut hors de vue, Louis abaissa la visière de sa combinaison anti-impact.

— J'offre un prix élevé, dit le maître de l'Orlry. Dix…

Un terme non traduit.

— Tu ne seras pas lésé.

Mais Louis reculait déjà vers le bord du toit. Quand il vit Filistranorlry faire un signe à ses soldats, il se mit à courir.

Une barrière à hauteur de poitrine était érigée autour du toit : des piquets en fer, curieusement façonnés à l'image des plantes-coudes. La ferme des ombres se trouvait loin en contrebas. Les soldats gagnaient du terrain mais Filistranorlry fit feu. Le claquement fut déconcertant, terrifiant même. Un projectile heurta Louis à la cheville et immédiatement, sa combinaison devint rigide. Il tomba raide comme une statue, se releva aussitôt et se remit à courir. Comme deux soldats se jetaient sur lui, il sauta par-dessus la barrière.

Fortaralisplyar, qui se trouvait sur la passerelle juste en dessous, se retourna, surpris.

Louis s'étala de tout son long, face contre terre, sa combinaison dure comme l'acier. Son espèce de cerveau avait amorti le choc, mais il était quand même sonné. Avant que Louis ne se sente remis d'aplomb,

Fortaralisplyar le releva, glissa son épaule sous son aisselle et ils s'éloignèrent.

— File ! dit Louis en haletant. Ils risquent de tirer.

— Ils n'oseront pas. Es-tu blessé ? Tu saignes du nez.

— Cela en valait la peine.

21

LA BIBLIOTHÈQUE

Louis et Fortaralisplyar entrèrent dans la Bibliothèque par un petit vestibule, situé dans la partie inférieure du cône, à la pointe.

Derrière un large et massif bureau, deux bibliothécaires travaillaient sur leurs écrans de lecture : des machines volumineuses constituées d'un assemblage de boîtes. Des bandes défilaient à travers un lecteur. Dans leur toge bleue identique au col dentelé, ces bibliothécaires faisaient songer à un prêtre et à une prêtresse. Celle-ci leva les yeux au bout de plusieurs minutes.

Malgré ses cheveux d'un blanc pur, elle n'était pas âgée. Peut-être était-elle née avec cette chevelure de neige ? Une Terrienne au même âge eût été sur le point de se faire sa première injection d'épice survolteuse. Droite, svelte et jolie, elle observait Louis. Elle avait une poitrine plate, bien sûr, mais de forme agréable. Halrloprillalar lui avait appris à trouver sexy une tête chauve et un crâne bien formé. Alors... Si seulement elle souriait...

— Oui ?

— Je suis Fortaralisplyar. As-tu mon contrat ?

Elle tapa sur le clavier de sa machine de lecture.

— Oui. Est-ce lui ?

— C'est lui.

— Louiiuu, fit-elle en le regardant, me comprends-tu ?

— Oui, à l'aide de ceci.

Lorsque le disque traducteur se mit à parler, la bibliothécaire perdit son sang-froid, mais seulement un bref instant.

— Je suis Harkabeeparolyn. Ton maître t'a acheté le droit de recherches illimitées pour trois jours, avec en option l'achat de trois jours supplémentaires. Tu pourras parcourir toute la Bibliothèque, à l'exclusion des sections résidentielles, des portes pourvues d'une marque en or. Tu peux utiliser toutes les machines, hormis celles qui portent ce signe-là.

Elle lui montra un dessin orange.

— Pour celles-ci, tu auras besoin d'aide. Adresse-toi à moi ou à toute personne portant un col identique au mien. Tu peux utiliser la salle à manger. Mais pour dormir ou prendre un bain, il faudra retourner dans le Bâtiment Lyar.

— Parfait !

La bibliothécaire parut surprise. A vrai dire, Louis l'était aussi. Pourquoi avait-il approuvé avec une telle force ? Tout à coup, il fut frappé par le fait qu'il se sentait moins exilé dans le Lyar que dans son appartement sur Canyon.

Fortaralisplyar paya en pièces d'argent, s'inclina devant Louis, puis repartit. La bibliothécaire se réintéressa à son écran.

Harkabeeparolyn. Louis en avait plein le dos des noms à six syllabes, mais mieux valait le mémoriser.

— Il y a un endroit que j'aimerais visiter, dit-il.

Harkabeeparolyn lui jeta un rapide coup d'œil.

— Dans la Bibliothèque ?

— Je l'espère. Je suis allé dans un endroit similaire, il y a longtemps. On se place au centre d'un cercle. Le cercle représente le monde. Un écran central tourne et on peut faire apparaître n'importe quelle partie du monde à grande...

— Nous avons une salle des cartes. Dernier niveau.
Elle fixa de nouveau son écran.

Une étroite spirale de marches métalliques s'enroulait autour de l'axe du bâtiment. Fixée uniquement aux deux extrémités, elle rebondissait sous son poids, au fur et à mesure qu'il la gravissait. Il passa devant des portes closes, portant toutes un signe en or. Plus haut, des arcades menaient à des salles de lecture. Devant chaque écran était posé un siège. Louis dénombra quarante-six Bâtisseurs, deux vieillards du Peuple de la Machine, ainsi qu'un mâle trapu truc-machin-chose, très chevelu, et une goule toute seule dans une autre salle.

Le dernier étage était effectivement une salle des cartes. Louis le comprit à l'instant où il y entra.

Lors de leur première exploration, ils avaient découvert, dans un palais flottant abandonné, une salle des cartes dont le mur présentait la forme d'un anneau bleu moucheté de blanc. Mais sur cet écran avaient défilé des images vieilles de milliers d'années. La civilisation de l'Anneau-Monde était alors en pleine effervescence : des cités étincelantes ; des véhicules filant le long du parapet à travers les boucles de son système de transport ; des astronefs aussi grands que cette bibliothèque ; et des vaisseaux encore plus grands.

Mais à ce moment-là, ils ne recherchaient pas un Centre de Réparations, mais uniquement un moyen de s'échapper de la structure. Ces antiques bandes ne leur avaient été d'aucune utilité. En outre, ils avaient fait preuve de trop de hâte. Donc, vingt-trois ans plus tard, dans une situation tout aussi désespérée mais différente, Louis Wu allait refaire un essai de recherches...

Lorsque Louis émergea de la cage d'escalier, il se retrouva au centre de l'Anneau-Monde qui étincelait autour de lui, sa tête à l'emplacement du soleil. La carte mesurait soixante centimètres de hauteur et presque cent vingt mètres de diamètre. Les écrans d'ombre, presque de même hauteur, mais reproduits en un cercle beaucoup plus proche que dans la réalité, planaient au-dessus de trois cents mètres carrés d'un sol noir de jais, piqueté d'étoiles. Le plafond présentait également le même fond noir, éclaboussé d'étoiles.

Louis s'avança vers l'un des écrans d'ombre et le traversa. Des hologrammes, donc, comme dans l'autre salle des cartes. Toutefois, celle-ci ne possédait aucun globe des mondes terraformés.

Il inspecta l'autre face de l'écran d'ombre. Aucun détail n'y apparaissait. Ce n'était qu'une simple surface rectangulaire d'un noir intense, et légèrement incurvée.

L'écran d'amplification, un rectangle de soixante sur quatre-vingt-dix centimètres, doté de manettes de contrôle, était monté sur des rails circulaires courant entre les écrans d'ombre et l'Anneau-Monde. Cet écran était en marche. Un garçon observait une vue amplifiée de l'un des statoréacteurs Bussard installé sur le parapet et partiellement occulté par un flamboiement bleuté. Les yeux plissés, le garçon tentait de distinguer les détails.

Un tout jeune adolescent. De magnifiques cheveux châtains masquaient son crâne et s'épaississaient dans la nuque. Il arborait la toge bleue des bibliothécaires. Son col était grand et carré, presque une cape, mais orné d'une seule échancrure.

— Puis-je regarder par-dessus ton épaule ? demanda Louis.

Le jeune tourna la tête. Les traits à peine marqués de son visage, presque indéchiffrables, comme ceux des Bâtisseurs, lui donnaient l'air d'un petit vieux prématuré.

— As-tu l'autorisation d'accéder à ces connaissances ?

— Le Lyar m'a acheté tous les droits.

— Oh !

Le jeune refit face à la vue.

— De toute façon, on n'aperçoit rien. Dans deux jours, ils éteindront les flammes.

— Qu'observes-tu ?

— L'équipe de réparation.

Louis plissa les yeux. Un déluge de lumière bleutée envahissait tout l'écran ; au centre, un noyau noir. Le réacteur d'attitude se réduisait à un point rose foncé, situé au milieu du noyau obscur.

Les lignes de force magnétiques captaient l'hydrogène à très haute température du vent solaire, le canalisaient et le comprimaient jusqu'à ce que la température de fusion fût atteinte, puis le rebombardaient sur le soleil. Vaine lutte, rappelant celle de Sisyphe, pour empêcher l'Anneau-Monde de céder à l'attraction gravitationnelle de son soleil et menée avec une ardeur obsessionnelle. Mais la vue ne montrait qu'une éblouissante lumière bleutée et un point rose sur le parapet.

— Ils ont presque terminé, dit le jeune. Nous avons cru qu'ils viendraient nous demander de l'aide, mais non.

Il paraissait songeur.

— Peut-être ne disposez-vous pas des moyens nécessaires pour entendre leurs appels ? (Louis s'efforçait de garder une voix calme. Une équipe de réparation !) De toute façon, ils ont terminé. Il n'y a plus d'autres moteurs.

— Non... Regarde !

Le jeune fit courir le viseur le long du parapet. Celui-ci s'arrêta de façon brutale très loin de l'incendie bleu. Louis vit des débris métalliques tomber le long du parapet. Il les examina longuement, puis enfin, comprit ce que c'était. Une immense bobine cylindrique, des barres de métal : les composants démantelés qu'il avait observés au télescope de l'*Aiguille* ainsi que l'échafaudage permettant de réassembler les réacteurs d'attitude.

L'équipe de réparation a sans doute décéléré cet équipement à la vitesse orbitale solaire en employant un segment du système de transport du parapet, songeait Louis. Mais comment s'y prennent-ils pour inverser la procédure ? Il faut qu'ils accélèrent le matériel jusqu'à la vitesse rotationnelle de l'Anneau-Monde pour le faire arriver à bon port. Par friction avec l'atmosphère ? Si ces matériaux sont aussi résistants que le *scrith*, l'échauffement n'est pas un obstacle.

— Et ici !

Le viseur glissa de nouveau dans le sens de rotation, le long du parapet, jusqu'au spatioport. Les quatre immenses astronefs des Bâtisseurs apparaissaient nettement alors que la *Brûlante Aiguille d'Interrogatoire* se réduisait à un point. D'ailleurs, Louis ne l'aurait pas remarquée s'il n'avait su où regarder.

— Là, tu vois ?

Le jeune désigna les deux tores couleur de cuivre du seul astronef intact.

— C'est leur dernier moteur. Lorsque l'équipe de réparation l'aura remonté, elle aura terminé.

Des mégatonnes de matériaux de construction tombaient au pied du parapet, certainement grâce à la diligence d'une horde de réparateurs — d'une espèce inconnue — qui se dirigeait vers l'*Aiguille*. L'Ultime n'allait pas être content.

— Oui, fit Louis. Mais ce sera insuffisant.

— Insuffisant pour quoi ?

— Peu importe. Cette équipe, depuis combien de temps travaille-t-elle ? D'où vient-elle ?

— Personne ne veut rien me dire ! *Flup ! Flup* puant ! Pourquoi tout le monde s'excite autant ? Pourquoi ? ? ? Pourquoi je te pose la question, d'ailleurs ? Tu n'en sais pas plus que moi !

Louis ignora cet accès de colère.

— Qui sont-ils ? Comment ont-ils découvert le danger ?

— Personne ne le sait. Nous ignorions leur existence jusqu'au jour où ils ont commencé à installer ces machines.

— Quand ?

— Huit *falans*.

Du boulot rapide, songea Louis. Juste un peu plus d'une année et demie, plus le temps des préparatifs. Qui sont-ils ? Incontestablement, ils sont intelligents, rapides et décidés. Ni un vaste projet, ni les grands nombres ne les rebutent... Ils pourraient presque être... les... Mais les protecteurs Pak avaient disparu depuis très longtemps. Forcément.

— Ont-ils effectué d'autres réparations ?

— Le professeur Wilp pense qu'ils ont débloqué des conduits renversés. Nous avons aperçu du brouillard autour de plusieurs montagnes renversées. Formidable, non ?

Louis réfléchit.

— Formidable, en effet. Mais si les dragues au fond des mers se remettent en marche... il restera encore à réchauffer les conduits. Ils courent *sous* le monde. A mon avis, la vase marine bloquée dans ces conduits a gelé.

— *Flup !*

— Comment ?

— *Flup*, c'est la matière marron qui sort d'un conduit renversé.

— Ah !

— D'où viens-tu ?

Louis sourit.

— Je suis venu des étoiles, dans *cela*.

Il se pencha au-dessus de l'épaule du jeune pour lui

montrer le point représentant l'*Aiguille*. Le jeune ouvrit des yeux ronds.

Plus maladroitement que ce dernier, Louis fit courir le viseur le long de la route empruntée par l'atterrisseur depuis le décollage du parapet. Il tomba sur une immense nappe nuageuse blanche de la taille d'un continent : l'emplacement du champ de tournesols. Plus loin, vers bâbord, on observait un gigantesque marais vert, puis une rivière qui s'était creusé un nouveau lit, tandis que l'ancien traçait une piste sinueuse et marron à travers un désert mordoré. Il suivit la rivière tarie. Il montra au jeune la cité des vampires.

Celui-ci acquiesça. Il était avide d'apprendre et de croire.

Des Hommes venus des étoiles pour nous aider !

Pourtant, il avait peur de paraître crédule. Louis lui lança un sourire encourageant et continua de faire défiler l'hologramme de l'Anneau-Monde.

Le terrain redevint vert. La route du Peuple de la Machine était facile à suivre. Le paysage était radicalement différent de part et d'autre du ruban blanc. Ici, la rivière s'incurvait pour rejoindre son ancien lit. Louis augmenta l'échelle et la cité flottante envahit l'écran.

— Nous.

— J'ai déjà vu cela. Parle-moi des vampires.

Louis hésita. Mais somme toute, ce jeune appartenait à un peuple expert en matière de rapports sexuels multiespèce.

— Ils sont capables de t'obliger à faire le *rishathra* avec eux. Et au milieu de l'acte, ils te mordent dans le cou.

Il lui montra la cicatrice de sa gorge.

— Chmeee a tué le vampire qui… euh… m'a attaqué.

— Pourquoi les vampires n'ont pas tué Chmeee ?

— Chmeee ne ressemble à rien, ni à personne de

l'Anneau-Monde. Ce serait comme essayer de le séduire avec une plante-saucisse.

— Nous, nous fabriquons du parfum de vampire, annonça le jeune.

— Hein ?

Une erreur de traduction ?

Le jeune eut un sourire plein de sous-entendus.

— Un jour, tu verras... Il faut que je parte. Seras-tu encore ici plus tard ?

Louis fit oui de la tête.

— Quel est ton nom ? Le mien, c'est Kawaresksenjajok.

— Louiiuu.

Le jeune repartit par la spirale. Perplexe, Louis demeura devant l'écran.

Du parfum ? L'odeur des vampires dans le Panth... Soudain, Louis se souvint de la première nuit où Halrloprillalar était entrée dans son lit, vingt-trois ans auparavant. Elle avait tenté de le contrôler. Elle le lui avait avoué. Avait-elle utilisé sur lui du parfum de vampire ?

Quelle importance, maintenant ?

— J'appelle l'Ultime... J'appelle l'Ultime...

Pas de réponse.

L'écran d'amplification ne pouvait pas pivoter. Il était toujours orienté vers l'extérieur, le dos aux carrés d'ombre. Gênant mais significatif. Les images étaient probablement transmises par les carrés d'ombre eux-mêmes.

Louis réduisit l'échelle de l'image et fit courir le viseur, à une vitesse folle, dans le sens de rotation, jusqu'à l'apparition d'un monde aquatique. Tel un ange, il effectua le plongeon de la mort. Rigolo. L'équipement de la Bibliothèque était considérablement plus perfectionné que le télescope de l'*Aiguille*.

La Carte de la Terre était ancienne. En un demi-million d'années, le profil des continents s'était déformé. Mais peut-être était-ce depuis plus longtemps ?

Un million d'années? Deux? Seul, un géologue eût été capable de fournir la réponse.

Louis rebroussa chemin dans le sens de l'antirotation, pour obtenir la Carte de Kzin: un archipel d'îles groupées autour d'une plaque de glace étincelante. De quand datait cette carte? Chmeee devait le savoir, lui.

Tout en sifflotant, Louis augmenta l'échelle. Il vola à ras d'une jungle jaune-orange, puis traversa un vaste fleuve argent et suivit son cours jusqu'à la mer. Les cités kzinti se nichaient toujours au milieu des deltas, s'il avait bonne mémoire.

Louis faillit presque dépasser un delta où deux cours d'eau se rejoignaient; une sorte de pâle terrain quadrillé se surimposait aux teintes de la jungle. Quelques villes humaines étaient dotées d'« espaces verts », mais dans cette cité kzinti, la végétation, comme c'était l'usage, occupait une étendue plus vaste que les édifices. A l'échelle maximale, Louis parvenait à peine à distinguer le tracé des rues.

Les Kzinti n'avaient jamais aimé les mégalopoles. Leur sens de l'odorat était beaucoup trop fin. Cette agglomération avait presque la taille du siège du gouvernement du Patriarche sur Kzin.

Sur ce monde, ils avaient donc aussi des villes. Et quoi d'autre encore? Des industries? En ce cas, des ports maritimes? des villes minières? Louis continua de surfer.

Ici, la jungle devenait rabougrie. Le sol nu et marron se détachait au milieu d'une figure qui n'avait pas du tout la forme d'une cité: on eût dit une cible de tir à l'arc, mais déformée. A première vue, une mine à ciel ouvert, très grande et très ancienne.

Louis ne s'attendait pas à trouver ici des villes minières. Un demi-million d'années auparavant ou plus, un échantillon de Kzinti avait été largué sur l'Anneau-Monde. Qu'auraient-ils pu extraire encore aujourd'hui, après un demi-million d'années de confinement sur un monde dont le sous-sol n'avait que quelques dizaines de mètres d'épaisseur ? Cependant, tout indiquait que les Kzinti avaient su recomposer leur civilisation.

Ces quasi-chats étaient intelligents, il fallait le reconnaître. Ils avaient été les maîtres d'une importance civilisation interstellaire. Tanj ! c'étaient même les Kzinti qui avaient enseigné aux Humains le fonctionnement des générateurs de gravité ! Chmeee avait certainement atteint la Carte de Kzin depuis des heures, à la recherche d'alliés pour se battre contre l'Ultime.

Louis était arrivé jusqu'à la mer. A présent, il dirigeait son « œil tout-puissant » vers « le sud », le long du rivage du plus vaste continent de cette Carte. Il s'attendait à découvrir des ports, bien que les Kzinti ne fussent guère de grands marins. Ces félins n'aimaient pas l'eau. Tous leurs ports maritimes étaient des centres industriels, et aucun Kzin n'y demeurait pour l'agrément.

Mais cela, c'était dans l'empire kzinti, là où les générateurs de gravité étaient utilisés depuis des millénaires. Louis se retrouva face à une ville portuaire qui eût rendu jaloux New York. Elle présentait l'aspect presque circulaire d'un cratère creusé par l'impact d'une météorite. Et cela, étaient-ce des navires ? Afin d'obtenir une vue d'ensemble, Louis diminua l'échelle de façon à s'élever dans le ciel.

Il cligna des yeux. S'était-il encore une fois trompé quant à l'échelle du monde ? Ou avait-il mal manipulé les manettes ?

Un immense vaisseau était amarré au travers du port, réduisant la taille de ce dernier à celle d'une baignoire. Les vagues dans le sillage des navires plus petits étaient encore visibles. Cet impossible vaisseau existait donc bel et bien ! Il avait la taille d'une ville ! Il fermait presque entièrement l'entrée du port « naturel ».

Ils ne doivent pas le déplacer souvent, se dit Louis. Les moteurs laboureraient le fond marin, détériorant le régime des vagues dans le port. Et avec quel carburant les Kzinti feraient-ils avancer un engin pareil? D'ailleurs, où avaient-ils déniché les métaux?

Pourquoi?

Louis ne s'était jamais sérieusement demandé si Chmeee allait trouver ce qu'il cherchait sur la Carte de Kzin. Maintenant, il s'interrogeait.

Il diminua de nouveau l'échelle, puis recula jusqu'à ce que la Carte de Kzin se réduisît à un amas de points sur une vaste étendue bleue. D'autres Cartes apparurent à la frange de l'écran.

La plus proche d'entre elles était un point rose et rond: Mars. Situé aussi loin de Kzin que la Lune de la Terre.

Comment conquérir de telles étendues? Même un télescope ne pouvait pas s'infiltrer au-delà de trois cent mille kilomètres d'atmosphère. L'idée de franchir cette distance-là dans un navire, même un navire de la taille d'une petite ville… Tanj!

— J'appelle l'Ultime. Louis Wu appelle l'Ultime!

Le temps de Louis était compté maintenant que l'équipe de réparation se rapprochait dangereusement de l'*Aiguille* et que Chmeee écumait la Carte de Kzin pour lever une armée de guerriers kzinti. Louis n'avait pas l'intention d'en informer l'Ultime. Cela bouleverserait n'importe quel Marionnettiste, une espèce connue dans le cosmos entier pour sa poltronnerie.

D'ailleurs, que fabriquait-il donc pour ne pas répondre à son appel?

Louis se détermina à poursuivre son exploration.

Il diminua l'échelle de manière à obtenir les deux parapets. Il chercha la montagne Poing-de-Dieu, près de la ligne médiane, à bâbord du Grand Océan. Pas ici. Il augmenta l'image. Un désert plus vaste que la Terre était minuscule à l'échelle de l'Anneau-Monde.

Toutefois, il y en avait bel et bien un ici, rougeâtre et nu, avec une tache pâle près du centre... ? Oui ! Poing-de-Dieu, haut de milliers de kilomètres et couronné de *scrith* gris.

Il continua vers bâbord, empruntant la même route que lors de leur première visite. Il atteignit une mer plus tôt qu'il ne l'avait prévu, un immense bras du Grand Océan. Ils s'étaient arrêtés non loin, la première fois. Louis recula à la recherche d'un nuage permanent, vu par-dessus. Aucune trace de l'Œil-Cyclone.

— J'appelle l'Ultime ! Au nom de Kdapt et du Manigant et d'Allah, j'appelle Sa Majesté, bon Dieu de bon sang ! Ultime...

— Je t'entends, Louis.

— Enfin ! Je suis dans une bibliothèque de la cité flottante. Ils possèdent une salle des cartes. Regarde les enregistrements de Nessus de celle que nous...

— Je les connais par cœur, rétorqua froidement le Marionnettiste.

— Eh bien, cette salle-là montrait de vieilles bandes. Mais celle-ci fonctionne en temps réel.

— Es-tu en sécurité ?

— En sécurité ? Ma foi, je n'ai pas à me plaindre. A l'aide du tissu supraconducteur, je me suis fait des amis et j'ai gagné une certaine influence. Mais je suis *coincé*. Même si je pouvais sortir de cette cité en graissant la patte de quelques personnes, il faudrait encore que je traverse celle du Peuple de la Machine dans la Colline du Ciel. Je préférerais ne pas en repartir en tirant à vue.

— Sage.

— Quoi de neuf, de ton côté ?

— Deux données. Primo, un holo des deux autres spatioports. Tous les astronefs ont été pillés. Tous !

— Les statos Bussard ? Tous ?

— Tous.

— Et quoi d'autre ?

— Impossible d'espérer le secours de Chmeee. Le module s'est posé sur la Carte de Kzin au milieu du Grand Océan. J'aurais dû le prévoir. Le Kzin est passé à l'ennemi, emportant avec lui mon atterrisseur.

Louis poussa un juron en son for intérieur. Le ton froid, dépourvu d'émotion de l'Ultime aurait dû lui mettre la puce à l'oreille. Ce dernier était profondément bouleversé. Il perdait le contrôle des riches nuances du langage humain.

— Où est-il ? Que fait-il ?

— Il a contourné la Carte de Kzin. Je l'ai suivi grâce aux caméras du module. Il a découvert un vaisseau océanique...

— Moi aussi.

— Tes conclusions ?

— Ils essaient d'explorer ou de coloniser les autres Cartes.

— En effet. Dans l'Espace connu, les Kzinti ont fini par conquérir d'autres systèmes stellaires. Sur la Carte de Kzin, ils visent la conquête de l'océan. Ils n'allaient pas se relancer dans les voyages interstellaires !

— Certes.

La première étape d'un programme de voyages dans l'espace était de pouvoir placer un objet en orbite. Sur Kzin, la vitesse orbitale, faible, était de l'ordre de neuf kilomètres par seconde. Mais sur la Carte de Kzin, de douze cent cinquante kilomètres par seconde.

— Toutefois, il est également impossible qu'ils aient construit un grand nombre de navires aussi gigantesques. Où auraient-ils trouvé les métaux ? Et la traversée de l'océan serait au moins de plusieurs décennies. Je me demande comment ils ont appris l'existence des autres Cartes.

— En lançant des missiles équipés de caméras télescopiques, peut-être ? Mais encore faut-il des instruments opérant très rapidement. Un missile ne peut se placer en orbite. Il monte, puis retombe.

— Ont-ils atteint la Carte de la Terre ? Encore cent cinquante mille kilomètres, une fois parvenu sur celle de Mars. Et Mars ne peut leur servir de base.

Que risquaient de trouver les Kzinti sur la Carte de la Terre ? L'*Homo habilis*, uniquement, ou également des protecteurs Pak ?

— Vers tribord, dit Louis, il y a la Carte de Bas, mais le monde situé dans le sens de l'antirotation, je ne le connais pas.

— Nous, nous le connaissons. Les natifs sont d'une intelligence de type communautaire. Jamais ils n'atteindront le stade des voyages spatiaux. Il leur faudrait des vaisseaux à même de transporter une ruche entière.

— Hospitaliers ?

— Non. Ils auraient combattu les Kzinti. A mon avis, les Kzinti ont à présent abandonné leur projet de conquête de l'océan. On dirait qu'ils utilisent cet immense vaisseau pour bloquer l'entrée du port.

— Exact. Sans doute est-ce aussi le siège d'une sorte de gouvernement ? Mais tu me parlais de Chmeee.

— Après avoir appris tout ce qu'il était possible d'apprendre en survolant la Carte de Kzin, il est resté en vol stationnaire au-dessus de leur grand vaisseau. Des avions ont décollé et l'ont attaqué avec des missiles explosifs. Bien sûr, ces missiles n'ont pas endommagé *mon* module. Mais Chmeee a riposté et détruit quatre avions. Les autres ont continué le combat jusqu'à l'épuisement de leurs armes et de leur combustible. Lorsqu'ils sont retournés sur le vaisseau, Chmeee les a pris en chasse. Pour l'heure, la navette se trouve sur une plate-forme d'atterrissage située dans la tourelle du navire. La guerre continue. Louis, cherche-t-il des alliés pour m'attaquer ?

— Si cela peut te rassurer, jamais il ne trouvera

une arme assez puissante pour démolir une coque des Produits Généraux. Leurs missiles n'ont même pas égratigné l'atterrisseur.

Long silence.

— Peut-être as-tu raison. Leurs engins sont propulsés par des réacteurs à l'hydrogène et ils utilisent des missiles lancés par explosifs chimiques. Toujours est-il que je dois te secourir tout seul. La sonde arrivera au crépuscule.

— Et ensuite ? Il y a toujours le problème du parapet ! Tu m'as bien dit que les disques marcheurs ne traverseraient pas le *scrith*.

— A l'aide de ma deuxième sonde, j'ai installé une paire de disques marcheurs sur le parapet ; ils serviront de relais.

— Si tu le dis... Je me trouve dans un édifice ayant la forme d'un chapiteau à l'envers, sur le périmètre tribord dans le sens de rotation. Laisse la sonde en vol stationnaire jusqu'à ce que nous ayons pris une décision. Je ne suis pas certain de vouloir quitter la cité tout de suite.

— Il le faut !

— Mais toutes les réponses que nous cherchons se trouvent peut-être ici, dans la Bibliothèque !

— As-tu progressé ?

— Un chouia. Tout le savoir du peuple d'Halrloprillalar est archivé ici, quelque part dans ce bâtiment. Je veux également interroger les goules. Ce sont des éboueurs et elles circulent partout.

— Tout ce que tu apprends, ce sont de nouvelles questions... Très bien, Louis. Tu disposes de plusieurs heures. Je t'enverrai la sonde au crépuscule.

22

UN LARCIN GRANDIOSE

La cafétéria se trouvait à mi-hauteur de la Bibliothèque. Louis remercia sa bonne étoile : les Bâtisseurs étaient des omnivores. Seulement, le ragoût de viande aux champignons eût été meilleur s'il avait été salé. Du moins, son estomac vide s'en accommoda-t-il.

Personne ne mangeait salé sur l'Anneau-Monde. Toutes les mers étaient constituées d'eau pure, excepté les Grands Océans. Louis était peut-être l'unique hominien ici à avoir besoin de sel et il ne pourrait pas s'en passer indéfiniment.

Il dévora son repas. La moindre seconde comptait. Le Marionnettiste était d'humeur ombrageuse. Mais il était surprenant qu'il ne se fût pas déjà enfui, laissant Louis et le Kzin renégat partager le destin de l'Anneau-Monde. Louis admirait presque l'Ultime d'attendre un équipage que, somme toute, il avait kidnappé.

Toutefois, il risquait de changer d'avis lorsqu'il verrait l'équipe de réparation s'approcher de son vaisseau. Louis avait l'intention de se retrouver à bord de l'*Aiguille* avant que le Marionnettiste ne braque son télescope dans leur direction.

Louis regagna les étages supérieurs. Sur tous les écrans de lecture qu'il essaya d'utiliser apparut un texte abscons, sans images ni voix. Soudain, il reconnut un col devant l'un d'eux.

— Harkabeeparolyn ?

La bibliothécaire se retourna. Un petit nez plat de pékinois ; des lèvres réduites à une lame ; un crâne chauve, mais beau et délicat ; une longue toison ondulée et blanche poussant dans la nuque... Et quel joli arrondi des hanches ! Les jambes ? Rien à redire. En termes humains, la quarantaine. Mais les Bâtisseurs vieillissaient-ils plus vite ou plus lentement que les Hommes ? Il l'ignorait.

— Oui ?

Louis sursauta. La voix était tranchante.

— J'ai besoin d'un écran à programmation vocale et d'une bande qui m'explique les caractéristiques du *scrith*.

Elle fronça les sourcils.

— Programmation vocale ? J'ignore ce que tu veux dire.

— Je veux que la machine lise pour moi à haute et intelligible voix.

Harkabeeparolyn ouvrit des yeux ronds, puis éclata de rire. Elle tâcha en vain de réprimer son hilarité. Trop tard ; de toute façon, ils avaient attiré sur eux l'attention des lecteurs.

— Il n'existe pas ce genre de choses. Cela n'a jamais existé, dit-elle en s'efforçant de chuchoter.

Mais le gloussement qui s'échappa de ses lèvres lui fit hausser la voix malgré elle.

— Pourquoi ? Tu ne sais pas lire ?

Bon sang de tanj ! Louis sentit la moutarde lui monter au nez. Certes, la littérature était une chose admirable. Tout le monde finissait tôt ou tard par apprendre à lire, en langue interworld, du moins. Mais cette aptitude n'était pas une question de vie ou de mort. Tous les mondes possédaient des boîtes vocales ! Sapristi ! Sans boîte vocale, à quoi servirait son disque traducteur ?

— J'ai besoin de plus d'aide que je ne le pensais. Il me faut un bibliothécaire qui lise pour moi.

— Tu n'as pas payé pour ce service. Ton maître a-t-il renégocié ?

— M'aideras-tu à trouver les bandes dont j'ai besoin ?

— Tu as payé pour ce service. Tu as même acheté le droit d'interrompre mes propres recherches. Dis-moi ce qu'il te faut, ajouta-t-elle d'un ton sec.

Elle appuya sur des touches et des pages d'une écriture singulière défilèrent sur l'écran.

— Caractéristiques du *scrith* ? Ici, un texte de physique. Nous avons des chapitres sur la structure et la dynamique du monde dont un sur le *scrith*. Mais il sera peut-être trop compliqué pour toi.

— Cela, et un texte de physique élémentaire.

Elle lui décocha un regard dubitatif.

— Parfait.

Elle pianota de nouveau.

— Une vieille bande sur la construction du système de transport du parapet destinée aux étudiants en ingénierie. D'intérêt historique, uniquement, mais tu apprendras peut-être quelque chose.

— Je la veux. Ton peuple s'est-il vraiment déjà rendu *sous* le monde ?

Harkabeeparolyn se rebiffa.

— Je suis certaine que oui. Nous étions les maîtres du monde et des étoiles, grâce à des machines qui obligeraient le Peuple de la Machine à nous adorer comme des dieux si nous les détenions encore.

Elle joua de nouveau sur son clavier.

— Mais nous n'avons pas d'archives sur cet événement. Que veux-tu faire de tout cela ?

— Je ne le sais pas encore vraiment. Peux-tu m'aider à retrouver l'origine de l'ancienne drogue de l'immortalité ?

Harkabeeparolyn rit, mais doucement, cette fois.

— Jamais tu ne parviendras à porter autant de

livres-bobines. Ceux qui fabriquaient cette drogue n'ont jamais révélé leur secret. Et ceux qui ont rédigé des livres sur ce sujet ne l'ont jamais découvert. Je peux te donner des bobines religieuses, des archives de police, des bobines sur les inventions, des récits sur les diverses expéditions dans le monde. Ici, l'histoire d'un vampire immortel qui a chassé les Géants Herbivores pendant mille *falans*, toujours plus rusé au fil du temps jusqu'au...

— Non.

— Sa provision de drogue n'a jamais été retrouvée. Non. Voyons... Le Bâtiment Ktistek a été intégré au Dix parce que les autres Bâtiments sont tombés à court de drogue avant lui. Une fascinante leçon de politique...

— Non. Sans intérêt. Et les Grands Océans ?

— Il y en a deux. De nuit, on les repère aisément sur l'Arche. D'après d'antiques histoires, la drogue de l'immortalité proviendrait de l'Océan dans le sens de l'antirotation.

— Ah !

Harkabeeparolyn eut un sourire sarcastique. Sa petite bouche lui donna l'air presque féminin.

— Tu es naïf. De nuit, à l'œil nu, on ne distingue que ces deux caractéristiques de l'Arche. Si un trésor venait jadis de très loin et qu'aujourd'hui on ne le trouve plus, alors tout le monde affirmera qu'il provenait de l'un des Grands Océans.

Louis lâcha un soupir. Qui démontrerait le contraire ou proposerait une autre réponse ?

— Tu as peut-être raison.

— Louiiuu, quel rapport entre ces questions ?

— Peut-être aucun.

La Bâtisseuse sélectionna les bobines qu'il avait demandées. Plus une autre. Un livre d'enfants : *Les Contes du Grand Océan*.

— Mais que vas-tu faire avec tout cela ? Je ne te comprends pas. Les voler ? Impossible. Tu serais fouillé à la sortie et tu ne pourrais pas emporter une machine de lecture.

— Merci pour ton aide.

Louis avait à tout prix besoin de quelqu'un pour lire les bobines. Il n'avait pas le courage de s'adresser à un Bâtisseur au hasard. Alors, un étranger qui le connaissait ? Il y avait bien une goule, dans l'une des salles. Puisque les goules de la ferme des ombres avaient été mises au courant de son existence, pourquoi pas celle-là ? Mais la goule était repartie, ne laissant que son parfum.

Louis s'effondra dans un fauteuil devant un écran et ferma les yeux. Les bobines inutiles gonflaient deux de ses poches.

Je ne suis pas encore vaincu, se dit-il. Le jeune ? Fortaralisplyar ? Et s'il m'envoyait un lecteur ? Cela coûtera encore plus cher, certes. Toute solution coûte cher. Et prend du temps.

La machine était un objet encombrant, fixée au mur par un gros câble. Le fabricant ne disposait pas de fil supraconducteur, c'était évident. Louis glissa une bobine et contempla le texte hermétique. La définition de l'écran était mauvaise. Aucune grille de haut-parleur.

Je perds mon temps.

Louis ressortit de la salle. Il n'avait pas le choix.

Le toit de la Bibliothèque était un vaste jardin. Autour du sommet de l'escalier en spirale rayonnaient des allées, elles-mêmes spiralées. Là, dans la riche terre végétale entassée entre les allées, poussaient des fleurs-nectar géantes, des petites cornes d'abondance vert foncé, une plate-bande de plantes-saucisses dont les « saucisses » avaient éclaté, donnant naissance à des fleurs d'or, ainsi que des arbres d'où tombaient des guirlandes de spaghetti jaune acide.

Les couples assis sur les bancs dispersés à travers tout le toit l'ignorèrent, lui donnant ainsi un sentiment de sécurité. Il vit de nombreux bibliothécaires à toge bleue, dont un grand mâle qui escortait un groupe bruyant de touristes du Peuple Perché.

Personne n'avait l'air d'un garde. Aucune rampe ne partait du toit. D'ailleurs, il n'y avait rien à surveiller ici, à moins qu'un voleur ne fût capable de repartir par la voie des airs.

Louis n'avait pas l'intention de se comporter en invité modèle. Le condensateur d'eau qui s'élevait au bord du toit, telle une voile triangulaire sculptée, était relié à un étang en forme de croissant de lune. Une foule d'enfants des Bâtisseurs batifolaient dans l'eau.

— Louiiuu !

Il se retourna juste à temps pour recevoir un ballon en pleine poitrine. Le jeune aux cheveux châtains qu'il avait rencontré dans la salle des cartes tapa dans ses mains en lui criant de renvoyer le ballon.

Louis céda à la peur. Un signal ? Le jeune avait-il appelé les gardes ? Mais il était malin, ce petit, et peut-être assez malin pour mesurer les implications d'un geste pareil.

Louis lui renvoya le ballon, le salua de la main et s'éloigna.

Ah ! Si seulement je parvenais à trouver le moyen de partir du toit !

Aucune rambarde ne protégeait d'une chute. Louis avançait à pas prudents. Il contourna un bouquet d'arbres dont les troncs avaient l'air d'avoir été tordus comme du linge essoré. Dans ce coin relativement isolé, il se sentit assez à l'abri pour utiliser son traducteur.

— Ultime ?

— Je suis là. Chmeee est toujours attaqué, et continue à riposter. Il a fait fondre l'un des grands lanceurs de missiles de l'immense navire. Je ne comprends pas ses motivations.

— Il veut probablement leur montrer la supériorité de ses moyens de défense, puis négocier.

— Mais négocier quoi ?

— Il ne le sait pas encore lui-même. Je doute fort que les Kzinti puissent l'aider, hormis lui présenter une femelle ou deux. Ultime, impossible d'effectuer ici des recherches. Je ne sais pas lire leurs écrans. En outre, j'ai accumulé trop de matériaux. Cela me prendrait une semaine.

— Et que peut accomplir Chmeee en une semaine ? Je n'ose pas m'attarder plus longtemps pour l'apprendre.

— Certes... J'ai récupéré des bobines de lecture qui nous fourniront des réponses à presque toutes nos questions, si nous apprenons à les lire. Toi, tu pourras te débrouiller avec cela ?

— Guère probable. Mais peux-tu me procurer une de leurs machines de lecture ? Ainsi, je pourrai passer les bandes sur l'écran et les photographier pour l'ordinateur de l'*Aiguille*.

— Ces machines sont lourdes. Et un gros câble les...

— Coupe le câble.

Louis poussa un soupir.

— D'accord. Mais après ?

— J'aperçois déjà la cité flottante par la caméra de la sonde. Je la guide vers toi. Tu devras retirer le filtre de deutérium pour avoir accès au disque marcheur. As-tu des tenailles ?

— Je n'ai aucun outil. Tout ce que j'ai, c'est la lampe laser. Indique-moi où découper.

— J'espère que cela vaut la peine de perdre la moitié de ma source de combustible. Si tu parviens à te procurer une machine de lecture et si elle passe par l'ouverture du filtre donnant sur le disque marcheur, parfait ! Sinon, rapporte les bandes. Peut-être pourrai-je en obtenir quelque chose.

Louis, planté au bord du toit, contemplait la ferme des ombres en contrebas, plongée dans la lumière crépusculaire. A la lisière de l'ombre brillait le soleil à son éternel zénith. Des champs rectangulaires et cultivés s'étendaient sous ses yeux. La sinueuse Rivère du Serpent disparaissait dans des collines vers bâbord. Au-delà, il distinguait des mers, des plaines et une minuscule chaîne montagneuse, et enfin, d'autres mers, minuscules, elles aussi, baignées dans une légère brume bleutée ; un effet de la distance... Plus loin encore, l'Arche elle-même s'élevait vers l'infini. A moitié hypnotisé, Louis contempla le ciel étincelant. Il n'avait rien d'autre à faire. Il perdit presque la notion du temps.

Une flamme bleue et ténue jaillit du ciel : la sonde. Mais à l'endroit où cette flamme presque invisible toucha le toit, le jardin se mua en un enfer orange. Petits Perchés, bibliothécaires en toge bleue et enfants ruisselants s'enfuirent à toutes jambes dans la cage d'escalier en spirale en glapissant.

La sonde se posa au milieu du brasier et culbuta sur son flanc, freinée par les réacteurs d'attitude. Ce cylindre bosselé par les caméras et les autres instruments d'observation mesurait six mètres de long et trente-trois mètres d'épaisseur.

Louis attendit que l'incendie s'éteigne, puis gagna la sonde en évitant les braises. Le toit était désert, d'après ce qu'il pouvait en juger. Pas un corps. Pas de morts. Tant mieux.

Il entreprit de découper l'épais tamis moléculaire qui se trouvait au sommet de la sonde, en suivant les conseils du disque traducteur. Le disque marcheur apparut.

— Et maintenant ? demanda-t-il.

— J'ai inversé le circuit du disque situé dans l'autre sonde et retiré le filtre. Peux-tu te procurer une machine de lecture ?

— Je vais essayer. Mais toute cette affaire me déplaît beaucoup.

— Dans deux ans, cela n'aura plus aucune espèce d'importance. Je t'accorde trente minutes. Reviens, avec ou sans machine.

Au moment où Louis apparut dans la cage d'escalier en spirale, la visière de son casque abaissée, une vingtaine de bibliothécaires décidèrent de le prendre en chasse. Des petits morceaux de métal ricochèrent sur son armure rigide, si bien qu'il dut avancer d'un pas saccadé d'automate. La fusillade se fit moins intense, puis cessa. Enfin, les assaillants battirent en retraite.

Une fois qu'ils furent assez éloignés, Louis sauta sur la spirale métallique. Fixée uniquement à ses deux extrémités, elle se comprima comme un ressort, arrachant les rampes latérales de l'embrasure des portes. Les bibliothécaires, encore dans l'escalier, durent s'accrocher désespérément aux marches. Désormais, Louis avait pour lui les deux derniers étages.

Il voulut gagner la salle de lecture la plus proche. Mais Harkabeeparolyn lui bloquait le passage, le menaçant de la hache qu'elle tenait à deux mains.

— J'ai encore une fois besoin de ton aide, dit Louis.

Mais la hache rebondit sur sa clavicule. Louis empoigna alors le bras de la bibliothécaire qui se démena en vain pour se libérer.

— Regarde !

Louis fit jouer le rayon laser à travers le câble qui alimentait une machine de lecture. Celle-ci prit feu et tomba en morceaux dans une gerbe d'étincelles.

— Le Lyar paiera une fortune pour cela ! glapit Harkabeeparolyn.

— Cela ne la réparera pas pour autant. Je veux que tu m'aides à transporter une machine sur le toit. Je crois que je vais être obligé de couper le câble. Oui, ce sera mieux.

— Jamais !

Louis fit zigzaguer le faisceau à travers une deuxième machine. Elle aussi tomba en morceaux, avant de brûler en dégageant une odeur atroce.

— Alors ?

— Amant de vampire ! cracha-t-elle.

La machine était lourde. Louis n'allait pas abandonner son laser. Il recula donc vers l'escalier en la portant d'une main. C'était Harkabeeparolyn qui en supportait presque tout le poids.

— Si nous la laissons tomber, prévint Louis, il faudra retourner en chercher une autre.

— Imbécile ! Tu as... bousillé le câble !

Louis ne répondit pas.

— Pourquoi fais-tu cela ?

— J'essaie d'empêcher l'Anneau-Monde d'entrer en collision avec son soleil !

Sous le choc, la Bâtisseuse faillit lâcher la machine.

— Mais... Mais les moteurs ? Ils ont tous été remis en marche.

— Donc tu étais au courant. Une mesure qui arrive un tout petit peu trop tard. La majorité de vos astronefs ne sont jamais revenus. Il n'y a pas assez de moteurs. Avance !

Lorsqu'ils émergèrent sur le toit, la sonde décolla et, à l'aide de ses réacteurs d'attitude, alla se placer à côté d'eux. La machine était trop grosse ; elle n'entrait pas. Grinçant des dents, Louis découpa l'écran avec sa lampe et le détacha du reste de la machine. Trop épuisée pour parler, Harkabeeparolyn se contentait de l'observer.

L'écran passa dans l'ouverture correspondant à

l'emplacement du filtre de deutérium et disparut. Louis parvint à glisser jusqu'au disque marcheur une partie des entrailles de la machine, beaucoup plus lourdes, puis prenant appui sur ses jambes, la poussa jusqu'à ce qu'elle disparût à son tour.

— Le Lyar n'a rien à voir avec tout cela, expliqua-t-il à la bibliothécaire. Je ne les ai pas mis au courant de mes intentions.

Il laissa choir un morceau de tissu noir aux pieds de la Bâtisseuse.

— Le Lyar pourra vous apprendre comment réparer avec ce tissu les condensateurs d'eau et vos autres machines antiques. Toute votre cité deviendra ainsi indépendante du Peuple de la Machine.

Effrayée, elle le regardait fixement, les yeux écarquillés. L'avait-elle seulement entendu ?

Louis entra à son tour dans la sonde, pieds devant, et ressortit tête la première dans la soute de cargaison de l'*Aiguille*.

TROISIÈME PARTIE

23

ULTIME PROPOSITION

Louis se trouvait dans une immense bouteille de verre tintinnabulante. Au-delà des cloisons transparentes, il apercevait un vaisseau spatial à moitié démantelé, enveloppé dans la lumière crépusculaire. La sonde, fixée par ses crampons sur la paroi arrière de la soute, avait repris sa place, à plus de deux mètres au-dessus du sol peint en gris. Tel un œuf dans un coquetier, Louis était lové dans l'espace normalement occupé par le filtre de deutérium.

Se retenant par les mains, Louis se laissa choir sur le sol. Il était perclus de fatigue. Encore un dernier obstacle, et il pourrait enfin se reposer, là, juste de l'autre côté de la paroi infranchissable. Il voyait les plaques de couchage...

— Bien !

La voix du Marionnettiste descendait du plafond.

— Ceci, est-ce l'écran de lecture ? Je ne m'attendais pas à un objet aussi volumineux. As-tu été obligé de le scier en deux ?

— Oui.

Tout le matériel était sur le sol. Heureusement que les Marionnettistes étaient d'habiles mécaniciens...

— J'espère qu'il y a dans la soute un autre jeu de disques marcheurs.

— J'ai prévu les cas d'urgence. Regarde sur ta gauche... *Louis !*

Un gémissement de terreur sans nom retentit derrière Louis. Il pivota d'un bloc.

Harkabeeparolyn était pelotonnée dans la sonde à l'emplacement du filtre. Elle étreignait à deux mains la monture d'une arme à projectiles. Ses lèvres étaient retroussées sur ses dents. Ses yeux affolés furetaient dans tous les coins.

— Louis, qu'est-ce qui a envahi mon vaisseau ? demanda l'Ultime d'un ton monocorde. Est-ce dangereux ?

— Non, relax ! Ce n'est qu'une bibliothécaire paniquée. Harkabeeparolyn, repars !

Le gémissement devint suraigu et, soudain, elle bredouilla entre deux sanglots :

— Je connais cet endroit ! Je l'ai vu dans la salle des cartes ! C'est le port des vaisseaux stellaires, qui se trouve juste hors du Monde ! Louiiuu, qu'est-ce que tu es ?

— Repars ! répéta celui-ci en la menaçant de sa lampe laser.

— Non ! Tu as démoli un bien volé à la Bibliothèque. Mais si... si le Monde est en danger, je veux vous aider.

— Mais nous aider comment, espèce de folle ? Retourne illico dans la Bibliothèque et trouve d'où venait la drogue d'immortalité avant la Chute des Villes. C'est l'endroit que nous recherchons. S'il existe un moyen de déplacer l'Anneau-Monde sans l'aide des grands moteurs, nous le trouverons là où sont les commandes.

— Je ne repartirai pas ! rétorqua-t-elle en secouant la tête avec violence... D'ailleurs, comment sais-tu tout cela ?

— Parce que c'était leur demeure. Les pro... Les Ingénieurs de l'Anneau-Monde avaient besoin pour survivre d'une plante... Tanj... Ce n'est qu'une supposition. Une simple supposition ! ! !

Louis soutenait sa tête d'une main. Il avait l'impression qu'on lui martelait le crâne.

— Je n'y suis strictement pour rien dans toute cette affaire. J'ai été kidnappé !

Harkabeeparolyn s'extirpa de la sonde et se laissa choir sur le sol. Sa toge bleue était mouillée de sueur. Tanj ! Comme elle ressemblait à Halrloprillalar.

— Je peux t'aider ! Je peux lire pour toi.

— Pour cela, nous avons une machine.

Elle s'approcha ; le canon de son arme s'abaissa comme si elle l'avait oubliée.

— Nous nous sommes condamnés, n'est-ce pas ? Mon peuple a utilisé les moteurs qui retiennent le Monde pour construire des vaisseaux stellaires. Puis-je t'aider à réparer cette erreur ?

— Louis, intervint l'Ultime, cette femme ne peut pas repartir. Le disque marcheur qui se trouve dans la première sonde fonctionne seulement comme transmetteur. Ce qu'elle tient dans les mains, est-ce une arme ?

— Harkabeeparolyn, donne-moi cela.

Elle obtempéra. Louis tint l'arme maladroitement. Elle semblait fabriquée par le Peuple de la Machine.

— Apporte cet objet dans l'angle avant gauche de la soute. Le transmetteur se trouve là.

— Je ne le vois pas.

— Je l'ai repeint. Pose l'arme dans ce coin et recule. Femme, ne bouge surtout pas !

Louis obtempéra et l'arme disparut. Il faillit ne pas remarquer un mouvement éclair de l'autre côté de la coque, comme le fusil tombait sur le sol du spatioport. L'Ultime avait installé un disque récepteur à l'extérieur du vaisseau. Louis fut saisi d'admiration. La paranoïa du Marionnettiste était digne du délire subtil de certains esprits de la Renaissance italienne.

— Bien... Maintenant... *Louis ! Un autre !*

Une masse de cheveux châtains pointa hors de la sonde. Le jeune de la salle des cartes, nu, dégoulinant d'eau. A force de se dévisser la nuque pour regarder alentour, il risquait de tomber. Ses yeux étaient agrandis par l'émerveillement. Il avait juste l'âge d'être confronté pour la première fois à la Magie.

— Ultime ! rugit Louis. *Eteins les disques marcheurs !*

— C'est fait. J'aurais dû y penser plus tôt. Qui est-ce ?

— Un apprenti bibliothécaire. Il a un nom à six syllabes que j'ai oublié.

— Kawaresksenjajok ! cria le jeune, tout sourires. Louiiuu, où sommes-nous ? Que faisons-nous ?

— Manigant seul le sait !

— Louis, je ne veux pas de ces deux étrangers dans mon vaisseau !

— Si tu songes à les balancer dans l'espace, n'y compte pas. Je ne le permettrai pas.

— Alors, ils devront rester dans la soute, et toi aussi. Toi et Chmeee, vous avez monté ce coup-là. Jamais je n'aurais dû vous faire confiance, ni à l'un ni à l'autre.

— Mais tu ne nous as jamais fait confiance !

— Répète, s'il te plaît ?

— Nous crèverons de faim, ici.

Long silence. Kawaresksenjajok s'extirpa avec agilité de la sonde puis s'engagea avec Harkabeeparolyn dans une furieuse conversation à voix basse.

— Tu peux regagner ta cellule, déclara soudain l'Ultime. Et eux n'ont qu'à rester ici. Je laisserai ouvert un circuit de disques marcheurs afin que tu puisses leur passer de la nourriture. Ainsi, tout ira bien.

— Et pourquoi ?

— Louis, c'est une bonne chose que quelques natifs de l'Anneau-Monde survivent.

Ces derniers étaient trop loin pour entendre le disque traducteur de Louis.

— Tu ne songes quand même pas à abandonner maintenant, si près du but ? Ce qui se trouve dans ces bobines nous mènera droit au transmutateur magique.

— Mais si, Louis. Les richesses de plusieurs Cartes sont peut-être déjà tombées dans les mains de Chmeee. La distance nous protégera deux ou trois jours, mais pas plus. Nous allons devoir repartir bientôt.

Comme Louis s'approchait des deux natifs, ceux-ci, intrigués, jetèrent des regards furtifs à la ronde.

— Harkabeeparolyn, aide-moi à transporter la machine de lecture.

Dix minutes plus tard, la machine, les bobines, plus l'écran endommagé se trouvaient dans le poste de pilotage. Harkabeeparolyn et Kawaresksenjajok attendirent en silence.

— Vous devrez rester ici pendant quelque temps… annonça Louis. J'ignore ce qui va se passer. Je vous enverrai de la nourriture et des couvertures. Faites-moi confiance.

Là-dessus, sentant le rouge de la honte lui monter au front, il leur tourna le dos et gagna le disque marcheur.

L'instant suivant, il était dans sa cellule, avec sa veste, sa combinaison pressurisée et tout le reste.

Louis se dévêtit et commanda au cadran un pyjama. Déjà, il se sentait mieux. Il était mort de fatigue mais il ne devait pas oublier les deux natifs. Le distributeur refusa de lui fournir des couvertures. Il demanda donc quatre larges ponchos à capuchon et les envoya dans la soute à l'aide des disques marcheurs.

Puis, il se creusa la mémoire. Qu'est-ce qu'Halrloprillalar aimait manger ? C'était une omnivore, mais qui préférait les produits frais. Il sélectionna un assortiment de plats, puis observa les mines perplexes des deux indigènes qui examinaient leur repas.

Pour lui-même, Louis choisit des noix et un excellent bourgogne au cadran. Tout en grignotant et en sirotant, il enclencha le champ des plaques de couchage, se laissa choir entre elles, s'allongea en apesanteur et se mit à penser.

Le Lyar va payer à cause de mon acte de banditisme. Harkabeeparolyn a-t-elle laissé le tissu supraconducteur dans la Bibliothèque afin de les aider à verser les dommages-intérêts ? Aucune idée.

Et Valavirgillin, que fait-elle ? Elle tremble d'effroi pour son espèce, pour son monde, sans aucun moyen d'agir ; grâce à Louis Wu. Et ces deux-là dans la soute, si je meurs, ils ne survivront pas longtemps. Eux aussi tremblent de peur, certainement.

Tout cela fait partie du prix. Ma vie est en jeu, également.

Etape n°1 : avoir la lampe laser dans ma cellule. Exécuté.

Etape n° 2 : l'Anneau-Monde peut-il être remis à sa place ? Dans quelques heures, je risque de démontrer que c'est impossible. Tout dépend des caractéristiques magnétiques du *scrith*.

Si l'Anneau-Monde est condamné, fuir.

Si l'Anneau-Monde est récupérable, alors...

Etape n° 3 : prendre une décision. Est-il possible que Chmeee et moi retournions dans l'Espace connu ? Sinon, alors...

Etape n° 4 : mutinerie.

J'aurais dû laisser le tissu supraconducteur dans le Lyar. J'aurais dû rappeler à l'Ultime de déconnecter les disques marcheurs de la sonde. Pour être franc, je me débrouille comme un manche à balai. Ennuyeux. Mais attention à ce que je vais décider. C'est une question de vie ou de mort...

Mais tant qu'à être voleur, autant voler maintenant quelques heures de sommeil.

Des voix, à peine audibles. Louis s'étira, se retourna et, en apesanteur, regarda autour de lui.

Derrière la paroi à la poupe, Harkabeeparolyn et Kawaresksenjajok étaient engagés dans une conversation animée avec le plafond. Pour Louis, c'était du charabia. Il n'avait pas son disque traducteur. Toutefois, les deux Bâtisseurs désignaient un hologramme rectangulaire, suspendu à l'extérieur de la coque, et qui occultait une partie du spatioport.

Par cette « ouverture » sur un autre espace, Louis découvrit la cour baignée de soleil d'un château en pierres grises grossièrement taillées. Une myriade d'angles droits. Pour fenêtres, de simples fentes verticales. Une espèce de lierre exubérant, jaune pâle, aux veines lie-de-vin, envahissait l'un des murs.

Louis s'extirpa des plaques de couchage.

Le Marionnettiste était installé sur la banquette devant le tableau de bord. Aujourd'hui, sa toison était un splendide nuage phosphorescent. Quand il sentit Louis s'approcher, il tourna une de ses têtes.

— Louis, j'espère que tu t'es reposé ?

— Oui. Et j'en avais besoin. Des progrès ?

— Je suis parvenu à réparer la machine de lecture. Mais l'ordinateur de l'*Aiguille* ne domine pas assez bien la langue des Bâtisseurs pour lire les bandes de physique. J'espère accumuler assez de vocabulaire en parlant avec les natifs.

— Et cela va prendre combien de temps ? Je me pose des questions au sujet de la conception d'ensemble de l'Anneau-Monde.

Etait-il possible d'utiliser la charpente d'une structure dont la superficie était trois millions de fois celle de la Terre pour déplacer électromagnétiquement sa position ? Il lui fallait une réponse fiable à cent pour cent.

— De dix à vingt heures, à mon avis. Nous avons tous besoin de repos, de temps à autre.

Trop long, songea Louis, avec cette équipe de réparation qui va nous prendre d'assaut. Maudit sort !

— Cette image, qui l'émet ? L'atterrisseur ?

— Oui.

— Peut-on envoyer un message à Chmeee ?

— Non.

— Pourquoi non ? Il a son disque traducteur.

— J'ai commis la regrettable erreur d'éteindre son traducteur par mesure de coercition. Il ne l'a pas sur lui.

— Mais que s'est-il passé ? *Pourquoi perd-il son temps dans un château médiéval ?*

— Chmeee a atteint la Carte de Kzin il y a vingt heures. Je t'ai déjà expliqué de quelle façon il a effectué son vol de reconnaissance ; ensuite, il a laissé les Kzinti l'attaquer, il a atterri sur l'immense cargo et attendu, pendant que ses congénères continuaient de le bombarder. Au bout de six heures de combat, Chmeee s'est lassé et est parti ailleurs. Louis, j'aimerais comprendre ce qu'il espère obtenir en se comportant de cette manière.

— Je n'en sais rien. Ensuite ?

— Ensuite, l'aviation l'a pris en chasse sur une certaine distance, puis a rebroussé chemin. Chmeee a continué son exploration. Il a découvert une terre sauvage, avec un petit château en pierre érigé sur la crête du piton le plus élevé. Il s'est posé dans la cour. Bien entendu, il a subi une attaque, mais les défenseurs n'étaient armés que d'arcs, d'épées et d'autres armes de ce niveau technologique... Une fois que les attaquants ont été tous regroupés autour du module, il les a arrosés avec le canon paralyseur. Puis, il...

— Tais-toi !

Un Kzin jaillit de l'une des arcades, traversa la cour dallée de pierres grises, puis la fenêtre holographique en galopant sur quatre pattes à une vitesse folle. Chmeee, sans aucun doute. Louis reconnut son armure anti-impact. Une flèche était fichée dans l'un des yeux du Kzin. Un long dard en bois, orné de feuilles de papier en guise de plumes.

D'autres Kzinti le coursaient en brandissant des épées et des masses. Des meurtrières, tombaient des traits qui rebondissaient sur l'armure de Chmeee. Comme il atteignait le sas de la navette, un filet de lumière fusa de l'une des barbacanes. Le rayon laser mit le feu aux dalles qui se réduisirent en miettes, puis se concentra sur la navette. Chmeee avait disparu à l'intérieur. Le rayon resta braqué sur l'engin... puis s'éteignit à l'instant où une déflagration transformait la meurtrière en un serpentin rouge et blanc.

— L'imprudent ! murmura l'Ultime. Laisser aux mains de l'ennemi une arme pareille !

Sa deuxième bouche mordillait les contrôles ; elle enclencha la caméra intérieure. Louis put ainsi voir Chmeee qui verrouillait le sas, puis qui gagnait en chancelant l'autodoc, tâchant tant bien que mal de retirer son armure. Une profonde entaille était ouverte dans sa jambe. Il souleva le couvercle de l'autodoc et s'effondra à l'intérieur.

— Tanj ! Il n'a pas enclenché les moniteurs ! Ultime, il faut l'aider !

— Mais comment, Louis ? Si tu essaies de le rejoindre par les disques marcheurs, tu grilleras à la température de fusion. Entre ta vitesse et celle de l'atterrisseur...

— Oui, je sais.

Le Grand Océan se trouvait à trente-cinq degrés au-dessus de la courbe de l'Anneau-Monde. La différence d'énergie cinétique était assez élevée pour vaporiser une cité entière. Pas moyen de secourir Chmeee...

Et Chmeee perdait du sang à profusion.

Soudain, le Kzin poussa un rugissement, se tourna

sur le flanc, s'accrocha au clavier de l'autodoc et tapa sur les commandes. Puis, se redressant, il parvint à refermer le couvercle.

— Pas mal ! apprécia Louis.

La flèche s'était fichée de biais dans son œil. Le tissu cérébral risquait d'être détruit... Mais pas obligatoirement.

— Il a été imprudent, d'accord... Continue !

— Chmeee s'est servi du canon paralyseur pour irradier tout le château. Puis, pendant trois heures, il a chargé des Kzinti dans le coma sur des plaques-repoussoirs et les a transportés dans la cour. Ensuite, il a barricadé toutes les portes de cette cour et est entré dans le château. Je ne l'ai pas vu pendant neuf heures. Louis, pourquoi ce sourire hilare ?

— Tu ne l'as pas vu transporter des femelles dans la cour ?

— Non... Ah ! je crois comprendre.

— Tanj ! Un coup de chance qu'il ait pu réenfiler son armure aussi rapidement. Il a sans doute été blessé avant d'avoir terminé de la boucler.

— Tout semble indiquer que Chmeee ne constitue pour moi aucune menace.

Le Kzin va rester entre vingt et quarante heures dans l'autodoc, estima Louis. Maintenant, c'est quitte ou double.

— Il y a une chose dont il faut que nous discutions avec Chmeee, annonça Louis, bien que je suppose que cela ne servira à rien. Ultime, s'il te plaît, enregistre l'entretien qui va suivre. Envoie-le dans l'atterrisseur sur circuit bouclé. Je veux que Chmeee l'entende à son réveil.

Le Marionnettiste mordilla son panneau de contrôle.

— Exécuté... Et de quoi devons-nous nous entretenir ?

— Chmeee et moi, n'avons jamais été convaincus

que tu nous ramènerais dans l'Espace connu, ni même que tu en serais capable.

Le Marionnettiste avait écarté au maximum ses deux têtes plates afin de voir Louis de deux directions à la fois. Il scruta longuement son sceptique allié et éventuel ennemi.

— Et pourquoi pas, Louis ?

— Primo, nous savons trop de choses. Secundo, tu n'as aucune raison de retourner dans aucun des mondes de l'Espace connu. Avec ou sans transmutateur magique, le seul endroit où tu voudras te rendre, à ce moment-là, sera naturellement la Flotte des Mondes.

Un tic musculaire faisait tressaillir l'arrière-train du Marionnettiste. Ce muscle contrôlait la jambe qu'utilisaient les Marionnettistes pour se battre : dos tourné à l'ennemi, les deux yeux grands écartés fixés sur ce dernier et bang ! une ruade.

— Et cela serait-il aussi grave que cela ?

— Ce serait certes mieux que de rester coincés ici, admit Louis. Quelles étaient tes intentions ?

— Nous pouvons vous rendre la vie très agréable. Comme tu le sais, nous possédons la drogue de longévité des Kzinti. Nous pouvons aussi vous fournir en épice survolteuse. Dans l'*Aiguille*, nous disposons d'assez de place pour des femelles kzinti et hominiennes. Et, de fait, nous avons déjà à bord une femelle des Bâtisseurs. D'ailleurs, vous voyagerez en stase, si bien que le manque de place ne sera pas un problème. Toi et ton entourage, vous pourrez vous installer sur l'un des quatre mondes agricoles de la Flotte. Vous en serez quasiment les propriétaires.

— Et si un jour nous nous lassons de la vie pastorale ?

— Absurde. Vous auriez accès à toutes les bibliothèques de vos mondes natals. Accès à tous les savoirs qui ont émerveillé l'Humanité et qu'elle rêve d'acquérir depuis le premier jour où nous avons bien voulu nous montrer à elle. Notre Flotte se déplace à travers l'espace à une vitesse qui frise celle de la lumière afin de parvenir jusqu'aux Nuages de Magellan. Avec nous, vous seriez à l'abri de la prochaine explosion du noyau galactique. Et il est fort probable que nous aurons besoin de vos services pour explorer… des régions intéressantes, se trouvant plus avant sur notre trajectoire.

— Dangereuses, tu veux dire.

— Que voulez-vous que ce soit d'autre?

Louis fut plus appâté qu'il ne voulait se l'avouer. Mais Chmeee, comment allait-il prendre cette proposition? Une vengeance remise à plus tard? Une occasion inespérée d'anéantir le monde mère des Marionnettistes dans quelque avenir imprécis? Ou une simple atteinte à son honneur?

— Cette offre est-elle contingente à notre découverte du transmutateur?

— Non. De toute façon, vos talents nous seront indispensables. Néanmoins… Toute promesse que je fais aujourd'hui sera plus facile à tenir sous un régime expérimental. Les Conservateurs risquent de ne pas reconnaître ta valeur, et encore moins celle de Chmeee.

Voici qui est joliment formulé, reconnut Louis.

A propos de Chmeee…

— Le Kzin nous a trahis, enchaîna l'Ultime, mais ma proposition est également valable pour lui. Il a découvert des femelles de son espèce. Il désirera sans doute les sauver. Peut-être pourras-tu le convaincre, toi.

— Je n'en suis pas certain.

— En outre, vous pourrez peut-être un jour revoir vos mondes respectifs. Dans un millier d'années, l'Espace connu aura oublié les Marionnettistes. Mais pour vous, quelques décennies seulement se seront écoulées pendant que vous tomberez dans l'espace libre avec la Flotte des Mondes, à une vitesse quasiment égale à celle de la lumière.

— Donne-moi un peu de temps pour réfléchir. J'en parlerai à Chmeee lorsque j'en aurai la possibilité.

Louis jeta un coup d'œil derrière lui. Les deux Bâtisseurs l'observaient. Il était regrettable qu'il ne puisse les consulter, eux aussi, car il allait décider également de leur destin.

Mais Louis, en vérité, avait déjà pris sa décision.

— Avant tout, ce que j'aimerais faire, dit-il, c'est aller dans le Grand Océan. Nous pourrions passer par Poing-de-Dieu, puis réduire la vitesse pour...

— Je n'ai aucunement l'intention de déplacer l'*Aiguille*. Le bouclier antimétéorite n'est peut-être pas l'unique arme défensive. Il me cause déjà assez de problèmes.

— Je parie que je pourrai te faire changer d'avis. Tu te souviens de l'espèce d'échafaudage destiné à transporter les statoréacteurs Bussard au sommet du parapet ? Jette donc un coup d'œil à cet endroit.

Le Marionnettiste se pétrifia un instant, tourbillonna comme une toupie, puis disparut derrière le mur opaque de ses quartiers privés.

Cela allait le tenir occupé assez longtemps.

Louis Wu gagna sans hâte sa pile de vêtements et d'équipement entassés en vrac. Il prit la lampe laser dans sa veste. *Etape nº 4:* dans une seconde. Dommage que son autodoc fût dans le module, à cent cinquante millions de kilomètres. Il risquait d'en avoir besoin.

La coque extérieure de l'*Aiguille* était certainement protégée par un bouclier antiradiation. Tous les astronefs en possédaient un, du moins à hauteur des fenêtres. Sous l'impact d'une lumière meurtrière, ce bouclier se transformait en un miroir, sauvant éventuellement la vue du pilote, et arrêtait le rayonnement solaire, ainsi que les lasers. Puisque l'Ultime en avait installé un entre son poste de pilotage et ses captifs, il avait dû également protéger toute la proue de son vaisseau.

Mais le sol ?

Louis se mit à genoux. Le moteur d'hyperpropulsion occupait toute la longueur du vaisseau. Couleur de bronze, avec quelques sections en cuivre et en métal-coque, cette machinerie marionnettiste tout en courbes avait déjà l'air à moitié fondue. Louis braqua sa lampe laser sur le moteur et tira à travers le sol transparent.

La surface en bronze réfléchit le rayon étincelant. De la vapeur métallique jaillit comme une éruption volcanique. Le métal liquide se mit à ruisseler. Louis laissa le faisceau mordre plus avant dans les appareils, puis décrivit des cercles rapides, brûlant ou faisant fondre tout ce qui lui paraissait vital. Il regretta soudain de ne jamais avoir étudié la technologie des systèmes d'hyperpropulsion.

La lampe chauffait dans sa main. Plusieurs minutes s'étaient déjà écoulées. Il pointa le pinceau sur l'une des six fixations qui maintenaient le moteur suspendu dans son compartiment où régnait le vide. La fixation ne fondit pas mais s'amollit et céda. Il en attaqua une autre. L'énorme masse du moteur pencha et se déboîta. A ce moment-là, l'étroit pinceau se mit à scintiller comme un stroboscope, puis s'éteignit. La batterie était morte. Louis jeta la lampe au loin, se souvenant brusquement que le Marionnettiste était capable de la faire exploser dans sa main.

Alors, il gagna la cloison à la proue de sa cage. L'Ultime était invisible mais Louis perçut le sifflement d'un orgue à vapeur agonisant.

Soudain, l'Ultime émergea de derrière sa section vert opaque en clopinant sur ses trois pattes et se planta face à Louis. Tous ses muscles étaient agités de tics nerveux.

— Approche, dit Louis Wu. Réfléchissons ensemble.

Sans hâte aucune, le Marionnettiste replia ses deux longs cous, enfouit ses deux têtes à hauteur de son ventre et referma ses pattes antérieures autour d'elles.

24

CONTRE-PROPOSITION

Louis Wu se réveilla affamé et la tête claire. Il se prélassa encore pendant quelques minutes, savourant le plaisir de l'apesanteur. Sa montre lui apprit qu'il avait été dans les bras de Morphée pendant sept heures.

Les invités de l'*Aiguille* étaient allongés à même le sol, sous l'un des énormes crampons qui avaient maintenu l'atterrisseur durant la traversée. Enfouie dans ses ponchos, une jambe nue pointant à l'extérieur, la femme aux cheveux blancs dormait, crispée. Le jeune aux cheveux châtains, lui, dormait comme un bébé.

Pas moyen de les réveiller, mais à quoi bon ? Aucun son ne pouvait franchir la cloison et le disque traducteur était éteint. En outre, le circuit de disques marcheurs ne pouvait transporter qu'un poids limité. Le Marionnettiste redoutait-il vraiment une conspiration retorse ? Louis sourit. Sa mutinerie s'était déroulée très facilement. La simplicité même.

Il se composa au cadran un croque-monsieur et le mangea tout en gagnant sur la pointe des pieds la cloison de sa cellule qui le séparait de l'Ultime.

Au repos, ce dernier ressemblait à un œuf. Seule, une touffe de cheveux blancs dépassait. Il n'avait pas bougé depuis sept heures.

Louis avait déjà vu le même comportement chez Nessus. C'était la réponse d'un Marionnettiste à un choc : contempler son nombril et faire disparaître le monde. Pourquoi pas ? Mais sept heures, cela paraissait excessif. Si jamais le Marionnettiste avait sombré dans un état catatonique, c'était la fin de tout.

Les oreilles de l'Ultime se trouvaient dans ses deux têtes enfouies sous une masse de chair et d'os.

— Je te propose plusieurs points de discussion, s'époumona Louis.

Le Marionnettiste ne réagit pas. Haussant encore la voix, Louis se lança dans un soliloque :

— Cette structure est en train de dériver vers son soleil. Nous pouvons intervenir pour prévenir cette catastrophe mais impossible tant que tu continueras à admirer ton nombril. Personne, excepté toi, ne connaît le fonctionnement des instruments, senseurs, propulseurs, etc., de l'*Aiguille*. Et ce, parce que tu l'as voulu ainsi. Donc, chaque minute de plus que tu passes à imiter un tabouret nous rapproche, toi, moi et Chmeee, de l'échéance fatale. Mais aussi d'une opportunité à laquelle aucun astrophysicien ne serait capable de résister.

Louis termina son croque-monsieur en attendant une réponse. Les Marionnettistes étaient extrêmement doués pour les langues et savaient parler bon nombre de celles des espèces étrangères. Mais un Marionnettiste allait-il mordre à un appât verbal ?

De fait, l'Ultime dégagea juste assez une tête pour demander :

— Quelle opportunité ?

— Celle d'observer les taches solaires de l'intérieur.

La tête se réfugia sous le ventre du Marionnettiste.

— L'équipe de réparation arrive, mugit Louis.

Têtes et cous réapparurent et mugirent en réponse :

— Mais qu'est-ce que tu nous as fait ? A quoi t'exposes-tu ? A quoi m'exposes-tu ? Et ces deux natifs qui auraient pu s'échapper à cause du feu ? N'es-tu donc capable que de vandalisme ?

— Si fait. Une fois, tu as même dit qu'un jour nous devrons décider qui dirige cette expédition. Ce jour-là est arrivé. Mais laisse-moi t'expliquer pourquoi tu ferais mieux d'exécuter mes ordres.

— Jamais je n'aurais prévu qu'un dépendant à l'égard du courant eût soif de pouvoir.

— Mets-toi bien une chose dans tes têtes. Je suis plus doué que toi en matière de prévisions.

— Continue.

— Nous ne repartirons pas d'ici. Même la Flotte des Mondes est hors de portée en vitesse infraluminique. Si l'Anneau-Monde disparaît, nous disparaîtrons tous. Il faut que nous lui fassions, d'une façon ou d'une autre, reprendre sa position initiale.

» Troisième point. Les Ingénieurs de l'Anneau-Monde se sont éteints il y a au moins un quart de million d'années, annonça Louis d'un ton circonspect. D'après Chmeee, deux millions. Mais les hominiens ne pouvaient ni muter ni évoluer tant que ces Ingénieurs étaient en vie. Ils ne l'auraient pas permis. C'étaient des protecteurs Pak.

Louis avait prévu une réaction de terreur, d'horreur ou de surprise. Mais le Marionnettiste ne manifesta qu'une simple résignation.

— Des xénophobes, dit-il. Vicieux, durs et très intelligents.

Il s'en était donc déjà douté.

— Mes ancêtres, ajouta Louis. Ce sont eux qui ont construit l'Anneau-Monde et ils ont également construit le système, peu importe lequel, permettant de le maintenir en place. Lequel de nous deux a le plus de chances de raisonner comme un protecteur Pak ? L'un de nous doit pourtant tenter de le faire.

— Cette discussion n'aurait aucun sens si tu nous avais laissé une chance de pouvoir fuir. Louis, je te faisais confiance ! Le moteur d'hyperpropulsion !

— Cela me chagrinerait de penser que tu es idiot à ce point. Nous ne nous sommes pas engagés volontairement dans cette expédition. Que ce soient les Kzinti ou les Humains, nous faisons de piètres esclaves.

— As-tu un quatrième argument ?

Louis fit la grimace.

— J'ai déçu Chmeee. Il voulait t'avoir à sa botte. Si je lui annonce que, dorénavant, tu exécutes mes ordres, il sera impressionné. En outre, nous avons besoin de lui.

— Exact. Il risque de penser mieux que toi comme un protecteur Pak.

— Alors ?

— Tes ordres ?

Louis les lui donna.

Harkabeeparolyn s'extirpa de ses ponchos sans apercevoir Louis qui sortait d'un angle de la soute. Elle poussa un hoquet et redisparut sous ses ponchos. Une masse de laine bosselée glissa alors vers la toge bleue, abandonnée un peu plus loin.

Singulier comportement. Le tabou de la nudité chez les spécialistes du *rishathra* ? Aurait-il dû se présenter vêtu ? Il fit ce qu'il pensait être une preuve de tact. Il lui tourna le dos et alla rejoindre le jeune.

Debout devant le mur, celui-ci observait les immenses vaisseaux démantelés. Il flottait dans son poncho trop grand pour lui.

— Louiiuu, étaient-ce nos vaisseaux ?

— Oui.

Le jeune sourit.

— Est-ce que ton espèce a construit des vaisseaux aussi grands ?

Louis se creusa les méninges.

— Les astronefs lents avaient presque cette taille-là. Nous avons eu besoin d'immenses vaisseaux avant de savoir franchir le barrage de la lumière.

— Et celui-ci, appartient-il à ton peuple ? Peut-il voyager plus vite que la lumière ?

— Avant, oui. Mais plus maintenant. Je crois que les coques 4 des Produits Généraux sont encore plus grandes que vos vaisseaux, mais nous ne les avons pas construites. Ce sont des vaisseaux marionnettistes.

— C'était un Marionnettiste, celui avec qui nous avons parlé hier, n'est-ce pas ? Il nous a posé un tas de questions à ton sujet. Nous ne pouvions pas lui dire grand-chose.

Harkabeeparolyn les avait rejoints. Vêtue de sa toge bleue de bibliothécaire, elle avait recouvré sa dignité.

— Louiiuu, notre statut a-t-il changé ? Nous avions compris que tu n'avais pas l'autorisation de nous rendre visite.

Elle eut encore du mal à le regarder droit dans les yeux.

— J'ai pris le commandement.

— Aussi facilement ?

— J'ai payé un prix…

— Louiiuu, coupa le jeune, nous nous déplaçons.

— C'est parfait.

— Est-il possible de baisser la lumière ici ? demanda Harkabeeparolyn.

Louis donna de la voix et les lumières s'éteignirent. Aussitôt, il se sentit plus à l'aise. L'obscurité masquait sa nudité. L'attitude d'Harkabeeparolyn était contagieuse.

La *Brûlante Aiguille d'Interrogatoire* s'éleva de quarante mètres au-dessus du spatioport. Vite, furtivement presque, sans effets pyrotechniques, le vaisseau glissa jusqu'à la lisière du monde et s'en éloigna.

— Où allons-nous ? demanda la Bâtisseuse.

— Sous le monde. Et nous ressortirons au niveau du Grand Océan.

Ils n'éprouvaient aucune sensation de chute, mais

la saillie du spatioport s'élevait sans bruit. L'Ultime laissa ainsi tomber l'*Aiguille* sur plusieurs kilomètres avant d'enclencher les propulseurs, puis il décéléra et vira vers le ventre de l'Anneau-Monde.

Le filet de ténèbres s'élargit jusqu'à devenir le ciel. A leurs pieds s'étendait une mer d'étoiles, plus étincelantes que celles qu'un natif aurait pu apercevoir à travers l'atmosphère, sous le clair d'Arche. Mais en revanche, le firmament au-dessus de leurs têtes était d'un noir d'encre. Le fourreau en mousse de *scrith* de l'Anneau-Monde ne reflétait pas le moindre rayon stellaire.

Louis se sentait toujours mal à l'aise nu.

— Je retourne dans ma cabine, annonça-t-il. Pourquoi ne vous installez-vous pas chez moi ? J'ai de la nourriture, des vêtements de rechange et des lits plus confortables.

Harkabeeparolyn, qui fut la dernière à emprunter le disque marcheur, surgit dans la cellule comme du néant et tressaillit avec violence. Louis éclata de rire. Elle voulut le fusiller du regard mais détourna aussitôt les yeux. Il était toujours nu !

Louis commanda au cadran une chasuble longue et l'enfila.

— Mieux ?

— Mieux. Tu me prends pour une sotte ?

— Non. Mais je crois que le sens de l'acclimation te fait défaut. Il t'est interdit d'aller nue dans la plupart des lieux. Aussi mon attitude te paraît-elle étrange. Peut-être que je me trompe ?

— Peut-être que non, répondit-elle, surprise.

— Vous avez dormi hier sur un sol dur. Essayez le lit d'eau. Il est assez grand pour vous deux, plus deux autres encore. Chmeee n'y dort pas en ce moment.

Kawaresksenjajok se jeta de tout son poids sur le lit

d'eau recouvert d'une fourrure. Le jeune rebondit et une tempête se déclencha sous la fourrure.

— Louiiuu, c'est formidable ! C'est comme nager, mais à sec.

Raide de dégoût, Harkabeeparolyn s'assit sur le lit houleux.

— Chmeee ? s'enquit-elle d'un ton dubitatif.

— Deux mètres cinquante et le corps couvert d'une épaisse fourrure orange. Il est... en mission dans le Grand Océan. Vous allez faire sa connaissance. Vous pourrez même le convaincre de partager son lit avec vous.

Le jeune éclata de rire.

— Ton ami, se rebiffa la femme, devra se trouver une autre partenaire. Je ne pratique pas le *rishathra*.

Louis pouffa de rire. *Tanj !* jura-t-il à part lui.

— Chmeee est plus étrange que tu ne le penses. Il ne ferait même pas le *rishathra* avec une plante-saucisse. Tu seras en parfaite sécurité avec lui à moins qu'il ne désire le lit pour lui tout seul. Ce qui est possible. Mais faites attention à ne jamais le réveiller en le secouant. Sinon, il reste les plaques de couchage.

— Les utilises-tu ?

— Oui.

Il parvint à déchiffrer son expression.

— Le champ peut être réglé de sorte que les deux corps ne se touchent pas.

Tanj ! la présence du jeune l'inhibait-elle ?

— Louiiuu, nous t'avons imposé notre présence alors que tu es en cours de mission. Etiez-vous seulement venus pour voler des connaissances ?

La réponse correcte eût été l'affirmative. Toutefois, il s'en tint à la vérité.

— Nous sommes venus pour sauver l'Anneau-Monde.

— Mais comment puis-je... ? commença-t-elle, songeuse.

Ses yeux se portèrent soudain derrière Louis.

A la proue, l'Ultime attendait derrière la cloison transparente. Il resplendissait. Les pointes de ses sabots fourchus étaient peintes en argent et sa crinière striée de mèches d'or et d'argent. Le fin duvet blanc qui couvrait le restant de son corps avait été tellement brossé qu'il brillait.

— Harkabeeparolyn, Kawaresksenjajok, soyez les bienvenus, chantonna-t-il de sa voix la plus mélodieuse. Votre aide nous sera précieuse. Nous venons de franchir une distance considérable entre les étoiles dans l'espoir d'épargner à vos nations et à votre monde la mort la plus atroce qui soit.

Louis s'étrangla de rire. Heureusement, ses invités n'avaient d'yeux que pour le Marionnettiste.

— D'où viens-tu? demanda le jeune à l'Ultime. Comment est-ce?

Le Marionnettiste s'efforça de leur dépeindre son monde. Il leur parla de cinq planètes qui tombaient dans l'espace à une vitesse approchant celle de la lumière: cinq sphères disposées en pentagone, une rosace de Kemplerer. Des soleils artificiels orbitaient autour de quatre d'entre elles: les planètes agricoles qui fournissaient les produits alimentaires. Celle qui servait d'habitation avait pour seule source de lumière celle de ses rues et de ses bâtiments. Les continents étincelaient d'une clarté jaune-blanc, les océans étaient noirs de jais. De brillantes étoiles isolées et cernées de brume étaient des usines flottant sur la mer dont la chaleur rejetée en déchets portait l'eau à ébullition, évitant ainsi à son monde de geler.

Le jeune écouta, le souffle coupé. Mais la bibliothécaire murmura pour elle-même:

— Il *doit* vraiment venir des étoiles lointaines. Aucun être vivant connu ne lui ressemble.

Le Marionnettiste décrivit les rues grouillantes, les édifices colossaux, les parcs, ultime refuge de la vie primitive. Il parla des chaînes de disques marcheurs qui permettaient de faire le tour du monde en l'espace de quelques minutes.

Harkabeeparolyn secoua la tête avec vigueur.

— S'il te plaît, dit-elle d'une voix forte, nous n'avons pas le temps. Je suis navrée, Kawa ! Nous aimerions bien vous écouter encore, nous sommes avides d'apprendre, mais... notre monde ! notre soleil ! Louis, jamais je n'aurais dû mettre en doute ta parole. Que pouvons-nous faire pour aider ?

— Lire pour moi, dit l'Ultime.

Allongé sur le dos, Kawaresksenjajok regardait défiler la face cachée de l'Anneau-Monde.

L'*Aiguille* fonçait sous une sorte de toiture noire sans traits distinctifs dans laquelle l'Ultime avait fait apparaître deux « fenêtres » holographiques. L'un de ces grands rectangles montrait une vue en lumière intensifiée ; l'autre examinait l'envers de l'Anneau-Monde grâce aux infrarouges. A cette fréquence, l'envers des zones diurnes brillait d'un éclat plus intense que celles plongées dans l'ombre des écrans. Rivières et mers étaient noires le jour, et brillantes la nuit.

— Comme l'autre côté d'un masque, tu comprends ?

Louis parlait au jeune à voix basse pour ne pas gêner Harkabeeparolyn.

— Le delta où se jettent plusieurs fleuves, tu le vois ? Et ces grosses bosses ? Ce sont des mers. Et cette série de cavités : une chaîne de montagnes.

— Vos mondes sont comme cela ?

— Oh ! non. Ton monde a été sculpté. Les mers ont toutes la même profondeur et elles sont espacées de manière qu'il y ait assez d'eau partout. Sur l'une de mes planètes, la forme de la surface n'est que le fruit du hasard et le sous-sol est solide.

— Quelqu'un a sculpté le monde comme un bas-relief ?

— Exactement.

— Louiiuu, c'est effrayant. Qui a fait cela ?

— Ils pensaient en grand, aimaient leurs enfants et ressemblaient à des armures vivantes.

Louis décida de ne pas en révéler plus au sujet des protecteurs.

— Et ça, c'est quoi ? demanda le jeune en pointant le doigt.

— Je l'ignore.

Sur la face cachée, courait une ride, dans laquelle flottait du brouillard.

— Peut-être une perforation, reprit Louis, provoquée par une météorite. Au-dessus, il devrait y avoir un Œil-Cyclone.

L'écran de lecture se trouvait dans le poste de pilotage de l'autre côté de la cloison. L'Ultime l'avait réparé et y avait ajouté un câble tressé qu'il avait fixé à la console de contrôle. Au fur et à mesure qu'Harkabeeparolyn lisait à voix haute, l'ordinateur de bord lisait la bande, établissait des corrélations entre la voix et son propre stock dans la langue d'Halrloprillalar. Cette langue avait certes évolué au fil des siècles, mais pas beaucoup, pas dans une société lettrée. Il restait à espérer que l'ordinateur saurait lire tout seul sans tarder.

Quant à l'Ultime, il avait disparu dans la section secrète. Il avait subi trop de chocs successifs et rapprochés. Louis ne pouvait lui reprocher d'être un peu hystérique.

L'*Aiguille* continuait d'accélérer. A présent, le paysage inversé défilait trop vite pour qu'ils en distinguent vraiment les détails. La voix d'Harkabeeparolyn devenait rauque. L'heure de la pause-déjeuner, décida Louis.

Mais un problème surgit. Louis commanda des filets mignons avec des pommes de terre à l'anglaise, plus du brie et du pain français. Le jeune fixa la nourriture d'un air écœuré. La femme, quant à elle, regardait Louis Wu horrifiée.

— Je suis navré. J'avais oublié. Je continue à penser que vous êtes omnivores.

— Omnivores, oui. Nous mangeons aussi bien des végétaux que de la viande, expliqua la Bâtisseuse. Mais pas de la nourriture *pourrie* !

— Ne te fâche pas ! Il n'y a aucune bactérie là-dedans. La viande a correctement vieilli, le lait a été soumis à l'action d'un ferment...

Louis jeta leurs assiettes dans le digesteur et recomposa au cadran un autre menu. Des fruits, des crudités accompagnées d'une crème aigre dans un récipient séparé qu'il jeta également et des fruits de mer, y compris du sashimi. Ses invités n'avaient jamais vu de poissons d'eau salée. Ils l'apprécièrent mais cela leur donna très soif.

Observer Louis manger leur donna des haut-le-cœur. Que suis-je censé faire ? Crever de faim ?

Eux risquaient en tout cas de souffrir d'anémie. Où se procurerait-il de la viande rouge ? Sur la partie de l'autocuisine qu'utilisait Chmeee, bien sûr ! Il suffisait alors de la cuire grâce au laser réglé sur son faisceau maximal, en haute intensité. Il fallait maintenant qu'il réussît à convaincre l'Ultime de recharger la batterie de sa lampe. Cela risquait d'être difficile, étant donné le dernier usage qu'il en avait fait.

Deuxième problème : le sel. Les deux natifs risquaient de trop en consommer. Comment le résoudre ? Louis ne le savait pas. L'Ultime était-il capable de modifier le réglage du synthétiseur alimentaire ?

Après le déjeuner, Harkabeeparolyn reprit sa lecture. Maintenant, l'Anneau-Monde défilait trop vite pour en distinguer le moindre détail. Kawaresksenjajok ne cessait d'aller et venir entre la cellule et la soute, tout à sa joie d'utiliser le disque marcheur.

Louis était nerveux, lui aussi. Il aurait dû étudier : repasser les enregistrements de leur premier voyage ou des aventures de Chmeee pour remettre à jour la Carte de Kzin. Mais l'Ultime n'était pas disponible.

Peu à peu, Louis prit conscience d'un nouveau motif d'énervement.

Il désirait la bibliothécaire. Il aimait sa voix. Elle parlait depuis des heures et, pourtant, elle n'avait pas perdu son timbre agréable. Elle lui avait expliqué que, parfois, elle lisait à des enfants aveugles : des enfants qui ne voient pas. Cette seule idée émouvait Louis. Il aimait sa dignité et son courage. Il aimait sa toge qui soulignait ses formes. Et il avait eu un aperçu de son corps nu.

Cela faisait des années que Louis Wu n'avait pas aimé une femme à cent pour cent humaine. Et Harkabeeparolyn l'était presque. Elle était la seule femme à bord. Lorsque, enfin, le Marionnettiste réapparut, Louis fut heureux de cette distraction.

Louis et l'Ultime discutèrent à voix basse en interwold, cependant qu'Harkabeeparolyn continuait de lire pour l'ordinateur.

— D'où viennent-ils donc ces réparateurs amateurs ? demanda Louis. Qui, sur l'Anneau-Monde, peut détenir les connaissances nécessaires pour remonter les réacteurs d'attitude ? Pourtant, on dirait qu'ils ignorent que cela sera insuffisant.

— Ne t'occupe pas d'eux, répondit l'Ultime.

— Mais peut-être savent-ils que ce sera insuffisant. Peut-être que ces pauvres types sont incapables d'envisager une autre solution ? D'ailleurs, où ont-ils déniché leur équipement ? J'aimerais bien le savoir. Peut-être dans le Centre de Réparations ?

— Louis, nous avons assez de problèmes à résoudre. Ne t'occupe pas d'eux.

— Pour une fois, je crois que tu as raison. Mais c'est plus fort que moi, ces questions me turlupinent. Teela Brown a acquis ses connaissances dans l'Espace humain. Les grandes structures spatiales n'avaient rien de nouveau pour elle. Et lorsque le soleil a commencé à se déplacer, elle a dû comprendre ce que cela impliquait.

— Teela Brown aurait-elle été capable d'organiser une entreprise aussi colossale ?

— Peut-être que non. Mais Chercheur est sans doute encore avec elle. Chercheur est-il sur tes bandes ? C'est un natif de l'Anneau-Monde. Et peut-être immortel, qui sait ? C'est Teela qui l'a trouvé. Un peu fou mais capable de mettre sur pied cette entreprise. Il prétendait avoir été roi, et plus d'une fois.

— Teela Brown fut une expérimentation loupée. Nous avons essayé de donner le jour à un être humain chanceux, ayant l'intuition que les Marionnettistes pourraient profiter de ce facteur chance. Teela a peut-être eu de la chance, cela nous n'en savons rien, après tout, mais une chose est certaine, c'est que sa chance n'est pas contagieuse. Je ne veux plus revoir Teela Brown.

Louis fut parcouru d'un frisson.

— Moi non plus.

— En ce cas, nous devons éviter d'attirer sur nous l'attention de l'équipe de réparation.

— Ajoute un post-scriptum à la bande que tu enverras à Chmeee, dit Louis. « Louis Wu rejette la proposition d'asile sur la Flotte des Mondes. Louis Wu a pris les commandes de la *Brûlante Aiguille d'Interrogatoire* et a détruit le moteur d'hyperpropulsion. » Cela devrait lui donner matière à réflexion.

— Moi aussi, j'ai réfléchi. Louis, mes senseurs ne pénétreront pas le *scrith*. Ton post-scriptum devra attendre.

— Dans combien de temps l'aurons-nous rejoint ?

— Quarante heures environ. J'ai accéléré à quinze cents kilomètres par seconde. A cette vitesse, il faut une accélération de plus de cinq g pour rester sur notre trajectoire.

— Nous pouvons supporter jusqu'à trente gravités. Tu es trop prudent.

— Je suis parfaitement conscient de ton opinion.

— Bon tanj ! Toi aussi, tu es doué pour ne pas respecter les ordres.

25

LES GRAINES DE L'EMPIRE

A la manière d'un plafond incurvé, le sous-sol de l'Anneau-Monde défilait à une vitesse prodigieuse.

Mais vu à cinquante mille kilomètres de distance, à la vitesse de quinze cents kilomètres par seconde, ce spectacle manquait d'intérêt. En outre, le cocon de mousse qui le capitonnait ne permettait pas de voir grand-chose. Le jeune dormait sur la fourrure orange. Louis continuait de monter la garde, c'est ce qu'il avait de mieux à faire, sinon il serait en train de flotter dans sa cellule en se demandant si, au fond, il ne les avait pas tous condamnés à un funeste destin.

— Cela suffit ! dit enfin l'Ultime à la Bâtisseuse.

Harkabeeparolyn se massa la gorge. Elle et Louis regardèrent l'Ultime qui fit défiler les quatre bandes volées dans la machine de lecture. Cela ne prit que quelques minutes.

— Désormais, c'est le problème de l'ordinateur, déclara le Marionnettiste. J'ai programmé les questions. Si les réponses se trouvent dans ces bandes, nous les aurons dans quatre heures, au plus tard. Louis, et si ces réponses ne nous plaisent pas ?

— Ecoutons d'abord les questions.

— Existe-t-il des antécédents d'activité de réparations sur l'Anneau-Monde ? Si oui, d'où provient l'équipement de réparation ? D'une source unique ?

Les réparations sont-elles plus fréquentes dans une région précise ? Existe-t-il une partie de l'Anneau-Monde mieux conservée que les autres ? Relever toutes les références aux créatures de type Pak. Quelles sont les propriétés magnétiques du sol de l'Anneau-Monde et du *scrith*, en général ?

— Bien.

— Ai-je oublié quelque chose ?

— Oui. Quelle est la source la plus probable de la drogue de l'immortalité ? La réponse sera le Grand Océan, mais autant poser cette question.

— Je la poserai. Mais pourquoi le Grand Océan ?

— Oh ! en partie parce qu'il est visible de partout. Et en partie parce que nous n'avons jamais observé qu'un seul échantillon de cette drogue. Celui qu'Halrloprillalar détenait. Or, nous l'avons rencontrée dans le voisinage du Grand Océan.

Et en partie aussi parce que c'est là que nous nous sommes écrasés, songea Louis. *La chance de Teela Brown fausse les probabilités. La chance de Teela Brown nous a peut-être amenés droit au Centre de Réparations, lors de notre première visite.*

— Harkabeeparolyn, crois-tu que nous ayons oublié une question ?

— Je ne comprends pas ce que vous faites, répondit-elle d'une voix enrouée.

Comment le lui expliquer ?

— Notre machine se souvient de tout ce qui se trouve sur tes bandes. Nous lui demandons de creuser sa mémoire afin de fournir les réponses aux questions que nous lui posons.

— Alors, demande-lui comment sauver l'Anneau-Monde.

— Nous devons poser des questions plus précises. La machine est capable de se souvenir, d'établir des corrélations et de faire des additions, mais elle n'a pas la capacité de penser par elle-même. Elle n'est pas assez puissante.

Harkabeeparolyn secoua la tête.

— Et si les réponses sont fausses ? s'obstinait l'Ultime. Nous ne pouvons plus repartir.

— Dans ce cas, nous essaierons autre chose.

— J'y ai déjà songé. Nous pouvons nous placer en orbite polaire autour du soleil afin de minimiser le risque d'être bombardés par un fragment de l'Anneau-Monde en train de se désintégrer. Je placerai l'*Aiguille* en stase pour attendre les secours. Aucun secours ne viendra mais ce risque est moins grave que le danger immédiat qui nous menace.

Les choses pourraient bien en arriver là, se dit Louis.

— Parfait. Il nous reste deux ans pour trouver une meilleure solution, lança-t-il, courageusement.

— Moins, si...

— Boucle-la.

Exténuée, la bibliothécaire se laissa choir lourdement sur le lit d'eau. La fausse fourrure de Kzin se mit à onduler sous son corps. Un instant, la Bâtisseuse resta rigide, puis prudemment s'allongea sur le dos alors que la fourrure continuait à faire des vagues. Peu à peu, Harkabeeparolyn se laissa bercer au rythme du flux et du reflux. Kawaresksenjajok rouspéta dans son sommeil et lui tourna le dos.

La bibliothécaire était délicieusement attirante. Louis domina son désir fou de la rejoindre sur le lit.

— Comment te sens-tu ? demanda-t-il.

— Fatiguée. Misérable. Reverrai-je un jour ma cité ? Si la fin survient — lorsqu'elle surviendra —, j'aimerais l'attendre sur le toit de la Bibliothèque. Mais les fleurs seront déjà mortes, à ce moment-là, n'est-ce pas ? Brûlées ou gelées.

— Oui.

Louis était ému. Lui-même ne reverrait jamais son pays natal.

— J'essaierai de te ramener là-bas. Pour l'heure, tu as besoin de dormir. Et d'un bon massage du dos.

— Non.

Etrange. Harkabeeparolyn n'appartenait-elle pas à l'espèce des Bâtisseurs, le peuple d'Halrloprillalar qui, au moyen du sexe, avait régné sur l'Anneau-Monde ? Parfois, il avait du mal à se souvenir qu'à l'intérieur d'une même espèce non terrestre les individus différaient considérablement, à l'instar des Humains.

— Le personnel de la Bibliothèque, fit-il remarquer, ressemble à une caste sacerdotale. Faites-vous vœu de continence ?

— Quand nous travaillons dans la Bibliothèque, nous sommes chastes. Mais moi, je le suis par choix.

Elle se redressa sur un coude pour le considérer.

— Nous savons que toutes les autres espèces ont envie de faire le *rishathra* avec les Bâtisseurs. Est-ce ton cas ?

Louis avoua que oui.

— J'espère que tu sais te contrôler.

Louis soupira.

— Oh ! tanj ! que oui ! Je suis vieux d'un millier de *falans*. J'ai appris à me distraire tout seul.

— Comment ?

— D'ordinaire, je cherche une autre femme.

La bibliothécaire ne rit pas.

— Et si aucune femme n'est disponible ?

— Bah... ! De la gym jusqu'à tomber mort de fatigue. M'enivrer au carburant. Partir en sabbatique, loin dans l'espace interstellaire, dans un vaisseau monoplace. M'abrutir de travail.

— S'enivrer est une erreur, dit-elle.

Certes !

— Et quel autre genre de plaisirs ?

Le distil ! Un chouia de courant, et qu'Harkabeeparolyn se transforme en limace verte, il s'en moquerait comme de l'an quarante ! Mais pourquoi, sans le courant, cette éventualité devrait-elle l'inquiéter ? Il n'admirait pas cette femme. Peut-être un peu, pour être franc. Mais elle avait joué son rôle. Désormais, il pouvait sauver l'Anneau-Monde ou le perdre sans son aide.

— De toute façon, tu auras ton massage.

Il la contourna pour aller appuyer sur une touche du lit d'eau. Harkabeeparolyn eut l'air surpris, puis sourit et se détendit complètement, enveloppée dans les vibrations soniques du lit. Bientôt, elle dormait. Il régla le dispositif sur vingt minutes de marche.

Alors, Louis Wu eut le cafard.

S'il n'avait pas vécu un an avec Halrloprillalar, le crâne chauve, les lèvres en lame de couteau et le petit nez plat d'Harkabeeparolyn l'auraient laissé indifférent. Seulement, il avait vécu un an avec une Bâtisseuse...

Et lui-même avait des cheveux là où cette espèce n'en avait pas. Etait-ce cela qui la rebutait ? Ou l'odeur de sa nourriture, de son haleine ? Ou encore un signal social qu'il ignorait ?

Il n'était pas logique qu'un Homme qui avait détourné un vaisseau marionnettiste, qui consacrait sa vie à vouloir sauver celle de billions d'autres, qui avait su décrocher d'une drogue extrêmement puissante, fût préoccupé par un détail aussi mineur qu'une banale démangeaison sexuelle. Une seconde sur le courant lui donnerait la clarté d'esprit nécessaire pour admettre cela. Eh oui !

Louis s'approcha du mur transparent.

— Ultime !

Le Marionnettiste apparut.

— Passe-moi les bandes sur les Pak. Interviews et bilans médicaux de Jack Brennan, autopsie de l'extraterrestre, tout ce que tu possèdes.

Il allait essayer de trouver un remède dans le travail.

Louis planait entre sol et plafond en position du lotus, ses vêtements gonflés comme une voile. Un écran flottait également, immobile, hors de la coque de l'*Aiguille*. Un Homme, décédé depuis longtemps, donnait une conférence sur les origines de l'Humanité.

— Les protecteurs ont peu de libre arbitre. Ils sont trop intelligents pour ne pas trouver la réponse juste. En outre, il y a les instincts. Un protecteur Pak qui n'élève pas d'enfants se meurt. Il cesse de se sustenter. Certains d'entre eux sont capables de généraliser cet instinct et cherchent alors le moyen d'aider leur espèce entière, ce qui les maintient en vie. Je crois que les choses ont été plus faciles pour moi que pour Phssthpok.

— Qu'aviez-vous découvert? Qu'est-ce qui vous a incité à continuer à vous alimenter?

— Le désir de vous avertir de l'existence des protecteurs Pak.

Louis acquiesça, se souvenant des résultats de l'autopsie de l'extraterrestre. Le cerveau de Phssthpok était plus volumineux que celui d'un Homme mais ses lobes frontaux n'avaient pas augmenté de taille. En revanche, le crâne de Jack Brennan donnait l'impression d'avoir été fendu en deux en son milieu, en raison du développement de ses lobes frontaux humains et de l'élévation de la partie postérieure de sa calotte crânienne.

La peau de Brennan était devenue une cuirasse profondément ridée, et ses articulations étaient anormalement enflées. Ses lèvres et ses gencives avaient fondu pour former un bec dur et émoussé. Mais aucun de ces changements radicaux n'avait paru beaucoup inquiéter l'ex-Mineur.

— Tous les symptômes de l'âge témoignent du passage du stade de géniteur à celui de protecteur, expliquait-il à un enquêteur du BRAS, lui aussi depuis longtemps décédé. La peau épaissit et se plisse. Ainsi, elle devient si dure qu'aucune lame ne peut l'entamer. On perd ses dents afin que les gencives aient assez de place pour racornir. Que le cœur s'affaiblisse n'est plus un handicap puisqu'un autre cœur à deux cavités se développe dans l'aine.

La voix de Jack Brennan était râpeuse.

— Vos articulations sont censées enfler afin d'accroître la force musculaire. Mais rien de tout cela ne se produit sans l'arbre-de-vie et cet arbre-de-vie a disparu de la Terre depuis trois millions...

Louis sursauta. On tiraillait le pan de sa chasuble.

— Louiiuu, j'ai faim.

— O.K.

De toute façon, il en avait assez d'étudier. Il n'avait rien appris d'utile.

Harkabeeparolyn dormait encore. Mais l'odeur de viande grillée au rayon laser la réveilla. Louis leur commanda au cadran des fruits et des légumes cuits et leur montra où jeter ce qui ne leur plaisait pas.

Lui-même prit son repas tout seul dans la soute.

Cela l'ennuyait d'avoir des personnes à charge, bien qu'elles fussent toutes deux ses victimes. Mais il ne parvenait même pas à leur enseigner à se procurer leurs repas ! Les commandes de l'autocuisine étaient écrites en interworld et dans la Langue Héroïque.

Comment les occuper ? Il fallait trouver quelque chose. Demain.

L'ordinateur commençait à donner ses premiers résultats. L'Ultime était plongé dans le travail jusqu'aux cous. Lorsque Louis parvint un instant à détourner son attention, il lui demanda les enregistrements de l'invasion du château par Chmeee.

Le château occupait le sommet d'un piton rocheux. Des troupeaux de bêtes semblables à des porcs, jaunes avec une raie orange, paissaient l'herbe jaune poussant au pied de l'éminence. La navette fit le tour du fort, puis se posa dans la cour au milieu d'un essaim de flèches.

Il ne se passa rien pendant plusieurs minutes.

Puis, de plusieurs portes cintrées, surgirent à toute allure des boulets orange mais trop rapides pour qu'on puisse distinguer d'autres détails. Telles des carpettes, ils se postèrent autour de la navette, l'arme au poing. Des Kzinti mais déformés. En un quart de million d'années, des divergences étaient apparues.

— Est-ce l'espèce de ton compagnon ? s'enquit Harkabeeparolyn en regardant par-dessus l'épaule de Louis.

— Ils sont assez proches mais plus petits, plus foncés... et la mâchoire inférieure est plus massive, dirait-on.

— Il t'a abandonné. Pourquoi ne le laisses-tu pas ?

Louis partit d'un éclat de rire.

— Afin de disposer de son lit ? Nous étions en pleine bataille lorsque je me suis laissé séduire par un vampire. Il a été écœuré. Selon Chmeee, tel que je le connais, c'est moi qui l'ai abandonné.

— Ni un homme ni une femme n'est à même de résister à un vampire.

— Chmeee n'est pas un Homme. Jamais, au grand jamais, il ne fera le *rishathra* avec un vampire ou un hominien.

D'autres immenses chats orange s'approchèrent de la navette, apportant un cylindre en métal piqueté de rouille. Puis, tous reculèrent tandis que le cylindre disparaissait dans une déflagration jaune-blanc. Sans hâte aucune, les Kzinti avancèrent alors en rampant pour observer les résultats. La navette s'était déplacée d'un mètre ou deux.

Harkabeeparolyn fut saisie de frissons.

— Ces gens sont du genre à me vouloir pour repas.

Louis sentit la moutarde lui monter au nez.

— C'est impossible... Mais je me souviens d'une époque où Chmeee mourait de faim et jamais il ne m'a retiré le moindre bout de peau. Quel est ton problème? Vous n'avez pas de carnivores dans votre cité?

— Si.

— Et dans la Bibliothèque?

Il crut qu'elle ne répondrait pas. (D'autres faces pleines de poils se montrèrent aux meurtrières. L'explosion n'avait provoqué aucun dégât visible.)

— J'ai résidé un temps dans le Panth, dit-elle en évitant de croiser son regard.

Le Panth? Qu'était-ce? Ah! oui! L'édifice en forme d'oignon dressé sur sa tige. La réparation du condensateur d'eau. Le maître qui voulait payer en services sexuels. L'odeur des vampires dans les corridors.

— Tu as fait le *rishathra* avec des carnivores?

— Avec les Pasteurs et le Peuple de la Prairie et le Peuple Perché et le Peuple de la Nuit. Ce ne sont pas des choses qui s'oublient.

Louis s'écarta un tantinet.

— Le Peuple de la Nuit? Les goules???

— Le Peuple de la Nuit joue pour nous un rôle inestimable. Ils nous fournissent des informations ainsi qu'au Peuple de la Machine. Grâce à eux, les vestiges de la civilisation ne se perdent pas. Nous faisons attention à ne pas les froisser.

— Hum!

— Mais c'était le... Louiiuu, les Chasseurs de Nuit possèdent un odorat très fin. Le parfum des vampires les rend fous. On m'a ordonné de faire le *rishathra* avec un Chasseur de Nuit. Sans parfum de vampire. Alors, j'ai demandé mon transfert à la Bibliothèque.

Louis se souvint de Mar Korssil.

— Ils n'ont pas l'air répugnant, pourtant.

— Mais pour le *rishathra*? Nous qui n'avons pas de parents devons payer notre dette à la société avant d'avoir le droit de nous unir et de fonder une famille. Avec mon transfert, j'ai perdu tous les fonds que j'avais accumulés. Et il n'a pas eu lieu assez vite.

Elle le fixa droit dans les yeux.

— Ce n'était pas folichon. Mais j'ai connu des expériences tout aussi pénibles. L'haleine des Vampires a l'odeur fétide du sang. Celle du Peuple de la Nuit, de la corruption. Si le parfum de vampire finit par s'effacer, les souvenirs, eux, non.

— Mais tout cela, c'est du passé.

Plusieurs Kzinti tentaient de se lever. Soudain, ils sombrèrent tous dans un profond sommeil. Dix minutes plus tard, la rampe du module se déroulait. Chmeee descendait à terre, prêt à imposer sa loi.

Il était tard lorsque l'Ultime réapparut. Il avait l'air tout fripé de fatigue.

— Finalement, tu avais raison, déclara-t-il. Non seulement le *scrith* dispose d'un champ magnétique mais des câbles supraconducteurs quadrillent tout le sous-sol de l'Anneau-Monde.

— Parfait ! dit Louis qui se sentit débarrassé d'un grand poids. C'est *parfait* ! Mais comment les Bâtisseurs l'ont-ils appris ? Je les vois mal creuser le *scrith* pour le découvrir.

— C'est vrai. En fait, ils possédaient des aimants leur servant de boussoles. Ils ont ainsi détecté le réseau de lignes supraconductrices qui quadrillaient le sol de l'Anneau-Monde selon un schéma hexagonal sur une largeur de quatre-vingts kilomètres. Cela les a aidés à dresser des cartes. Toutefois, ils ont mis des siècles pour progresser assez en physique et connaître la nature des cartes qu'ils avaient établies. Alors seulement, ils ont pu mettre au point leurs propres supraconducteurs.

— La bactérie que tu as semée…

— Elle n'aurait pas attaqué les supraconducteurs enfouis dans le *scrith*. Mais je sais que la charpente de l'Anneau-Monde est vulnérable aux météorites. Nous devons espérer qu'aucun impact n'a rompu ce réseau supraconducteur.

— La probabilité positive est élevée.

Le Marionnettiste réfléchit.

— Louis, recherchons-nous toujours le secret de la transmutation à grande échelle ?

— Non.

— Dommage ! Cela résoudrait notre problème. Le dispositif fonctionnait obligatoirement sur une échelle faramineuse. Convertir la matière en énergie est beaucoup plus facile que convertir la matière en une autre matière. Suppose que nous tirions avec un... Appelons-le un canon transmutateur... sur la face extérieure de l'Anneau-Monde à son point le plus éloigné du soleil. La réaction remettrait la structure à sa place initiale. Bien sûr, il y aurait quelques petits problèmes. L'onde de choc tuerait un grand nombre de natifs, mais un grand nombre également resterait en vie. Le bouclier antimétéorite qui serait brûlé n'aurait qu'à être remis ultérieurement en place. Pourquoi ris-tu, Louis ?

— Tu es étincelant d'intelligence, mais le hic, c'est que rien ne nous permet de penser qu'un canon transmutateur ait jamais existé.

— Je ne te comprends pas.

— Halrloprillalar inventait des histoires. Elle nous l'a avoué par la suite. Et puis, comment aurait-elle su quoi que ce fût sur la façon dont on a construit l'Anneau-Monde ? Ses ancêtres étaient à peine sortis du stade simien à l'époque de sa création.

Louis vit les deux têtes entamer un mouvement de retrait.

— Ne t'enroule pas ! Nous n'avons pas le temps.

— A tes ordres.

— Qu'as-tu encore appris ?

— Peu de chose. L'analyse des textes n'est pas encore terminée. Quant aux élucubrations au sujet du Grand Océan, elles n'ont pour moi aucun sens. Essaie, toi, de les décrypter.

— Demain.

Des bruits, trop faibles pour qu'il pût les interpréter, empêchèrent Louis de s'endormir. Il se retourna dans le noir, flottant en apesanteur.

Néanmoins, la clarté stellaire lui permettait de voir. Kawaresksenjajok et Harkabeeparolyn, enlacés sur le lit d'eau, se murmuraient des petits mots doux dans le creux de l'oreille. Le disque traducteur de Louis ne parvenait pas à les capter, mais on eût dit un gazouillis amoureux. L'élancement aigu de jalousie qui traversa Louis lui arracha un sourire narquois. Il avait cru que le garçon était trop jeune et que la femme avait définitivement opté pour la chasteté. Mais il ne s'agissait pas du *rishathra*. Ils appartenaient à la même espèce.

Louis leur tourna le dos et ferma les yeux. Il s'attendait à percevoir une vague cadencée de sons. Mais non. Il finit par sombrer dans le pays des songes.

Il rêva qu'il était en sabbatique.

Il tombait, tombait vers les étoiles.

Lorsque le monde devient trop riche, trop varié, trop exigeant, sonne l'heure de laisser tout loin derrière soi. Louis avait déjà fait cela. Seul, dans un petit astronef, il s'était enfui jusque dans les golfes inexplorés, au-delà de l'Espace connu, afin de savoir s'il s'aimait encore. A présent, il flottait entre les plaques de couchage, bercé par un délicieux rêve de chute vers les étoiles. Sans personnes à charge, ni promesses à tenir. Libre.

Puis, une femme hurla de peur dans son oreille. Il reçut un violent coup de pied juste sous la cage thoracique et se plia en deux en poussant un gémissement étranglé. Il fut roué de coups alors qu'un fatal étau se resserrait autour de sa gorge.

Dans l'espoir de s'en défaire, Louis cria :

— Plaques de couchage, éteignez-vous !

La gravité fut rétablie. Louis et son assaillant tombèrent sur la plaque inférieure. Harkabeeparolyn cessa de hurler et, sans se défendre, se laissa écarter les mains.

Agenouillé à côté d'elle, le jeune avait l'air effrayé et confus. D'un ton angoissé, il posa une série de questions dans la langue des Bâtisseurs. La femme lui intima l'ordre de se taire.

Le jeune reprit la parole. Harkabeeparolyn lui répondit enfin. Kawaresksenjajok opina avec mauvaise grâce. Ce qu'il avait entendu lui déplaisait. Il gagna le coin de la cellule avec un regard que Louis ne sut interpréter et disparut dans la soute.

Louis saisit son disque traducteur.

— O.K., de quoi s'agit-il ?

— J'étais en train de tomber, sanglota Harkabeeparolyn.

— Pas de quoi paniquer ! Certains d'entre nous aiment dormir de cette façon.

Elle leva le visage vers lui :

— En tombant ?

— Oui.

L'expression de la femme fut, elle, aisée à interpréter — Un *fou. Fou à lier...* —, ainsi que le haussement d'épaules. Visiblement, elle faisait un effort pour se ressaisir.

— J'ai compris que je ne suis plus d'aucune utilité maintenant que vos machines sont capables de lire plus vite que moi. Je ne puis faire qu'une seule chose pour faciliter votre mission. Faire cesser la douleur provoquée par ton désir insatisfait.

— Quel soulagement !

Saisirait-elle son ironie ? Jamais, tanj, il n'accepterait la charité !

— Si tu prends un bain et te nettoies soigneusement la bouche...

— Ça suffit ! Sacrifier ton bien-être pour un but supérieur est fort louable, mais il serait impoli de ma part d'accepter.

— Louiiuu, tu ne veux pas faire le *rishathra* avec moi ? demanda-t-elle, interloquée.

— Non, merci. Plaques de couchage, allumez-vous !

Louis flotta loin de la Bâtisseuse. Etant donné son expérience, il prévoyait une scène. Si elle essayait de nouveau la force, elle éprouverait encore une sensation de chute. En fait, il fut surpris par sa réaction.

— Louiiuu, que je tombe enceinte maintenant serait pour moi une catastrophe.

Il la regarda : elle n'était pas en colère mais sérieuse.

— Si je m'accouple maintenant avec Kawaresksenjajok, je risque de donner le jour à un bébé qui périra dans le feu du soleil.

— Dans ce cas-là, ne le fais pas. Il est trop jeune, de toute façon.

— Non, il n'est pas trop jeune.

— Ah ! bon ? Mais tu n'as pas de contraceptifs... ? Tu n'es pas capable de calculer ta période de fertilité et d'éviter de tomber enceinte ?

— Je ne comprends pas. Attends... Ah ! oui. Louiiuu, notre espèce règne sur la plus grande partie du monde parce que nous contrôlons toutes les variétés de *rishathra*, ainsi que leurs nuances. Sais-tu comment nous en avons appris autant à ce sujet ?

— La chance, je présume.

— Louiiuu, certaines espèces sont plus fertiles que d'autres.

— Oh !

— Dès la préhistoire, nous avons appris que faire le *rishathra* était le moyen de ne pas avoir d'enfants. Si nous nous accouplons entre nous, quatre *falans* plus tard naît un enfant. Mais, Louiiuu, le monde peut-il être sauvé ? *Sais-tu* si le monde peut être sauvé ?

Ah ! une sabbatique, tanj ! Seul, dans un astronef monoplace, à des années-lumière de toute responsabilité, hormis celle de Louis Wu. Oh ! le courant !

— Je ne puis rien promettre.

— Alors, fais le *rishathra* avec moi afin que je ne pense plus à Kawaresksenjajok.

Ce n'était pas la proposition la plus flatteuse qu'il eût reçue au cours de sa longue existence.

— Comment apaiser son esprit à lui ?

— Impossible. Le pauvre, il va souffrir.

Dans ce cas, souffrez tous les deux ! songea Louis. Mais il ne parvint pas à répondre à cela. La femme parlait sérieusement. Elle souffrait et avait raison. Ce n'était pas le moment de mettre au monde un enfant bâtisseur.

Et puis, il la désirait.

Louis annula le champ et emmena Harkabeeparolyn sur le lit d'eau. Il fut heureux que Kawaresksenjajok se fût retiré dans la soute. Mais que dirait-il demain ?

26

SOUS LES EAUX

En état de pesanteur, Louis se réveilla, un sourire aux lèvres, tous les muscles agréablement endoloris, les yeux irrités. Il avait fort peu dormi. Harkabeeparolyn n'avait pas exagéré quant à son urgence. Bien qu'il eût vécu avec Halrloprillalar, il ne savait pas que les Bâtisseuses avaient des périodes de chaleur.

Il remua et le lit bougea avec lui. Un corps roula contre le sien : Kawaresksenjajok, étalé sur le ventre comme une étoile de mer. Il ronflait doucement.

Harkabeeparolyn, lovée dans la fourrure orange au pied du lit, s'étira et se redressa sur son séant.

— Je n'arrivais pas à dormir, dit-elle, peut-être en manière d'excuse pour s'être éloignée, et je ne savais plus où j'étais sur ce lit qui n'arrêtait pas de se soulever.

Le choc culturel, conclut Louis. Alors, il se souvint que Prill aimait les plaques de couchage mais pas pour dormir.

— L'espace au sol ne manque pas. Comment te sens-tu ?

— Beaucoup mieux, pour le moment. Merci.

— Merci à toi. As-tu faim ?

— Pas encore.

Louis fit sa gym. Ses muscles étaient durs mais ces

derniers temps, il avait négligé sa maintenance. Les Bâtisseurs l'observèrent, la mine étonnée. Ensuite, il leur composa le petit déjeuner : melon, soufflé au Grand Marnier, muffins et café. Ses invités refusèrent le café. Rien d'étonnant, et les muffins aussi.

Puis l'Ultime apparut. Il avait le cheveu ébouriffé et l'air éreinté.

— Les pistes que nous recherchons ne sont pas claires dans les archives de la cité flottante, annonça-t-il. Toutes les espèces fabriquent des armures qui ont la forme d'un protecteur Pak. Les armures varient parfois un peu mais le style est toujours le même. Peut-être devons-nous nous en prendre à la culture des Bâtisseurs qui a fini par se répandre sur toute la structure ? Leur empire a mélangé les idées et les inventions tant et si bien qu'il est impossible d'en retracer les origines.

— Et la drogue de l'immortalité ?

— Tu avais raison. Le Grand Océan est considéré comme un monde de tortures et de délices, dont l'immortalité ; mais on ne l'obtient pas toujours à l'aide d'une drogue. Parfois, ce cadeau est offert sans avertissement selon les caprices des dieux. Louis, ces légendes n'ont aucun sens pour moi qui suis un non-Humain.

— Passe-nous cette bande. Nos invités la regarderont. Peut-être sauront-ils expliquer ce que je ne comprends pas.

— A tes ordres.

— Et les réparations ?

— Aucune activité de réparations sur l'Anneau-Monde dans les archives historiques.

— Tu plaisantes ?

— Ces archives concernent quelle étendue du territoire ? Et combien de siècles ? Très peu. En outre, j'ai étudié les interviews de Jack Brennan. J'en ai déduit que les protecteurs vivaient très longtemps et détenaient une capacité d'attention très vaste. Ils préféraient ne pas employer de servomachines lorsqu'ils étaient capables d'effectuer le travail eux-mêmes. Par exemple, leurs astronefs n'étaient pas équipés d'un système de pilotage automatique.

— Illogique. Le système de drainage des fonds marins, lui, est automatique.

— Oui, mais une conception en force brute, grossière. Nous ignorons pourquoi les protecteurs sont morts ou ont quitté l'Anneau-Monde. Est-il possible qu'ils aient eu connaissance de leur funeste destin et qu'ils aient eu alors le temps d'automatiser ce système de drainage ? De toute façon, Louis, savoir cela ne nous serait d'aucune utilité.

— Ah ! oui ? Le bouclier antimétéorite est certainement automatisé. N'aimerais-tu pas en savoir plus à ce sujet ?

— Certes.

— Et les réacteurs d'attitude étaient automatisés, eux aussi. Peut-être disposaient-ils également de commandes manuelles ? Mais un millier d'espèces humanoïdes ont évolué depuis la disparition des Pak et ces systèmes automatisés continuent pourtant de fonctionner. A moins que les protecteurs aient toujours eu l'intention de repartir, ce que je ne parviens pas à croire...

— Ou bien ils ont mis beaucoup d'années pour s'éteindre, enchaîna l'Ultime. J'ai ma petite idée à ce sujet.

Il refusa d'en dire plus.

Ce matin-là, Louis trouva matière à se distraire. *Les Contes du Grand Océan* étaient passionnants : pleins de héros, de rois, de magie, de monstres marins, le tout avec une saveur très différente de la mythologie humaine. L'amour n'était pas éternel. Les compagnons des héros (ou des héroïnes) des Bâtisseurs étaient toujours du sexe opposé, leur loyauté acquise par la pratique du *rishathra* qui était décrite avec une profusion de détails. Leurs étranges pouvoirs étaient tenus pour un fait acquis. Les magiciens n'étaient pas automatiquement méchants, mais ils représentaient un danger aléatoire qu'il fallait éviter et non pas combattre.

Louis trouva les dénominateurs communs qu'il recherchait. Les thèmes prédominants étaient l'étendue de la mer, ainsi que la peur des cyclones et des monstres marins : requins, cachalots, baleines assassines, destructeurs de Gummidgy, poissons-ombres de Prodige ou encore algues étrangleuses. Certaines de ces créatures étaient intelligentes. On parlait aussi de serpents de mer longs de plusieurs kilomètres, aux narines crachant de la fumée (un système pulmonaire ?) et aux immenses gueules dotées de crochets acérés. Il existait une terre qui brûlait tout navire qui l'abordait, ne laissant invariablement qu'un survivant. (Une invention imaginaire ou une allusion aux tournesols ?) Une île était en fait un monstre marin à tendance sédentaire, si bien que tout un écosystème eut le temps de se développer sur le dos de la bête jusqu'au jour où des marins la troublèrent. Alors, elle redisparut sous les eaux. Louis aurait presque cru à cette fable-là s'il ne l'avait pas lue également dans la littérature de la Terre.

En revanche, il croyait à la véracité des contes au sujet des cyclones. Dans cette géographie d'une taille démesurée, pouvaient se lever des tempêtes d'une extrême violence, même sans l'effet de Coriolis qui donnait naissance aux ouragans sur les mondes sphériques. Sur la Carte de Kzin, n'avait-il pas vu un navire aussi grand qu'une ville ? Peut-être fallait-il un bateau de cette taille pour affronter les tempêtes du Grand Océan ?

Quant à l'existence des magiciens, il ne pensait pas qu'elle eût été totalement inventée. Dans trois légendes, ils ressemblaient fort à la race des Bâtisseurs. Mais contrairement aux magiciens des légendes terrestres, c'étaient des guerriers très puissants, toujours bardés d'une armure.

— Kawaresksenjajok ? Les magiciens portent-ils toujours une armure ?

Le jeune lui jeta un regard singulier.

— Dans les contes, tu veux dire ? Non. Mais vers le Grand Océan, oui, toujours, je crois. Pourquoi ?

— Se battent-ils, ces magiciens ? Sont-ils de grands guerriers ?

— Il ne leur est pas nécessaire de se battre, répondit le jeune, mal à l'aise.

— Louiiuu, intervint Harkabeeparolyn, je connais mieux les contes pour enfants que Kawa. Que veux-tu apprendre ?

— L'emplacement de la demeure des Ingénieurs de l'Anneau-Monde. Ces magiciens protégés par une armure, ce sont peut-être eux, mais ils apparaissent trop tard dans le temps.

— Alors, ce ne sont pas eux.

— Mais qu'est-ce qui a donné naissance à ces légendes ? Des statues ? Des momies qu'on a exhumées du désert ? La mémoire ancestrale ?

Elle réfléchit.

— D'ordinaire, les magiciens appartiennent à l'espèce qui raconte l'histoire. Leur description varie : taille, poids, habitudes alimentaires. Mais ils ont des traits communs. Ce sont tous de redoutables combattants. Ils ne défendent aucune cause morale. On peut les éviter mais pas les vaincre.

Tel un sous-marin voguant sous la glace polaire, l'*Aiguille* croisait sous le Grand Océan.

L'Ultime avait réduit la vitesse, ce qui leur permettait de distinguer le long ruban inversé, aux formes complexes, qu'était le fond marin. Il présentait les mêmes inégalités de relief que les terres de la surface : des montagnes assez hautes pour émerger de l'eau ; des failles larges de sept à huit kilomètres.

A présent, la toiture au-dessus des passagers était jonchée de cailloux, noire malgré l'intensificateur de lumière, et proche, bien qu'elle fût à cinq mille kilomètres. L'ordinateur de bord leur apprit que c'était la Carte de Kzin. Elle avait dû avoir une activité tectonique lorsqu'elle avait été sculptée. Les côtes étaient bien définies et les chaînes montagneuses escarpées.

Louis fut incapable de reconnaître quoi que ce fût. Le fait d'apercevoir des formes à l'envers, enveloppées dans la mousse protectrice, le troublait. Il lui fallait contempler le panorama à la lumière solaire et bien distinguer la jungle jaune-orange.

— Laisse les caméras en marche, dit-il à l'Ultime. Reçois-tu un signal de la navette ?

Le Marionnettiste, assis devant sa console de pilotage, tourna une de ses têtes.

— Non, Louis, le *scrith* les arrête. Vois-tu la baie presque circulaire où se jette le grand fleuve ? L'immense navire qui bloque la sortie est amarré là. En revanche, presque de l'autre côté de la Carte, il y a l'Y, là où deux rivières se rencontrent ; on y trouve le château où s'est posée la navette.

— Bien… Approchons-nous de quelques milliers de kilomètres. Survolons… ou plutôt sousvolons la Carte.

L'*Aiguille* s'enfonça vers le paysage inversé.

— Tu as effectué le même voyage dans le *Menteur*. Espères-tu trouver des changements ?

— Non. Tu es impatient ?

— Bien sûr que non, Louis.

— J'en sais plus qu'il y a vingt-trois ans. Peut-être relèverai-je des détails que je n'avais pas remarqués. Là… Ce qui émerge, près du pôle Sud, qu'est-ce que c'est ?

L'Ultime leur en donna une vue agrandie. Un long et étroit triangle, à la surface étrangement texturée, tombait du centre même de la Carte de Kzin.

— Une ailette de refroidissement, expliqua l'Ultime. L'Antarctique doit être réfrigéré, naturellement.

Les natifs de l'Anneau-Monde furent sidérés.

— Je ne comprends pas, déclara Harkabeeparolyn. Je pensais avoir quelques connaissances scientifiques, mais... Qu'est-ce que c'est ?

— Trop compliqué. Ultime...

— Louiiuu, je ne suis ni une sotte ni une enfant !

Guère plus de la quarantaine, estima Louis.

— Très bien. Alors, écoute-moi : la finalité de tout cela est d'imiter une planète. Une sphère qui tourne, d'accord ? Dans ce cas, la lumière solaire arrive presque horizontalement sur les pôles. Et à cause de cela, il fait froid. Par contre, ici, les pôles doivent être refroidis artificiellement. Ultime, grossis l'image !

La surface texturée de l'ailette de refroidissement se révéla composée de milliers d'ailerons horizontaux, ajustables, argentés au-dessus, noirs au-dessous.

Hiver, été, songea Louis.

— Je ne parviens pas à en croire mes yeux, s'entendit-il murmurer.

— Mais croire à quoi, Louiiuu ?

Il étendit les mains en signe d'impuissance.

— Parfois, j'en perds la boule. Par moments, j'ai l'impression d'accepter la réalité de l'Anneau-Monde, puis soudain, tout est trop grand. Trop grand, tanj !

Des larmes brillèrent dans les yeux de la Bâtisseuse.

— A présent, oui, je le crois. Mon monde n'est qu'une imitation d'un autre monde, réel, celui-là.

Louis prit Harkabeeparolyn dans ses bras.

— Mais ton monde est réel, également ! Tu le sens bien, non ? Tu es aussi réelle que moi. Tape du pied. L'Anneau-Monde est aussi réel que ce vaisseau. Plus grand, c'est tout. Beaucoup, beaucoup plus grand.

— Louis ? fit l'Ultime.

Les recherches au télescope avaient permis de

découvrir d'autres ailettes, plus petites, à la périphérie de la Carte.

— Naturellement, les régions arctiques doivent aussi être réfrigérées, observa l'Ultime.

— Certes... Je me sentirai mieux dans un instant. Emmène-nous vers Poing-de-Dieu mais prends ton temps. L'ordinateur pourra-t-il le repérer ?

— Oui. Mais peut-être sera-t-il rebouché ? Tu m'as dit que l'Œil-Cyclone avait été rebouché ou réparé.

— Reboucher Poing-de-Dieu n'est pas une tâche à la portée du premier venu. Le cratère est plus grand que l'Australie et émerge très au-delà de l'atmosphère.

Louis frottait ses yeux fermés avec vigueur.

Il est impossible que cela m'arrive, songea-t-il. *Ce qui est en train de se passer est réel et tout ce qui est réel, je peux le manipuler à l'aide de mon cerveau. Tanj ! jamais je n'aurais dû utiliser le distil. Cela m'a fait perdre le sens des réalités ! Mais... Des ailettes réfrigérantes sous les pôles ???*

Ils s'étaient éloignés de la face inversée de la Carte de Kzin. Le radar à balayage en profondeur ne révélait aucun conduit traversant le fond marin. Donc, le bouclier antimétéorite était forcément constitué par la mousse en *scrith*. Pourtant, il devait bel et bien y avoir des conduits, ici, sinon le *flup* aurait rempli le fond océanique.

A moins qu'on utilisât les longues failles sous-marines ! Draguer les plus profondes, alors que chacune aurait un orifice d'écoulement à son extrémité, suffirait à maintenir propre tout le fond de l'océan.

— Ultime, vire un peu. Emmène-nous sous la Carte de Mars, puis sous celle de la Terre. Cela ne nous détournera pas trop de notre chemin.

— Cela va nous prendre presque deux heures.

— On court le risque.

Deux heures. Louis fit la sieste entre les plaques de couchage. Il savait qu'un aventurier devait utiliser les temps morts pour se reposer, mais il se réveilla bien avant. Le fond marin défilait toujours au-dessus de leur tête. Soudain, la vitesse diminua jusqu'à ce que l'*Aiguille* s'immobilisât.

— Mars manque, annonça l'Ultime.

Louis se secoua. *Réveille-toi !*

— Comment cela ?

— Mars est une planète froide, sèche, presque sans atmosphère, n'est-ce pas ? Donc, toute la Carte devrait être réfrigérée, asséchée d'une façon ou d'une autre et élevée au-dessus du niveau de l'atmosphère.

— Oui. Tout cela est exact.

— Alors, lève les yeux. En principe, nous devrions nous trouver sous la Carte de Mars. Vois-tu une ailette beaucoup plus grande que sous Kzin ? Vois-tu une cavité presque circulaire qui s'élève de trente kilomètres ?

Louis n'apercevait au-dessus de sa tête que les courbes hypsométriques en négatif d'un fond marin.

— Louis, c'est troublant. Si la mémoire de notre ordinateur est défaillante...

L'Ultime replia ses jambes. Ses têtes plongèrent vers son nombril.

— La mémoire de l'ordinateur est parfaite, rétorqua Louis. Relax ! L'ordinateur ne se trompe pas. Vérifie si la température de l'océan est plus élevée au-dessus de nous.

Replié en position semi-fœtale, l'Ultime hésita.

— A tes ordres !

— Est-ce que j'ai bien compris ? demanda Harkabeeparolyn. L'un de tes mondes manque ?

— L'un des plus petits. Simple négligence, chérie.

— Mais les mondes que nous venons de voir ne sont pas des sphères, fit-elle songeusement.

— Non. Ils sont comme la pelure aplatie d'un fruit rond.

— La température dans les environs, intervint l'Ultime, est variable. Sans tenir compte des régions pourvues d'ailettes, j'ai découvert des températures allant de quarante à quatre-vingts degrés Fahrenheit !

— L'eau doit être plus chaude autour de Mars.

— La Carte de Mars est invisible et l'eau n'est pas plus chaude.

— Co… Comment ? Mais c'est bizarre, cela.

— Si j'ai bien compris… il y a un problème, dit Harkabeeparolyn.

Le Marionnettiste allongea ses deux cous et tourna ses deux têtes de manière à se regarder dans les yeux. Louis avait déjà vu Nessus agir ainsi. Etait-ce leur façon de rire ? Un signe de concentration ? En tout cas, ce comportement rendit Harkabeeparolyn mal à l'aise, bien qu'elle eût l'air fascinée.

Louis faisait les cent pas. Mars était obligatoirement réfrigéré. Mais où ?

— Le réseau ? sifflota le Marionnettiste sur un arpège singulier.

Louis s'immobilisa.

— Le réseau. Juste. Cela signifierait… Futz ! Aussi simple que cela ?

— Nous progressons à une très faible allure. Notre prochaine destination ?

Observer l'envers du décor leur avait beaucoup appris.

— La Carte de la Terre, niveau sous-sol, s'il te plaît.

— A tes ordres.

L'*Aiguille* continua dans le sens de rotation.

Tant d'océan, songeait Louis. Et si peu de terre. Pourquoi les Ingénieurs de l'Anneau-Monde avaient-ils concentré autant de mers salées en deux masses uniques ? Bien sûr, il fallait deux Grands Océans pour maintenir l'équilibre de la structure, mais pourquoi les avoir conçus d'une taille aussi démesurée ?

Etaient-ils utilisés comme réservoirs ? En partie, seulement. Servaient-ils alors à préserver la vie maritime d'un monde abandonné par les Pak ? Un défenseur de l'environnement dirait que c'était tout à leur honneur. Mais les Ingénieurs étaient des protecteurs Pak. Tous leurs choix étaient motivés par leur sécurité et celle de leurs descendants.

Par ailleurs, les Cartes étaient une remarquable reconstitution des mondes sphériques, mais on pouvait y perdre son sens de l'orientation !

Malgré les lignes de niveau du fond de l'océan, la Terre était facilement reconnaissable. Du doigt, Louis désigna les courbes des plateaux continentaux tandis qu'ils passaient sous l'Afrique, l'Australie, les deux Amériques, le Groenland... et il montra les ailettes de refroidissement sous l'Antarctique et l'océan Arctique... Les deux Bâtisseurs regardaient et acquiesçaient poliment. Evidemment ! Pourquoi s'intéresseraient-ils à la Terre ? Ils ne se sentaient pas concernés ; ce n'était pas *leur* monde.

Bien sûr, il ferait son possible pour ramener Harkabeeparolyn et Kawaresksenjajok chez eux. S'il n'y avait rien d'autre à faire pour eux.

Louis Wu était maintenant aussi proche de la Terre qu'il ne le serait jamais.

Au-dessus de leur tête, défila le fond de la mer, puis le littoral : la courbe du plateau continental entourait un labyrinthe de golfes, de baies, de péninsules, de grappes d'îles et une dentelle de détails trop subtils pour l'œil humain. A présent, l'*Aiguille* se dirigeait à bâbord, dans le sens de rotation. Ils passèrent sous des chaînes de montagnes creuses, puis sous des mers au fond plat. Soudain, apparut une ligne finement hachurée qui courait dans le sens de rotation. A son extrémité, un éclair de lumière.

Poing-de-Dieu.

Longtemps auparavant, une énorme météorite avait heurté l'Anneau-Monde. Sous la force de l'impact, le sol s'était soulevé, formant un immense cône penché que le bolide avait traversé de part en part.

Plus loin, on voyait aussi la trace laissée par une coque des Produits Généraux qui, avec ses passagers en stase, avait touché le sol à la vitesse de rotation de l'Anneau-Monde, douze cent cinquante kilomètres par seconde. Futz, le choc avait véritablement courbé la structure de *scrith* !

La *Brûlante Aiguille d'Interrogatoire* s'éleva dans le faisceau d'un projecteur : la lumière crue du soleil qui ruisselait dans le cratère de Poing-de-Dieu.

Lorsque la météorite s'était frayé un passage dans le *scrith*, l'armature s'était déchirée et les bords déchiquetés formaient maintenant une corolle de petits pics tout autour du volcan. L'*Aiguille* se glissa entre eux avant de les surplomber.

Au-delà des plantes, s'étendait un désert incommensurable. Le soulèvement de Poing-de-Dieu avait réduit en cendres toute forme de vie, sur une superficie facilement plus vaste que la Terre. Loin, très loin, à plus de cent soixante mille kilomètres, le bleu de l'horizon se fondait dans celui de la mer. Seuls les seize cents kilomètres d'altitude de l'*Aiguille* leur permettaient de voir aussi loin.

— Ne restons pas là, dit Louis. Ultime, branche-nous sur les caméras de la navette pour que nous puissions voir ce que fait Chmeee.

— D'accord. A tes ordres, chef !

27

LE GRAND OCÉAN

Six «fenêtres» rectangulaires flottaient à l'extérieur de la coque de l'*Aiguille*. Six caméras montraient le poste de pilotage de la navette, le pont inférieur, plus quatre vues de l'extérieur.

Le poste de pilotage était désert. Louis regarda les voyants d'urgence mais aucun n'était allumé.

L'autodoc était toujours un grand cercueil clos.

Quelque chose clochait avec les caméras extérieures. La vue ondulait, se déplaçait, traversée de couleurs trop brillantes. Louis parvint à repérer la cour du château, les meurtrières, ainsi que plusieurs Kzinti montant la garde, caparaçonnés d'armures en cuir. D'autres Kzinti galopaient à quatre pattes. De simples éclairs orange.

Des flammes ! Les défenseurs avaient allumé un feu de bois autour de l'atterrisseur.

— Ultime ! D'ici, peux-tu faire décoller la navette ? Tu as bien dit que tu avais une télécommande !

— C'est possible, mais dangereux. Nous sommes à douze minutes d'arc dans le sens de rotation, et un peu plus à tribord, de la Carte de Kzin, soit quelque cinq cent mille kilomètres. Comment veux-tu que je pilote le module avec un décalage de la lumière de l'ordre de trois secondes et demie ? De toute façon, le système de survie est en parfait état.

Quatre Kzinti traversèrent la cour pour ouvrir un massif portail. Un véhicule monté sur roues entra et stoppa devant le module. Il était plus grand que celui du Peuple de la Machine qui avait conduit Louis jusqu'à la cité flottante. Des canons à projectiles étaient montés sur ses quatre garde-boue. Des Kzinti en sortirent qui examinèrent le module.

Le seigneur du château avait-il appelé un voisin à l'aide ? Ou un voisin était-il venu pour faire valoir ses droits sur un fort volant inexpugnable ?

Les canons du véhicule tournèrent jusqu'à faire face aux caméras, puis tirèrent. Des flammes jaillirent. Les caméras tremblèrent. Les grands chats orange qui avaient plongé à terre se relevèrent pour étudier les résultats.

Tous les voyants restèrent verts dans le poste de pilotage.

— Ces sauvages n'ont pas les moyens de détériorer la navette, dit l'Ultime.

De nouveau, des projectiles tombèrent en pluie sur la navette.

— Tu as raison, j'en suis sûr, approuva Louis. Continue d'observer. Sommes-nous assez près pour que je puisse gagner l'atterrisseur par les disques marcheurs ?

Le Marionnettiste se fixa droit dans les yeux pendant un long moment.

— Nous sommes à presque cinq cent mille kilomètres de la Carte de Kzin, dans le sens de rotation. Et à cent quatre-vingt mille à bâbord. La distance à bâbord n'est pas un obstacle, mais dans le sens de rotation, mortelle, car elle suppose une vitesse relative entre l'*Aiguille* et l'atterrisseur de l'ordre d'un kilomètre et quart par seconde.

— Trop ?

— Notre technologie n'accomplit pas de miracles. Les disques marcheurs peuvent absorber des énergies cinétiques de l'ordre de soixante-dix mètres par seconde, mais pas plus.

Le bombardement avait éparpillé le feu de bois. Mais des Kzinti cuirassés entreprirent de rassembler les brandons.

Louis ravala un juron.

— Très bien. Le moyen le plus rapide pour que j'aille là-bas est donc de nous diriger dans le sens de l'antirotation jusqu'à ce qu'il me soit possible d'emprunter les disques marcheurs. Ensuite, nous obliquerons vers tribord.

— A tes ordres ! Et à quelle vitesse ?

Louis ouvrit la bouche et la laissa ouverte le temps de réfléchir.

— Voici une question passionnante... Le bouclier antimétéorite, qu'est-ce pour lui une météorite ? Ou un vaisseau envahisseur ?

Le Marionnettiste mordilla les contrôles.

— J'ai réduit notre accélération. Il serait plus prudent de discuter de cela. Louis, je ne comprends pas comment les Bâtisseurs savaient que la construction du système de transport sur le parapet était sans danger. Ils avaient raison, mais comment le savaient-ils ?

Louis hocha la tête. Il comprenait pourquoi les protecteurs n'avaient pas programmé le bouclier pour tirer sur le parapet : c'était un couloir de passage pour leurs propres astronefs. A moins qu'ils aient découvert que l'ordinateur faisait feu sur les réacteurs d'attitude chaque fois que ces derniers crachaient un panache de gaz à très haute vitesse.

— A mon avis, les Bâtisseurs ont commencé avec de petits vaisseaux, mais comme il n'y a pas eu d'accident, ils ont continué la construction du système de transport.

— Stupide et dangereux !

— Nous savons qu'ils ont fait des choses de ce genre.

— Je t'ai donné mon avis. Maintenant, à tes ordres, Louis. La vitesse ?

Le plateau du haut désert descendait en pente douce : une terre calcinée, sans vie aucune, avec un écosystème anéanti pour avoir été porté à incandescence, des milliers de *falans* auparavant.

Qu'est-ce qui avait heurté l'Anneau-Monde par en dessous ? Une comète ? D'ordinaire, elles étaient plus petites. En outre, il n'existait ni comètes ni astéroïdes dans ce coin paumé du cosmos. Tout avait été déblayé pour la construction de l'Anneau.

La vitesse de l'*Aiguille* était déjà respectable. On distinguait à présent en filigranes d'argent le lit des fleuves sur l'étendue verte.

— Lors de notre première expédition, nous voyagions à la vitesse de Mach 2 sur des cycloplanes, dit Louis. A cette vitesse-là, il faudra attendre huit jours avant que je puisse utiliser les disques marcheurs. Trop long, tanj ! Je présume que le bouclier antimétéorite tire sur des objets qui se déplacent vite par rapport à la surface. Mais vite, c'est quoi ?

— Le meilleur moyen de le savoir, c'est d'augmenter la vitesse jusqu'à ce qu'il se passe quelque chose.

— Un Marionnettiste de Pierson qui propose cela ? Je rêve ou quoi ?

— Louis, aie confiance en la technologie marionnettiste. Le champ de stase s'enclenchera. Aucune arme ne peut nous atteindre en stase. Au pire des cas, nous retomberons dans l'état normal à l'instant où nous heurterons la surface. Nous n'aurons qu'à continuer à une vitesse inférieure. Louis, il existe une hiérarchie des risques. Au cours des deux prochaines années, la chose la plus dangereuse que nous pourrions faire serait de nous cacher.

— Je ne... Si c'était Chmeee qui disait cela... Mais un Marionnettiste. Accorde-moi un instant.

Louis ferma les yeux pour essayer de réfléchir.

— A ton avis, déclara-t-il enfin, si on élevait la

sonde endommagée, celle que nous avons abandonnée sur le toit de la Bibliothèque...

— Je l'ai déplacée.

— Où ?

— Sur la plus haute montagne la plus proche. Celle au pic en *scrith* dénudé. Je n'ai pas trouvé d'endroit plus sûr. La sonde est encore en état de marche, bien qu'elle ne puisse plus alimenter l'*Aiguille* en carburant.

— C'est parfait. Mais ne la déplace plus. Enclenche simplement tous ses senseurs et tous ceux qui sont à bord de l'*Aiguille* et de l'atterrisseur et orienteles vers l'anneau des écrans d'ombre... Dis donc, à quel autre endroit, toi, tu n'aurais pas installé un bouclier antimétéorite ? N'oublie pas que d'après ce que nous avons vu, il ne tire pas sur ce qui se trouve *sous* l'Anneau-Monde.

— Aucune idée.

— Bien... Donc, nous braquons les caméras sur l'ensemble de l'Arche ; sur les écrans d'ombre, sur le soleil et sur les Cartes de Kzin et de la Terre.

— Absolument.

— Nous resterons à une altitude de quelque mille cinq cents kilomètres. Devrons-nous démonter la sonde qui se trouve dans la soute ? La régler de sorte qu'elle nous suive ?

— Et nous priver de notre unique source de carburant ? Non.

— Alors, commence à accélérer jusqu'à ce qu'il se passe quelque chose. Qu'en penses-tu ?

— A tes ordres ! fit l'Ultime en se tournant vers son tableau de bord.

Louis, qui aurait aimé discuter encore pour gagner du temps et se donner du courage, fut contraint de garder le silence.

Les caméras le détectèrent mais aucun des passagers du vaisseau. Même s'ils avaient levé le nez à cet instant-là, ils n'auraient rien remarqué. Ils n'auraient vu que des astres étincelants et le damier bleu de l'Arche rutilant sur le fond obscur de l'espace… ainsi qu'un cercle noir au sommet de l'Arche à l'instant même où le bouclier antiradiation de l'*Aiguille* occulta le soleil nu.

Au-dessous du moteur d'hyperpropulsion endommagé, le paysage s'animait du vert de la vie. Jungle, marais et terre sauvage dominaient, rompus de temps à autre par une petite étendue de terrains cultivés, au contour déchiqueté. Pourtant, parmi les divers types d'hominiens qu'ils avaient rencontrés sur la structure jusqu'à présent, aucun n'était apte à être agriculteur.

Des flottilles croisaient sur les mers à fond plat. Une fois, ils survolèrent, pendant une demi-heure, une toile d'araignée de routes, de dix mille kilomètres de diamètre. Le télescope montra des destriers, les uns montés par des cavaliers, les autres tirant de petites charrettes. Aucun véhicule à moteur. Sans doute, la culture des Bâtisseurs des Cités s'était-elle développée ici avant de péricliter.

— Je me sens comme une déesse, déclara soudain Harkabeeparolyn. Qui pourrait jouir d'un pareil panorama ?

— J'ai connu une déesse, dans le temps, dit Louis. Du moins, elle croyait en être une. Une Bâtisseuse, comme toi. Et membre de l'équipage d'un astronef. Elle a probablement vu ce que tu vois maintenant.

— Ah !

— Ne te laisse pas emporter par le vertige de l'infini.

Poing-de-Dieu se ratatina lentement. La Lune de la Terre eût logé dans son cratère. Pour en apprécier la dimension, il fallait vraiment observer à une distance aussi prodigieuse cette montagne qui se détachait sur un paysage plus vaste que les surfaces habitables de toutes les planètes réunies de l'Espace connu. Louis, quant à lui, ne se sentait pas comme un dieu, mais minuscule, fragile.

Le couvercle de l'autodoc de la navette était toujours clos.

— Ultime, demanda Louis, serait-il possible que Chmeee souffre d'autres blessures ?

Le Marionnettiste était hors de vue, mais il répondit d'une voix claire :

— Bien sûr.

— Il est peut-être en train de mourir là-dedans.

— Non, Louis. Je suis occupé. Ne me dérange pas !

La vue du télescope était brouillée, à présent. Mille cinq cents kilomètres plus bas, la terre fulgurante se déplaçait visiblement. La vitesse de l'*Aiguille* avait dépassé les huit kilomètres par seconde. Guère moins que la vitesse orbitale de la Terre.

Des points dans le ciel leur brûlaient les yeux. Des nuages. Loin à la poupe, un damier de terres cultivées diminuait de taille tandis que, juste à leurs pieds, le terrain tombait à pic. En contrebas, une plaine de plusieurs centaines de kilomètres s'étendait à droite et à gauche aussi loin que portât le regard. Les fleuves qui venaient y mourir se transformaient en marais. Une immense tache verte, soudain.

Ils pouvaient suivre une ligne brisée : le design du rivage de l'Anneau-Monde, conçu pour la commodité de la navigation maritime. Mais c'était le rivage dans le sens de rotation. Après plusieurs centaines de kilomètres de terre plane, rendue inculte par le sel, on découvrait enfin le liseré bleu de l'océan. Louis eut la chair de poule. Même vu d'aussi loin, le littoral du Grand Océan paraissait comme soulevé. Les eaux avaient reculé sur mille ou mille deux cents kilomètres. L'impact de Poing-de-Dieu s'était fait sentir très loin.

Ebloui, Louis se frotta les yeux. La lumière était trop vive. Quelques reflets violets...

Puis soudain, l'obscurité.

Louis ferma les yeux de toutes ses forces. Quand il

les rouvrit, ce fut comme s'il les avait gardés fermés : une noirceur absolue.

Harkabeeparolyn hurla. Kawaresksenjajok sursauta violemment, heurtant l'épaule de Louis. Ses deux mains agrippèrent le bras de Louis de toutes ses forces. Le hurlement de la femme cessa net.

— Louiiuu, où sommes-nous ? demanda-t-elle en claquant des dents.

— Au fond de l'océan, mais ce n'est qu'une audacieuse hypothèse.

— Tu as raison, fit la jolie voix féminine de l'Ultime. J'ai une bonne image radar. Dois-je allumer un projecteur ?

— Bien sûr.

L'eau était trouble. Pourtant, l'*Aiguille* aurait dû se trouver plus en profondeur. Des poissons nageaient autour de la coque. Non loin, il y avait même un banc d'algues.

Intrigué, le jeune lâcha Louis et alla coller son nez contre la coque. Harkabeeparolyn contemplait aussi le paysage sous-marin mais elle continuait à trembler comme une feuille.

— Louiiuu, peux-tu m'expliquer ce qui s'est passé ? Je ne comprends rien.

— Tu vas comprendre, dit Louis. Ultime, remonte. Retourne à mille cinq cents kilomètres d'altitude.

— A tes ordres, commandant !

— Combien de temps sommes-nous restés en stase ?

— Je l'ignore. Le chrono de l'*Aiguille* s'est arrêté, bien sûr. Je vais demander à la sonde d'envoyer les données, mais le retard dû à la vitesse de la lumière sera de seize minutes.

— A quelle vitesse nous filions ?

— A 9,3 kilomètres par seconde.

— Alors rediminue à huit jusqu'à ce que l'on sache ce qui s'est passé.

Lorsque l'*Aiguille* se rapprocha de la surface des eaux, les signaux émis par l'atterrisseur furent de nouveau reçus. Un brasier encerclait toujours la navette. L'autodoc était toujours clos.

Pourtant, Chmeee aurait dû être remis d'aplomb, maintenant, songea Louis.

Une lumière bleue les enveloppa. L'*Aiguille* surgit hors de l'océan dans la clarté solaire. Comme l'océan reculait sous une accélération de vingt gravités, le pont trépida à peine.

La vue à la poupe était des plus instructives.

A soixante ou quatre-vingts kilomètres derrière eux, on distinguait d'immenses lames déferlantes qui roulaient sur la grève sablonneuse d'une ancienne plate-forme continentale sous-marine. De la côte partait une rainure quasiment rectiligne. L'*Aiguille* n'avait pas heurté l'eau mais la terre : convertie en une boule de feu, elle avait continué de se frayer un chemin.

Plus loin, la plage cédait le pas à une prairie, puis à la forêt. Le tout était en feu. Des milliers de kilomètres carrés flambaient. Un immense champignon de fumée s'élevait au centre de cet incendie, comme le nuage de vapeur que Louis avait déclenché au-dessus du champ de tournesols. L'impact seul de l'*Aiguille* n'avait pu provoquer un cataclysme de cette ampleur.

— A présent, nous le savons, annonça l'Ultime. Le bouclier antimétéorite est programmé pour tirer sur les surfaces inhabitées. Louis, je suis terrorisé. La puissance déclenchée est du même ordre que celle dont nous avons eu besoin pour mettre en marche la Flotte des Mondes.

— Nous savons que les Pak pensaient en grand. Mais comment ont-ils fait cela ?

— Ne me dérange pas pendant quelque temps. Tu le sauras bientôt.

L'Ultime redisparut.

Celui-ci détenait tous les instruments. C'était fâcheux. Il pouvait mentir comme un arracheur de dents. Comment vérifier ses résultats ? D'un autre côté, Louis n'avait pas la possibilité de modifier leur accord.

Harkabeeparolyn le tira par le bras.

— Quoi ? aboya-t-il.

— Louis, je ne te pose pas cette question à la légère. Ma santé mentale vacille. Ces forces m'ont donné un choc. Des forces que je ne puis comparer à rien. S'il te plaît, que nous est-il arrivé ?

Louis lâcha un soupir.

— Il faudrait que je te donne un cours sur les champs de stase et sur les défenses antimétéorite de l'Anneau-Monde. Ainsi que sur les Marionnettistes de Pierson, les coques des Produits Généraux et les Pak.

— Je suis prête.

Alors, Louis se lança dans un long cours qu'elle écouta en acquiesçant et en posant des questions. Mais que comprenait-elle exactement ? Il l'ignorait. Bien entendu, lui-même en savait beaucoup moins qu'il ne voulait le lui laisser entendre. Grosso modo, ses explications se réduisirent à affirmer que Louis Wu savait de quoi il parlait. Lorsqu'elle en fut convaincue, elle devint plus calme, ce qui était somme toute le but recherché.

Alors, elle l'entraîna sur le lit d'eau, indifférente à la présence de Kawaresksenjajok. Ce dernier leur lança un sourire par-dessus son épaule avant de continuer à contempler le Grand Océan qui défilait sous leurs pieds.

Le *rishathra* pouvait rassurer. Faussement, peut-être, mais quelle importance ?

Pour sûr, il y avait beaucoup d'eau, là-bas, en dessous.

A mille cinq cents kilomètres, on pouvait voir très loin avant que la couche atmosphérique n'occultât la perspective. Et sur toute cette immensité-là, aucune île n'apparaissait. Les lignes de niveau du fond marin étaient nettes et, par endroits, peu profondes. Des îles isolées se trouvaient loin derrière eux, probablement de simples éminences sous-marines, avant que Poing-de-Dieu n'eût tout ravagé.

Les Kzinti qui avaient défié cette immensité n'étaient pas des lâches et ceux qui en étaient revenus n'étaient pas des sots. L'archipel qui se profilait loin à l'horizon dans le sens de rotation (il fallait plisser les yeux pour être certain que ce ne fût pas un mirage) devait être la Carte de la Terre, perdue dans le bleu infini.

Une voix froide et méticuleuse de contralto interrompit le cours des réflexions de Louis.

— Louis ? J'ai réduit notre vitesse maximale à cinq kilomètres par seconde.

— O.K. Cinq, quatre, quelle importance ?

— Louis, où m'as-tu dit, déjà, qu'était situé le bouclier antimétéorite ?

Le ton du Marionnettiste était singulier...

— Je ne t'ai rien dit. Je l'ignore.

— Mais si, tu as parlé des écrans d'ombre. Tu as même été enregistré sur bande. Si la défense antimétéorite est incapable de protéger le dessous de l'Anneau-Monde, c'est qu'elle est installée sur les écrans d'ombre.

Louis ne discernait pas la moindre inflexion dans la voix de l'Ultime. Pas une seule trace d'émotion.

— Dois-je comprendre que je me suis trompé ?

— Maintenant, Louis, écoute-moi attentivement. A l'instant même où nous avons dépassé les six kilomètres par seconde, il s'est produit une éruption solaire. Je l'ai sur bande visuelle. Nous ne l'avons pas vue à cause du bouclier antiradiation. Le soleil a craché un jet de plasma de quelques millions de kilomètres de long. Il est difficile de l'observer, car il était dirigé droit sur nous. Les lignes du champ magnétique du soleil n'ont pas incurvé sa trajectoire, comme cela se produit normalement en cas d'éruption.

— Mais ce n'est pas cette déflagration solaire qui nous a touchés.

— Ce jet a arrosé quelques millions de kilomètres pendant vingt minutes. Puis, il s'est concentré en un faisceau laser violet.

— Ô mon Dieu !

— Un laser à gaz, de très grande portée. Au point d'impact, la terre est encore incandescente. J'estime qu'il a couvert une région de dix kilomètres de diamètre : un rayon d'action pas particulièrement concentré mais ce n'est pas nécessaire non plus. Un jet de plasma de cette puissance-là suffirait à alimenter un laser à gaz d'une énergie de 3×10^{27} ergs/s durant une heure.

Silence.

— Louis ?

— Accorde-moi une minute. Ultime, c'est là une arme impressionnante.

Tout à coup, Louis eut une illumination.

— Voilà pourquoi les Ingénieurs de l'Anneau-Monde se sentaient en sécurité ! Voilà pourquoi ils pouvaient se permettre de construire cette structure ! Ils étaient capables de repousser n'importe quelle invasion. Ils détenaient une arme laser plus grande que n'importe quelle planète, plus grande que le système Terre-Lune, plus grande que... Ultime ? Je crois que je vais tomber dans les pommes.

— Louis, ce n'est pas le moment ; nous n'avons pas le temps.

— Mais qu'est-ce qui a déclenché cette éruption ? Il a bien fallu que quelque chose incite le soleil à cracher ce jet de plasma. Magnétique ! Cette chose-là doit être magnétique ! Serait-il possible que ce soit l'une des fonctions des écrans d'ombre ?

— Je ne le pense pas. Les caméras montrent que les écrans d'ombre se sont écartés pour laisser passer le rayon et se sont resserrés ailleurs afin de protéger la Terre d'une insolation accrue. Il nous est impossible de supposer que cet anneau d'écrans d'ombre était en même temps en train de manipuler magnétiquement la photosphère. Un Ingénieur intelligent eût conçu deux systèmes distincts.

— Tu as raison. Absolument raison. Néanmoins, vérifie-le, veux-tu ? Nous avons enregistré tous les effets magnétiques possibles, depuis trois angles différents. Découvre ce qui a déclenché ce jet de plasma.

Allah, Kdapt, Brahma, Manigant, faites que ce soient les écrans d'ombre !

— Ultime ? Quelles que soient tes découvertes, ne me les cache surtout pas.

Il y eut un silence particulier. Puis :

— Etant donné les circonstances, cela nous condamnerait tous. Je ne te cacherai rien à moins qu'il n'y ait plus aucun espoir. Que penses-tu ?

— Qu'il reste *toujours* un espoir. N'oublie pas cela.

La Carte de Mars apparut enfin. Très éloignée de celle de la Terre, à quelque cent cinquante mille kilomètres à tribord. Mais contrairement à celle de la Terre, elle formait une seule masse compacte. Vue sous cet angle, elle se réduisait à une simple ligne noire : à trente kilomètres au-dessus du niveau de la mer, comme l'avait prévu l'Ultime.

Un voyant rouge s'alluma sur le tableau de bord de la navette. Une température de cent dix degrés Fahrenheit, juste parfaite pour un sauna. En revanche, aucun voyant n'était allumé sur l'immense cercueil dans lequel Chmeee était enfermé. L'autodoc était équipé de contrôles de température indépendants.

Les défenseurs kzinti semblaient être à court d'explosifs mais leurs ressources en bois paraissaient, elles, illimitées.

Trente mille kilomètres à franchir à une vitesse de six kilomètres par seconde.

— Louis ?

Louis s'extirpa des plaques de couchage. Il trouva que l'Ultime avait une mine atroce. Sa crinière défaite perdait tous ses bijoux, l'un après l'autre, et il avançait d'un pas saccadé, comme s'il avait eu des jambes de bois.

— Nous devons penser à autre chose, dit Louis.

Il regrettait de ne pas pouvoir traverser la cloison afin de caresser la crinière du Marionnettiste pour le rassurer.

— Peut-être ce château dispose-t-il d'une bibliothèque ? Peut-être que Chmeee a appris quelque chose que nous ignorons ? Tanj ! A moins que l'équipe de réparation connaisse la réponse, elle ?

— La même que nous. Une occasion d'étudier les taches solaires de l'intérieur.

La voix du Marionnettiste était froide et métallique, celle d'un ordinateur.

— Tu as déjà compris, n'est-ce pas ? Les réseaux hexagonaux de supraconducteurs enfouis dans le sous-sol de l'Anneau-Monde. Le *scrith* peut être magnétisé de façon à manipuler les jets de plasma qui se produisent dans la photosphère solaire.

— Exact.

— C'est peut-être un événement semblable qui a décalé l'Anneau-Monde de son centre. Un jet de plasma s'est formé pour bombarder une météorite, une comète égarée, voire même une flotte venant de la Terre ou de Mars. Le plasma a heurté l'Anneau-Monde mais aucun réacteur d'attitude n'était en marche pour le remettre à sa place. Même sans le jet de plasma, le météore lui-même a sans doute suffi. L'équipe de réparation est arrivée plus tard. Trop tard.

— Espérons que non.

— Ce réseau supraconducteur peut-il se substituer aux réacteurs d'attitude ?

— Non... Est-ce que tu vas bien ?

— Non.

— Que vas-tu faire ?

— Exécuter tes ordres.

— Parfait.

— Si j'étais encore l'Ultime de cette expédition, j'abandonnerais maintenant.

— Ah ! cela, je le crois.

— As-tu deviné le pire ? J'ai calculé, figure-toi, que le soleil peut très probablement être déplacé. Cette étoile a été conçue de manière à émettre un jet de plasma à volonté et celui-ci peut être modifié afin d'agir comme un laser à gaz qui crée une propulsion photonique pour le soleil lui-même. L'Anneau-Monde est alors entraîné par la gravité du soleil. Mais la poussée maximale serait encore dérisoire, trop faible pour nous aider. Même si l'accélération est supérieure à 2×10^{-4} g, l'Anneau-Monde restera en arrière. De toute façon, les radiations du jet de plasma détruiraient l'écosystème. Louis, es-tu en train de *rire* ?

Louis riait effectivement.

— Jamais je n'ai songé à déplacer le soleil. Jamais pareille idée ne m'aurait effleuré l'esprit. As-tu vraiment effectué les calculs de cette possibilité ?

Et la voix froide et métallique répondit :

— Oui. Mais cela ne sauvera pas l'Anneau-Monde. Quelle solution reste-t-il ?

— Exécuter mes ordres. Continue dans le sens de l'antirotation à six kilomètres par seconde. Préviens-moi lorsque je pourrai passer dans la navette avec un disque marcheur.

— A tes ordres.

Le Marionnettiste fit de nouveau face à son tableau de bord.

Une tête se retourna.

— Parfois, abandonner est absurde !

28

LA CARTE DE KZIN

Tous les voyants étaient verts. Quelle que fût la situation médicale, l'autodoc s'en occupait. Chmeee était vivant dans son cercueil. Vivant, si ce n'était en bonne santé.

Mais le thermomètre du poste de pilotage indiquait une température de cent soixante degrés Fahrenheit.

— Louis, es-tu prêt à traverser ? s'enquit l'Ultime.

La Carte de Mars se réduisait à un point noir au-dessous des « fenêtres » holographiques, droit à tribord. La Carte de Kzin était beaucoup plus difficile à distinguer. Loin de Mars, à plusieurs degrés d'arc et à quatre-vingt mille kilomètres de distance, Louis entrevit des pointillés bleu ardoise sur une mer bleu ardoise.

— Nous ne sommes pas encore en opposition exacte, dit-il.

— Non. La rotation de l'Anneau-Monde imposera encore une différence de vitesse entre l'*Aiguille* et l'atterrisseur. Mais le vecteur est orienté à la verticale. Nous disposons d'une marge de temps suffisante pour que ce soit compensé.

Louis mit un moment à transcrire ces informations en un diagramme :

— Tu vas plonger dans l'océan, depuis une altitude de mille cinq cents kilomètres.

— Oui. Ne prendre aucun risque serait désormais une folie pure, à cause de la position dans laquelle nous a mis ta propre folie.

Louis éclata de rire. *Un Marionnettiste enseignant le courage à Louis Wu?* Puis il redevint sérieux. Comment, sinon, un ex-Ultime retrouverait-il son autorité ?

— Pas mal ! Commence ton plongeon.

Louis commanda au cadran deux sabots de bois. Il retira sa chasuble, enveloppa dedans sa combinaison anti-impact et sa veste multipoche mais garda sa lampe laser à la main. Le paysage marin désert avait commencé à se dilater.

— Prêt !

— Go !

Louis franchit deux cent mille kilomètres d'un seul pas de géant.

Kzin, vingt ans auparavant :

Louis se laissa choir sur un *fooch* en pierre érodé pour souffler un peu.

Ces divans de pierre de forme bizarre, appelés *foochesth*, étaient aussi nombreux dans les parcs de chasse kzinti que les bancs dans les jardins publics de la Terre. Ayant presque la forme d'un rein, ils étaient conçus pour qu'un mâle kzin pût s'y étendre à moitié couché en boule. Les parcs de chasse kzinti étaient sauvages et amplement pourvus de prédateurs et d'animaux à viande comestible. Dans ces jungles jaune-orange, les *foochesth* étaient les uniques signes de civilisation. Avec une population de plusieurs centaines de millions, leur planète était surpeuplée selon les critères kzinti. Les parcs aussi.

Louis se promenait dans cette jungle depuis le matin. Il était las. Les jambes pendant dans le vide, il observait les activités des natifs.

Dans cette jungle, les Kzinti, eux-mêmes orange, étaient presque invisibles. C'était un véritable désert, mais, soudain, un quart de tonne d'un carnivore doué de raison surgit sur la piste d'une créature rapide et affolée. Le mâle kzin stoppa brutalement... et fixa... Louis, souriant, lèvres pincées. (Un Kzin ne montre ses dents que lors d'un défi.) Il regarda aussi l'insigne du Patriarche piqué sur l'épaule de Louis. Celui-ci avait fait en sorte de bien le mettre en évidence. Le Kzin décida que cela ne le regardait pas et poursuivit son chemin.

Puis Louis sentit comme une présence impalpable au milieu du feuillage jaune et exubérant. Curieux! Des yeux à l'affût et pleins d'intentions meurtrières, quelque part. Soudain, un mâle adulte, immense, accompagné d'un adolescent, ressemblant à une peluche attendrissante, moitié moins grand, se plantèrent devant l'intrus pour l'examiner.

Louis possédait quelques petites notions de la Langue Héroïque. Levant les yeux vers son parent, le jeune demanda:

— Est-ce bon à manger?

Les yeux de l'adulte rencontrèrent ceux de Louis. Celui-ci sourit au point de montrer toutes ses dents.

— Non, fit l'adulte.

Avec l'assurance que lui donnaient les quatre guerres Hommes-Kzinti (ayant eu lieu des siècles auparavant, elles avaient toutes été gagnées par l'Homme), Louis sourit et opina.

— Dis-lui, papa, fit le jeune en s'éloignant. Dis-lui qu'il est plus nocif de manger de la viande humaine que de l'arsenic.

L'Anneau-Monde, vingt ans plus tard:

Dans cette fournaise, Louis fut vite en sueur. Cela ne le dérangeait pas. Il s'était déjà trouvé dans un sauna. Et pour un sauna, cent soixante degrés, ce n'est pas une chaleur excessive.

La voix enregistrée de l'Ultime grognait et miaulait

dans la Langue Héroïque, proposant un refuge sur la Flotte des Mondes.

— Coupe cet enregistrement ! ordonna Louis.

Des flammes montaient à l'assaut des fenêtres. Le transporteur de canons avait été déplacé. Deux Kzinti à peine visibles dans les vagues d'air chaud bondirent à travers la cour, posèrent des bidons sous la navette et repartirent à toutes jambes s'abriter dans le château.

Ce n'étaient pas tout à fait des Kzinti normaux : ils étaient moins civilisés que Chmeee. Si jamais ils posaient leurs griffes sur lui... Mais il était relativement en sécurité dans le module.

Les yeux plissés, Louis chercha à voir au-delà du brasier. Six bidons avaient été disposés sous le module. Des bombes, sans aucun doute. Elles allaient exploser d'un instant à l'autre, sans attendre que la chaleur les fît détoner l'une après l'autre.

Louis sourit. Ses mains restèrent suspendues au-dessus des commandes, tandis qu'il luttait contre la tentation. Puis, il pianota vite ses instructions. Les touches étaient brûlantes. Enfin, il prit appui sur ses jambes, s'agrippa au dossier du fauteuil, les mains protégées par sa chasuble.

La navette s'éleva au-dessus du brasier. Une grêle de boules de feu ricocha sur la partie inférieure du cylindre. En quelques secondes, le château se réduisit à la taille d'un jouet. Louis souriait toujours. Il se sentait vertueux. Il avait résisté à la tentation. S'il avait décollé à l'aide des moteurs à fusion au lieu des repoussoirs, les Kzinti eussent été émerveillés par la puissance de leurs propres explosifs.

Une pluie de grenaille crépita sur la coque et les fenêtres. Surpris, Louis leva les yeux. Une dizaine de jouets munis d'ailes piquaient vers lui. Puis ils s'éloignèrent en décrivant un vaste cercle. Louis fit la grimace. Il régla l'autopilote de manière à stabiliser la navette à huit kilomètres d'altitude. Peut-être n'avait-il pas envie de voler très haut au-dessus de ces avions ? Il n'en savait rien, au fond.

Enfin, il se leva et descendit à l'étage inférieur.

Lorsqu'il lut les cadrans, Louis poussa un grognement et appela l'Ultime :

— Chmeee est totalement guéri. Il dort tranquillement dans le 'doc. Le 'doc ne le réveille pas afin qu'il reste là, car la navette n'est pas habitable.

— Pas habitable ?

— Il y fait trop chaud. L'autodoc n'est pas programmé pour laisser sortir un patient dans une fournaise. Maintenant que nous sommes loin du feu, la navette va refroidir.

Louis se passa la main sur le front. La sueur ruissela jusqu'au coude.

— Si Chmeee sort, poursuivit-il, voudras-tu lui expliquer la situation ? Je dois prendre une douche froide.

Louis se trouvait sous la douche lorsque la navette fit une embardée. Vite, il saisit une serviette et la noua autour de sa taille tout en gravissant quatre à quatre l'escalier. La pluie de mitraille continuait.

Lentement, prudemment, comme s'il souffrait encore, Chmeee, installé devant le poste de pilotage, tourna la tête. Il louchait terriblement et tout son pelage avait été rasé autour de l'œil. Une bande de peau synthétique courait à travers la cuisse jusqu'à l'aine.

— Salut, Louis. Je vois que tu as survécu.

— Oui. Que fais-tu ?

— J'ai laissé des femelles enceintes dans la forteresse.

— Vont-elles être tuées ? Pouvons-nous rester en vol stationnaire pendant quelques instants ?

— Devons-nous discuter de quelque chose ? Je te

considère comme assez intelligent pour ne pas te mêler de cette affaire.

— Au train où nous allons, tes femelles vont mourir dans deux ans.

— On peut les ramener dans leur pays natal, en stase à bord de la *Brûlante Aiguille d'Interrogatoire*. J'espère toujours parvenir à convaincre l'Ultime…

— Convaincs-moi, alors. J'ai pris le commandement de l'*Aiguille*.

Chmeee déplaça ses mains. Le sol bascula violemment et Louis dut se retenir au dossier du fauteuil. Un coup d'œil au tableau de bord lui apprit que l'*Aiguille* avait stoppé sa descente. La pluie de projectiles avait cessé également. Pourtant, une dizaine d'avions tournaient toujours autour de la navette. La forteresse se trouvait à mille mètres en contrebas.

— Comment y es-tu parvenu ? demanda Chmeee.

— J'ai fait fondre le moteur d'hyperpropulsion.

Le Kzin fusa, plus rapide que la foudre. Louis fut noyé dans une masse de fourrure orange. D'une main, Chmeee tenait Louis plaqué contre sa poitrine, tandis que quatre autres griffes menaçaient l'arcade sourcilière.

— Très malin ! fit Louis. Bravo ! Et tes plans, où te mènent-ils maintenant ?

Le Kzin ne bougea pas. Du sang coulait dans les yeux de Louis. Il avait l'impression que son échine allait se rompre.

— Tout indique, fit remarquer Louis, que je vais être obligé de te sauver une deuxième fois.

Chmeee relâcha Louis, puis recula avec prudence, comme s'il avait peur de ses réactions instinctives.

— Tu nous as tous condamnés ? s'enquit-il. Ou tu as une quelconque idée sur la façon de ramener l'Anneau-Monde à sa place ?

— La deuxième.

— Comment ?

— Deux heures auparavant, j'aurais pu te l'expliquer. Mais nous devons trouver une autre solution.

— Pourquoi as-tu fait cela ?

— Je voulais sauver l'Anneau-Monde. C'était le seul moyen d'obtenir la coopération de l'Ultime. Désormais, sa vie est en jeu. Mais comment vais-je m'y prendre pour obtenir *ta* coopération ?

— Triple idiot ! J'ai fermement l'intention d'apprendre comment déplacer cette maudite structure, ne serait-ce que pour sauver mes enfants. Ton problème, c'est plutôt de me persuader que j'ai besoin de *toi*.

— Les Pak qui l'ont bâtie étaient mes ancêtres. Nous allons donc essayer de penser comme eux, n'est-ce pas ? Qu'ont-ils pu construire qui effectuerait ce déplacement ? A part cela, j'ai deux bibliothécaires Bâtisseurs qui possèdent une solide connaissance de l'histoire de l'Anneau. Mais ils refuseront de coopérer avec toi. A leurs yeux, tu es déjà un monstre et, pourtant, tu ne m'as toujours pas occis.

Chmeee réfléchit.

— S'ils ont peur de moi, ils fileront doux. Leur monde est en jeu. Leurs ancêtres étaient également des Pak.

La température de la navette était devenue à présent trop froide pour un homme nu, mais Louis transpirait de nouveau.

— J'ai déjà repéré le Centre de Réparations.

— Où ?

Louis se demanda s'il n'était pas plus sage de garder pour lui cette information. Néanmoins, il répondit.

— Dans la Carte de Mars.

Chmeee se laissa choir.

— Stupéfiant ! Ces Kzinti délocalisés ont appris beaucoup de choses au sujet de la Carte de Mars durant leur ère d'exploration. Mais jamais ils n'ont découvert le Centre.

— Je parie que plusieurs navires ont disparu aux alentours de la Carte de Mars.

— Un de leurs pilotes aviateurs m'a appris que maints navires disparaissaient dans cette région et que jamais rien de précieux n'avait été rapporté de Mars. En revanche, les explorateurs ont trouvé des richesses dans une Carte située plus loin dans le sens de rotation, mais jamais autant que celles utilisées pour construire les navires. Te faut-il l'autodoc ?

Avec sa chasuble, Louis essuya le sang qui coulait sur son visage.

— Non, pas encore. Cette Carte dans le sens de rotation, on dirait la Terre. Donc, elle n'était pas défendue.

— Il semblerait que non. Mais il y a une carte vers bâbord. Les navires qui s'y sont aventurés ne sont jamais revenus. Le Centre de Réparations s'y trouverait-il ?

— Non. C'est la Carte de Bas. Ils se sont heurtés aux Grogs.

Louis s'épongea de nouveau.

Mon entaille n'est pas profonde, se dit-il, mais une blessure au visage saigne toujours longtemps.

— Occupons-nous de tes femelles enceintes. Combien sont-elles ?

— Je l'ignore. Six étaient en période d'accouplement.

— Nous n'aurons jamais assez de place pour elles toutes. Il va falloir qu'elles restent dans le château. Mais crois-tu qu'un seigneur local va les tuer ?

— Non, pas elles mais peut-être mes enfants mâles. Il y a un autre danger… Au moins, celui-là, je sais comment l'affronter.

Chmeee se retourna vers le tableau de bord.

— La civilisation la plus puissante s'est développée autour de l'un des antiques navires d'exploration, le

Béhémoth. S'ils remontent ma piste jusqu'ici, ils vont sans doute attaquer la forteresse.

Les avions brûlèrent comme des torches, alors qu'ils tombaient. Chmeee scruta le ciel à l'aide du radar, puis du radar en profondeur et du détecteur d'infrarouges. Désert.

— Louis, y en avait-il d'autres? L'un d'entre eux aurait-il pu atterrir?

— Je ne crois pas. A moins qu'il y en ait un qui soit tombé à court de combustible. Je ne vois guère de pistes dans le coin... Peut-être les routes? Observe les routes. Surtout, ne les laisse pas entrer en contact radio avec l'immense navire.

Ici, les ondes radio se propageraient aussi loin que portât le regard et l'atmosphère de l'Anneau-Monde avait probablement une couche ionisée d'Heaviside.

Il n'existait qu'une seule route; de plus, elle possédait peu de tronçons droits. En revanche, il y avait beaucoup de terrains plans... Au bout de longues minutes, le Kzin fut enfin satisfait. Les avions étaient anéantis. Tous.

— Prochaine étape, déclara Louis, exterminer tous les habitants du fort. Pourquoi pas? C'est dans tes moyens. Je suppose que les femelles kzinti ne sont pas fichues de prendre soin d'elles-mêmes.

— Erreur... Louis, c'est bizarre, mais les femelles du château sont beaucoup plus intelligentes que celles de la Patriarchie.

— Aussi intelligentes que toi?

— Non! Mais elles possèdent même un petit vocabulaire!

— Est-il possible que ton peuple ait sélectionné vos femelles en fonction de leur docilité? Qu'il ait refusé de les faire s'accoupler avec les mâles intelligents pendant des centaines de milliers d'années? Après tout, vous avez bien développé les espèces esclaves.

Chmeee se tortilla sur son siège.

— C'est possible. Les mâles ici sont également différents. J'ai essayé de traiter avec les commandants du vaisseau d'exploration. J'ai montré ma puissance, puis attendu une proposition de négociation. Ils n'ont pas réagi de cette manière. Ils se sont comportés comme s'il n'existait qu'une seule chose à faire : se battre jusqu'à ce que l'un des deux camps soit éliminé. Et il m'a fallu insulter Chjarrl, me moquer de ses ancêtres, le blesser dans son amour-propre pour obtenir qu'il me parle !

Mais ces Kzinti, songea Louis, n'ont jamais été sélectionnés par les Marionnettistes en vue d'obtenir des spécimens dociles.

— Ma foi, si tu ne peux pas sortir tes femelles de la forteresse ni tuer les mâles, il ne te reste plus tanj ! qu'à négocier le Gambit de Dieu.

— Peut-être… Oui, procédons de cette façon.

Loin au-dessus de la grêle de flèches et hors de portée des canons montés sur le véhicule, planait le module. Son ombre recouvrait les cendres du feu dans la cour. Louis écoutait les voix multiples du disque traducteur de Chmeee tout en attendant son signal.

Chmeee incita les archers à tirer sur lui, alternant menaces et promesses. Suivirent le tonnerre intermittent du rayon laser pulvérisant la roche, un grand fracas, des sifflements, des grognements et des feulements.

Chmeee parla aussi de son maître, qui, lui, était *vraiment* redoutable.

Il resta quatre heures en bas à parlementer, puis il apparut dans l'embrasure de l'une des meurtrières et s'élança dans les airs. Louis attendit qu'il fût à bord pour prendre de l'altitude.

Enfin, le Kzin arriva dans le poste de pilotage. Il avait retiré son harnais et son armure anti-impact.

— Tu n'as pas lancé le signal convenu du Gambit de Dieu.

— Es-tu offensé ?

— Non, bien sûr que non.

— Les choses auraient tourné vinaigre. Et... impossible de me rabattre sur cette solution. Ils appartiennent à mon espèce. Je ne me sentais pas capable de les menacer à l'aide d'un Homme.

— Soit !

— Kathakt élèvera mes enfants comme on élève les héros. Il leur enseignera le maniement des armes et les armera bien. Une fois adultes, il les lâchera dans la nature afin qu'ils conquièrent leurs propres terres. Eux ne menaceront pas son propre domaine, tu comprends, et ils auront ainsi une chance élevée de survivre si jamais je ne reviens pas. J'ai laissé à Kathakt ma lampe laser.

— Excellente solution !

— Je l'espère.

— Avons-nous terminé avec la Carte de Kzin ?

Chmeee réfléchit.

— J'ai capturé le pilote d'un avion. Appartenant tous à la noblesse, ils ont les noms appropriés et une éducation accomplie. Chjarrl m'a narré beaucoup de choses au sujet de l'ère d'exploration, après que j'ai tourné en dérision les exploits de ses ancêtres. Il existe certainement une importante bibliothèque historique dans le *Béhémoth*. Allons-nous nous en emparer ?

— Raconte-moi ce que Chjarrl t'a raconté. Jusqu'où sont-ils allés sur Mars ?

— Jusqu'à une muraille d'eau, une cataracte. Les générations suivantes ont inventé les combinaisons pressurisées et l'aviation aérobie. Ils ont exploré la périphérie de Mars et une équipe s'est aventurée jusqu'au centre, là où il y a de la glace.

— Dans ce cas, je crois que nous pouvons éviter la

bibliothèque du *Béhémoth*, puisqu'ils ne sont jamais parvenus jusqu'à l'intérieur. Ultime, es-tu là?

— Oui, Louis, répondit un micro.

— Nous nous dirigeons vers la Carte de Mars. Suis-nous, mais reste à bâbord de notre position si jamais nous devons prendre la diagonale.

— A tes ordres. Des éléments à signaler?

— Chmeee a récolté quelques informations. Les Kzinti ont exploré la surface de Mars et n'ont rien trouvé qui ait l'air non martien. Donc, nous ne savons toujours pas où chercher l'entrée.

— Peut-être par en dessous.

— Peut-être. Ce serait problématique. Et nos invités, comment tiennent-ils le coup?

— Tu devrais bientôt les rejoindre.

— Dès que je le peux. Regarde si l'ordinateur de l'*Aiguille* a des données sur Mars. Et sur les Martiens. Je coupe.

Louis se tourna vers Chmeee.

— Chmeee, veux-tu piloter cet engin? Surtout, ne dépasse pas six kilomètres par seconde.

La navette s'éleva, puis fila en ligne droite, réagissant docilement aux instructions de Chmeee. Un mur de nuage gris s'ouvrit pour les laisser passer. Alors, il n'y eut plus que l'azur qui s'obscurcissait au fur et à mesure qu'ils prenaient de l'altitude. La Carte de Kzin défila sous eux, puis derrière eux.

— Le Marionnettiste paraît bien docile, observa le Kzin.

— Oui.

— Et tu as l'air très sûr de tes connaissances sur la Carte de Mars.

— Oui.

Louis sourit.

— C'est un superbe exemple de désorientation mais qui ne peut être parfait. Les protecteurs avaient trop de volume à dissimuler. Nous avons sousvolé le Grand Océan pour arriver jusqu'ici. Devine ce que nous avons découvert lorsque nous sommes passés sous Mars ?

— Pas de jeux avec moi !

— Eh bien rien ! Rien, hormis le fond marin. Même pas d'ailette réfrigérante ! Toutes les autres Cartes sont équipées d'ailettes pour refroidir les pôles. Un système passif de refroidissement. Il devrait en exister un également pour refroidir Mars. Où la chaleur se dissipe-t-elle alors ? J'ai pensé qu'elle allait dans le fond de la mer. Mais non. Nous pensons à présent que la chaleur est pompée directement par le réseau supraconducteur qui quadrille le *scrith*.

— Le réseau supraconducteur ?

— Une immense résille qui contrôle les effets magnétiques des fondations de l'Anneau-Monde. Ce réseau permet également de contrôler le champ magnétique du soleil. Si la Carte de Mars y est connectée, nous aurons trouvé le Centre de Contrôle de l'Anneau-Monde.

Chmeee réfléchit.

— Impossible de pomper la chaleur dans l'eau salée, dit-il. L'air chaud et humide s'élève. Il donnerait naissance à des nuages qui se concentreraient sur une grande distance. Vue de l'espace, la Carte de Mars apparaîtrait alors comme une immense cible. Peux-tu imaginer que les protecteurs Pak aient commis une erreur aussi grossière ?

— Non, répondit Louis.

Mais lui l'aurait commise.

— Je me souviens mal de Mars, enchaîna le Kzin. Cette planète n'a jamais joué un grand rôle pour ton peuple, n'est-ce pas ? Elle n'était qu'une source de légendes. Je sais seulement qu'ici la Carte s'élève jusqu'à trente kilomètres afin d'imiter l'air très raréfié de la planète.

— Trente kilomètres de hauteur et une superficie de cent quarante-cinq millions de kilomètres carrés. Cela nous donne un volume de quatre mille trois cent cinquante millions de kilomètres cubes où planquer des objets.

— Grrr ! fit Chmeee. Tu as raison. La Carte de Mars est le Centre de Réparations, et les Pak ont déployé toute leur imagination pour le cacher. Chjarrl m'a parlé des monstres, des ouragans et des dimensions du Grand Océan. D'excellentes sentinelles passives. Une flotte d'envahisseurs n'aurait jamais percé le secret.

L'esprit ailleurs, Louis frotta quatre points douloureux de son arcade sourcilière.

— Quatre mille trois cent cinquante millions de kilomètres cubes. Ce chiffre me laisse pantois, je dois l'avouer. Que gardaient-ils là-dedans ? Assez de matériaux pour rapiécer la montagne du Poing-de-Dieu ? Une machinerie assez grande pour transporter ces pièces et les fixer bien tendues d'un bord à l'autre ? Les systèmes de levage que nous avons vus sur le parapet pour remonter les réacteurs d'attitude ? Des réacteurs de rechange ? Tanj ! Comme j'aimerais trouver des réacteurs de rechange ! Mais il resterait encore de la place disponible pour...

— Des flottes de guerre !

— Oui ! Nous connaissions déjà leur *immense* arme, mais... des flottes de guerre ? Bien sûr, pardi ! Et des vaisseaux pour transporter les réfugiés, aussi. Peut-être que la Carte entière n'est qu'un gigantesque vaisseau de réfugiés ? Il fallait qu'il fût d'une taille faramineuse pour évacuer l'Anneau-Monde avant que sa population n'ait commencé à occuper toutes les niches écologiques.

— Un vaisseau spatial ? Peut-être un vaisseau spatial assez vaste pour remorquer l'Anneau-Monde à sa place ? Louis... j'ai du mal à penser à cette échelle.

— Moi aussi. Je ne crois pas qu'il serait assez vaste.

— Mais alors, qu'avais-tu en tête lorsque tu as détruit notre moteur d'hyperpropulsion ?

Brusquement, le Kzin sourit en dévoilant toutes ses dents.

Louis décida de ne pas y prêter attention.

— Je pensais que l'Anneau-Monde était réglé de manière à pouvoir agir magnétiquement sur le soleil. J'avais presque raison. Mais le hic…

— Louis ! Chmeee ! claironna la voix de l'Ultime dans le micro. Passez en autopilote et sautez ici. Vite !

29

LA CARTE DE MARS

D'un bond monstrueux, Chmeee atteignit le disque avant Louis.

Quand il le faut, le Kzin aussi est capable d'obéir à un ordre, songea Louis à part lui, tout en se gardant bien d'en faire la remarque à voix haute.

Les Bâtisseurs regardaient au-delà de la coque, mais pas le monotone paysage marin : ce n'était qu'une étendue bleu foncé sous le bleu céruléen du ciel, strié de nuages qui se confondaient en une masse unie à l'infini-horizon. Non, ils contemplaient un hologramme de la taille d'un écran de cinéma. Quand Chmeee apparut sur le disque récepteur, ils se retournèrent, sursautèrent et voulurent se cacher.

— Chmeee, déclara Louis, je te présente Harkabeeparolyn et Kawaresksenjajok, tous deux bibliothécaires de la cité flottante. Ils nous ont considérablement aidés à accumuler des informations.

— Bien, fit le Kzin. Ultime, quel est le problème ?

Louis tirailla la fourrure de Chmeee et pointa le doigt sur l'écran.

— Oui, dit le Marionnettiste. Le soleil.

Dans le rectangle holographique, l'étoile grossie brillait d'un sombre éclat. Une tache étincelante près du centre ondoyait, changeant sans cesse de forme sous leurs yeux.

— Il y a déjà eu une éruption solaire, demanda Chmeee, peu avant notre atterrissage sur la saillie du spatioport, n'est-ce pas ?

— Exact. Ce que tu regardes, c'est la défense antimétéorite de l'Anneau-Monde. Ultime, que faisons-nous maintenant ? Ralentir ? Mais je ne vois pas comment sauver la navette.

— Ma première intention était de sauver vos inestimables personnes.

Juste en dessous de l'*Aiguille*, l'océan réfléchissait un rayon lumineux, qui allait s'intensifiant. A présent, il se teintait de violet. Tout à coup, l'espace d'un instant, il fut d'un éclat insupportable, puis se réduisit à un point noir sur la coque, à leurs pieds.

Un liseré de jais, ourlé de violet nacré, barra alors l'horizon ; de la surface des eaux, un pilier jaillit vers le ciel. Mais au-delà de l'atmosphère, il devenait invisible.

Emu, le Kzin parla dans la Langue Héroïque.

— Tout cela est très bien, répondit l'Ultime en interworld, mais quelle était la cible ? Nous, je présume.

— N'est-ce pas la Carte de la Terre, demanda Louis, qui se trouve dans cette direction ?

— Si. Une grande masse d'eau avec des étendues terraformées considérables.

Au point d'impact du rayon, une resplendissante blancheur étincelait à l'horizon. Chmeee eut beau marmonner dans la Langue Héroïque, Louis le comprit quand même :

— Avec une arme pareille, je pourrais volatiliser toute la Terre en vapeur d'eau !

— La ferme !

— Une pensée naturelle, Louis.

— Tiens donc !

Le rayon s'éteignit brusquement. Puis il frappa de nouveau l'Anneau-Monde, quelques degrés plus loin vers bâbord.

— Tanj bon sang ! O.K. ! Ultime, monte ! Monte assez haut pour que nous puissions utiliser le télescope.

Sur la Carte de la Terre, un point blanc-jaune jetait mille feux. Il ressemblait à l'impact d'un astéroïde de bonne taille. Plus loin sur le rivage opposé du Grand Océan étincelait un point similaire.

L'attaque solaire perdait de sa puissance et de sa cohérence.

— Y avait-il, demanda Chmeee, des avions ou des vaisseaux spatiaux dans ces directions ? Des objets se déplaçant rapidement ?

— Les instruments ont peut-être enregistré quelque chose, avança l'Ultime.

— Vérifie-le, dit Louis. Et redescends-nous à mille cinq cents kilomètres d'altitude. Je crois qu'il serait préférable d'aborder la Carte de Mars par en dessous.

— Louis ?

— Fais ce que je te dis.

— Sais-tu, s'enquit Chmeee, comment ce rayon laser est produit ?

— Louis pourra te l'expliquer, répondit le Marionnettiste. Je vais être occupé.

Provenant de deux directions différentes, l'*Aiguille* et la navette convergèrent vers la Carte de Mars. L'Ultime maintint les deux engins sur des trajectoires parallèles pour qu'il fût possible de passer de l'un à l'autre.

Louis et Chmeee déguerpirent en l'espace d'une étincelle pour déjeuner dans la navette. Chmeee avait faim. Il engloutit plusieurs kilos de viande rouge, un saumon et trois litres d'eau. Le propre appétit de Louis en pâtit. Heureusement, les invités ne le regardaient pas.

— Je ne comprends pas pourquoi tu as emmené ces passagers, observa Chmeee, à moins que ce ne soit pour t'accoupler avec la femelle. Mais pourquoi le jeune ?

— Ce sont des Bâtisseurs des Cités. Leur espèce a régné sur presque tout l'Anneau-Monde. Et je les ai ramassés dans une bibliothèque. Fais leur connaissance, Chmeee. Pose-leur des questions.

— Ils ont peur de moi.

— Tu as été un diplomate au doux parler, n'oublie pas. Je vais inviter le jeune à visiter l'atterrisseur. Raconte-lui des histoires. Parle-lui de Kzin, des parcs de chasse et de la Maison du Passé du Patriarche. Explique-lui comment les Kzinti copulent.

Louis redisparut dans l'*Aiguille*, parla à Kawaresksenjajok et revint avec lui dans la navette avant qu'Harkabeeparolyn n'ait eu le temps de comprendre ce qui se passait.

Chmeee enseigna à Kawaresksenjajok comment piloter. La navette effectuait des cabrioles, des sauts périlleux, rebondissait vers la nue, réagissant au moindre contact des doigts du Kzin sur les touches. Le jeune était aux anges. Chmeee lui montra ses instruments magiques : jumelles, tissu supraconducteur et armure anti-impact.

Le jeune lui posa des questions sur les pratiques sexuelles des Kzinti.

Chmeee lui apprit même qu'il s'était accouplé avec une femelle qui savait parler ! Il faut dire que ce fait lui avait ouvert de nouvelles perspectives. Il raconta à Kawaresksenjajok ce qu'il désirait savoir. (Dans l'ensemble, Louis trouva cela assommant.) Puis le Kzin interrogea le Bâtisseur sur le *rishathra*. Ce dernier manquait de pratique mais pas de théorie.

— Si l'espèce est d'accord, nous l'enregistrons. Nous avons archivé les bandes. Certaines espèces peuvent pratiquer ce qu'elles savent faire, à la place du *rishathra*, ou regarder ou encore en parler. Certaines ne s'accouplent que dans une seule position ; d'autres durant une seule saison. Finalement, nous savons tout. Le *rishathra* influence les relations commerciales. Ainsi, il existe des aides de toutes sortes. Louiiuu t'a-t-il parlé du parfum de vampire ?

Ils ne remarquèrent même pas que Louis avait redisparu dans l'*Aiguille*.

Harkabeeparolyn était folle d'inquiétude.

— Mais, Louiiuu, il risque de blesser Kawa !

— Ils s'entendent comme larrons en foire ! Chmeee est mon coéquipier, et il aime les enfants de toutes les espèces. Kawa ne risque absolument rien. D'ailleurs, si tu veux devenir aussi son amie, gratte-le derrière les oreilles.

— Et ton front ? Comment t'es-tu blessé ?

— Par inadvertance. Ecoute, je sais comment te calmer.

Ils firent l'amour — enfin, le *rishathra* — sur le lit d'eau, le dispositif de massage en marche. La femme avait peut-être haï le Bâtiment Panth, mais elle y avait beaucoup appris. Deux heures plus tard, lorsque Louis fut certain de ne plus pouvoir bouger, Harkabeeparolyn lui annonça tout en lui caressant la joue :

— Ma période de chaleur prend fin demain. Alors, tu pourras récupérer.

— J'éprouve des sentiments mitigés à cette idée, dit-il en poussant un petit rire.

— Louiiuu, je me sentirais plus tranquille si tu rejoignais Chmeee et Kawa.

— Très bien... Regarde comme je chancelle sur mes pieds ! Tu me vois sur le disque, là-bas ? J'y suis. Pouf ! Tchao !

— Louiiuu !

— Oh ! d'accord, comme tu veux. J'y vais.

La Carte de Mars, d'abord réduite à un simple trait noir, grossit jusqu'à devenir un mur leur barrant le passage. Comme Chmeee ralentissait, les micros montés sur la coque de la navette captèrent un murmure continu, plus fort que le vent déclenché par leur engin. Ils parvinrent devant une immense muraille d'eau.

Vue à un kilomètre de distance, elle paraissait parfaitement droite et infiniment longue. Le sommet se trouvait à trente kilomètres au-dessus de leurs têtes. La base était noyée dans le brouillard. Le grondement de l'eau les rendit sourds. Chmeee éteignit les micros. Mais ils le perçurent encore à travers la coque.

— C'est comme les condensateurs d'eau dans notre cité, s'exclama le jeune Bâtisseur. C'est ici que mon peuple a dû apprendre à les fabriquer. Chmeee, est-ce que je t'ai parlé de nos condensateurs d'eau ?

— Oui. Si les Bâtisseurs sont venus aussi loin, n'auraient-ils pas par hasard trouvé le moyen d'entrer ? Tes légendes parlent-elles d'une terre creuse ? D'une crevasse ?

— Non.

— Tous les magiciens dans leurs légendes sont bâtis comme des protecteurs Pak, précisa Louis.

— Louiiuu, demanda le jeune, cette cataracte... Pourquoi faut-il qu'elle soit aussi haute ?

— Je suis certain qu'elle entoure le sommet de la Carte de Mars. Elle permet d'éliminer la vapeur d'eau. La partie supérieure de Mars doit être totalement sèche... Ultime, tu m'entends ?

— Oui. Quels sont tes ordres ?

— Nous ferons le tour avec le module en utilisant le radar en profondeur et les autres instruments. Peut-être découvrirons-nous une entrée sous la cataracte ? Pendant ce temps, l'*Aiguille* explorera la plateforme supérieure. Où en sont nos réserves de combustible ?

— Adéquates, puisque nous n'avons pas besoin de retourner chez nous.

— Bien... Alors nous allons démonter la sonde et la régler de manière qu'elle suive l'*Aiguille*... à quinze kilomètres de distance, à ras du sol. Laisse ouvert le circuit des disques marcheurs et les micros. Chmeee, veux-tu piloter le module ?

— A tes ordres, répondit le Kzin.

— Parfait... Kawa, viens !

— J'aimerais rester ici.

— Harkabeeparolyn me tuerait. Viens avec moi !

L'*Aiguille* s'éleva de trente kilomètres. Devant eux s'étendit toute la planète rouge.

— Mais c'est horrible ! s'exclama Kawaresksenjajok.

Louis ignora la remarque.

— Au moins, nous savons que nous recherchons une chose de taille gigantesque. Imagine une bâche assez grande pour fermer le cratère de Poing-de-Dieu. Eh bien, nous recherchons une trappe assez grande pour y faire passer cette bâche ainsi que le vaisseau permettant de la transporter. Toi, où mettrais-tu cela sur la Carte de Mars ? Ultime ?

— Sous la chute d'eau, répondit celui-ci. Qui la verrait ? L'océan est vide et la chute d'eau occulte tout.

— Oui, logique. Mais Chmeee cherche déjà de ce côté-là. Où encore ?

— Si je devais cacher un immense entrepôt dans le paysage martien... ? Je chercherais une forme irrégulière dotée d'une sortie donnant dans un canyon long et étroit. Peut-être l'installerais-je sous la glace, faisant fondre et recongeler le pôle Nord à chacune de mes allées et venues ?

— Existe-t-il un canyon de cette nature ?

— Oui. J'ai fait mes devoirs de classe. Louis, les pôles sont le meilleur emplacement. Les Martiens ne sont jamais allés aux pôles. L'eau les aurait tués.

La Carte était une projection polaire : le pôle Sud s'évasait de manière à coïncider avec la périphérie.

— Bien. Conduis-nous au pôle Nord. Si nous ne

trouvons rien là-bas, nous effectuerons alors des recherches en spirale. Garde la même altitude et tous les instruments en marche. Qu'on tire sur l'*Aiguille* ne me tracasse pas trop. Chmeee, tu entends ?

— J'entends.

— Dis-nous tout ce que tu vois. Probablement, c'est toi qui tomberas droit dans le mille. Mais surtout n'essaie pas d'intervenir de quelque manière que ce soit.

Serait-il obéi ?

— Il n'est pas question de jouer aux envahisseurs avec le module. Nous sommes des intrus. Si on doit être attaqués, il serait préférable qu'on nous tire dessus lorsque nous serons tous à l'abri dans une coque des Produits Généraux.

Le radar en profondeur fut arrêté par le sol en *scrith*. Au-dessus de celui-ci, avaient été érigées des montagnes et des vallées translucides. Des mers de poussière martienne, si fine qu'on eût dit de l'huile en train de s'écouler. Sous cette poussière dormaient des manières de villes : des édifices de pierre plus dense que la poussière, aux murs courbes et aux angles ronds, percés de myriades d'ouvertures. Les yeux écarquillés, les Bâtisseurs contemplèrent ce spectacle. Louis aussi était étonné. Dans l'Espace humain, les Martiens avaient disparu depuis des lustres.

L'air était aussi clair que dans le vide. Vers tribord, loin au-delà de l'horizon, se profilait une montagne bien plus haute que toutes celles de la Terre. *Mons Olympus*, bien sûr. Au-dessus du cratère flottait une écharde blanche : une construction.

L'*Aiguille* tomba et stoppa sa chute juste en contrehaut de dunes en forme de croissant. L'édifice était toujours visible, flottant de soixante-dix à quatre-vingt-dix mètres au-dessus du sommet. Donc, les occupants pouvaient également discerner l'*Aiguille*.

— Chmeee ?

— J'écoute ?

— Nous avons découvert un gratte-ciel flottant, annonça Louis en luttant contre son besoin de chuchoter. De trente étages, grosso modo, doté de baies vitrées et d'une piste d'atterrissage pour voitures. Avec sa forme en double cône, il ressemble à s'y méprendre à celui que nous avons subtilisé lors de notre première visite, le bon vieux vaisseau l'*Improbable*.

— Identique ?

— Non, mais presque. Il flotte au-dessus de la plus haute montagne de Mars, telle une enseigne, dieu de tanj !

— On dirait un signal à notre intention. J'y fais un saut ?

— Pas encore. As-tu trouvé quelque chose, toi ?

— Je crois avoir repéré une immense trappe dans la chute d'eau. Assez vaste pour laisser passer un vaisseau de guerre ou une bâche pouvant fermer le cratère du Poing-de-Dieu. Peut-être s'ouvre-t-elle au moyen de signaux ? Je n'ai pas essayé.

— N'essaie pas. Reste où tu es. Ultime ?

— J'obtiens des radiations et des vues du radar en profondeur. Le bâtiment irradie peu d'énergie. Mais la lévitation magnétique ne requiert pas une grande puissance.

— Qu'y a-t-il à l'intérieur ?

— Regarde !

L'Ultime leur passa une image. Au radar en profondeur, la structure était d'un gris translucide. Cet édifice flottant avait été modifié afin de servir de moyen de transport. Il était équipé de réservoirs de carburant et d'un moteur aérobie au quinzième étage.

— Une construction solide, expliqua le Marionnettiste : des murs en béton ou construits dans un matériau aussi dense. Pas de véhicules dans l'autoport. Ce que vous voyez là, ce sont des télescopes ou d'autres senseurs qui se trouvent dans la tour et son sous-sol. Impossible de dire si la structure est occupée.

— C'est là où le bât blesse... Je vais te dresser les grandes lignes d'une stratégie et tu me diras ce que tu en penses. Etape nº 1 : nous allons aussi vite que possible nous poster juste au-dessus du cratère.

— Pour nous convertir en une cible parfaite ?

— Nous sommes déjà une cible.

— Non, si les armes se trouvent à l'intérieur du *Mons Olympus*.

— Futz ! Nous sommes dans une coque des Produits Généraux, non ? Si rien ne tire sur nous, nous passons à l'étape nº 2 : exploration du cratère au radar en profondeur. S'il ne détecte rien, hormis le *scrith*, nous passons à l'étape nº 3 : vaporiser le gratte-ciel. Est-ce faisable rapidement ?

— Oui. Mais nous ne disposons pas d'assez de réserves d'énergie pour le faire deux fois de suite. Et l'étape nº 4 ?

— N'importe quelle manœuvre qui nous permettra d'entrer rapidement. Chmeee attendra dehors pour nous secourir avec les moyens du bord. Maintenant, dis-moi si tu vas boycotter l'opération ?

— Je n'oserais pas.

— Attends un instant !

Louis venait de se rendre compte que les deux natifs étaient morts de peur.

— S'il existe un endroit d'où le monde peut être sauvé, expliqua-t-il à Harkabeeparolyn, c'est ici, en dessous de nous. Nous pensons avoir trouvé la porte. Quelqu'un d'autre l'a trouvée également. Nous n'en savons pas plus à son ou à leur sujet. Compris ?

— J'ai très peur.

— Moi aussi. Peux-tu tranquilliser Kawa ?

— Et toi, peux-tu *me* tranquilliser ?

Elle poussa un rire nerveux.

— D'accord, je vais essayer.

— Ultime ! Go !

L'*Aiguille* bondit dans le ciel sous une accélération de vingt gravités, tourna sur son axe et, le ventre en l'air, s'approcha doucement de l'édifice. Finalement, elle le longea et s'arrêta, flottant au-dessus du cratère. Louis sentit son estomac se retourner. Les deux Bâtisseurs glapirent. Kawaresksenjajok s'agrippait de toutes ses forces au bras de Louis.

A l'œil nu, le cratère était comblé par de la vieille lave. Louis observa l'image radar.

Là ! Un trou dans le *scrith*, un tunnel montant (ou plutôt descendant !) dans le cratère du *Mons Olympus*. Mais beaucoup trop étroit pour laisser passer l'équipe de réparation de l'Anneau-Monde et son matériel. Ce n'était qu'une sortie de secours, mais assez large pour l'*Aiguille*.

— Feu ! ordonna Louis.

La dernière fois que l'Ultime avait utilisé ce rayon, c'était comme projecteur. A courte portée, ses effets étaient dévastateurs. Le gratte-ciel flottant se mua en un jet incandescent dont la tête de béton en ébullition évoquait celle d'une comète. Puis il ne resta plus qu'un nuage de poussière.

— En piqué ! lança Louis.

— Louis ?

— Nous sommes une cible, ici. Nous n'avons pas le temps. En piqué, je te dis, sous vingt gravités. Nous ouvrirons la porte nous-mêmes.

Le paysage ocre se referma comme un toit au-dessus de leurs têtes. Le radar en profondeur révélait un trou dans le *scrith* qui se dilata pour les absorber, mais tous leurs autres senseurs montraient que le cratère était rempli de lave solidifiée qui descendait vers eux à une vitesse terrible pour... les réduire en bouillie.

Kawaresksenjajok planta ses ongles dans le bras de Louis, lequel se mit à saigner. Harkabeeparolyn était pétrifiée. Tendu, Louis se préparait à encaisser le choc.

Les ténèbres...

Sur l'écran radar apparut une lumière laiteuse, informe. Des lucioles brillaient quelque part : des étoiles vertes, rouges et orange. Les cadrans du poste de pilotage.

— Ultime ?

Pas de réponse.

— Ultime, donne-nous un peu de lumière ! Utilise le projecteur ! Voyons ce qui nous menace !

— Que s'est-il passé ? demanda Harkabeeparolyn d'un ton plaintif.

Les yeux de Louis s'accoutumaient à l'obscurité : il entrevit la Bâtisseuse, recroquevillée sur le sol, les bras autour des genoux.

Les lumières de la cabine s'enclenchèrent. L'Ultime abandonna son tableau de bord, déjà à moitié lové sur lui-même.

— Louis, je me retire.

— Tu sais très bien que nous ne savons pas manier les commandes. Allume un projecteur afin qu'on puisse voir à l'extérieur.

Le Marionnettiste toucha les boutons de contrôle avec une bouche. Aussitôt, une lumière blanche diffuse enveloppa la coque au niveau de la proue.

— Nous sommes encastrés dans quelque chose.

L'une des têtes du Marionnettiste regarda vers le bas et l'autre annonça :

— De la lave. La coque extérieure atteint la température de sept cents degrés. De la lave a été déversée sur nous pendant que nous étions en stase. Maintenant, elle est en train de refroidir.

— On dirait que nous étions attendus. Sommes-nous toujours la tête en bas ?

— Oui.

— Alors, on ne peut que descendre et non remonter. Tu veux essayer ?

— Mais que demandes-tu là ? Ce que je veux, c'est revenir juste avant le moment où tu as brûlé le moteur d'hyperpropulsion.

— Allons, arrête... !

— Ou juste avant ma décision de kidnapper un Homme et un Kzin. Cela a été probablement une erreur.

— Nous perdons notre temps.

— Il n'y a pas la place ici pour irradier l'excès de chaleur de l'*Aiguille*. Utiliser uniquement les réacteurs nous approcherait d'une heure ou deux du moment où nous devrons de nouveau entrer en stase et attendre la suite des événements.

— Dans ce cas, attends un peu... Qu'obtiens-tu du radar en profondeur ?

— De la roche ignée dans toutes les directions et qui se fissure par refroidissement. Attends que j'augmente le champ... Louis ? Du sol en *scrith* en dessous de nous, à quelque neuf kilomètres du toit de l'*Aiguille*. Et au-dessus de nous, une plaque beaucoup plus mince, en *scrith* aussi, à quelque vingt kilomètres !

Louis commençait à céder à la panique.

— Chmeee, tu entends tout cela ?

Le Kzin répondit d'une façon surprenante : un feulement de rage et de douleur résonna soudain comme Chmeee jaillissait du disque marcheur et courait, le bras plaqué sur les yeux. Il heurta le lit d'eau, roula au travers et retomba sur le sol. Louis fonça dans la douche, ouvrit le robinet à fond, se précipita jusqu'au lit d'eau, glissa son épaule sous l'aisselle de Chmeee et le souleva. Sous le pelage, la chair du Kzin était brûlante.

Ce dernier se laissa conduire sous la douche où l'eau froide et apaisante ruissela sur tout son corps. Puis, il baigna son visage.

— Comment l'as-tu compris ? s'enquit-il en se redressant.

— Dans un instant, tu aurais senti le poil roussi. Que s'est-il passé ?

— Tout à coup, je me suis retrouvé en feu. Une douzaine de voyants rouges clignotaient sur le tableau de bord. Alors, j'ai bondi sur le disque marcheur. Le module est toujours en autopilote, s'il n'est pas encore détruit.

— Il faut s'en assurer. L'*Aiguille* est noyée dans la lave. Ultime ? fit Louis en se tournant vers le poste de pilotage.

Mais le Marionnettiste, roulé en boule, ne s'occupait que de son nombril.

Un choc insurmontable. Il était facile de comprendre pourquoi. Sur l'écran du poste de pilotage apparaissait un visage à moitié familier.

Le même visage, beaucoup plus grand, les regardait du rectangle correspondant à la projection de l'image du radar en profondeur. Moulé dans du cuir craquelé, un masque identique à celui d'un Humain, mais pas tout à fait. Chauve. Les mâchoires réduites à deux croissants sans dents. Sous une arcade sourcilière proéminente, deux yeux caverneux contemplaient Louis Wu, pensifs.

30

ROUES DANS LES ROUES

— On dirait que tu as perdu ton pilote, déclara l'intrus à la face de cuir.

Il flottait à l'extérieur de la coque. Mais sa tête difforme et ses épaules rondes comme des melons lui donnaient l'air d'un spectre qui aurait surgi de la roche noire qui leur servait de prison : un protecteur.

Louis ne parvint qu'à acquiescer. Trop de chocs étaient survenus trop vite et de trop de directions imprévues. Il sentait la présence de Chmeee à son côté, ruisselant d'eau et jaugeant en silence un ennemi potentiel. Les Bâtisseurs, eux, restaient muets.

Si Louis déchiffrait correctement leurs expressions faciales, ils étaient plus proches de la terreur sacrée ou de l'extase que de la peur.

— Vous êtes prisonniers dans la lave, annonça le protecteur. Bientôt, vous allez devoir entrer en stase et inutile de discuter de ce qui va se passer. Je suis soulagée. Je ne sais si j'aurais pu me résoudre à vous éliminer.

— Nous pensions, répondit Louis, que vous étiez tous morts.

— En effet, les Pak se sont éteints un quart de million d'années auparavant.

A cause des lèvres et des gencives fondues, le protecteur prononçait mal certaines consonnes, mais parlait en interworld. Pourquoi l'interworld ?

— Une maladie les a emportés. Tu avais donc raison de présumer que les protecteurs étaient tous morts. Toutefois, l'arbre-de-vie, lui, est vivant, enfoui au fond de la Carte de Mars. Parfois, quelqu'un le redécouvre. A mon avis, la drogue de l'immortalité était jadis fabriquée ici, au cas où un protecteur aurait eu besoin de fonds pour financer quelque projet.

— Comment as-tu appris l'interworld ?

— J'ai été élevée dans cette langue, Louis. Tu ne me reconnais pas ?

Ce fut comme s'il recevait un coup de couteau dans les entrailles.

— Teela ? Mais... Comment... ?

La chair de son visage était aussi rigide qu'un masque. Comment s'y inscrirait-il une expression ?

— Une touche de savoir, dit-elle. Tu connais le proverbe ? Chercheur voulait à tout prix trouver la base de l'Arche. J'ai étalé mes connaissances supérieures. Je lui ai expliqué que l'Arche n'avait pas de base, que le monde était un anneau. Il s'est mis très en colère. Alors, je lui ai expliqué que s'il recherchait l'endroit d'où le monde pouvait être gouverné, il fallait qu'il trouve l'usine de construction.

— Le Centre de Réparations, fit Louis.

Un coup d'œil au poste de pilotage lui apprit que l'Ultime ressemblait toujours à un gros œuf blanc, orné de gemmes rouges et lavande.

— Bien sûr, avec le temps, cette usine se serait convertie en Centre de Réparations mais aussi, en centre du Pouvoir... Chercheur se souvenait des légendes du Grand Océan. A priori, c'était l'option logique ; un lieu protégé par les barrières naturelles de la distance, des tempêtes et d'une dizaine d'écosystèmes prédateurs. Les astronomes locaux avaient étudié le Grand Océan à partir de divers points d'observation situés en hauteur sur l'Arche. Chercheur s'est rappelé un nombre suffisant de données pour dresser des cartes.

» Nous avons alors mis seize ans pour traverser le Grand Océan. Sans doute cette expédition a également donné naissance à des légendes. Savais-tu que les Cartes possèdent des richesses fabuleuses ? Les Kzinti ont colonisé la Carte de la Terre. D'ailleurs, nous n'aurions pu poursuivre la traversée si nous n'avions pas volé un vaisseau-colonie kzinti. Dans le Grand Océan, il existe aussi des îles qui sont en réalité des formes de vie titanesques dont l'échine est recouverte de végétation et qui redisparaissent sous les eaux lorsqu'un marin s'y attend le moins...

— Teela ? Comment, mais comment as-tu pu devenir ainsi ?

— Une touche de savoir, Louis. Je ne suis parvenue à comprendre les origines des Ingénieurs de l'Anneau-Monde que lorsque c'était trop tard.

— Mais tu étais née avec le gène de la chance.

Le protecteur opina.

— Elevée par les Marionnettistes de Pierson qui ont mis au point sur la Terre la Loterie de Naissance afin de fabriquer des Humains chanceux. Tu croyais que ce système fonctionnait. Moi, il m'a toujours paru stupide. Mais toi, Louis, tu *désirais* tellement croire que six générations de gagnants à la Loterie de Naissance allaient produire un être humain ayant toujours de la chance !

Ce dernier se garda de répondre.

— Un seul être uniquement ?

Se moquait-elle de lui ?

— Considère la bonne fortune de tous les descendants des gagnants à cette Loterie. Dans vingt mille ans, il leur faudra quitter la Galaxie pour échapper à l'explosion de son noyau. Pourquoi pas à bord de l'Anneau-Monde ? Trois millions de fois la surface habitable de la Terre ! Et l'Anneau-Monde peut être déplacé, Louis. Cette structure est une aubaine pour les futurs descendants de ceux qui sont nés avec ce facteur chance. Si je parviens à sauver l'Anneau-Monde, alors ce sera pour tous ceux-là une chance que nous soyons venus ici, il y a vingt-trois ans, et une chance pour eux aussi que Chercheur et moi ayons découvert l'entrée du *Mons Olympus*. Leur chance. Pas la mienne.

— Chercheur a-t-il subi le même sort que toi ?

— Il est mort, bien entendu. Nous sommes devenus fous tous les deux ; nous étions perpétuellement en état de manque, à cause de l'arbre-de-vie, mais Chercheur avait un millier d'années de trop pour supporter le changement. Cela l'a tué.

— Jamais je n'aurais dû te laisser ici, observa Louis.

— Tu n'avais pas le choix. Moi non plus, d'ailleurs. Et même à présent, je n'en ai guère. Les instincts sont tout-puissants chez un protecteur.

— Mais crois-tu en la chance ?

— Non… Mais je préférerais pouvoir y croire.

Consterné, Louis baissa les bras… Un geste d'impuissance. Il s'éloigna. Il avait toujours pressenti qu'il reverrait Teela Brown. Mais pas comme *cela* ! A son signal, le champ des plaques de couchage se mit en marche.

L'Ultime avait raison. Il valait mieux contempler son nombril.

Mais les Humains ne peuvent enfouir leurs oreilles. Louis flottait, presque en position fœtale, les bras plaqués contre son visage. Toutefois, il entendait encore.

— Parleur-aux-Animaux, disait Teela, je te félicite pour avoir recouvré ta jeunesse.

— J'ai un nom : Chmeee.

— Je te prie de me pardonner… Chmeee, pourquoi es-tu venu ici ?

— J'ai été pris au piège trois fois, répondit le Kzin.

Kidnappé par un Marionnettiste, empêché de quitter ce monde par Louis, enseveli dans la lave par Teela Brown. C'est là une sale habitude dont je dois me défaire. Vas-tu te battre contre moi, Teela ?

— Non, à moins que tu ne me rejoignes, Chmeee.

Le Kzin s'éloigna.

— Qu'attends-tu de nous ?

Une question posée par Kawaresksenjajok dans la langue des Bâtisseurs, à laquelle le disque traducteur fit écho en interworld.

— Rien, dit Teela dans la langue des Bâtisseurs.

— Dans ce cas, que faisons-nous ici ?

— Rien. J'ai veillé à ce que vous ne puissiez rien faire.

— Je ne comprends pas.

Le jeune était au bord des larmes.

— Pourquoi nous enterrer ?

— Enfant, je fais ce que je dois faire. J'ai le devoir d'empêcher 1,5 x 10^{12} assassinats.

Louis rouvrit les yeux.

— Mais c'est justement notre but. Tu ne sais donc pas que l'Anneau-Monde est décentré et dérive vers son soleil ?

— Bien sûr que je le sais. C'est moi qui ai formé l'équipe de réparation. Elle a remonté les réacteurs d'attitude afin d'inverser le cataclysme que votre espèce a déclenché.

— Louiiuu affirme que c'est insuffisant.

— C'est vrai.

A présent, Louis était tout ouïe.

Harkabeeparolyn secoua la tête :

— Je ne comprends pas.

— Avec les réacteurs d'attitude en marche, nous prolongeons l'espérance de vie de l'Anneau-Monde d'un an. Un an de plus pour 3 x 10^{13} êtres intelligents équivaut à donner à tous les habitants de la Terre une espérance de vie supplémentaire de mille ans. Une œuvre qui en vaut la peine. Mes collaborateurs ont approuvé mon projet, même ceux qui ne sont pas des protecteurs.

Louis parvint enfin à discerner les traits de Teela dans l'épais masque du protecteur. Malgré le gonflement des articulations des mâchoires, malgré le crâne démesuré qui permettait au tissu cérébral de se développer… c'était toujours Teela. Cela faisait très mal. Vraiment très mal.

Pourquoi ne s'en va-t-elle pas ?

Les habitudes meurent difficilement et Louis avait un esprit analytique. *Pourquoi ne s'en va-t-elle pas ?* Un protecteur condamné sur un monde artificiel, lui-même condamné ! Elle n'a pas une minute à perdre à discuter avec un échantillon de géniteurs emprisonnés ! Que croit-elle faire en ce moment ?

— Tu as formé l'équipe de réparation, dis-tu ? Qui sont-ils ?

— Mon apparence m'a aidée. Au moins, la majorité des hominiens m'écoutent. J'ai réuni une équipe composée de plusieurs centaines de milliers de spécimens de diverses espèces. J'en ai amené trois ici pour les transformer en protecteurs : le premier appartient au Peuple des Montagnes Renversées, le deuxième au Peuple de la Nuit et le troisième aux Vampires. J'ai pris cette décision dans l'espoir qu'ils trouvent une solution différente qui m'aurait échappé. Leurs points de vue n'auraient su être identiques au mien. Le Vampire, par exemple, ne possédait aucune intelligence avant le changement. Ils m'ont tous trois trahi, ajouta-t-elle.

Bien sûr, se dit Louis. Elle s'est comportée comme si elle avait tout le temps devant elle. Le temps de se distraire avec des extraterrestres et des géniteurs jusqu'à ce que l'Anneau-Monde entre en collision avec les écrans d'ombre.

— Ils n'ont trouvé aucune solution qui fût meilleure ! Aussi avons-nous remonté les derniers statos Bussard sur le parapet. Ils ont tous été remontés, sauf un. Le dernier. Sous la direction de l'unique protecteur encore en vie, à part moi, mon équipe modifiera l'ultime vaisseau spatial de manière qu'il les transporte à l'abri sur quelque étoile proche. Ainsi, une poignée d'habitants de l'Anneau-Monde survivra.

— Nous revenons à la première question. Ton équipe est laborieuse. Mais toi, que fais-tu ici ?

J'ai raison, se dit Louis. *Elle essaie de nous dire quelque chose.*

— Je suis ici pour empêcher l'assassinat de quinze cent mille millions d'hominiens intelligents. J'ai reconnu les neutrinos expulsés par des réacteurs construits dans l'Espace humain et je me suis rendue sur l'unique scène possible du crime. J'ai attendu. Et vous voilà.

— Nous voilà, en effet. Mais tu sais tanj bien que nous ne sommes pas venus dans le but de commettre un meurtre de quelque nature que ce soit.

— Vous l'auriez commis.

— Pourquoi ?

— Il m'est impossible de vous le révéler.

Pourtant, Teela ne manifestait aucune envie de clore l'entretien. C'était un jeu étrange. Teela jouait. Il fallait deviner les règles de son jeu.

— Suppose, continua Louis, que tu puisses sauver l'Anneau-Monde en tuant un billion et demi d'habitants sur trente billions. Un protecteur n'hésiterait pas une seconde, n'est-ce pas ? Cinq pour cent pour en sauver quatre-vingt-quinze pour cent... Efficace, n'est-ce pas ?

— Louis, es-tu en mesure de te mettre à la place d'un nombre aussi élevé de personnes ? Ou es-tu seulement capable d'imaginer une mort après l'autre, toi jouant le rôle phare ?

Louis ne répondit pas.

— Trente milliards de personnes vivent dans l'Espace humain. Imagine-les toutes mortes. Imagine une population cinquante fois plus nombreuse en train de mourir... disons de... d'empoisonnement par radiations. Sens-tu leurs souffrances, leurs regrets, leurs pensées les unes pour les autres ? Le sens-tu, Louis ? Pour un aussi grand nombre ? Ce nombre est trop élevé. Ton cerveau n'est pas capable de l'envisager. Mais le mien, si.

— Oh !

— Il m'est impossible de laisser cela se produire. Impossible. Je dois t'en empêcher.

— Teela, imagine un écran d'ombre qui heurte l'Anneau-Monde à la vitesse de douze cent cinquante kilomètres par seconde et qui l'effleure sur toute la longueur. Imagine une population, mille fois plus nombreuse que celle de l'Espace humain, en train de mourir pendant que l'Anneau-Monde se désintègre.

— Je l'imagine parfaitement bien.

Louis opina. *Des pièces d'un puzzle ! Teela allait donner autant de pièces qu'elle le pourrait. Mais elle serait incapable de brosser le tableau terminé. Donc, il fallait continuer d'aller à la pêche aux pièces.*

— Tu as bien dit l'unique protecteur restant en vie ? Vous étiez quatre et maintenant, il n'en reste plus qu'un, et toi ? Qu'est-il arrivé aux deux autres ?

— Deux protecteurs ont abandonné l'équipe de réparation en même temps que moi. Ils ont emprunté des chemins différents. Peut-être ont-ils découvert les indices qui annonçaient votre arrivée ? J'ai senti qu'il était nécessaire de remonter leur piste et de les arrêter.

— Vraiment ? S'ils étaient des protecteurs, ils étaient aussi incapables que toi d'éliminer un billion et demi d'hominiens pensants.

— Ils risquaient de faire en sorte que cela se produise, d'une façon ou d'une autre.

— D'une façon ou d'une autre.

Attention aux termes, à présent. Louis était heureux que personne d'autre n'intervînt. Pas même Chmeee, le diplomate au parler de miel.

— D'une façon ou d'une autre, laissons les géniteurs atteindre l'unique lieu de l'Anneau-Monde où le crime peut être commis. Aurait-ce été leur stratégie si tu n'étais pas intervenue pour les arrêter ?

— Peut-être.

— Laissons-les sélectionner soigneusement des géniteurs immunisés d'une façon ou d'une autre contre l'odeur de l'arbre-de-vie.

Les combinaisons pressurisées ! Voilà pourquoi Teela a recherché un vaisseau spatial interstellaire !

— Supposons qu'ils apprennent quelle est la situation, d'une façon ou d'une autre. Un protecteur est obligé, en pensant sur deux plans en même temps, de trouver un moyen de les tuer avant qu'ils ne découvrent la solution et ne l'appliquent, exterminant ainsi un nombre astronomique de géniteurs afin d'en sauver un plus grand nombre encore. Est-ce cela que tu crois avoir empêché ?

— Oui.

— Et ici, est-ce le bon endroit ?

— Sinon, pourquoi vous aurais-je attendus ici ?

— Il demeure un protecteur en vie. Va-t-il te traquer ?

— Non. Le protecteur du Peuple de la Nuit sait qu'il n'y a plus qu'elle-même pour superviser l'évacuation. Si elle tente de m'éliminer et que ce soit moi qui l'élimine, les géniteurs livrés à eux-mêmes risquent de périr en cours de route.

— Tu as l'air de tuer très facilement, observa Louis d'un ton amer.

— Non. Je suis incapable de tuer cinq pour cent de la population de l'Anneau-Monde et j'ignore si je suis capable de te tuer, Louis. Tu es un géniteur de mon espèce. Sur l'Anneau-Monde, tu es unique à cet égard.

— J'ai réfléchi aux moyens de sauver l'Anneau-

Monde, poursuivit Louis Wu. Si tu connais un dispositif de transmutation à grande échelle, nous, nous saurons l'utiliser.

— Les Pak n'en possédaient certainement aucun. Louis, ceci n'est pas ta déduction la plus intelligente.

— Si nous pouvons percer un trou sous l'un des Grands Océans, puis contrôler le déferlement de l'eau, nous pourrons nous servir de la réaction pour remettre l'Anneau-Monde à sa place.

— Intelligent. Seulement, tu ne peux ni percer de trou ni le reboucher. En outre, il existe une solution qui provoque moins de dégâts, bien qu'elle en provoque encore trop, et il m'est impossible de l'autoriser.

— Comment sauverais-tu l'Anneau-Monde, toi ?

— Cela n'est pas dans mes moyens.

— Où sommes-nous ? Qu'y avait-il dans cette partie du Centre de Réparations ?

Un long moment s'écoula avant que Teela ne répondît :

— Je ne puis t'en révéler plus que tu ne sais déjà. Je ne vois pas comment tu pourrais t'enfuir, mais je dois quand même envisager cette éventualité-là.

— J'arrête, déclara Louis. Je m'avoue vaincu. Tanj toi et tes jeux idiots !

— Soit... ! Louis, au moins, tu ne mourras jamais.

Louis ferma les yeux et se lova sur lui-même en apesanteur.

Sale hypocrite !

— Je vous tiendrai compagnie jusqu'au moment où vous devrez entrer en stase, annonça Teela. Je ne suis pas en mesure d'en faire plus pour votre bien-être. Vous deux ! vos noms et d'où venez-vous ? Vous appartenez à l'espèce qui a conquis l'Anneau-Monde et les étoiles.

Blablabla... Pourquoi n'était-il donc pas né avec des rabats pour les oreilles ? Existait-il un hominien doté de ce trait ?

— Quelle est l'opinion d'un magicien, demandait Kawaresksenjajok, en ce qui concerne le *rishathra* ?

— C'est important lorsqu'on rencontre une nouvelle espèce, n'est-ce pas, enfant ? Mon opinion est que le *rishathra* est une bonne chose pour les géniteurs. Mais nous, nous faisons l'amour.

Le jeune s'amusait follement. Son sens du merveilleux se développait prodigieusement. Teela lui narra son grand périple. Sa troupe d'explorateurs avait été prise au piège par les Grogs sur la Carte de Bas, puis libérée par d'étranges habitants. Sur Kzin, il existait des animaux hominiens, importés depuis des temps immémoriaux de la Carte de la Terre et élevés en vue de les doter de traits spéciaux si bien qu'un beau jour il y eut parmi eux autant de races que celles des chiens dans l'Espace humain. L'équipe de Teela s'était réfugiée au milieu d'eux. Puis, ils avaient volé un vaisseau-colonie kzinti. Ils avaient liquidé l'un de ces monstres-îles, mangeurs de *krill*, et congelé sa chair dans un réservoir d'hydrogène liquide vide. Ce monstre les avait nourris pendant des mois.

Finalement, Louis entendit Teela annoncer :

— Je dois manger à présent, mais je reviendrai bientôt.

Enfin, le silence régna.

Ce silence béni fut bientôt interrompu : des dents émoussées se refermèrent doucement sur le poignet de Louis.

— Réveille-toi, Louis. Nous n'avons pas le temps.

Ce dernier se retourna et éteignit le champ de sommeil. Il prit un instant pour savourer le spectacle rare, offert par un Marionnettiste se tenant au côté d'un Kzin à l'apogée de sa vigueur.

— Je croyais que tu avais décidé de tout laisser tomber, observa Louis.

— Une illusion valable, mais trop proche de la réalité. En effet, j'ai été tenté de laisser les événements suivre leur cours. Seulement, Teela a dit la vérité lorsqu'elle a affirmé que nous ne mourrons pas. Une grande portion de l'Anneau-Monde va se briser, foncer au-delà du halo cométaire et tomber dans l'espace libre. Peut-être même que quelqu'un nous retrouvera un jour, qui sait ?

— Moi, je commence à être du même avis que toi. Je suis prêt à baisser les bras.

— Les protecteurs ont sans doute disparu il y a un quart de million d'années. Qui m'a dit cela ?

— Si tu avais trois grammes de bon sens, tu ne m'écouterais plus.

— Bientôt, mais pas tout de suite, si tu n'y vois pas d'inconvénient. J'ai l'impression que le protecteur essayait de nous révéler quelque chose. Les Pak sont tes ancêtres, et Teela appartient à ta culture. Conseille-nous.

— Elle veut que nous effectuions le sale boulot à sa place, expliqua Louis. La sempiternelle double pensée. Futz ! tu as bien étudié les interviews de Brennan après qu'il est devenu un protecteur. Les protecteurs ont des instincts très puissants et une intelligence surhumaine. Entre ces deux facteurs, les conflits sont inévitables.

— Je ne saisis pas la nature du sale boulot.

— Elle sait comment sauver l'Anneau-Monde. Tous les protecteurs le savaient. Tuer cinq pour cent, sauver quatre-vingt-quinze pour cent, mais ils sont incapables de l'exécuter eux-mêmes. Pis, ils sont incapables de laisser un autre le faire à leur place, mais ils sont obligés d'inciter quelqu'un d'autre à le faire. Double pensée.

— Et concrètement ?

Quelque chose dans ces chiffres éveillait un recoin de l'inconscient de Louis. Pourquoi... ? Tanj ! Mieux valait ne pas s'appesantir sur ce sujet pour le moment.

— Teela a choisi ce gratte-ciel parce qu'il ressemble à la prison flottante d'Halrloprillalar dont nous nous sommes servis lors de la première expédition pour retourner jusqu'au *Menteur*. Elle l'a choisi pour éveiller notre attention et l'a installé là où elle voulait nous attirer. J'ignore quelle est la fonction de cette section du Centre de Réparations, mais c'est à coup sûr le point vital de cette boîte de plusieurs millions de kilomètres cubes. Nous sommes censés deviner le reste.

— Et maintenant ? Est-elle sûre que nous resterons bloqués dans la lave ?

— Elle fera obstacle à tout ce que nous tenterons. C'est ce qu'elle nous a expliqué. Nous n'avons qu'un seul avantage : elle se bat pour perdre.

— Je ne comprends pas ton raisonnement, déclara le Marionnettiste.

— Elle souhaite que l'Anneau-Monde vive. Elle veut que nous la tuions. Elle nous a révélé tout ce qu'elle pouvait. Mais même si nous résolvons l'énigme, serons-nous capables d'éliminer autant d'êtres intelligents ?

— J'ai pitié de Teela, dit Chmee à brûle-pourpoint.

— Oui.

— Mais comment la tuer ? Si tu as raison, elle aura prévu quelque chose pour nous faciliter la tâche.

— Cela m'étonnerait. Selon moi, elle a déployé un maximum d'efforts pour ne pas penser à ce que nous risquerions de tenter. Elle aurait été contrainte de nous en empêcher. Donc, nous devons nous débrouiller tout seuls. Les extraterrestres, elle les tuera par instinct. Mais avec moi, elle risque d'hésiter durant la demi-seconde décisive.

— Très bien, fit le Kzin. Nos armes sont toutes dans l'atterrisseur et nous sommes encastrés dans la roche. Le circuit des disques marcheurs menant dans cet engin est-il toujours ouvert ?

L'Ultime regagna le poste de pilotage.

— Le circuit est ouvert, annonça-t-il. La Carte de Mars est en *scrith*, mais de quelques centaines de mètres seulement d'épaisseur. Elle ne doit pas supporter les énormes tensions du sol de l'Anneau-Monde. Mes instruments la traversent. Donc, les disques marcheurs la traverseront également. Notre unique atout jusqu'à présent.

— Bien... Louis, m'accompagnes-tu ?

— Bien sûr. Quelle est la température à bord de la navette ?

— Plusieurs senseurs ont brûlé, répondit l'Ultime. Impossible de le savoir. Si la navette est encore utilisable, parfait. Sinon, prenez votre équipement et revenez ici rapidement. Si les conditions à bord sont intolérables, revenez sur-le-champ. Nous devons savoir avec quels moyens nous allons travailler.

— L'étape suivante qui coule de source, observa Chmeee. Et si la navette n'est plus utilisable ?

— Il nous reste encore une issue, intervint Louis, mais il nous faut les combinaisons pressurisées... Ultime, ne nous attends pas. Cherche où nous sommes emprisonnés et découvre Teela. Elle réside forcément à l'air libre, dans un lieu adapté à la vie agricole.

— A tes ordres. J'imagine que nous sommes à une bonne distance sous le *Mons Olympus*.

— N'y compte pas. Il est fort probable qu'elle nous ait bombardés avec un rayon laser pour maintenir l'*Aiguille* en stase, puis remorqués là où elle pouvait nous déverser de la lave dessus. Et cet endroit se révélera être le lieu du crime.

— Louis, as-tu une petite idée de ce qu'elle attend de nous ?

— Vaguement. Plus tard...

Louis commanda au cadran deux serviettes de toilette et en donna une à Chmeee, puis composa une deuxième paire de sabots.

— Prêt ?

Chmeee bondit sur le disque marcheur, suivi de Louis.

31

LE CENTRE DE RÉPARATIONS

Ils eurent l'impression de sortir dans un four de cuisson allumé à fond. Louis avait les sabots aux pieds, mais seul le tapis protégeait ceux de Chmeee. Le Kzin s'engouffra dans l'escalier et grogna une fois lorsqu'il frôla le métal.

Louis retenait sa respiration. Il espéra que Chmeee faisait de même. Dans cette fournaise, l'air risquait de marquer leurs poumons au fer rouge. Le sol était incliné de quatre ou cinq degrés. Regarder par la fenêtre panoramique fut une erreur : Louis resta pétrifié d'incrédulité. Dans les ténèbres troubles régnant à l'extérieur, était-ce un requin curieux ? *De l'eau de mer ?*

Il perdit ainsi deux ou trois précieuses secondes, puis descendit l'escalier plus prudemment que Chmeee. Il parvint à dominer son besoin d'aspirer, soufflant par le nez par brefs à-coups pour expulser l'air bouillant qui se frayait malgré tout un chemin. Il régnait une odeur de brûlé, de renfermé, de fumée et de chaleur.

Chmeee soignait ses mains roussies ; son poil pendait autour de son cou. Les poignées des caissons étaient en métal. Louis enveloppa ses mains dans une serviette et entreprit de les ouvrir. Chmeee en sortit le contenu en se protégeant avec l'autre serviette.

Combinaisons pressurisées, harnais de vol, désintégrateur, tissu supraconducteur. Louis détacha le casque de sa combinaison, ouvrit la valve de réserve d'air, noua sa serviette autour du cou en guise de capitonnage et coiffa son casque. La brise qui soufflait sur son visage était chaude, sans plus, et il respira avec délices.

La combinaison de Chmeee n'était pas munie d'un casque démontable. Il fut donc obligé de l'enfiler entièrement et de la sceller. Un bruit de soufflet de forge effrayant retentit dans les écouteurs de Louis : la respiration du Kzin.

— Nous sommes sous l'eau, dit Louis d'une voix d'asthmatique. Pourquoi fait-il si chaud ?

— Les questions, demain. Aide-moi à transporter tout ce bazar.

Chmeee souleva son harnais, son armure anti-impact, une bobine de fil noir, ainsi qu'un gros morceau de tissu supraconducteur et le désintégrateur à deux poignées. Il regagna l'escalier. Louis lui emboîta le pas en titubant, portant le harnais de vol de Prill, sa lampe laser, les deux autres combinaisons pressurisées et armures anti-impact. Il commençait à griller.

Chmeee s'arrêta devant le tableau de bord.

De l'eau vert foncé glougloutait de l'autre côté de la fenêtre. Des bancs de petits poissons se frayaient un chemin au milieu des algues.

— Là, les cadrans… regarde… souffla le Kzin, ils répondent à ta question. Teela m'a incendié avec un faisceau de micro-ondes. Les systèmes de survie n'ont pas tenu le choc. Les repoussoirs sont tombés en panne et la navette a coulé. Alors, l'eau a arrêté le faisceau. Mais la navette est restée brûlante parce que… les régulateurs de chaleur ont été les premiers détériorés… Isolement trop efficace. La navette est désormais inutilisable.

— Futz !

Louis emprunta le disque marcheur.

Il laissa choir son fardeau. La sueur ruisselait dans ses yeux et sa bouche. Il retira son casque brûlant et aspira l'air frais. Harkabeeparolyn glissa une épaule sous son aisselle et le soutint jusqu'au lit d'eau en murmurant des mots tendres dans sa propre langue. Chmeee n'était toujours pas revenu.

Louis s'écarta doucement de la Bâtisseuse, remit son casque et regagna en chancelant le disque marcheur.

Chmeee était occupé à manier les commandes. Il fourra tout son matériel dans les bras de Louis.

— Emporte-le. Je te rejoins dans un instant.

— A tes ordres.

Louis avait à moitié enfilé sa combinaison pressurisée quand le Kzin se rematérialisa dans l'*Aiguille*. Celui-ci retira la sienne aussitôt.

— Louis, rien ne presse. Ultime, la navette est fichue. Je l'ai programmée sur décollage avec les moteurs à fusion, direction *Mons Olympus*. Une simple manœuvre de diversion. Teela perdra peut-être quelques minutes pour la détruire.

— Bonne idée, répondit le micro. Je puis vous annoncer quelques progrès mais ne les révélerai pas. Nous savons que Teela peut intercepter mes communications.

— Alors ?

L'Ultime entra dans le poste de pilotage. A présent, il pouvait parler sans support mécanique.

— Bien entendu, presque tous mes instruments d'observation sont détruits. Néanmoins, il y a une très puissante source d'émission de neutrinos, probablement une centrale de fusion, à environ trois cents kilomètres à bâbord dans le sens de rotation. Le radar en profondeur révèle des cavités tout autour de nous, la plupart de la taille d'une cabine. Mais certaines sont gigantesques et abritent une énorme machinerie. Je crois avoir repéré la caverne, vide à présent, qui servait d'entrepôt à l'échafaudage de l'équipe de réparation, et ce, à sa taille, à sa forme et aux encoches dans le sol. On en sort par une porte massive et courbe, creusée dans le mur de la Carte et dissimulée par la chute d'eau. J'ai également découvert des stocks destinés sans doute à rapiécer les grandes perforations provoquées par les météorites, ainsi qu'une autre trappe. Et aussi, de petits astronefs ; des vaisseaux de guerre, probablement, mais impossible d'en avoir la certitude, et enfin, une troisième trappe. En tout, il existe six trappes sous la chute d'eau. Je suis parvenu…

— Ultime, tu étais chargé de trouver Teela Brown ! s'emporta le Kzin.

— T'ai-je bien entendu conseiller à Louis la patience ?

— Louis Wu est un Humain, répliqua le Kzin. Il sait donc ce que représente la patience. Mais toi, tu n'es qu'une bête qui broute. Tu en as beaucoup trop.

— Et toi, tu proposes d'assassiner la branche humaine d'un protecteur Pak. J'espère que tu ne t'attends quand même pas à un duel ? Toi grognant, bondissant, alors que Teela se bat à poings nus ? Nous devons lutter contre Teela avec nos cerveaux. Patience, Kzin ! Souviens-toi des enjeux !

— Continue.

— Donc, je suis parvenu à localiser l'emplacement du *Mons Olympus*. Il se trouve à mille deux cents kilomètres de nous, à bâbord, dans le sens de l'antirotation. Je présume que pour nous maintenir en stase, Teela a gardé un puissant laser braqué sur l'*Aiguille*, ou quelque artifice similaire, pendant qu'elle nous remorquait sur mille deux cents kilomètres. Mais pourquoi ? Mystère.

— Elle nous a remorqués, intervint Louis, là où elle pouvait déverser de la roche fondue sur l'*Aiguille*. Cet endroit servira de site à son hypothétique multiple assassinat. Il nous reste à comprendre comment elle s'y prendra. Tanj! Peut-être a-t-elle surestimé notre intelligence!

— Parle pour toi, Louis, rétorqua l'Ultime. Ce site se trouve certainement en dessous de nous.

L'un des deux cous s'allongea.

— Presque au-dessus de nous, en nous référant au retournement actuel du vaisseau, il existe une série de salles dans lesquelles j'ai détecté une importante activité électrique, sans mentionner les sources d'émission neutrinique révélant l'existence de six radars en profondeur.

» J'ai également découvert un hémisphère de soixante kilomètres de diamètre avec une autre source neutrinique dans le haut du mur. Mais c'est une source mobile et aléatoire comme dans une centrale de fusion. Elle ne s'est pas déplacée bien loin pendant votre absence, mais elle est capable de traverser les cent quatre-vingts degrés du dôme en quinze heures plus ou moins trois. Mangeur-de-carne, impatient guerrier, cela ne te suggère-t-il donc rien?

— Un soleil artificiel. Une forme d'agriculture. Où?

— A quatre mille kilomètres vers la limite tribord de la Carte. Mais puisque votre invasion se fera par le *Mons Olympus*, vous devrez chercher à douze degrés tribord, dans le sens de l'antirotation. Vous aurez peut-être des murs à traverser. Avez-vous rapporté le désintégrateur?

— N'étant pas totalement dépourvu d'intelligence, je l'ai rapporté, dit Chmeee. Ultime, si la navette atteint le *Mons Olympus*, nous pourrons dans ce cas utiliser les disques marcheurs afin de sortir directement par l'écoutille de cargaison de la navette. Mais Teela nous abattra avant.

— Et pourquoi donc? Nous ne sommes pas encore à bord de la navette, et elle le sait. Elle a un radar en profondeur.

— Grrr ! Alors, elle suivra la trajectoire de la navette, attendra notre apparition et nous éliminera à ce moment-là. Est-ce cela la sagesse qui a permis à ton peuple d'en arriver à brouter des laitues ?

— Si fait. Vous entrerez dans le *Mons Olympus*, plusieurs heures avant l'arrivée du module. J'ai réglé la sonde afin qu'elle nous suive. Elle contient un disque récepteur. Bien sûr, vous ne disposerez d'aucun moyen de regagner l'*Aiguille*.

— Brrr ! Cela paraît faisable.

— Quel équipement utiliserez-vous ?

— Combinaisons pressurisées, harnais de vol, lampes laser, ainsi que le désintégrateur. J'ai également rapporté ceci.

Chmeee désigna le tissu supraconducteur.

— Teela ignore ce que c'est. Cela nous aidera peut-être. Pourquoi ne pas confectionner des vêtements qui dissimuleraient nos combinaisons pressurisées ? Toi, Harkabeeparolyn, sais-tu coudre ?

— Non.

— Moi, oui, fit Louis.

— Moi aussi, ajouta le jeune. Montrez-moi ce que vous voulez.

— Je t'expliquerai. Inutile de faire preuve d'élégance. Mais espérons que Teela emploiera de préférence des armes laser plutôt que celles à projectiles ou qu'une hache de guerre. Notre armure anti-impact est impossible à mettre par-dessus nos combinaisons pressurisées.

— Pas tout à fait vrai, intervint Louis. Par exemple, Chmeee, ton armure est assez grande pour que je la passe par-dessus ma combinaison.

— Harnaché de cette manière, tu ne pourras plus courir assez vite.

— Pas sûr. Harkabeeparolyn, comment te sens-tu ?

— Perplexe, Louis. Est-ce que vous vous battez avec ou contre le protecteur ?

— A vrai dire, c'est le protecteur qui se bat contre

nous ; néanmoins elle espère être vaincue, expliqua Louis gentiment. Seulement, Teela ne peut le formuler ainsi. Les règles de son jeu sont enracinées à la fois dans son cerveau et dans ses glandes. Parviens-tu à concevoir tout cela ?

La Bâtisseuse parut hésitante.

— Le protecteur, dit-elle, agit comme... quelqu'un qui sait que tous ses actes et toutes ses paroles sont surveillés par un autre qu'il redoute. C'était pareil pour moi dans le Bâtiment Panth, lorsque j'ai reçu ma formation.

— Tu as raison, c'est exactement ainsi que cela se passe. Le surveillant est Teela elle-même. Pourras-tu combattre un protecteur Pak tout en sachant que le monde entier risque d'être anéanti si tu perds ?

— Je crois. Au pire des cas, je pourrais distraire le protecteur.

— Parfait ! Nous t'emmenons avec nous. Tu auras l'équipement qui était destiné à une autre Bâtisseuse des Cités. Je t'apprendrai à l'utiliser dans la mesure du possible. Chmeee, elle portera ton armure anti-impact entre la combinaison pressurisée et le tissu supraconducteur.

— Elle n'a qu'à prendre la lampe laser d'Halrloprillalar. J'ai perdu la mienne par négligence. Je prendrai le désintégrateur. Je sais truquer les batteries de réserve afin qu'elles déchargent toute leur puissance en une milliseconde.

— Ces batteries sont celles de mon peuple, précisa l'Ultime d'un ton sceptique. Nous les avons conçues pour des raisons de sécurité.

— Laisse-les-moi de toute façon. Ensuite, tu devras fermer toutes les voies de communication. Nous devons prévoir que, après avoir mangé, Teela reviendra ici avant que nous ayons terminé. J'aimerais tellement que nous disposions de plus de temps. Louis, montre à Kawaresksenjajok comment coudre nos vêtements. Utilise le fil supraconducteur.

— Ouais, j'y avais pensé. Tanj ! comme j'aimerais aussi que nous disposions de plus de temps !

Tous trois se dirigèrent vers les disques marcheurs, engoncés dans leurs multicouches protectrices.

Harkabeeparolyn n'avait plus aucune forme. A travers son casque, on voyait son visage tendu par la concentration. Combinaison, harnais, laser... Elle aurait de la chance si elle parvenait à se souvenir comment tout cela fonctionnait, surtout dans une situation de combat. De loin, on pouvait la confondre avec Louis, à cause de son volume. Teela risquait d'hésiter. Chaque détail comptait.

Elle disparut. Louis la suivit, enclenchant son harnais.

A présent, Chmeee, Harkabeeparolyn et Louis Wu flottaient, tels trois ballons en tissu noir, au-dessus du versant couleur de rouille du *Mons Olympus*. La sonde, elle, ne planait plus. Une fois son combustible épuisé, elle avait dû tomber, puis rouler sur la pente. Elle était toute cabossée. Le disque marcheur, lui, avait tenu le choc.

Les cadrans situés sous le menton de Louis lui apprirent que l'air était très ténu, très sec et riche en dioxyde de carbone. Une bonne imitation de l'atmosphère de Mars mais la gravité était presque équivalente à celle de la Terre.

Comment les Martiens avaient-ils survécu ? se demandait Louis. En s'adaptant, se sustentant de la mer de poussière dans laquelle ils demeuraient. En tout cas, ils étaient plus résistants que leurs cousins éteints... Des fanas du travail !

Il leur fallut quinze minutes pour atteindre le bord de la caldeira. Harkabeeparolyn les ralentissait en se battant constamment avec les manettes du harnais.

La trappe qui fermait le fond du cratère avait explosé vers l'intérieur.

Ils tombèrent dans les ténèbres.

Leur harnais freina leur chute, ce qui était étrange,

puisque les repoussoirs les éloignaient des plaques de *scrith* aussi bien en dessus qu'en dessous. Seulement, le plafond en *scrith* ne supportait aucune tension et était beaucoup plus mince que le sol de l'Anneau-Monde.

Louis enclencha l'émetteur infrarouge, espérant qu'Harkabeeparolyn se souviendrait d'en faire autant. Sinon, elle serait aveugle. En bas, la chaleur irradiée formait maintenant un petit cercle brillant. Ils se trouvaient dans une sorte de vaste caverne, indistincte. Des colonnes de disques et de petites échelles flanquaient trois des parois. Au milieu de cette vaste salle se dressait une tour penchée et annelée le long de laquelle ils descendirent anneau par anneau. Un accélérateur linéaire, orienté de manière à pouvoir traverser le *Mons Olympus* ? En ce cas, ces disques pouvaient fort bien servir de plates-formes de combat, attendant d'être lancées dans le ciel.

On distinguait dans le sol une perforation récente. Ils se laissèrent tomber au travers. Harkabeeparolyn était toujours là. Plus bas, la tache incandescente grossissait.

Douze étages, tous percés d'un trou. Un grand corridor créé par le passage de l'*Aiguille*. La dernière perforation était tout aussi large... et une lumière infrarouge étincelait avec violence à travers. Chmeee, le premier, se laissa glisser jusqu'au niveau inférieur. Une salle qui restait encore proche du rouge écarlate. Un instant plus tard, il remontait au côté de Louis.

Ils maintenaient le silence radio. Imitant Chmeee, Louis se laissa choir par le dernier orifice et se retrouva dans une fournaise. Une énorme quantité de chaleur s'était dégagée ici. Et le boyau qui s'ouvrait plus bas brillait d'un rouge feu encore plus vif.

Louis rejoignit Chmeee et fit un geste à l'adresse d'Harkabeeparolyn, restée au niveau supérieur. Celle-ci atterrit à son côté avec une certaine brusquerie.

Oui. L'*Aiguille* avait bel et bien été remorquée à

travers ce tunnel pendant qu'on injectait sur la coque assez de chaleur pour la maintenir en stase. Une piste facile à suivre... mais au risque de périr grillé vif. Et maintenant ?

Suivre Chmeee qui s'éloignait en volant à toute allure. Que mijotait-il ? Ah ! si seulement ils pouvaient parler !

L'espace qu'ils traversaient à présent était un ensemble résidentiel extrêmement étroit pour qui tentait de le parcourir à vive allure. De petits cubes sans porte ou munis de portes identiques à celles d'un coffre-fort, comme si un simple rideau n'eût pas suffi pour l'intimité. Comment vivaient donc les protecteurs ? Quelques rapides coups d'œil dans plusieurs de ces cubes : une austérité spartiate. Sur le sol de l'un d'eux, ils avisèrent un squelette au crâne déformé et aux articulations enflées. Une vaste salle était remplie d'appareils, de gymnastique apparemment, dont des cordes longues d'un kilomètre, à vue de nez.

Ils volèrent pendant quatre heures. Parfois, le corridor filait en ligne droite sur des kilomètres et des kilomètres. Alors, ils accéléraient à fond. Mais souvent, ils devaient ralentir pour choisir leur route.

Des portes leur bloquèrent le chemin, mais Chmeee les convertissait en poussière monoatomique avec le rayon de son désintégrateur. De la poussière épaisse s'éleva d'une porte particulièrement grande. Quand le nuage fut dissipé, la porte était toujours là. Un rectangle lisse.

En *scrith*, celle-là, conclut Louis.

Alors, le Kzin leur fit décrire une courbe sur la gauche, évitant ce que cette porte close gardait. Louis passa derrière Harkabeeparolyn et continua de voler à reculons, s'attendant à voir émerger Teela Brown d'une seconde à l'autre.

Mais la grande porte resta close. Si jamais Teela se

trouvait derrière, le *scrith* l'empêcherait de détecter leur présence. Même les protecteurs ont des limites.

Ils auraient pu longer ce corridor jusqu'à l'*Aiguille*, mais après avoir calculé leur position en s'orientant par rapport à celle du vaisseau, Chmeee décida de les conduire à douze degrés tribord dans le sens de l'antirotation... vers une vaste cavité hémisphérique où se trouvait en hauteur du mur une source mobile de neutrinos. Ce n'était pas une mauvaise idée.

Ainsi, dès qu'ils le purent, ils virèrent à droite et passèrent devant une autre porte en *scrith*, mais celle-ci ne leur bloquait pas le chemin. Le local qu'ils avaient contourné était très grand. Une salle de contrôle d'urgence ? Peut-être serait-il préférable de mémoriser son emplacement, en cas de besoin ?

Quatorze heures s'étaient écoulées. Ils avaient franchi presque un millier et demi de kilomètres lorsqu'ils décidèrent de faire halte. Ils dormirent dans une sorte de beignet en métal situé au centre d'une grande étendue déserte : sa fonction était mystérieuse, mais au moins, personne ne risquait de leur tomber sur le dos à l'improviste. Louis commençait à désirer un produit plus nourrissant que le concentré de glucose.

Après avoir mangé et s'être occupée de ses affaires, Teela avait-elle ressenti de nouveau la faim ? se demanda Louis.

Ils se remirent en route. Ils étaient ressortis de la zone résidentielle. Pourtant, çà et là, apparaissaient encore de petites niches, toutes dotées de containers de nourriture, mais vides, et de matériaux de plomberie. D'autres enceintes closes et vastes pouvaient aussi bien protéger une foule de choses que rien du tout. Ils suivirent le périmètre d'un local qui aurait pu abriter une énorme pompe à en juger par la trépidation qui continuait à leur marteler les tympans alors qu'ils en étaient déjà loin. Chmeee les fit virer à gauche, pulvérisa un mur et ils débouchèrent dans une salle des cartes si gigantesque que Louis eut l'impression de rapetisser à vue d'œil. Lorsque Chmeee fit voler en poussière le mur opposé, l'immense hologramme prit feu, puis disparut. Ils poursuivirent leur route.

Ils approchaient du but maintenant. Ils dormirent quatre heures sur un générateur à fusion qui ne fonctionnait pas et repartirent.

Cette fois, ils s'engagèrent dans une galerie au fond de laquelle on entrevoyait une pâle lumière. Des rafales de vent les freinaient.

Enfin, ils émergèrent dans la lumière : la vaste cavité hémisphérique.

Le soleil venait juste de franchir le zénith dans un ciel presque sans nuées. Un paysage diurne sans bornes s'étendait sous leurs yeux : étangs, bouquets d'arbres, champs de céréales et rangées de légumes vert foncé. Soudain, Louis eut l'impression d'être une cible. Il portait un rouleau de fil supraconducteur cousu à l'épaule de son vêtement. Il le détacha et le jeta loin de lui. L'autre extrémité était toujours cousue. Si jamais Teela tirait maintenant, le fil irradierait de la chaleur.

Mais où était donc Teela Brown ?

Pas ici, apparemment.

Faisant toujours office de guide, Chmeee traversa une chaîne de basses collines avant de descendre vers un étang aux eaux stagnantes. Louis le suivait, Harkabeeparolyn fermait la marche. Le Kzin déboucla sa combinaison pressurisée. Quand Louis se posa sur le sol, Chmeee leva les mains, paumes ouvertes, et leur fit signe de garder leurs combinaisons étroitement scellées.

Louis surveilla Harkabeeparolyn pour s'assurer qu'elle avait compris.

Que faire maintenant ?

Le paysage était trop plat. Les endroits où se cacher trop rares : de maigres bosquets, puis quelques autres collines à la croupe arrondie. Trop simple. Et sous l'eau ? Peut-être. Louis entreprit de rembobiner le fil supraconducteur. Sans aucun doute, ils avaient encore du temps devant eux pour se préparer, mais lorsque Teela Brown arriverait, ce serait comme la foudre.

Chmeee se dévêtit complètement, puis réenfila son costume en tissu supraconducteur. Alors, il s'approcha d'Harkabeeparolyn et l'aida à retirer son armure anti-impact ; armure qu'il mit aussitôt. La Bâtisseuse n'était plus guère protégée, mais Louis n'intervint pas.

Se cacher derrière le soleil ? Au moins, ce petit soleil, fonctionnant à l'énergie de fusion et émettant des neutrinos, n'était-il pas une cachette trop évidente à trouver. Mais était-ce possible ? Si on laissait pendre un morceau de fil supraconducteur dans l'étang, la température ne pourrait dépasser celle du point d'ébullition de l'eau. Tanj ! en voilà une idée astucieuse, mais elle aurait été nettement plus efficace à la surface martienne où l'eau se mettait à bouillir à une température beaucoup plus raisonnable. Ici, ils étaient bien trop près de la carcasse en *scrith* de l'Anneau-Monde et la pression atmosphérique était presque identique à celle du niveau de la mer.

Ils risquaient d'attendre pendant des jours. Les réserves d'eau seraient suffisantes, ainsi que les concentrés de glucose et peut-être également la patience de Louis Wu. Chmeee avait déjà retiré son costume. Trouverait-il quelque animal à chasser ?

Mais Harkabeeparolyn ? Si elle ouvrait sa combinaison, elle allait aspirer l'odeur de l'arbre-de-vie.

Chmeee regonfla sa combinaison pressurisée et fixa son harnais par-dessus celle-ci. Ensuite, il posa un caillou sur chacun de ses orteils et régla le harnais de manière qu'il exerce une traction vers le haut. Voilà qui était une véritable astuce de guerre ! Il suffisait de repousser les cailloux, d'enclencher le propulseur du harnais et la combinaison vide s'élèverait afin d'attirer l'attention de l'ennemi.

Louis, lui, n'avait rien imaginé de comparable.

Peut-être Teela venait-elle ici seulement tous les quinze jours ? Peut-être stockait-elle ailleurs les racines de l'arbre-de-vie ?

Et puis, tout compte fait, à quoi ressemblait un arbre-de-vie ? Etait-ce un de ces arbustes ployant sous le poids de ses feuilles vert foncé et vernies ? Louis en arracha un. Il avait de grosses racines : des tubercules évoquant vaguement les patates douces ou les ignames. Il ne reconnut pas ce végétal mais, de toute façon, aucune plante poussant ici ne lui était familière. Toute la végétation de l'Anneau-Monde avait sans doute été importée du noyau de la galaxie.

Soudain, le rire de Teela retentit dans les oreilles de Louis.

32

PROTECTEUR

Louis fit un bond. Il hurla aussi dans son casque.

— Je n'aimerais pas affronter une deuxième fois un Marionnettiste de Pierson ! Chmeee, tu te crois redoutable ? Eh bien, ce Marionnettiste a bien failli m'avoir !

Dans la voix de Teela, Louis percevait un rire retenu et le gargouillement inévitable en raison du bec dur, résultat de la fonte des lèvres et des gencives.

Elle était parvenue à réenclencher leurs écouteurs. Serait-elle également capable de suivre leur piste de la même manière ? Dans ce cas, ils étaient morts. Mieux valait donc supposer qu'elle en était incapable.

— Votre vaisseau n'émettait aucun signal. Toutes les communications étaient fermées. Et moi, il fallait à tout prix que je sache ce qui se passait à l'intérieur. Aussi ai-je dû trouver une combine pour entrer dans le circuit des disques marcheurs. Un véritable casse-tête, croyez-moi. D'abord, il m'a fallu deviner qu'un Marionnettiste allait apporter des disques marcheurs de son monde natal. Ensuite, il m'a fallu comprendre comment ils fonctionnaient et en construire un... Mais, à l'instant où je l'ai mis en marche et ai sauté dessus, le Marionnettiste s'est apprêté à connecter le champ de stase. Alors, j'ai dû deviner où se trouvait le disque transmetteur et tanj vite! Mais je suis parvenue à ressortir du vaisseau. Maintenant, il est en stase et personne ne viendra vous secourir. J'arrive! ajouta Teela.

Louis perçut une pointe de regret dans sa voix.

Donc, il ne leur restait plus qu'à attendre. L'Ultime était hors jeu et, avec lui, tout l'équipement à bord de l'*Aiguille*. Ils n'avaient plus qu'à lutter à poings nus; enfin, presque.

A priori, Teela semblait encore très loin... si elle n'avait pas menti. Louis prit de l'altitude à l'aide de son harnais.

Deux, trois kilomètres. Le toit était encore fort haut. Etangs, ruisseaux, douces collines: trois mille kilomètres carrés de jardin retourné à l'état sauvage. Des arbres en forme de cloche et aux feuilles de fine dentelle tissaient un bosquet à bâbord. A tribord, dans le sens de rotation, des buissons jaunes s'étendaient sur des centaines de kilomètres carrés. On devinait encore vaguement les rangées selon lesquelles ils avaient été plantés.

Louis découvrit une vaste entrée dans le sens de rotation et trois autres, plus petites, dans le sens de l'antirotation, y compris la galerie qui les avait conduits jusqu'ici.

Il redescendit presque à ras du sol. Ils allaient devoir se défendre des quatre directions en même temps. Si seulement il pouvait dénicher quelque accident en forme de conque... Là, un ruisseau entre plusieurs mamelons. Pourquoi pas au milieu de ce cours d'eau? Il l'étudia en le survolant, persuadé qu'un détail essentiel lui échappait.

Oui, mais bien sûr!

Louis revint en toute hâte à l'endroit où Chmeee s'était mis à couvert, le tira par le bras et pointa le doigt.

Chmeee acquiesça. Puis il courut jusqu'à la galerie par laquelle ils étaient arrivés, traînant derrière lui la combinaison gonflée comme une montgolfière. Louis décolla et fit signe à Harkabeeparolyn de le suivre.

La chaîne de basses collines, avec un étang sur le flanc arrière, était parfaite pour monter une embuscade. Louis se posa sur la crête de la plus haute et se plaqua sur le sol de façon à pouvoir surveiller l'entrée de la galerie. Mais auparavant, il déroula sa bobine de fil supraconducteur vers l'étang et s'assura qu'une longueur adéquate était immergée dans l'eau.

*Il existe une seule façon de sortir de l'*Aiguille. *L'unique disque que Teela a pu atteindre mène à la sonde posée sur l'un des flancs du* Mons Olympus. *La route de Teela sera donc la même que la nôtre.*

Plusieurs gorgées de concentré de glucose; plusieurs gorgées d'eau. Essayer de se détendre. Louis ne voyait plus Chmeee. Où était-il donc parti? Il n'en avait pas la moindre idée. Harkabeeparolyn le regardait. Louis lui désigna la galerie, puis d'un geste lui intima l'ordre de s'éloigner. Elle disparut alors derrière une colline et Louis se retrouva seul.

Ces collines sont bien trop plates. Les arbustes aux feuilles vert foncé et vernies dissimuleraient un homme immobile mais l'empêcheraient d'agir.

Le temps passa. Louis utilisa l'équipement sanitaire de sa combinaison, se sentant démuni et pressé. Retour à son poste.

Comme elle connaît les systèmes de transport du Centre de Réparations, Teela va arriver rapidement. Dans quelques heures ou maintenant.

Maintenant! Teela surgit tel un missile téléguidé, au ras du plafond de la galerie. L'espace d'une seconde, Louis l'entrevit, comme il roulait sur le sol, prêt à tirer. Elle se tenait debout sur un disque de près de deux mètres de diamètre qu'elle orientait au moyen d'une sorte de mât, équipé d'une foule de poignées et d'autres dispositifs de guidage.

Louis tira. Chmeee aussi, de sa cachette. Deux fils rubis touchèrent la même cible. Teela s'était accroupie, se servant du disque comme écu. Elle avait eu le temps de voir tout ce qu'il lui fallait pour déterminer leurs positions respectives au centimètre près. Mais le disque volant tombait, brasier écarlate. Louis aperçut Teela avant qu'elle ne tombât, elle aussi, derrière les étranges arbres de dentelle.

Elle avait déployé un petit parachute.

Mieux vaut supposer qu'elle est en vie et indemne. Eloigne-toi vite.

Economisant ses mouvements, Louis regrimpa sur la crête de la colline et observa l'autre versant. L'extrémité du fil supraconducteur était toujours dans l'étang. Une chance.

Où était-elle ?

Soudain, du sommet d'une colline proche, quelque chose jaillit. Un rayon vert le traqua aussitôt au sol et se fixa dessus. La combinaison spatiale de Chmeee, arrêtée dans son élan, prit feu. Mais, en même temps, une volée de missiles de la taille d'un poing fusèrent vers la source du rayon vert. Une demi-douzaine de flashes blancs sur l'autre versant de la colline et le claquement proche des éclairs apprirent à Louis que Chmeee avait réussi à transformer les batteries marionnettistes en bombes.

Teela n'était pas loin. Elle était armée d'un laser. Et si elle contournait l'étang... ?

Louis corrigea sa position.

La combinaison en feu de Chmeee tombait trop lentement. Un protecteur comprendrait très vite qu'elle était vide. *Cthulhu ! Allah ! comment abattre un protecteur ayant la chance inscrite dans ses gènes ?*

Teela jaillit, plus bas à flanc de colline que ne l'avait prévu Louis, lui lança un dard vert et redisparut avant que ce dernier n'eût le temps de bouger un doigt. Il cligna des yeux. Le bouclier antiradiation de son casque lui avait sauvé la vue. Mais, instinct ou pas, Teela essayait bel et bien de tuer Louis Wu.

Celle-ci surgit de nouveau à un endroit imprévu. Le

pinceau vert alla mourir sur le tissu noir. Cette fois, Louis parvint à riposter. Mais elle avait disparu. L'avait-il touchée ? Il l'ignorait. Il n'avait qu'entraperçu une armure de cuir flexible, un peu trop flasque sur son corps, et des articulations très enflées. En fait, elle ne portait aucune armure, hormis sa propre enveloppe de chair.

Roulant sur lui-même, Louis dégringola la pente en diagonale, puis se mit à ramper à vive allure. Ereintant ! Où allait-elle surgir la prochaine fois ? Il n'avait jamais joué à ce jeu-là. En plus de deux cents ans, jamais Louis n'avait été un soldat.

Des fumerolles montèrent de l'étang.

Sur la gauche de Louis, Harkabeeparolyn se redressa soudain et fit feu. Où était Teela ? Son laser ne ripostait pas. Diane vêtue de noir, Harkabeeparolyn s'offrait toujours en cible. Puis, elle déboula au pied de la colline, se jeta à plat ventre et rampa vers la gauche.

Un rocher fut catapulté sur la Bâtisseuse. Comment Teela pouvait-elle être aussi rapide ? Le rocher heurta Harkabeeparolyn avec une telle violence qu'il lui brisa l'os du bras et lui déchira la manche en tissu supraconducteur. La Bâtisseuse se redressa en hurlant. Louis redoutait de la voir tranchée en deux.

Futzfutzfutz ! Traque le rayon !

Il n'y eut pas de rayon. *Agis donc au lieu de regarder !*

Louis avait repéré d'où était parti le rocher. Une colline s'élevait devant lui et il rampa le plus vite possible pour le mettre entre lui et Teela. Il se retourna... Tanj ! Où est Chmeee, maintenant ? Louis risqua un œil par-dessus la crête.

Harkabeeparolyn ne criait plus. Elle pleurait doucement. Elle retira son harnais et, d'une main, enleva sa tenue noire. Son autre bras pendait, brisé. Elle s'efforçait de sortir de la combinaison pressurisée.

Teela ne s'intéressait plus à Harkabeeparolyn. Celle-ci ne parvenait pas à retirer le casque. Elle roula au bas de la colline, essayant vainement de déchirer le tissu de sa combinaison, puis la visière heurta un rocher.

Trop de minutes s'étaient écoulées. Maintenant, Teela pouvait être n'importe où. Louis gagna le lit d'un ruisseau tari. Inutile d'occuper une autre colline. Il serait repéré sur-le-champ.

Est-elle vraiment capable d'anticiper tous mes mouvements ? Protecteur, où es-tu ?

Derrière moi ? Louis sentit un fourmillement dans la nuque. Il virevolta sans raison et tira sur Teela à l'instant même où un petit objet métallique frappait sa cage thoracique. Le missile déchira sa combinaison, s'enfonça dans la chair, et lui fit perdre quelques secondes. Il plaqua le bras sur la déchirure et fit jouer le rayon rubis là où il avait vu Teela pour la dernière fois. Tout à coup, elle fit une brève apparition, mais le rayon ne la toucha pas. En revanche, une grosse balle métallique égratigna sérieusement le casque de Louis.

Il roula au pied de la colline, resserrant d'une main le tissu déchiré. A travers la visière étoilée, il distingua Teela qui bondissait vers lui, tel un félin noir. Il braqua aussitôt son laser sur elle, si bien qu'elle ne parvint pas à l'esquiver.

Tanj bon sang ! En fait, elle ne se donnait même la peine de l'esquiver. D'ailleurs, pourquoi l'aurait-elle fait ? Le costume noir de tissu supraconducteur d'Harkabeeparolyn, c'était à présent Teela qui le portait ! Il maintint droit sur elle le rayon à deux mains. Il allait mourir, mais la diablesse aurait le temps de roussir avant. Celle-ci se rua sur lui, des guenilles noires plaquées sur son corps, comme humides.

Des guenilles ? Pourquoi ? Et quelle était cette odeur ?

Elle vira brusquement et jeta son laser sur le côté comme un projectile... *Chmeee*. Le désintégrateur et la lampe laser sautèrent des mains du Kzin et se heurtèrent en plein vol.

A présent, l'odeur de l'arbre-de-vie inondait le nez et le cerveau de Louis. Le courant se suffisait à lui seul, n'exigeait rien d'autre, pour atteindre l'extase parfaite. Par contre, le parfum capiteux de l'arbre-de-vie, tout en le transportant de joie, déclencha sur-le-champ une faim insatiable, une faim... Maintenant, Louis savait comment se présentait l'arbre-de-vie : des feuilles vert foncé et vernies, des racines semblables à des tubercules. Il y en avait des myriades tout autour de lui. Et la saveur... ? Une voix dans son cerveau lui soufflait qu'elle devait être celle du paradis.

Quelle faim ! Mais impossible de manger, à cause de son casque. Ses mains tâtonnèrent à la recherche des fixations qui le maintenaient fermé. Néanmoins, au prix d'un effort désespéré, il s'arracha à son obsession. Il n'avait pas le droit de se mettre à manger, pendant que la variante humaine d'un protecteur Pak s'acharnait sur Chmeee pour le tuer.

Louis maintint le laser à deux mains, comme pour prévenir un éventuel recul. Le Kzin et le protecteur, enlacés l'un à l'autre, roulèrent au pied d'une colline, abandonnant dans leur sillage des lambeaux noirs. Il les suivit avec le filet de lumière rubis. *Tire d'abord, vise ensuite ! Tu n'as pas vraiment faim. D'ailleurs, cela serait ta mort ; tu es trop âgé pour supporter le changement et muter en protecteur. Cela te tuerait.*

Tanj ! Ah ! l'odeur ! Son cerveau était en ébullition. La tension déployée pour résister était atroce. Aussi intenable que de ne pas vouloir remettre le chrono du distil en marche, tous les soirs, pendant les dix-huit dernières années de sa vie. Intolérable !

Louis garda le rayon braqué droit devant lui et attendit.

Soudain, Teela lança un coup de pied mortel qui rata son objectif et, un bref instant, elle perdit l'équilibre, jambe en l'air. Le rayon rubis l'atteignit alors de plein fouet. L'armure de chair craquelée étincela d'un rouge incandescent qui blessait la vue.

Toutefois, avant d'être touchée, Teela avait eu le temps d'envoyer un autre projectile. Une partie de la queue rose et nue de Chmeee prit feu, tomba à terre et gigota comme un ver. Chmeee parut ne pas s'en rendre compte. Mais Teela cherchait maintenant à l'attirer dans le pinceau rubis. Louis l'écarta et attendit la prochaine occasion.

Chmeee était couvert de blessures. Il saignait à plusieurs endroits mais, de tout son poids, il maintenait Teela plaquée au sol. Une pierre aiguë. Louis appuya sur la détente, visant la pierre. Au même moment, Teela tendit la main pour la saisir. Sa main partit en flammes.

Surprise, hein, Teela ?

Tanj ! mais quelle odeur ! Je te tuerai rien qu'à cause de cette maudite odeur !

Avec une main en moins et une jambe esquintée, Teela était plutôt handicapée. Seulement, quelle était la gravité des blessures de Chmeee ? Manifestement, les deux combattants commençaient à se fatiguer, car le bec dur de Teela cherchait à attraper la gorge de Chmeee dans son épaisse fourrure. Celui-ci s'écarta et, pendant un instant, il n'y eut plus au-delà du crâne difforme de Teela que l'azur du ciel. Louis fit pénétrer le rayon dans le cerveau.

Pour ouvrir les mâchoires plantées dans la gorge de Chmeee, il fallut les efforts combinés de Louis et du Kzin lui-même.

— Elle a laissé ses instincts se battre à sa place, hoqueta Chmeee. Et non pas son cerveau. Tu avais raison, elle s'est battue pour perdre. Que Kdapt me soit venu en aide si elle s'était battue pour vaincre !

C'était fini. Hormis le sang qui coulait sur la fourrure du Kzin, hormis les côtes douloureuses — et peut-être brisées — de Louis qui l'obligeaient à rester plié en deux. Hormis l'odeur, l'odeur de l'arbre-de-vie. Et hormis, enfin, Harkabeeparolyn. Debout dans l'étang, de l'eau jusqu'aux genoux, l'œil fou, l'écume aux lèvres, elle se démenait encore pour retirer son casque.

Louis et Chmeee la prirent chacun par un bras et l'emmenèrent. Elle se débattit. Louis, aussi, luttait, mais contre lui-même : il fallait absolument qu'il s'éloignât des rangées innombrables de l'arbre-de-vie.

Chmeee fit halte dans la galerie. Il ouvrit le casque de Louis et le lui retira.

— Respire, Louis. Le vent souffle vers la plantation.

Louis huma l'air. L'odeur avait disparu. Ils retirèrent le casque d'Harkabeeparolyn afin d'aérer sa combinaison. Sans résultat, apparemment. Elle continuait d'avoir la pupille fixe, le regard fou. Louis essuya l'écume qui maculait ses lèvres.

— As-tu résisté tout à l'heure ? demanda le Kzin. Peux-tu l'empêcher de retourner là-bas ? Et toi, sauras-tu te dominer, maintenant ?

— Oui. Personne, hormis un ex-camé aux Ampères, n'y parviendrait.

— Brrr ?

— Jamais tu ne le sauras.

— Jamais, c'est vrai. Donne-moi ton harnais.

Les sangles trop serrées pour le Kzin devaient appuyer sur ses blessures. Cependant, celui-ci ne s'absenta que quelques minutes et revint avec le harnais d'Harkabeeparolyn, le désintégrateur et deux lampes laser.

Harkabeeparolyn était maintenant plus calme, sans doute par épuisement. Louis combattait une écrasante dépression.

— A priori, nous avons gagné une bataille mais perdu la guerre, déclara Chmeee. Qu'allons-nous faire maintenant ? Ta femme et moi avons besoin de soins. Peut-être parviendrons-nous à regagner le module ?

— Oui, en passant à travers l'*Aiguille*. Mais que veux-tu dire par perdre la guerre ?

— Tu as entendu Teela. L'*Aiguille* est en stase. Il ne nous reste plus que nos mains nues. Sans les instruments de l'*Aiguille*, comment apprendrons-nous le fonctionnement de toutes ces machineries ?

— Nous avons gagné.

Louis était suffisamment mal sans le pessimisme du Kzin.

— Teela n'est pas infaillible. Elle est morte, non ? Comment sait-elle que l'Ultime a atteint le commutateur de stase ? D'ailleurs, pourquoi l'aurait-il fait ?

— Avec un protecteur Pak dans son vaisseau et une simple cloison entre eux deux ?

— Un Kzin n'a-t-il pas été pris au piège dans ce compartiment ? La cloison appartient à une coque des Produits Généraux. A mon avis, l'Ultime voulait éteindre les disques marcheurs.

Chmeee réfléchit à cette hypothèse.

— Il nous reste le désintégrateur, observa-t-il.

— Et deux harnais seulement. Voyons... A quelle distance sommes-nous du vaisseau ? Trois mille kilomètres, grosso modo, la distance parcourue à l'aller. Futz !

— Comment soigne-t-on le bras cassé d'un Humain ?

— On pose une attelle.

Louis se leva. Chaque mouvement était pénible. Il trouva une barre d'aluminium et il dut se creuser la mémoire pour se rappeler ce qu'il voulait en faire. Pour la maintenir, il ne disposait que du tissu supraconducteur. Le bras d'Harkabeeparolyn enflait de façon alarmante. Louis fixa une attelle de fortune, puis recousit avec le fil supraconducteur les entailles les plus profondes de Chmeee.

Sans traitement, tous deux allaient mourir et, ici, il

n'y avait pas d'autodoc. En outre, Louis n'avait qu'une envie : s'asseoir et attendre la mort.

Remue-toi, futz ! Si tu restes immobile, tu n'auras pas moins mal. Tu dois surmonter cela tôt ou tard. Alors, pourquoi pas maintenant ?

— Je vais attacher des courroies à celles de mon harnais, annonça Louis. Que pouvons-nous employer ? Le tissu supraconducteur ne sera pas assez solide.

— Il faut chercher autre chose. Mais, Louis, je suis trop mal en point pour explorer.

— Aide-moi à retirer la combinaison d'Harkabeeparolyn.

Ils l'ouvrirent par-devant à l'aide du laser, découpèrent des lanières, firent des trous sur les bords du dernier morceau de la combinaison et y passèrent les lanières. Ensuite, ils nouèrent les extrémités aux courroies du harnais.

Ils déposèrent Harkabeeparolyn dans ce hamac improvisé. Maintenant, elle était docile mais ne prononçait pas un seul mot.

— Astucieux, approuva Chmeee.

— Merci... Pourras-tu voler ?

— Je l'ignore.

— Essaie. Mais si tu préfères t'écrouler maintenant pour récupérer, il reste un autre harnais. Je trouverai bien un repère dans le paysage qui me permettra de revenir te chercher.

Ils repartirent par la même galerie qu'à l'aller. Les entailles de Chmeee saignaient de nouveau. Louis savait qu'il souffrait. Au bout de trois minutes de traversée, ils trouvèrent un disque de deux mètres de diamètre qui flottait à un demi-mètre du sol. Il était chargé de matériel. Ils s'arrêtèrent à sa hauteur.

— Nous aurions dû y penser ! s'exclama Louis. Le disque de cargaison de Teela. Encore une étrange coïncidence !

— Une autre carte de son jeu ?

— Oui. Si jamais nous survivions, nous devions le trouver.

Tout le matériel entassé sur le disque leur était étranger, produits d'un univers inconnu, excepté une grosse caisse de boulons qui avaient fondu.

— Et cela, tu le reconnais ? La boîte de premiers soins du cycloplane de Teela.

— Elle n'aura aucun effet sur un Kzin. Et les médicaments sont vieux de vingt-trois ans terrestres.

— C'est mieux que rien pour elle. Toi, tu as tes pilules antiallergiques et rien ici ne risque de t'infecter. Tu n'es pas assez près de la Carte de Kzin pour être contaminé par des microbes kzinti.

Chmeee avait une sale mine. Il n'aurait pas dû rester debout.

— Tu te débrouilleras avec les commandes, toi ? demanda-t-il. Je ne me sens pas en état de faire des expériences.

Louis hocha la tête.

— Pourquoi se faire du souci ? Toi et Harkabeeparolyn, montez sur le disque. Il plane déjà. Je le remorquerai facilement. Allez ! au lit !

— Bien.

— Connecte-la à l'autodoc de poche. Et attachez-vous tous les deux au mât de commande.

33

15 x 10^{12}

Le Kzin et la Bâtisseuse dormirent trente heures d'affilée, cependant que Louis remorquait le disque. Le côté droit de sa cage thoracique n'était qu'un énorme hématome violacé.

Il fit halte lorsqu'il s'aperçut qu'Harkabeeparolyn était réveillée.

Elle se mit à parler de la terrible compulsion qui s'était emparée d'elle, du délice effroyable, du mal insidieux qu'était l'arbre-de-vie. Louis, quant à lui, s'était efforcé de ne plus y penser. Son soliloque frisait le sublime ; elle était intarissable. Et Louis s'interdit de l'interrompre. Elle avait besoin de s'épancher. Elle avait besoin aussi d'être consolée dans ses bras. La consoler ainsi était dans ses moyens.

Louis maintint son propre bras fixé au vieil autodoc de Teela durant une heure. Lorsque sa douleur aiguë se fut un peu apaisée, et son vertige dissipé, il lui rendit l'autodoc. Il souffrait encore assez pour oublier l'odeur qui était toujours incrustée en lui. Son harnais avait-il effleuré un arbre-de-vie ? Ou... peut-être s'était-elle enracinée dans sa tête ? A jamais.

Chmeee délirait. Louis obligea Harkabeeparolyn à porter l'armure anti-impact du Kzin. Teela l'avait déchirée pendant leur duel, mais c'était toujours mieux que la peau nue pour dormir à côté d'un Kzin agité par la fièvre.

L'armure lui sauva probablement la vie quand Chmeee la frappa parce qu'elle ressemblait trop à Teela. La Bâtisseuse soigna le Kzin du mieux possible, lui donnant de l'eau et les concentrés nutritifs de son propre casque. Le quatrième jour, Chmeee cessa de délirer. Il restait encore faible... et criait famine. Le concentré prévu pour un Humain était insuffisant.

Il leur fallut quatre jours pour gagner la position approximative de l'*Aiguille* et un de plus pour se frayer un passage à travers les murs jusqu'au bloc massif de basalte.

Une semaine après s'être solidifiée, la roche était encore chaude. Louis laissa le disque flottant et ses passagers assez loin dans le tunnel où Teela avait remorqué l'*Aiguille*. Il enfila son casque et, lorsqu'il enclencha le désintégrateur, il put ainsi respirer un air frais et propre. Un ouragan de poussière le heurta de plein fouet et il pénétra dans le boyau qui s'ouvrait au fur et à mesure devant lui.

Il ne voyait strictement rien et ne percevait que le hurlement du basalte en voie de désintégration. Une éblouissante clarté dans son dos lui apprit que les charges des électrons reprenaient leurs prérogatives. Mais quelle quantité de lave Teela avait-elle donc versée ? Il avait l'impression de travailler depuis des heures.

Soudain, il heurta quelque chose.

Une fenêtre. De l'autre côté, un singulier spectacle s'offrait à lui. Une salle meublée de divans et d'une table basse flottante. Le tout en courbes douces ; aucun angle ni surface dure où se cogner le genou. Par une autre fenêtre, on voyait des édifices colossaux entre lesquels perçait un petit pan de ciel noir et des rues grouillantes de Marionnettistes de Pierson. Tout était sens dessus dessous.

Ce que Louis avait pris pour l'un des divans n'en était pas vraiment un. Il régla sa lampe laser sur basse intensité et l'alluma à plusieurs reprises, pourtant rien ne se produisit pendant de longues minutes. Puis, une tête blanche et plate, vissée sur un long cou, apparut et avança vers un bol, mais elle sursauta de surprise et se réfugia prestement sous le ventre.

Louis Wu attendit.

Finalement, le Marionnettiste se déplia, puis guida Louis autour de la coque, lentement, car celui-ci devait se frayer un passage avec le désintégrateur. Lorsqu'il atteignit le disque transmetteur situé à l'extérieur, Louis opina et alla rejoindre ses compagnons.

Dix minutes plus tard, il se trouvait à l'intérieur du vaisseau. Onze minutes plus tard, lui et Harkabeeparolyn mangeaient comme des Kzinti. L'appétit de Chmeee était indescriptible. Kawaresksenjajok le considérait, horrifié. Quant à la Bâtisseuse, elle ne remarqua rien.

Réveil à bord d'un vaisseau spatial enseveli dans la lave solidifiée à quinze kilomètres de la lumière solaire.

— Notre équipement médical est endommagé, annonça l'Ultime. Chmeee et Harkabeeparolyn devront guérir vaille que vaille.

Le Marionnettiste se trouvait dans le poste de pilotage et parlait par l'intercom. Etait-ce oui ou non significatif? Teela était partie et l'Anneau-Monde allait être sauvé... Enfin peut-être. Soudain, l'Ultime se retrouvait chargé de défendre une espérance de vie très, très longue. Ce n'était pas le moment de traiter d'égal à égal avec des spécimens d'espèces étrangères.

— J'ai perdu le contact, déclara-t-il, et avec le module, et avec la sonde. Le bouclier antimétéorite a tiré à peu près au moment où le module a cessé d'émettre, mais je ne suis pas encore en mesure de déterminer l'importance de ce fait. La sonde détériorée a cessé d'envoyer des signaux juste après que Teela Brown a tenté d'envahir mon vaisseau.

Chmeee avait dormi (seul sur le lit d'eau) et était rassasié. Sa fourrure récemment remise à neuf allait de nouveau porter des cicatrices intéressantes, mais ses blessures étaient en voie de guérison.

— Teela a dû détruire la sonde, dit le Kzin, dès qu'elle l'a repérée. Elle n'aurait pas pris le risque de laisser un éventuel ennemi derrière elle.

— Derrière elle ? Mais quel ennemi ?

— Ultime, elle a déclaré que tu étais plus dangereux qu'un Kzin. Une tactique pour nous insulter tous les deux, certainement.

— Vraiment ?

Deux têtes ophidiennes se fixèrent droit dans l'œil pendant quelques instants.

— Bien... Nos ressources se réduisent dorénavant à l'*Aiguille* et à une seule sonde. Nous avons laissé cette sonde-là sur une crête près de la cité flottante. Elle possède encore des senseurs fonctionnels et je lui ai transmis le signal de retour, si jamais elle peut nous être utile. Nous l'aurons à notre disposition dans six jours locaux.

» Toutes les apparences indiquent que nous nous retrouvons confrontés à notre problème initial, plus quelques indices et quelques nouvelles complications. Comment rétablir la stabilité de l'Anneau-Monde ? Nous pensons que nous sommes dans le lieu par où il faut commencer. N'est-ce pas ? Le comportement de Teela, incohérent pour une créature à l'intelligence reconnue...

Louis ne fit aucun commentaire. Il avait gardé le silence toute la matinée.

Adossés à un mur, Kawaresksenjajok et Harkabeeparolyn étaient assis en tailleur, coude à coude. Le bras cassé d'Harkabeeparolyn était soutenu par une courroie. De temps à autre, le jeune lui jetait un regard en coin. Le comportement de la Bâtisseuse intriguait Louis mais l'inquiétait aussi. Bien sûr, elle était sous l'effet des analgésiques. Cependant, cela n'expliquait pas entièrement sa torpeur. En outre, il allait devoir parler à Kawa... *si seulement il savait quoi lui dire!*

Les deux Bâtisseurs avaient dormi dans la soute. La peur de tomber empêchait Harkabeeparolyn de s'allonger entre les plaques de couchage. Lorsqu'ils s'étaient retrouvés pour le petit déjeuner, elle lui avait proposé de faire le *rishathra*, mais sans insister.

— Surtout, Louiiuu, fais attention à mon bras!

Dans la culture de Louis, refuser une avance sexuelle exigeait un certain tact. Il lui avait alors répondu qu'il craignait de lui abîmer le bras, ce qui était vrai, au demeurant. Il était également vrai qu'il n'éprouvait plus le moindre intérêt pour quoi que ce fût. L'arbre-de-vie l'aurait-il affecté à ce point? Toutefois, aucun désir ne l'agitait pour les racines jaunes ni même pour le fil distillant le courant électrique.

Ce matin-là, il se sentait totalement vide du moindre besoin.

Un billion et demi d'êtres vivants...

— En ce qui concerne Teela Brown, disait l'Ultime, nous acceptons l'opinion de Louis. Teela nous a conduits ici. Ses intentions correspondaient aux nôtres. Elle nous a donné autant d'indices que possible. Mais quels indices? Elle se battait dans les deux camps. Etait-ce important pour elle de créer trois protecteurs, puis d'en éliminer deux? Louis?

Louis, perdu dans ses pensées, sentit quatre pointes aiguës lui pincer la carotide.

— Pardon? fit-il.

L'Ultime répéta sa question. Louis secoua la tête avec vigueur.

— Elle les a tués avec le bouclier antimétéorite. A deux reprises, elle a déclenché ce bouclier sur des cibles autres que nos précieuses personnes. Et nous avons pu voir ce spectacle, car nous n'étions pas en stase à ce moment-là. C'était intentionnel de sa part. Un autre message, tout simplement.

— Supposerais-tu qu'elle aurait pu choisir une autre arme ? demanda Chmeee.

— Les armes, le moment, les circonstances, le nombre de protecteurs auxiliaires... Elle disposait d'un choix considérable.

— Louis, es-tu en train de jouer avec nous maintenant ? Si tu sais quelque chose, pourquoi ne pas nous le dire ?

Un coup d'œil coupable vers les Bâtisseurs lui apprit qu'Harkabeeparolyn faisait tout son possible pour rester éveillée et que le jeune buvait toutes leurs paroles. Deux héros qui s'étaient volontairement désignés pour attendre une occasion de sauver l'Anneau-Monde. Tanj !

— Un billion et demi d'êtres vivants.

— Pour sauver vingt-huit billions et demi, plus nous-mêmes.

— Chmeee, tu ne les as pas connus, toi. Pas un grand nombre, du moins. J'espérais que l'un d'entre vous penserait à cela. Je me ronge les sangs à essayer de...

— Je ne les ai pas connus ? Mais qui ?

— Valavirgillin, Ginjerofer. Le roi des géants. Mar Korssil. Laliskareerlyar et Fortaralisplyar. Les Pasteurs. Les Géants Herbivores. Les Amphibiens. Le Peuple Perché. Le Peuple de la Nuit. Les Chasseurs de Nuit... Nous sommes censés tuer cinq pour cent de la population pour en sauver quatre-vingt-quinze pour cent. Ces chiffres-là ne te sont-ils pas familiers ?

Ce fut le Marionnettiste qui répondit :

— Cinq pour cent du système des réacteurs d'attitude de l'Anneau-Monde est fonctionnel. L'équipe de réparation de Teela les a remontés sur cinq pour cent de l'arc de l'Anneau-Monde. Est-ce ces gens-là, Louis, qui devront périr ? Les gens vivant sur cet arc ?

Harkabeeparolyn et Kawaresksenjajok ouvrirent des yeux incrédules. Louis écarta les bras, impuissant.

— Je suis navré.

— Louiiuuu ! cria le jeune. Pourquoi ?

— Je l'ai promis... Si je ne l'avais pas promis, peut-être aurais-je une décision à prendre. J'ai promis à Valavirgillin que je sauverais l'Anneau-Monde, quel qu'en soit le prix. Je lui ai promis de la sauver, elle aussi, si je le pouvais, mais je ne le peux pas. Nous n'avons pas le temps d'aller la chercher. Plus nous attendrons, plus puissante sera la force qui décentre l'Anneau-Monde. Donc, Valavirgillin se trouve sur cet arc-là. La cité flottante aussi et l'empire du Peuple de la Machine, ainsi que les petits carnivores rouges et les Géants Herbivores. Ils vont tous mourir.

Harkabeeparolyn, les poings serrés, s'écria :

— Mais ce sont tous ceux que nous connaissons du monde, y compris par ouï-dire.

— Moi aussi.

— Mais sinon, qu'est-ce qui mérite la peine d'être sauvé ? Rien ! Pourquoi devraient-ils mourir ? Comment ?

— La mort, c'est la mort, dit Louis. Empoisonnés par les radiations. Un billion et demi d'êtres appartenant à vingt ou trente espèces différentes. Mais seulement si nous faisons exactement ce qui doit être fait. D'abord, nous devons déterminer notre position exacte.

— Plutôt, où devons-nous être ? demanda logiquement le Marionnettiste.

— A deux endroits. Ceux qui contrôlent le bouclier antimétéorite. Il faut que nous soyons en mesure de contrôler les jets de plasma, les éruptions solaires. Et nous devons déconnecter le sous-système qui convertit les jets de plasma en rayons laser cohérents.

— J'ai déjà découvert ces endroits-là, annonça l'Ultime. Pendant votre absence, le bouclier a fait feu, certainement pour détruire l'atterrisseur. Les effets magnétiques ont altéré la moitié de mes détecteurs. Néanmoins, je suis parvenu à remonter jusqu'à la source de l'impulsion. Les courants puissants du sous-sol de l'Anneau-Monde qui produisent et manipulent les éruptions solaires dérivent d'un point situé sous la calotte nord de la Carte de Mars.

— Il se peut, intervint Chmeee, que cet équipement soit réfrigéré...

— Sornettes ! Et l'effet laser ? L'activité apparaît à ce point-là seulement des heures après : des effets électriques de puissance négligeable, présentant une configuration typique. Je vais vous dire où se trouve la source : juste au-dessus de nos têtes, étant donné l'orientation du vaisseau.

— Supposons que nous devions déconnecter ce système ? avança Chmeee.

— Fastoche ! rétorqua Louis, méprisant. J'y parviendrai avec une lampe laser ou une bombe ou encore le désintégrateur. Mais apprendre à déclencher sur commande des éruptions solaires, voilà qui sera corsé. Les commandes n'ont certainement pas été conçues pour des imbéciles, et nous ne disposons que de très peu de temps.

— Et ensuite ?

— Ensuite, nous mettons le feu aux poudres dans une zone habitée.

— Louis, les détails !

Cela équivaudrait à prononcer la peine de mort pour un nombre de personnes à vous donner le vertige.

Kawaresksenjajok cachait son visage dans ses mains. Celui d'Harkabeeparolyn était de marbre.

— Fais ce qui doit être fait, dit-elle.

— Le système des réacteurs d'attitude n'est fonctionnel qu'à cinq pour cent.

Chmeee attendit.

— Le combustible utilisé est le torrent de protons provenant du soleil. Le vent solaire.

— Ah ! s'exclama le Marionnettiste. Il suffit alors de multiplier par vingt l'apport d'énergie en provoquant une éruption solaire. Bien sûr, toutes les formes de vie se situant dans le rayon de cette déflagration périront ou muteront radicalement. Mais la poussée sera multipliée par le même facteur et les réacteurs d'attitude nous ramèneront à une position sûre... ou exploseront.

— Ultime, nous n'avons pas vraiment le temps de modifier leur conception.

— Absurde, à moins que Louis ne se trompe du tout au tout, intervint le Kzin. Teela a inspecté ces moteurs avant de les remonter.

— Oui. S'ils n'étaient pas assez puissants, elle n'a sûrement pas hésité à leur ajouter un facteur de sécurité surdimensionné. Pour se protéger de l'éventualité d'une éruption solaire trop destructrice. Double pensée.

— Quant à guider le jet, observa Chmeee, cela ne nous est pas nécessaire. Nous déconnectons le sous-système générateur de laser. Puis, s'il le faut, nous placerons l'*Aiguille* là où nous voulons que tombe le rayon, l'utilisant comme cible : cela accélérera le processus jusqu'à l'instant où le bouclier s'enclenchera. L'*Aiguille* est invulnérable.

Louis acquiesça.

— Nous aimerions quelque chose de plus précis. Nous travaillerions plus vite et tuerions moins de gens. Mais... Oui, nous réussirons.

L'Ultime vint avec eux pour inspecter les composants du bouclier antimétéorite. Personne ne le lui avait proposé. Les senseurs qu'il avait démontés sur l'*Aiguille* n'étaient manipulables que par des lèvres et des langues marionnettistes. Quand il proposa à Louis de lui enseigner comment actionner les commandes à l'aide d'une pince et de tenailles, celui-ci éclata de rire.

L'Ultime passa plusieurs heures dans le secteur privé de l'*Aiguille*. Puis il les suivit dans le tunnel. Sa crinière peignée avec soin était teinte de cent couleurs resplendissantes.

Tout le monde souhaite être beau le jour de ses propres funérailles, songea Louis. Après coup, il se demanda si tel était bien le motif.

Il ne fut pas nécessaire de bombarder le sous-système générateur de laser. Pour découvrir l'interrupteur qui le déconnectait, il fallut une bonne journée à l'Ultime. Et une bonne partie des appareils qu'il avait apportés sur un disque, mais enfin, il le trouva.

Le réseau de câbles supraconducteurs avait son centre dans le *scrith*, à quelque trente kilomètres sous le pôle Nord de la Carte de Mars. Ils découvrirent une colonne centrale profonde de trente kilomètres, un fourreau de *scrith* enfermant les pompes réfrigérantes de Mars et, au fond, un grand complexe qui devait être le Centre de Contrôle. Ils se heurtèrent alors à une barrière d'énormes sas. Pour franchir chacun d'entre eux, il leur fallut résoudre quelques énigmes techniques, mais l'Ultime s'en chargea.

Derrière la dernière porte, un dôme jetait mille feux sur une couche de terre sèche.

L'odeur! Soudain alarmé, Louis se rua sur Kawaresksenjajok et le saisit au collet. Le sas se referma sur eux avant que le jeune ne commençât de se débattre. Louis lui balança un coup de poing sur le crâne et continua d'avancer. Il ne le relâcha qu'après avoir franchi trois autres sas.

Chmeee qui les avait rejoints annonça :

— Le chemin traverse une plantation éclairée par la lumière solaire artificielle. Le système automatique de jardinage est tombé en panne et seules quelques plantes croissent encore. Mais je les ai reconnues.

— Moi aussi, dit Louis.

— Je me souvenais de l'odeur. Légèrement désagréable.

— Moi, je n'ai rien senti du tout, s'emporta le jeune. Pourquoi m'as-tu brutalisé ? Pourquoi m'as-tu traîné de force ?

— *Flup!* répondit Louis.

Tout à coup, Louis se rappela que Kawaresksenjajok était trop jeune : l'odeur de l'arbre-de-vie n'avait aucun effet sur lui.

Aussi le jeune Bâtisseur resta-t-il avec les deux non-Humains. En revanche, Louis n'attendit pas de voir ce qui allait se passer dans le centre de contrôle. Il préféra retourner dans l'*Aiguille*.

La sonde était encore très loin, à quelques minutes-lumière. Sa caméra projetait sur la fenêtre holo qui brillait au sein du basalte noir, à l'extérieur de l'*Aiguille,* une vue télescopique atténuée d'un astre moins actif que Sol. L'Ultime avait dû la laisser programmée ainsi avant son départ.

L'os du bras d'Harkabeeparolyn se soudait, mais un peu déformé. L'antique autodoc portatif de Teela n'était pas parvenu à trouver le remède. Mais, au moins, elle guérissait. Louis s'inquiétait beaucoup plus de son état émotionnel.

Avec la destruction de tout son univers familier et tous ses souvenirs qui allaient être dévorés par les flammes, on pouvait affirmer sans se tromper qu'elle souffrait d'un traumatisme culturel. Il la retrouva effondrée sur le lit d'eau, contemplant l'image grossie du soleil. Elle répondit par un geste à son salut mais, ensuite, resta plusieurs heures sans bouger.

Louis l'incita à parler. Une mauvaise idée. Elle s'efforçait d'oublier son passé, tout son passé.

Il obtint davantage de succès quand il essaya de lui

expliquer la situation matérielle. Elle possédait des notions de physique. Comme il n'avait pas accès à l'ordinateur ni aux installations holographiques du vaisseau, il dessina des diagrammes sur les murs et agita beaucoup les bras. Elle parut comprendre.

La deuxième nuit après son retour, Louis se réveilla brusquement et la vit assise en tailleur sur le lit d'eau. Elle le contemplait d'un air songeur, la lampe laser posée sur ses cuisses. Il fixa son regard vitreux, puis décrivit un cercle avec son bras pour se retourner et continua de dormir. Demain, il rouvrirait les yeux. Alors, quoi, tanj !

Cet après-midi-là, il observa avec Harkabeeparolyn une protubérance solaire, toujours plus grande, plus vorace. Ils parlèrent à peine.

ÉPILOGUE

Un *falan* plus tard : dix rotations Anneau-Monde.

Loin en haut de l'Arche, vingt et une flammes de bougie brillaient d'un vif éclat, aussi violemment que la couronne du soleil hyperactif qui apparaissait à la frange de l'un des écrans d'ombre.

L'*Aiguille* était toujours encastrée dans le basalte, sous la Carte de Mars. Son équipage contemplait une fenêtre holographique, une amabilité des caméras de la sonde. Celle-ci avait été posée à la lisière de la Carte de Mars, dans une région ensevelie sous la neige carbonique où il était impossible que les Martiens s'aventurent.

Entre ces deux rangées de flammes, plantes, animaux et êtres humains allaient périr en si grand nombre que l'Espace humain paraîtrait désertique après une telle catastrophe. Les plantes se flétriraient ou pousseraient d'étrange manière. Les insectes et les animaux se reproduiraient, mais plus selon les lois de leur espèce. Valavirgillin s'interrogerait sur les causes du décès de son père ou sur la fréquence de ses vomissements, se demanderait si cela faisait partie d'une apocalypse générale ou si l'étranger du Peuple des Etoiles était capable de remédier à tout cela.

Mais, à quatre-vingt-dix millions de kilomètres de distance, on ne voyait rien de tout cela. On apercevait uniquement les flammes expulsées par les statoréacteurs Bussard qui brûlaient un combustible enrichi.

— J'ai le plaisir de vous annoncer, déclara l'Ultime, que le centre massique de l'Anneau-Monde est en train de reculer vers le soleil. Dans quelque six ou sept rotations, nous pourrons programmer le bouclier antimétéorite tel que nous l'avons découvert, afin qu'il bombarde les météorites. Cinq pour cent des réacteurs d'attitude suffiront pour stabiliser la structure.

Chmeee poussa un grognement de satisfaction. Louis et les Bâtisseurs continuèrent de contempler l'holo étincelant au cœur du basalte noir.

— Nous avons gagné, continua l'Ultime. Louis, tu m'as proposé une mission dont l'envergure n'est comparable qu'à la construction de l'Anneau-Monde et tu as mis ma vie en danger. Maintenant que nous avons réussi, je puis admirer ton arrogance, mais il y a des limites à toutes choses. Je veux entendre tes félicitations, sinon je coupe ton approvisionnement en air.

— Je te félicite, dit Louis Wu.

La femme et le jeune à son côté se mirent à pleurer.

Chmeee déclara avec une trace de mépris dans la voix :

— Le vainqueur a certes le droit de se lancer des fleurs. Mais est-ce que tous ces morts et tous ces moribonds te tracassent ? S'ils avaient été dignes de ton respect, ils se seraient portés volontaires.

— Je ne leur ai pas accordé cette chance-là. Ecoute, je ne *te* demande pas, moi, d'être rongé par la culpabilité.

— Et pourquoi le serais-je ? se rebiffa le Kzin. Ceci dit sans vouloir t'offenser, ces morts et ces moribonds sont tous des hominiens. Ils n'appartiennent pas à ton espèce, Louis, et certainement pas à la mienne ni à celle de l'Ultime. Je suis un héros. J'ai sauvé l'équivalent de deux mondes habités dont la population, elle, est de mon espèce ou presque.

— Soit. Je comprends ton point de vue.

— Et maintenant, grâce à une technologie avancée, j'ai l'intention de me forger un empire.

Louis sourit malgré lui.

— Certes. Pourquoi pas ? Sur la Carte de Kzin ?

— J'y ai songé. Mais je crois que je préfère la Carte de la Terre. Teela nous a appris que des explorateurs kzinti régnaient sur la Carte de la Terre. Mentalement, ils ressemblent sans doute davantage à mon peuple, les conquérants du cosmos, qu'à ces décadents de la Carte de Kzin.

— Tu as sûrement raison.

— En outre, ils ont réalisé un vieux rêve de mon peuple.

— Et lequel ?

— Conquérir la Terre, triple idiot !

Cela faisait longtemps que Louis n'avait pas ri de bon cœur. Conquérir des singes des plaines ! *Sic transit gloria mundi !*

— Et comment as-tu l'intention de parvenir là-bas ?

— Libérer l'*Aiguille* ne sera pas un travail bien difficile, ainsi que de la conduire jusqu'au *Mons Olympus*...

— *Mon* vaisseau, coupa l'Ultime gentiment mais d'un ton impérieux. *Mes* commandes. L'*Aiguille* n'ira que là où je le veux.

— Et où donc ? s'enquit Chmeee avec une pointe de tension dans la voix.

— Nulle part. Je n'éprouve aucune nécessité de me justifier. Tu n'appartiens pas à mon espèce et, somme toute, quel mal pourrais-tu me faire ? L'hyperpropulsion ne brûlera pas deux fois. Pourtant, vous êtes mes alliés. Je vais donc me donner la peine de vous fournir quelques explications.

Chmeee se rua sur la cloison, griffes sorties, le poil de la nuque hérissée. Naturellement.

— J'ai violé la tradition, poursuivit l'Ultime. J'ai continué d'exercer mes fonctions alors que la mort risquait à tout instant de me faucher. J'ai mis ma vie en danger pendant presque deux décennies, avec une croissance presque asymptotique de risque. A présent, le risque est derrière moi. Je suis un exilé mais en vie. Je souhaite me reposer. Pouvez-vous comprendre mon besoin de prendre un long repos ? Dans l'*Aiguille*, je dispose de plus de commodités que dans n'importe quel autre lieu se trouvant à ma portée. Mon vaisseau est enseveli, en sécurité, dans la roche, entre deux couches de *scrith* dont la solidité n'est comparable qu'à celle de la coque de l'*Aiguille*. J'aurai la paix et la tranquillité. Plus tard, si le besoin d'explorer me tenaille à nouveau, j'ai à portée de lèvres les millions de kilomètres cubes du Centre de Réparations. Je suis exactement là où je désire être, et je resterai là.

Cette nuit-là, Louis et Harkabeeparolyn firent le *rishathra*. (Non : l'amour.) Ils étaient restés un certain temps sans le faire et Louis avait eu peur que leur désir fût mort. Ensuite, elle lui fit des aveux.

— Je me suis accouplée avec Kawaresksenjajok.

Il l'avait remarqué mais, cette fois, n'insinuait-elle pas une union permanente ?

— Félicitations.

— Ce n'est pas l'endroit pour élever un fils.

Elle ne s'était même pas donné la peine de préciser qu'elle était enceinte. Evidemment qu'elle l'était.

— Il y a des Bâtisseurs sur tout l'Anneau-Monde. Vous pourrez vous installer n'importe où. En fait, j'aimerais venir avec vous. Nous avons sauvé le monde. Nous serons tous des héros, si jamais quelqu'un nous croit.

— Mais, Louis, nous ne pouvons pas partir ! Nous ne pouvons même pas respirer à la surface ! Nos combinaisons pressurisées sont en loques, et nous sommes au milieu du Grand Océan !

— La situation n'est pas désespérée. A t'entendre, on se croirait abandonnés tout nus dans les Nuages de Magellan. L'*Aiguille* n'est pas notre unique moyen de transport. Il existe des milliers de disques flottants et, aussi, un vaisseau spatial tellement grand que l'Ultime en a détecté les détails au radar en profondeur. Entre les deux, nous trouverons bien un moyen de nous en sortir.

— Ton allié bicéphale n'essaiera pas de nous barrer la route ?

— Tout le contraire. Ultime, tu nous entends ?

— Oui.

La voix qui tombait du toit fit sursauter Harkabeeparolyn.

Louis continua.

— Tu te trouves dans le lieu le plus sûr de l'Anneau-Monde. Tu l'as dit toi-même. La présence de créatures appartenant à d'autres espèces que la tienne à bord de ton vaisseau constitue la menace la plus imprévisible que tu risques d'affronter. Est-ce que cela te plairait qu'on te débarrasse le plancher ?

— Et comment ! J'ai quelques suggestions. Veux-tu que nous réveillions Chmeee ?

— Non. Nous parlerons demain.

Par la fenêtre holographique, ils regardaient juste au bord de la falaise, là où l'eau commençait de se condenser. Aussitôt après, elle s'écoulait vers le bas en flots tumultueux et formait une rivière verticale, haute d'une trentaine de kilomètres. Au-dessous, s'étendait une mer de brume jusqu'à quelques centaines de kilomètres de la côte.

La caméra de la sonde qui observait le flanc de la Carte de Mars ne révélait que la chute d'eau et l'écume.

— Mais en infrarouge, l'image est différente, annonça l'Ultime. Regardez...

La brume occultait un vaisseau. Un singulier triangle étroit, bizarrement dessiné. Pas de mâts.

Une seconde, pensa Louis. A trente kilomètres de distance...

— Cet engin doit mesurer au bas mot un kilomètre et demi de long.

— Presque, approuva l'Ultime. Teela nous avait dit qu'elle avait volé un vaisseau-colonie kzinti.

— Exact.

Louis venait de prendre une rapide décision.

— J'ai détaché un filtre intact de deutérium de la sonde que Teela a ultérieurement démolie, enchaîna l'Ultime. Je peux donc recharger ce navire en carburant. La traversée de Teela fut épouvantable, mais inutile que la vôtre le soit aussi. Pour explorer, vous n'aurez qu'à prendre des disques flottants, ainsi que pour vendre des produits, une fois sur la terre ferme.

— Bonne idée.

— Voudras-tu un distil en état de marche ?

— Ne me redemande plus jamais cela, d'accord ?

— D'accord. Néanmoins, ta réponse est évasive.

— Très bien. Peux-tu démonter un circuit de disques marcheurs de l'*Aiguille* et le remonter dans le navire ? Une issue de secours au cas où nous nous heurterions à de véritables embûches.

Le Marionnettiste se mira, l'œil dans l'œil. Louis ajouta :

— Cela pourrait te sauver la vie, on ne sait jamais. Il y a toujours un protecteur dans les parages et, grâce à nous, il n'a plus besoin de quitter l'Anneau-Monde.

— C'est possible, répondit l'Ultime. Mais est-ce un moyen adéquat pour atteindre la plate-forme continentale ?

— Oui, répondit Chmeee. Un long voyage... Un voyage de quelque cent cinquante mille kilomètres. Louis, parmi ton peuple, ne racontait-on pas que les voyages par mer étaient reposants ?

— Sur cette mer-là, ce sera probablement des plus divertissants. Inutile de filer droit vers le sens de rotation. Vers l'antirotation, il reste la Carte d'un monde inconnu qui se trouve à peine deux fois moins loin. (Louis sourit aux Bâtisseurs.) Kawa, Harka, cela vous dit d'aller vérifier quelques-unes de vos antiques légendes ? Et peut-être même d'en inspirer de nouvelles par la même occasion ?

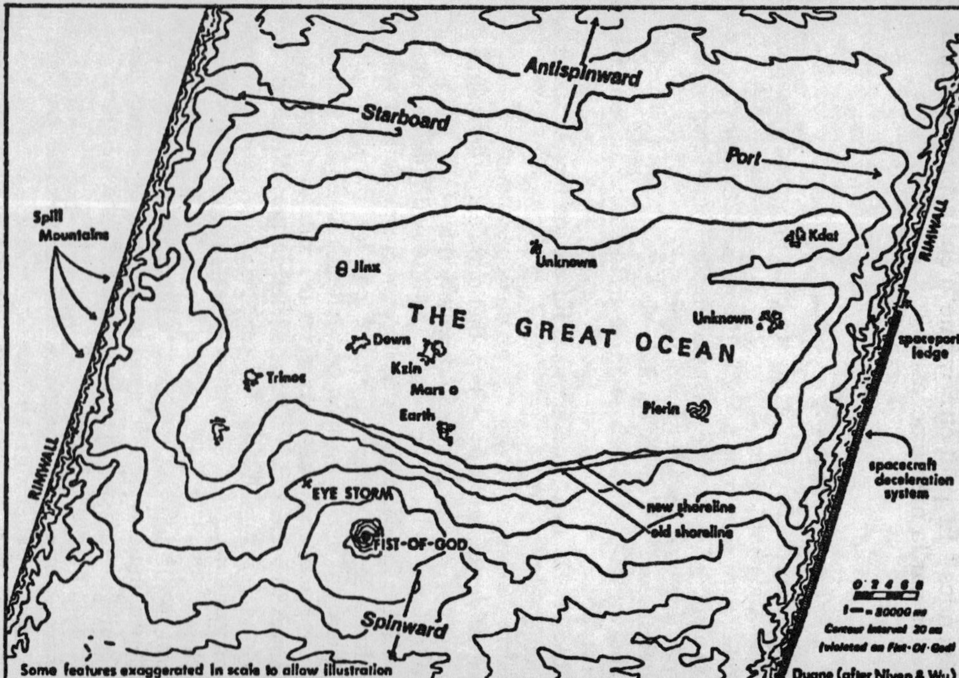
Antispinward
Starboard
Port
Spill Mountains
RIMWALL
Kdat
Unknown
Jinx
THE GREAT OCEAN
Unknown
Down
Kzin
Trinoc
Mars
Earth
Pierin
spaceport ledge
spacecraft deceleration system
RIMWALL
EYE STORM
FIST-OF-GOD
new shoreline
old shoreline
Spinward
0 2 4 6 8
Contour interval 20
(violated on Fist-Of-God)
Some features exaggerated in scale to allow illustration
Duane (after Niven & Wu)

GLOSSAIRE

Antirotation : Direction opposée à celle du sens de rotation de l'Anneau-Monde.

Arche : L'Anneau-Monde vu de la surface. Certains natifs croient que leur monde est une étendue plane couronnée par une étroite arche parabolique.

Atterrisseur : Navette sol-orbite.

Bâbord : La gauche lorsqu'on se trouve face au sens de rotation.

BRAS : Police des Nations Unies. Juridiction limitée au système Terre-Lune.

Centre de Contrôle : Voir Centre de Réparations.

Centre de Réparations : L'hypothétique centre de maintenance et de contrôle de l'Anneau-Monde.

Cycloplane : Véhicule monoplace, utilisé pour l'exploration de l'Anneau-Monde, lors de la première expédition.

Cziltang Brone : Appareil utilisé par les Bâtisseurs des Cités, qui émet un rayon permettant aux objets solides, fret, passagers, etc., de traverser le *scrith*.

Disques Marcheurs : Système de télétransport utilisé sur la Flotte des Mondes. Les autres espèces connues utilisent un système moins sophistiqué : les cabines de transfert closes.

Distil : Petit appareil que l'on branche sur le crâne d'un dépendant à l'égard du courant. Sa fonction : régler l'intensité du courant électrique distillé dans le centre cérébral du plaisir.

Espace connu : La région stellaire explorée par les Humains ou les autres espèces.

Espace humain : Amas de systèmes stellaires habités par l'Humanité.

Faire la fête à : Lancer un tasp sur une personne en se dissimulant.
Flotte des Mondes : Les cinq planètes marionnettistes.
Flup : Vase des fonds marins.
Fooch (Foochesth) : Divan(s) de pierre se trouvant dans les parcs de chasse kzinti.
Hyperpropulsion outsider : Mode de propulsion supraluminique, mais jamais employé par les Outsiders eux-mêmes. En revanche, il est largement utilisé par les espèces de l'Espace connu ayant atteint le stade des voyages interstellaires.
Long Shot : Voir Second Quantum d'Hyperpropulsion.
Montagnes Renversées : Montagnes s'appuyant au flanc des parapets. Elles disposent de leur propre écosystème. Une phase de la circulation du *flup*.
Œil-Cyclone : Tempête déclenchée par la perforation du sol de l'Anneau-Monde due à l'impact d'une météorite.
Outsider : Forme de vie intelligente dont la biochimie repose sur l'hélium liquide et la thermoélectricité. Les vaisseaux des Outsiders arpentent les étoiles à des vitesses infraluminiques ; les Outsiders sont spécialisés dans le négoce des informations.
Plante-Coude : Plante de l'Anneau-Monde poussant de façon à former des haies.
Plante-Saucisse : Plante de l'Anneau-Monde ressemblant à un concombre ou à une courgette, mais poussant en longues chaînes. Un plumeau de radicelles jaillissant des nœuds. Uniquement dans les régions humides. Comestible.
Plante-Spaghetti : Plante de l'Anneau-Monde. Description superflue. Comestible.
Propulseurs : Moteurs qui ne reposent pas sur les systèmes à réaction et qui ont remplacé les fusées à fusion sur tous les vaisseaux spatiaux, hormis les vaisseaux de guerre.
Rishathra : Pratiques sexuelles entre des êtres qui n'appartiennent pas à la même espèce (mais entre hominiens exclusivement).
Scrith : Matériau de charpente de l'Anneau-Monde. Toute la surface terraformée et sculptée de la structure repose sur une « armature » en *scrith*. Les deux parapets sont égale-

ment construits dans ce matériau. Très dense, avec une résistance à la tension de l'ordre des forces qui maintiennent les liaisons des noyaux atomiques.

Second Quantum d'Hyperpropulsion : Mode de propulsion mis au point par les Marionnettistes de Pierson. Considérablement plus rapide que l'hyperpropulsion outsider. Le *Long Shot*, astronef prototype, fut le premier à l'utiliser pour visiter le noyau galactique.

Sens de Rotation : Direction de la rotation de l'Anneau-Monde.

Stase : Etat dans lequel le temps s'écoule très lentement. Quelques secondes en stase équivalent à un demi-milliard d'années en temps réel. Un objet en stase est pratiquement invulnérable.

Tanj : « Y a pas de justice ! » Terme idiomatique employé comme exclamation.

Tasp : Dispositif manuel permettant d'exciter à distance le centre du plaisir d'un cerveau humain.

Terraformer : Modifier un environnement afin de le rendre similaire à celui de la Terre.

Tribord : La droite lorsqu'on se trouve face au sens de rotation.

Paramètres de l'Anneau-Monde

30 heures : une journée de l'Anneau-Monde

1 révolution : 7,5 jours : période de rotation de l'Anneau-Monde

75 jours : 10 révolutions : 1 falan

Masse : 2×10^{30} g

Rayon : $1{,}5915 \times 10^{8}$ km

Circonférence : 1×10^{6} km

Largeur : $1{,}6 \times 10^{6}$ km

Superficie : 3×10^{6} celle de la Terre $= 1{,}6 \times 10^{15}$ km^2 (approx.)

Gravité à la surface : $9{,}73$ ms^{-2} $= 0{,}992$ g

Hauteur des parapets par rapport au sol intérieur : 1 500 km

Etoile : G3 proche d'une G2, un peu plus petite et plus froide que Sol.

Science-Fiction

En 1970, J'ai lu crée la première collection de poche de Science-Fiction, mettant à la portée d'un très vaste public des chefs-d'œuvre méconnus.

Depuis 25 ans, J'ai lu révèle les nouveaux talents, qui seront les maîtres de demain : James Blaylock, David Brin, K. W. Jeter, Loïs McMaster Bujold, Paul Preuss, Tim Powers, Michael Swanwick...

ANDERSON Poul

La reine de l'air et des ténèbres
1268/3
Sur la planète Roland, loin de la Terre, la population se divise en deux groupes hétérogènes. Les scientifiques habitent des cités modernes, sur la côte, tandis qu'à l'intérieur des terres, des paysans superstitieux croient encore à la toute-puissance de la reine de l'Air et des Ténèbres et aux monstres voleurs d'enfants.

La patrouille du temps
1409/3

APRIL Jean-Pierre

Berlin-Bangkok
3419/4 Inédit
A Bangkok, la Babel du XXIe siècle, un scientifique allemand en mal d'épouse se fait piéger dans un gigantesque complot.

ASIMOV Isaac

1920-1992. Auteur majeur de la S-F américaine, Isaac Asimov est né en Russie. Naturalisé américain, il fait des études de chimie et de biologie, tout en écrivant des romans et des nouvelles qui deviendront des best-sellers. Avec les robots, il trouve son principal thème d'inspiration.

Les cavernes d'acier
404/4
Les cavernes d'acier sont les villes souterraines du futur, peuplées d'humains qui n'ont jamais vu le soleil. Dans cet univers infernal, un homme et un robot s'affrontent.

Les robots
453/3

Face aux feux du soleil
468/3
Sur la lointaine planète Solaria, les hommes n'acceptent plus de se rencontrer mais se «visionnent» par écran interposé. Dans ces conditions, comment un meurtre a-t-il pu être commis ?

Tyrann
484/3

Un défilé de robots
542/3

Cailloux dans le ciel
552/3

La voie martienne
870/3

Les robots de l'aube
1602/3 & 1603/3

Le voyage fantastique
1635/3

Les robots et l'empire
1996/4 & 1997/4

Espace vital
2055/3

Asimov parallèle
2277/4 Inédit

La cité des robots

- La cité des robots
2573/6 Inédit
- Cyborg
2875/6
- Refuge
2975/6

Robots et extra-terrestres

- Le renégat
3094/6 Inédit
Une nouvelle grande série sous la direction du créateur de l'univers des robots. Naufragé dans un monde sauvage peuplé de créatures-loups, Derec affronte un robot rebelle.
- L'intrus
3185/6 Inédit
Deuxième volet d'une série passionnante, par deux jeunes talents de la S-F parrainés par Asimov.
- Humanité
3290/6 Inédit

Robots temporels

- L'âge des dinosaures
3473/6 Inédit

La trilogie de Caliban

- Le robot de Caliban
3503/6
- Inferno
3799/5 Inédit
L'application des Nouvelles Lois de la robotique met en péril la sécurité des humains sur Inferno. L'avenir de la planète va se trouver compromis par un crime autrefois impensable.

AYERDHAL

L'histrion
3526/6 Inédit

Balade choreïale
3731/5 Inédit
Sur une planète lointaine, une terrienne et une non-humaine s'affrontent ou font alliance, en fonction des détours d'une politique subtile.

Sexomorphoses
3821/4 Inédit

Science-Fiction

BLISH James
Semailles humaines
752/3

BRIN David
Marée stellaire
1981/5 Inédit
Le facteur
2261/5 Inédit
Elévation
2552/5 & 2553/5
Les Galactiques décident de donner une leçon aux humains, mais Robert et Athaclena, la mutante, contre-attaquent.

BUTLER Octavia E.
La parabole du semeur
3948/6 Inédit (Juin 95)

CANAL Richard
Swap-Swap
2836/3 Inédit
Ombres blanches
3455/4 Inédit
Aube noire
3669/5
Le cimetière des papillons
3908/4 Inédit (Avril 95)

CARD Orson Scott
Abyss
2657/4
La stratégie Ender
3781/5
La voix des morts
3848/6 (Mai 95)

CHERRYH C.J.
Hestia
1183/3
Chasseurs de mondes
1280/4
Les adieux du soleil
1354/3
Les seigneurs de l'Hydre
1420/4 Inédit
L'opéra de l'espace
1563/3 Inédit (Mai 95)
Chanur
1475/4 Inédit
L'épopée de Chanur
2104/4 Inédit
La vengeance de Chanur
2289/4 Inédit
Le retour de Chanur
2609/7 Inédit
L'héritage de Chanur
3648/8 Inédit
La pierre de rêve
1738/3
L'œuf du coucou
2307/3
Cyteen
2935/6 & 2936/6 Inédit
Forteresse des étoiles
3330/7 (Mars 95)
Temps fort
3417/7 Inédit
Les feux d'Azeroth
3800/4 Inédit
La porte de l'exil
3871/8 Inédit (Février 95)

CLARKE Arthur C.

Né en 1917 en Angleterre, Arthur C. Clarke vit depuis de nombreuses années à Ceylan.Cet ancien président de l'Association interplanétaire anglaise, également membre distingué de l'Académie astronautique, a écrit une cinquantaine d'ouvrages, dont certains sont devenus des classiques de la Science-Fiction.

2001 : l'odyssée de l'espace
349/2
Quelque part, du côté d'un satellite de Saturne, une source inconnue émet des radiations d'une extraordinaire puissance. Une mission secrète va entraîner Explorateur I et son équipage aux confins du cosmos, leur permettant de percer le mystère des origines de la vie.

2010 : odyssée deux
1721/4
2061 : odyssée trois
3075/3
Les enfants d'Icare
799/3
Avant l'Eden
830/4
Terre, planète impériale
904/4
L'étoile
966/3
Rendez-vous avec Rama
1047/3
Rama II
3204/7 Inédit *(avec Gentry Lee)*
Les jardins de Rama
3619/6 Inédit *(avec Gentry Lee)*
Rama révélé
3850/8 Inédit *(avec Gentry Lee)*
Suite et fin du cycle de *Rama*. Arthur Clarke livre ici une explication exhaustive et surprenante de la création de l'univers.

Les fontaines du Paradis
1304/4
Les chants de la terre lointaine
2262/4

Base Vénus
Lorsqu'elle reprend conscience, Sparta s'aperçoit que trois ans de son existence ont totalement disparu de sa mémoire. Plus troublant encore : elle se découvre d'étranges pouvoirs. Comme si son corps et ses perceptions avaient été reconfigurés... A la recherche de son passé, Sparta rejoint alors l'orbite de Vénus.

- Point de rupture
2668/4 Inédit
- Maelström
2679/4 Inédit
- Cache-cache
3006/4 Inédit
- Méduse
3224/4 Inédit
- La lune de diamant
3350/4 Inédit
- Les lumineux
3379/4 Inédit

Le fantôme venu des profondeurs
3511/4 Inédit
La Terre est un berceau
3565/7 *(avec Gentry Lee)*

3893

Composition Interligne B-Liège
Achevé d'imprimer en Europe (France)
par Brodard et Taupin à La Flèche (Sarthe)
le 23 février 1995. 1226 L-5
Dépôt légal février 1995. ISBN 2-277-23893-7
Éditions J'ai lu
27, rue Cassette, 75006 Paris
Diffusion France et étranger : Flammarion